Die Autorin erzählt

Meine Eltern kommen aus Oberfranken, ich bin 1960 im Allgäu geboren, in Oberbayern aufgewachsen und lebe nun mit meiner Familie in Bayrisch-Schwaben.

Genauso abwechslungsreich verlief mein Arbeitsleben. Nach meiner Ausbildung zur Erzieherin arbeitete ich in einer bekannten und außergewöhnlichen Boutique in München. Im Anschluss an meine Rückkehr aus Rom, wo ich zwei Jahre lebte, arbeitete ich in einem Büro einer Computerfirma und in einem Autohaus. In Donauwörth machte ich mein Hobby zum Beruf: Seit 20 Jahren unterrichte ich Italienisch. Darüber hinaus schreibe ich als freiberufliche Journalistin Beiträge für den Kulturteil der Donauwörther Zeitung, den vmm Verlag Augsburg und verschiedene Magazine.

Ich bin verheiratet, habe einen Sohn und eine Tochter. Unser stolzer Kater Jack vervollständigt unsere Familie.

Das Buch hat autobiographische Züge und der Eine oder Andere aus meinem Bekannten- und Freundeskreis wird sich vielleicht wieder erkennen.

Ich möchte aber ausdrücklich betonen, dass die Geschichten, mit denen sie verwoben sind, nichts mit der Realität zu tun haben.

Alle (Reise- und Landes-) Informationen in diesem Buch sind vom Autor sorgfältig geprüft worden, ein Haftung ist ausgeschlossen.

Irene Hülsermann

Reise ihres Lebens

Roman

Bibliografische Information der Deutschen Nationalbibliothek:
Die Deutsche Nationalbibliothek verzeichnet diese Publikation in der Deutschen Nationalbibliografie; detaillierte bibliografische Daten sind im Internet über http://dnb.dnb.de abrufbar

© 2015 Irene Hülsermann - Alle Rechte vorbehalten
2. Auflage 2017

Herstellung und Verlag:
BoD - Books on Demand, Norderstedt

Umschlaggestaltung: © ShellFellow ArtWorks, Germany

ISBN 978-3-743-18931-7

Danke ...

... an meine Familie, die mir in der gesamten Zeit bei der Verwirklichung des Romanes geholfen hat. Unermüdlich haben mein Mann und meine Kinder mein Manuskript gelesen, verbessert, konstruktive Vorschläge gemacht und nicht zuletzt bei dem Layout und dem Cover mitgewirkt.

... an Chiara für die witzig geschriebenen ‚Rezepte zum Nachkochen' im Anhang.

... an meine Mutter, die schon immer an mich geglaubt hat.

... an meine Freundin Petra Plaum, ohne die ich es nie so weit geschafft hätte.

– Inhalt –

Donauwörth, 28. Januar 2034	15
Donauwörth, 29. Januar 2034	17
Starnberg, 27. Februar 1995	18
Donauwörth, 29. Januar 2034	23
Donauwörth, 18. März 2034	25
Malcesine, 19. März 2034	27
Malcesine, 15. August 1979	31
Verona, 20. März 2034	32
Sirmione, Borghetto di Valeggio sul Mincio, 21. März 2034	39
Venezia, 22. März 2034	40
Malcesine, 24. März 2034	45
Düsseldorf, August 1990	46
Malcesine, 24. März 2034	47
Udine, 25. März 2034	48
Udine, 4. April 1985	50
Gorizia, Trieste, 26. März 2034	52
Malcesine, 27. März 2034	56
Malcesine, 28. März 2034	57
Padua, 29. März 2034	59
Cremona, 30. März 2034	60
Malcesine, 15. August 1979	64
Cremona, 30. März 2034	65
Bologna und San Marino, 31. März 2034	67
Starnberg, 14. Juli 1980	69
Firenze, Roma und Galatina, 27. und 28. Juli 1980	70
Galatina 2. August 1980	71
San Marino, 31. März 2034	71
San Marino, 1. April 2034	74
San Marino und San Leo, 3. April 2034	80
Urbino und Gradara, 5. April 2034	88
Gabicce Monte, und Ancona, 6. April 2034	92
Peschici, 7. April 2034	95
Monte Sant`Angelo, 10. April 2034	99
Peschici, 1. Mai 2002	101
Monte Sant`Angelo, 10. April 2034	102
Vieste, 11. April 2034	104
Peschici und Alberobello, 12. April 2034	107
Starnberg, 5. September 1984	111

Alberobello, 13. April 2034	113
Galatina, 14. August 1981	*115*
Alberobello, 14. April 2034	117
Starnberg, 28. Mai 1987	*119*
Alberobello, 14. April 2034	120
Ostuni, 15. April 2034	122
Galatina, Gallipoli, S. Maria di Leuca, 18. April 2034	123
Lecce, Alberobello, 19. April 2034	133
Alberobello, 20. April 2034	134
Donauwörth, 28. Oktober 2013	*137*
Tropea, 22. April 2034	139
Locri, Gerace, 23. April 2034	140
Pizzo und Capo Vaticano, 25. April 2034	143
Reggio Calabria, Messina, Taormina, 28. April 2034	145
Taormina, 29. April 2034	148
Donauwörth, 15. Mai 2001	*150*
Taormina, 29. April 2034	152
Taormina, 1. Mai 2034	154
Liparische Inseln, 4. Mai 2034	155
Taormina, 5. Mai 2034	159
Donauwörth, 5. Mai 2014	*160*
Taormina, 5. Mai 2034	161
Palermo, 9. Mai 2034	163
Teggiano, 11. Mai 2034	165
Teggiano, 10. August 2020	*169*
Teggiano, 11. Mai 2034	171
Teggiano, 13. Mai 2034	172
Donauwörth, 15. November 2014	*174*
Teggiano, 13. Mai 2034	175
Amalfi, 14. Mai 2034	176
Pompeji, 15. Mai 2034	178
Lago Bracciano, 17. Mai 2034	182
Roma, 26. Juli 1980	*182*
Lago Bracciano, 17. Mai 2034	183
Formello, 1. Dezember 1985	*186*
Lago Bracciano 17. Mai 2034	188
Roma, 18. Mai 2034	194
Formello, Borgo Isola Farnese, Sacrofano, 19. Mai 2034	200
Roma, 20. Mai 2034	203
Roma - Trastevere, 20. August 1988	*206*

Roma, 20. Mai 2034	210
Lago Bracciano, 21. Mai 2034	214
Formello, 26. April 1986	215
Lago Bracciano, 21. Mai 2034	217
Roma, 22. Mai 2034	222
Donauwörth 28. Juli 2023	229
Donauwörth 15. Oktober 2028	231
Roma, 22. Mai 2034	232
Sutri und Roniciglione, 23. Mai 2034	237
Formello, 24. Mai 2034	242
Roma, 25. Mai 2034	248
Olbia, 27. Mai 2034	251
Starnberg, 15. Mai 1996	253
Olbia, Arzachena, 27. Mai 2034	255
Arzachena, 28. Mai 2034	256
Baja Sardinia, 29. Mai 2034	259
Baja Sardinia, 21. Mai 1993	260
Baja Sardinia, 29. Mai 2034	263
Castiglione, Gavorrano, Massa Marittima, 31. Mai 2034	265
S. Galgano, Buonconvento, 1. Juni 2034	269
Abbazia di Monte Oliveto Maggiore, 2. Juni 2034	272
Siena, 12. März 1996	273
Buonconvento, Bagno Vignoni, Pienza, 2. Juni 2034	276
Pienza, Montepulciano, Sarteano, 3. Juni 2034	276
Sarteano, Castiglione del Lago, Perugia, 4. Juni 2034	283
Perugia, 20. April 1985	284
Sarteano, Castiglione del Lago, Perugia, 4. Juni 2034	286
Perugia, 5. Juni 2034	287
Assisi, 6. Juni 2034	289
Gubbio, 7. Juni 2034	291
München, 30. Dezember 2000	293
Perugia, 7. Juni 2034	295
San Donato in Poggio, 8. Juni 2034	295
Firenze, 9. Juni 2034	296
San Gimignano, 10. Juni 2034	299
Donauwörth, 11. September 2001	303
San Gimignano, 10. Juni 2034	304
Castellina in Chianti, 11. Juni 2034	305
Siena, 12. Juni 2034	306
Greve und Montefioralle, 13. Juni 2034	309

Pisa und Cinque Terre, 14. Juni 2034	312
Riomaggiore, 9. April 1985	*316*
Cinque Terre, 14. Juni 2034	317
Camogli, 15. Juni 2034	320
Camogli, 14. Juni 2014	*321*
Camogli und Torino, 15. Juni 2034	323
Torino, Sacra di San Michele, Suno, 16. Juni 2034	328
Mont-Saint-Michel, 18. März 2033	*331*
Torino, Sacra di San Michele, Suno, 16. Juni 2034	332
Suno und Oleggio, 17. Juni 2034	335
Suno, 18. Juni 2034	336
Gallarate, 19. Juni 2034	337
Lago Maggiore, 20. Juni 2034	339
S. Maria del Monte, S. Caterina Sasso, 21. Juni 2034	342
Lago Varese, 26. August 2009	*349*
Santa Maria del Monte, Varese, 21. Juni 2034	350
Vergiate, Isola Madre, 22. Juni 2034	351
Lago di Lugano, 5. Juni 2006	*353*
Vergiate, Isola Madre, 22. Juni 2034	356
Bergamo, 24. Juni 2034	359
Formello, 8. Mai 198	*365*
Bergamo, 24. Juni 2034	366
Lago d'Orta, 25. Juni 2034	368
Milano, 26. Juni 2034	371
Vigevano, Suno 27. Juni 2034	374
Suno, 18. Juni 2014	*377*
Vigevano, Suno, 27. Juni 2034	378
Vogogna, Genestredo, Domodossola, 10. Juni 2018	*379*
Vigevano, Suno, 27. Juni 2034	382
Bergamo, 28. Juni 2034	384
Suno, Oleggio, 29. Juni 2034	389
Suno, 30. Juni 2034	391
Rezepte zum Nachkochen	393
Hauptfiguren im Roman	417
Reiseroute in Italien	419

Donauwörth, 28. Januar 2034

Sie wachte auf und wusste sofort, was sie zu tun hatte. So klar wie heute waren ihre Gedanken schon lange nicht mehr.

Sie schlurfte in die Küche und schaltete die betagte Espressomaschine ein, ihr ganzer Stolz, und suchte ihr Handy. Wo hatte sie es nur wieder hingelegt? Ruhig bleiben, mahnte sie sich, sie würde es schon finden.

Erst mal zurück in die Küche. Dort warteten schon ihre zwei Maine-Coon-Katzen auf ihr Frühstück. Ein wenig Milch in das Wasser, das liebten sie. Als sie den Kühlschrank öffnete, sah sie sofort, wo sie das Handy gelassen hatte. Es lag zwischen dem Käse und der Butter.

Sie nahm es heraus und rief ihre Enkelin an. Aber es antwortete nur der Anrufbeantworter, also sprach sie darauf: „Ruf mich zurück, bitte … es ist wichtig … ach, ähh, ich bin's deine Oma!"

Ihre Gedanken kreisten immer wieder um dasselbe. Sie war entschlossen und musste nur noch ihre Enkelin überreden, mitzukommen. Mitzukommen, auf die Reise ihres Lebens!

Zeit hatte sie genug und ihre Enkelin auch. Stella wartete im Augenblick auf einen Studienplatz. Sie musste ihr den Plan also nur noch schmackhaft machen.

Was aber, wenn sie nicht mitmachen würde? Alleine könnte sie es nicht schaffen. Ach was, redete sie sich ein. Ihre Enkelin würde euphorisch sein. Sie war doch genauso begeisterungsfähig und spontan wie sie selbst. Sie hatte schon früh an Stella bemerkt, dass sie ihr charakterlich so sehr ähnelte. Das liebte sie auch so sehr an Stella.

Sie machte sich einen Espresso, nahm die alten Fotoalben aus dem Regal, setzte sich an ihren Lieblingsplatz im Wintergarten und blickte hinaus. Noch lag ein Hauch von Schnee über der Zypresse, die sie vor vielen Jahrzehnten aus der Toscana mitgebracht hatte. Aus dem 30 cm hohen

Gewächs war im Laufe der Zeit eine stattliche Zypresse geworden. Bald begann wieder ihre Lieblingsjahreszeit! Dem Winter konnte sie nicht viel Gutes abgewinnen und darum freute sie sich schon sehr auf die kommende Wärme des Frühlings. Wenn alles wieder zu leben begann, konnte sie stundenlang durch den Garten gehen und bewunderte jedes Pflänzchen, das aufblühte. Es lag der Duft von Erneuerung und Jugend in der Luft und ließ sie ihr eigenes Altern vergessen.

Während sie im Fotoalbum blätterte und in alten Erinnerungen schwelgte, klingelte ihr Handy. Wendig erreichte sie es. Sie war für ihr Alter noch erstaunlich beweglich, wenn doch nur ihr Kopf auch noch so gut funktionieren würde wie der Rest des Körpers.

„Hallo Oma, ich bin es, Stella! Was gibt es so Wichtiges?"

„Ach mein Schatz, du bist es. Stella, hättest du mal ein wenig Zeit für deine Oma Eva. Ich müsste unbedingt etwas mit dir besprechen."

„Ähh, kannst du mir das denn nicht am Telefon sagen?"

„Nein, am Telefon ist das … ach Stella, kannst du nicht einfach vorbeikommen? Ich koche auch etwas Leckeres für dich."

Stella erwiderte lachend: „Also gut, wenn du mir etwas Italienisches kochst, lass ich mich gerne überreden. Wann passt es dir denn? Morgen Abend?" Begeistert und gleichzeitig beschwingt rief Eva ins Handy: „Ja, morgen Abend wäre perfekt. Sagen wir um 19 Uhr?"

„Super! Bin ich da. Hab dich lieb Oma, bis morgen."

Zitternd legte Eva auf und seufzte tief. Hoffentlich ging ihr Plan auf. Aber erst mal musste sie sich etwas Gutes für das Abendessen ausdenken.

Kochen war nach wie vor eine ihrer großen Leidenschaften. Wie wäre es mit spinatgefüllten, gegrillten Auberginen als Vorspeise, gebratenem grünem Spargel zu *spaghetti* und gefüllte *seppioline* mit einem leckeren, gemischten Salat? Oder doch lieber klassisch, *Carpaccio*, dann die *penne* in der Speck-Bier-Tomaten-Soße und anschließend *Saltimbocca*[1]? Am besten sie geht gleich einkaufen und lässt sich vor Ort inspirieren.

Donauwörth, 29. Januar 2034

Sie hatte fast die ganze Nacht kein Auge zugemacht. Was ist, wenn sie Stella nicht von ihrer Idee begeistern konnte? Gab es jemand anderen, mit dem sie ihre Pläne umsetzen konnte? Nein, nur Stella, nur mit ihr wäre es machbar.

Der Tag zog sich wie Gummi und sie versuchte, sich mit allerlei abzulenken. So richtig wollte ihr das nicht gelingen. Und dann war es endlich so weit: Stella kam. Wie schön sie war. Aber das behaupteten wohl alle Eltern und Großeltern von ihren Kindern und Enkeln. Heimlich sah Eva Stella an, ihre langen dunklen Haare und die braunen Knopfaugen, die immer freundlich blickten, das Grübchen in der Wange, das zum Vorschein kam, wenn sie lächelte. Zufrieden blickte Eva weg.

Stella strahlte wie immer. Schon als Kleinkind nahm sie Herzen wie im Flug für sich ein. Ihr fröhliches Wesen und ihre Begeisterungsfähigkeit hatten ihr so manche Tür geöffnet.

„Lieblingsoma, was gibt es so Dringendes?", fragte sie gleich beim Eintreten. „Komm erst mal herein und mach es dir bequem, ich habe für uns etwas Gutes gekocht."

„Du tust ja so geheimnisvoll. Du hast doch nichts angestellt?"

Besorgt betrachtete Stella ihre Oma. Nur zu gut wusste sie, dass ihre Großmutter für Vieles zu haben war und manches Mal auch die eine oder andere Verrücktheit in ihrem Leben gemacht hatte. Zudem machte Stella sich Sorgen um ihre

---

[1] Rezepte zum Nachkochen Seite 393 ff.

Gesundheit. Ihr ist nicht entgangen, dass es mit ihrem Gedächtnis nicht mehr so gut bestellt war.

Früher sprachen alle von ihrem Elefantengedächtnis. Nichts, aber rein gar nichts vergaß sie. Manchmal, bei den Familienfeiern, wurde sie von den Enkeln getestet. Aber die Oma erinnerte sich sogar an die Kleidung, die ihr Mann Georg trug, als sie ihn die ersten beiden Male im Autohaus traf, in dem sie arbeitete.

Diese Geschichte erzählten ihre Großeltern immer wieder und immer zu zweit. Ihre Liebesgeschichte. Schicksal. Selbst Opa, ein rational denkender Mann, sagte stets, wie seltsam ihre ersten Treffen waren.

Starnberg, 27. Februar 1995

Georg brachte das Unfallfahrzeug seines Arbeitskollegen in die Werkstatt, in der Eva seit vier Jahren im Büro arbeitete. Normalerweise wäre er nie in dieses Autohaus gegangen, weil er stets größere und schnellere Autos fuhr.

Während er wartete, blieb sein Blick an den Polaroidfotos der gebrauchten Fahrzeuge hängen. Und da passierte es: Er verliebte sich in ein Rallye-Fahrzeug.

In der Zwischenzeit beobachtete Eva den jungen Mann. Was sie sah, gefiel ihr sehr gut. Nach all den katastrophalen Beziehungen, die sie hinter sich gebracht hatte, glaubte sie kaum noch an die Liebe.

Aber irgendetwas an ihm war anders. Er strahlte so eine Zuverlässigkeit aus.

Genau das, was sie an ihren Ehemaligen immer vermisst hatte. Wenn sie über diese sprach, redete sie von Sonntagsmännern. Es lief immer gut, bis der Alltagstrott mit den kleinen Problemen auftauchte.

Während der sympathische, junge Mann weiterhin das Foto und die dazugehörigen Autodaten studierte, musterte ihn Eva heimlich weiter. Obwohl es noch Winter war, hatte er ein leicht gebräuntes Gesicht. Und was Eva besonders gefiel: Es war voller Sommersprossen. Seine grünen Augen leuchteten hell und sein kastanienrotes, kurzes Haar passte perfekt dazu. Sie sagte später immer, dass es bei ihr Liebe auf den ersten Blick war.

Da aber beide, was das andere Geschlecht anging, eher schüchtern waren, passierte an diesem Tag rein gar nichts mehr.

Ein paar Tage später war Eva mit ihrer Freundin Barbara in der Disco und das, obwohl sie an diesem Abend überhaupt keine Lust dazu hatte. Aber Barbara hatte nicht locker gelassen und sie letztendlich überredet.

Auf der Tanzfläche rumpelte sie des Öfteren mit einem jungen Mann zusammen. Sie starrte ihn an. Sie kannte ihn. Aber woher? Es wollte ihr nicht einfallen.

Als sie später nach Hause gehen wollte und an der Garderobe stand, kam er vorbei und blieb vor ihr stehen. Dann machte er etwas, was er sonst nie tat. Er sprach sie an. Er fragte, ob sie öfters hier sei. Sie bejahte und stellte sofort eine Gegenfrage. „Kennen wir uns nicht von irgendwoher?" Er zuckte mit den Schultern, sie bohrte weiter. „Fährst du vielleicht einen Fiat?" Er verneinte mit den Worten, dass ihm dieses Auto zu klein wäre.

„Ach so, ich dachte, ich hätte dich letztens in dem Autohaus gesehen, in dem ich arbeite."

„Ja, da geh ich morgen hin und hol meinen neuen Wagen ab."

Mit diesen Worten verschwand er und ließ eine verdutzte, junge Frau zurück. Sie grübelte: ,Die Autos in unserem Autohaus gefallen ihm nicht, aber er hat eines dort gekauft?'

Später, daheim im Bett, fiel es ihr wie Schuppen von den Augen. Seit Kurzem hatte der Händler zusätzlich eine weitere Automarke im Angebot. Mist! Morgen hatte sie frei und konnte ihn somit nicht sehen.

Am kommenden Montag lief sie sofort in der Früh zu den neu angelegten Akten und schaute sie durch. Und Tatsache, er hatte das Rallyeauto, einen Lancia Delta HF Integrale, gekauft. Neugierig studierte sie seine Akte.

Er wohnte erst seit Kurzem in Bayern. Und er war jünger als sie. Sie schrieb ihm einen Brief mit der beigelegten Abmeldebescheinigung des alten Fahrzeuges, und in der Hoffnung, dass er es bemerke, schrieb sie ausnahmsweise ihren Vornamen dazu. Sie war noch nicht ganz fertig, da sah sie ihn überraschend mit seinem neuen Fahrzeug in den Firmenhof fahren. Ihr Herz klopfte bis zum Hals und die Schmetterlinge flogen wie wild in ihrem Bauch.

Als er kurze Zeit später das Büro betrat, drückte sie ihm den Brief in die Hand. Er schaute sie nur verdutzt an und ging mit dem Juniorchef hinaus. Eva, die seine Nähe suchte, überlegte sich einen Grund, den beiden zu folgen und fand ihn, indem sie Unterlagen in das zweite Firmenbüro auf der anderen Seite des Hofes brachte.

Sie lief an ihm vorbei und bemerkte nur kurz: „Schöner Wagen!" Er antwortete etwas verdutzt: „Jepp, damit können wir bestimmt auch mal gemeinsam eine Probefahrt machen." Beide stutzten. Er, weil er nicht wusste, warum er das gesagt hatte und sie, weil sie damit nicht gerechnet hatte.

In Gedanken verloren ging sie zurück an ihren Arbeitsplatz. Die nächsten Tage verlebte sie wie in Trance.

Dann rückte der Donnerstag näher. Sie wollte in die Disco, um „ihn" zu sehen. Doch es kam ihr etwas dazwischen und sie war todunglücklich.

Da reifte in ihr der Entschluss, ihn einfach anzurufen. Sollte sie es wirklich tun? Sie überlegte nicht lange und fragte auch keine Freundin um Rat. Die aus seiner Akte abgeschriebene Telefonnummer in der Hand, griff sie, kaum Zuhause angekommen, zum Hörer: „Hallo, ich bin's Eva."

Schweigen am anderen Ende des Telefons. Später erzählte

er immer, dass er gerade die Haustür seiner erst vor Kurzem bezogenen Wohnung aufsperrte. In den Händen einen vollen Wäschekorb. Und das er nicht wusste, wer diese Eva sei.

„Ja, ähh, hallo? ", erwiderte er langsam.

„Eva! Vom Autohaus!", versuchte sie zu erklären. Langsam kam ihm ein Gesicht ins Gedächtnis.

„Ach ja, du bist doch vom Büro, oder?"

„Genau!" Stockend versuchte sie, ein Gespräch zu beginnen. Es war ihr so peinlich. Sie war doch davon ausgegangen, dass er sie kannte und dass sie ihm gefiel. Und nun das! Wie kam sie nur wieder aus dieser Situation heraus, ohne viele Federn zu lassen. Nach kurzem Geplänkel stellten sie fest, dass sie beide gerne ins Kino gehen und er versprach, sich mal zu melden. Enttäuscht legte sie auf. ‚Das war's!', dachte sie, von dem höre ich nie wieder etwas.

Aber da täuschte sie sich sehr. Nur zwei Tage später rief er sie abends um 18 Uhr an. Ob sie Lust hätte, mit ihm ins Kino zu gehen? Und ob sie wollte! Um 19 Uhr käme er sie abholen. In weniger als einer Stunde!

„In Ordnung!", sagte sie und dachte, wie soll ich das nur schaffen? Also rief sie ihre Mutter an.

„Mama kannst du heute auf Alessandro aufpassen?" Die Mutter bejahte.

Schnell, aber liebevoll brachte sie ihren Sohn zur Oma. Dann zurück, duschen schminken, anziehen. Aber nichts war schön genug. Die ewige Leier: Frauen haben nichts Schickes zum Anziehen, wenn es drauf ankommt! Ein schneller Blick in den Spiegel, da klingelte es schon. Georg stand schüchtern vor der Tür.

Auf der Fahrt von seinem Wohnort zu ihrem fiel ihm plötzlich ein, dass er nicht mehr genau wusste, wie sie aussah. Was, wenn jemand anderes die Tür öffnete? Dann wüsste er nicht, ob er die Richtige abholte. Da kam ihm in den Sinn, dass er vom Autohaus einen Prospekt zum 25-

jährigen Bestehen der Firma erhalten hatte, in dem alle Mitarbeiter dargestellt waren. Er hielt auf einem Parkplatz und war beim Betrachten ihres Fotos sehr zufrieden. Zufrieden war er auch mit der tollen Wohngegend. Sah ja mal nicht übel aus. Schicke Häuser mit großen Gärten.

Sie bat ihn kurz rein, er sah den Swimmingpool im Garten und dachte „Bingo"! Die Kinderschuhe und die Kleidung im Flur übersah er.

Sie blieben nicht lange, fuhren gleich nach München. Es regnete, sie war nervös und wenn sie das war, redete sie pausenlos. Sie wollte ihm sagen, dass sie ein Kind hat und dass sie älter war als er. Aber aus irgendeinem Grund traute sie sich nicht. Also erzählte sie aus ihrem Leben. Von ihren drei Berufen, von ihren zwei Jahren in Rom, von ihren Hobbys. Er staunte nur und rechnete heimlich die Jahre zusammen. Er war Mitte zwanzig und sie sah etwa genauso alt aus. Aber durch ihre Erzählungen wurde ihm klar, dass sie älter sein musste.

Dann erzählte er, wie es ihn nach Bayern verschlagen hatte und dass er einen Neffen und eine Nichte habe. Da hakte sie gleich nach. „Magst du Kinder?"

„Ja."

„Super, ich haben einen kleinen Sohn", platzte es aus ihr heraus. Sein überraschter Blick sprach Bände. Oje, dachte sie, das war ja wohl nichts. Besser sie sagte ihm ihr Alter noch nicht, sonst sah sie ihn vielleicht nie wieder.

Der Abend wurde entspannt und unterhaltsam und sie verabredeten sich für den Sonntag zum Brunch bei ihr. Auch ihr Sohn Alessandro fand ihn cool.

Sie sahen sich immer öfter und irgendwann erfuhr er auch ihr Alter. Aber das störte ihn nicht. Die Gemeinsamkeiten überwogen deutlich.

Sie verbrachten glückliche Stunden, trotz der Wochenendbeziehung, denn in der zweiten Woche wurde er in eine andere Stadt versetzt.

Nach sechs Wochen machte er plötzlich Schluss mit ihr. Sie fiel aus allen Wolken. Er war doch der Richtige für sie.

Wenige Stunden später rief er sie aber wieder an, bat sie um Verzeihung und erklärte zu seiner Entschuldigung, er hätte plötzlich vor der Verantwortung Angst gehabt. Die folgende Versöhnung schweißte sie noch mehr zusammen. Weitere zwei Wochen später machte er ihr einen Heiratsantrag und sie stimmte überglücklich zu.

In der Verwandtschaft und im Freundeskreis trafen sie auf Unverständnis. Nach zwei Monaten kennt man sich doch noch gar nicht, war die Meinung. Aber die beiden spürten ganz genau, dass sie füreinander bestimmt waren und heirateten ein Jahr nachdem sie sich kennengelernt hatten.

Donauwörth, 29. Januar 2034

Stella seufzte tief. Ihre Großeltern waren mittlerweile 38 Jahre verheiratet. Und jeder, der sie kannte, schwärmte von diesem Paar. So einen Mann wünschte sie sich auch einmal.

Aber erst mal wollte sie die Welt sehen und einen tollen Beruf erlernen. Noch wartete sie ja auf einen Studienplatz. Sie wollte Architektur studieren. Schon als Kind konnte sie sich stundenlang damit beschäftigen, Häuser zu malen. Dabei achtete sie nicht nur auf Schönheit, sondern auch auf Funktionalität.

Aber heute Abend war sie gespannt, was ihre Oma ihr mitteilen wollte. Es klang sehr geheimnisvoll am Telefon.

Ihre Großmutter erzählte allerdings immer noch nichts. Anscheinend wollte Oma sie wohl erst mit dem italienischen Menü verwöhnen. Erst beim Espresso fing sie dann an zu erzählen.

„Stella, mein Kind, du hast ja auch gemerkt, dass ich in letzter Zeit so viel vergesse", fing sie an. „Ich war bei mehreren Ärzten und mein Verdacht hat sich bestätigt. Ich leide unter einer beginnenden Altersdemenz." Entsetzt starrte ihre Enkelin sie an. „Mach nicht so ein Gesicht, ich bin nicht mehr die Jüngste und ein paar Jahre werden mir schon noch bleiben." Stella war immer noch sprachlos. „Aber eines möchte ich noch machen, bevor ich zu viel vergesse." Eva legte eine Pause ein, bevor sie fortfuhr: „Ich möchte eine Rundreise durch Italien machen. An alle Orte, an denen ich war, im Urlaub und auch bei meinem längeren Aufenthalt in Rom. Und ... und ich möchte sie mit dir gemeinsam machen!"

Stella blieb stumm. Damit hatte sie nicht gerechnet. „Aber", stammelte sie, „wie stellst du dir das denn vor? So eine Reise dauert ja Wochen, nein Monate und das viele Geld ...!"

„Keine Panik, ich habe mir schon alles genau überlegt. Ich habe einiges angespart. Das reicht locker für uns zwei. Ich sag mal, wir werden drei Monate benötigen. Außerdem jobbst du im Augenblick ja sowieso nur."

Stella blieben die Worte im Halse stecken. Wie stellte sich ihre Oma das nur vor? Einfach mal für drei Monate wegfahren. Aber da kam ihr auch schon ein zweiter Gedanke. Drei Monate kreuz und quer durch Italien. Wie schön ist das denn? Und es stimmte, sie wartete noch immer auf die Zusage für ihren Studienplatz und das konnte dauern.

„Und was ist mit Opa?"

„Mit ihm habe ich schon geredet. Er ist einverstanden. Er würde auch mitkommen, aber so lange kann er nicht weg. So viel Urlaub kann er sich im Augenblick einfach nicht nehmen. Und er weiß auch, wie wichtig es mir ist, dir die vielen schönen Plätze unserer gemeinsamen Reisen zu zeigen."

Das war wieder typisch für Opa. Hauptsache er wusste, es geht seiner geliebten Frau gut, dachte sich Stella.

„Aber eine Nacht darf ich darüber nachdenken, oder?"

Großmutter lachte schallend. Ihre hellen Augen leuchteten: „Auch zwei!" Wie einfach es doch war, einen Menschen glücklich zu machen, dachte sich Stella.

Donauwörth, 18. März 2034

Sie hatte nächtelang nicht geschlafen, kein Auge zugemacht und fragte sich immer wieder: Warum nur tue ich mir das an? Sie fand keine Antwort. Aber sie erinnerte sich daran, dass sie schon immer so war. Reisen war eine große Leidenschaft von ihr und sie ist viel gereist in ihrem Leben.

Als junges Mädchen mit Rucksack, allein, mit Freunden und später mit ihrem Mann. In Deutschland und Europa hatten sie fast jede Ecke entdeckt, aber auch den Norden von Amerika. Und jedes Mal vor der Abreise wurde sie nervös und bereute es fast, Reisepläne geschmiedet zu haben.

Kaum war sie unterwegs, war alles vergessen und sie wollte am liebsten gar nicht mehr heim. Und das, obwohl sie ihre Heimat und ihr Zuhause so liebte.

Sie saß inmitten von Kleiderstapeln und wusste nicht, was sie für die lange Reise mitnehmen sollte. Vielleicht war es besser auf Stella zu warten und gemeinsam mit ihr zu packen, als ihr geliebter Mann herein kam und ihr geschickt beim Verstauen der benötigten Kleider half. „Und wenn dir etwas fehlt, dann kaufst du es dir ganz einfach", lachte er. „In Italien wirst du bestimmt fündig."

Ihr wurde wieder ganz schwer ums Herz, wenn sie in sein spitzbübisches Gesicht schaute. Wie sollte sie es nur so lange ohne ihn aushalten? Auf was hatte sie sich da nur wieder eingelassen? Das war wieder einmal typisch für sie. Sie hatte immer ausgefallene Ideen und steckte die anderen mit ihrer Begeisterung an. Am Ende aber hatte sie oft Angst vor ihren eigenen Vorschlägen.

In Cornwall, zum Beispiel, hatte sie in einem Reiseführer einen tollen Wanderweg zu einem Traumstrand entdeckt und ihre ganze Familie überredet, dorthin zu laufen. Dabei achtete sie aber nicht darauf, dass der Weg steil an den Klippen verlief. Da sie, seit sie denken konnte, unter schrecklicher Höhenangst litt, kam es, dass sie auf dem schmalen Pfad eine Panikattacke bekam. Ihr war es hinterher so peinlich.

Oder im Chiemgau. Auf der Rückfahrt mit der Bahn vom Wendelstein kam ihr spontan die Idee, man könnte doch eine Station früher aussteigen. Auf dem Plan, der in der Bahn aushing, sah die Strecke sehr kurz aus. Zeit, lange darüber nachzudenken, hatten sie nicht und so sprangen Georg, Eva und ihre Tochter Clara in letzter Sekunde durch die offene Tür der Zahnradbahn hinaus. Der Weg entpuppte sich zwar als wunderschön, aber auch als wesentlich längere Variante als gedacht. Zu allem Übel war es an diesem Tag sehr heiß und die Getränke waren bereits fast aufgebraucht.

Sie zweifelte an ihren Reiseplänen. Georg sah es ihr an, nahm sie zärtlich in die Arme und sagte sanft: „Du wirst sehen, es wird großartig werden. Und Stella wird staunen, was du und später wir gemeinsam alles erlebt haben. Einmal Italien vom Norden bis zum Süden. Fast bin ich ein wenig neidisch", versuchte er sie zu beruhigen. „Vermissen werde ich dich jetzt schon. Eines musst du mir vorher aber unbedingt versprechen." Sie schaute ihn gespannt an. „Wenn du wieder zurück bist und dich von den Strapazen erholt hast, fahren wir in diesem Spätsommer noch für zwei Wochen nach Irland."

„Natürlich, das ist ja schon abgemacht und ich freue mich so sehr darauf. Du weißt doch sicherlich, wie gerne ich mit dir verreise und dass ich diese Tour nach Italien gern mit dir machen würde."

„Ja, das weiß ich. Aber jetzt freu dich erst mal auf deine zweite Heimat!"

Malcesine, 19. März 2034

Stella holte Eva am Morgen ab, sie frühstückten noch mit Georg und dann ging es los. Sie fuhren über die neue unterirdische Autobahn Richtung Süden.

Als sie auf Höhe der Alpen waren, dachte Eva: Schon schade, dass man die Berge nicht mehr sehen kann. So praktisch es auch war, einige Hauptautobahnen in Europa unter die Erde zu verlegen, so langweilig wurden die Fahrten nun vor allem für die Beifahrer, die nichts mehr Besonderes zu sehen bekamen. Eva hätte zwar während der Fahrt einen Film sehen können, aber das wollte sie Stella nicht antun.

Auch wenn die Autos fast alles automatisch machten und autonom fuhren, musste sie trotzdem die ganze Fahrt die Automatik überwachen.

‚Was für ein Unterschied zu früher!', dachte sich Eva. Als sie 1978 den Führerschein machte, meinte ihr Fahrlehrer, ein typischer Macho, sie würde es nie schaffen. Daher brauchte sie auch viele Fahrstunden und rasselte zunächst durch die Fahrprüfung. Als sie den Führerschein dann endlich hatte, fuhr sie aus lauter Angst zwei Jahre lang kein Auto.

Dann brauchte sie aber für ihre neue Arbeitsstelle einen fahrbaren Untersatz. Ihr Vater setzte sich zwei Wochen lang auf den Beifahrersitz, fuhr mit ihr eine halbe Stunde zum Arbeitsplatz nach Fürstenfeldbruck, nahm die S-Bahn zurück und holte sie abends wieder ab und fuhr gemeinsam mit ihr zurück. Er gab ihr Tipps und erklärte ihr Dinge, von denen sie vorher auch in der Fahrschule nichts gehört hatte. Es half Eva sehr und sie fühlte sich mit neuem Selbstbewusstsein nun sicher im Straßenverkehr. Sie fuhr nach München, sie fuhr nach Süditalien, nach Rom, nach Norddeutschland. Und sie fuhr leidenschaftlich gerne Auto. Ihrem ehemaligen Fahrlehrer hätte sie gerne einmal gesagt, dass sie nie in ihrem bisherigen Leben einen Unfall gehabt hatte.

Stella und Eva unterhielten sich die ganze Fahrt, bis Eva

irgendwann vor Müdigkeit einnickte. Sie wachte auf, als sie spürte, dass der Wagen hielt. Sie standen auf einem Parkplatz mit Blick auf den Gardasee. Eva, noch ein wenig schläfrig, glaubte zu träumen. Der Anblick war überwältigend. „So, Zeit für einen *cappuccino!*", stellte Stella fest und stieg aus.

Die italienische Bar mit dem sensationellen Ausblick erwies sich als Glücksgriff. Sie bekamen die Adresse von einem Hotel in *Malcesine* am Gardasee, das noch ein Familienbetrieb war. Heutzutage eine Rarität.

Als sie im besagten Hotel ankamen, wurden sie herzlichst begrüßt. Das ältere Ehepaar war sofort angetan von Stella und Eva. Sicher auch, weil beide fließend Italienisch sprachen.

Das *albergo* lag etwas abseits, inmitten eines großen parkähnlichen Gartens. Zahlreiche Zypressen säumten den Weg und überall spitzten die ersten Blüten hervor. Ihre beiden Zimmer hatten Seeblick und der gemeinsame Balkon lud zum Verweilen ein. Hier ließ es sich gut ein paar Tage aushalten. Keine Frage, sie hatten wirklich Glück.

Am Abend fanden sie ein nettes gemütliches Lokal am See und besprachen nach dem vorzüglichen Mahl das Programm für die nächsten Tage.

Stella schaute ihre Großmutter an. Sie war noch immer eine gut aussehende Frau und es ließ sich erahnen, dass sie einmal sehr attraktiv war. „Warum wolltest du denn ausgerechnet nach *Malcesine?*", fragte sie und als die Antwort ausblieb: „Der Gardasee ist wirklich sehr groß und hier gibt es so viele schöne Ortschaften. Das habe ich erst vor ein paar Tagen im Internet recherchiert."

Zögernd fing ihre Oma an zu erzählen. „Als ich sechs Jahre alt war, fuhren meine Eltern mit meinen drei Geschwistern, mir und meinem Opa über den Brennerpass, um Urlaub am Gardasee zu machen. Damals gab es nur die Landstraße. Wir fuhren nach *Sirmione*. An vieles kann ich mich nicht mehr erinnern. Aber an die Esel. Vielleicht fing dort die Liebe zu diesen Tieren an." Stella musste grinsen, ihre Tante Clara hatte Eva vor etlichen Jahren einen Esel geschenkt. Den hatte sie ihr schon als junge Reiterin immer versprochen. „Wenn ich mal einen Reiterhof habe, dann bekommst du deinen eigenen Esel!", hatte sie immer verlauten lassen und eines Tages hatte sie das auch wahr gemacht. Eva hatte sich sehr darüber gefreut; sie hegt und pflegt ihren Esel noch heute.

„Das zweite Mal kam ich mit siebzehn Jahren nach Italien. Ich fuhr mit meiner Schwester Maria und ihrem Freund nach *Malcesine*. Als ich damals auf den See schaute, spürte ich plötzlich, dass ich endlich heimgekommen war. Dieses Gefühl kann man gar nicht so richtig beschreiben. Es war einfach da. Von da an kam ich öfters nach *Malcesine*." Sie blickte versonnen auf den See.

Stella konnte ihre Großmutter gut verstehen. Auch sie liebte dieses Land. Das musste wohl in den Genen stecken. Schon Ihre Urgroßeltern kamen immer wieder hierher. Ihr Urgroßvater hatte hier einige Jahre im Zweiten Weltkrieg und anschließend in amerikanischer Gefangenschaft verbringen müssen. Später fuhren die beiden oft in den Ferien an den Gardasee, nach Venedig, Rom oder in die Toskana.

„In *Malcesine* wurde mir das erste Mal das Herz gebrochen!" Mit diesen Worten durchbrach Eva das angenehme Schweigen. „Wie?", fragte Stella irritiert. „War dein erster Freund aus *Malcesine*?" Eva nickte nur.

Neugierig geworden bohrte Stella nach: „Erzähl mal, das klingt ja spannend!"

„Ich war neunzehn Jahre alt und das dritte Mal am Gardasee. Mit meiner Schwester Elisabeth und ihrem neuen Freund. Die beiden waren frisch verliebt und ständig auf ihrem Zimmer. Aber das machte mir nichts aus. Ich zog alleine los. Mir hat es noch nie etwas ausgemacht, alleine zu sein. Ich spazierte durch die kleinen Gassen, saß stundenlang am See, aß ein Eis und war einfach nur glücklich. Dann lernte ich Franco kennen. Er bediente mich in der Bar, in der ich meinen *cappuccino* trank und meine Ansichtskarten schrieb. Wir kamen ins Gespräch, waren uns sympathisch und verabredeten uns für den Abend." Eva stockte.

„Von da an sahen wir uns jeden Tag. Unsere Gespräche gingen schleppend, da sein Englisch nicht sehr gut war. Meines übrigens auch nicht. Die paar Brocken Deutsch, die er konnte und die zwei italienischen Wörter, die ich damals mühsam erlernt hatte, brachten uns nicht sehr weit. Aber wir verstanden uns trotzdem irgendwie sehr gut. Ich war nach ein paar Tagen total verknallt in Franco. Bis zu diesem Tag hatte ich kaum Erfahrungen mit dem anderen, dem männlichen Geschlecht gesammelt. Es war immer das Gleiche: Die Jungs, die mir gefielen, fanden mich nett, aber bevorzugten dann andere Mädchen und die Jungs, die mir den Hof machten, fand ich langweilig und zu bieder." Eva machte passende Grimassen dazu, so dass Stella laut lachen musste.

„Als die zwei Wochen Urlaub um waren, war ich todunglücklich. Aber wir telefonierten täglich. Dann fuhr ich im Sommer noch einmal hin. Meine Eltern waren nicht begeistert, dass ich alleine nach Italien fuhr. Aber was sollten sie machen, ich war ja schließlich volljährig", erklärte sie mit einem Lächeln auf den Wangen.

Eva machte eine Pause und lehnte sich zurück. Sie starrte auf den See und Stella bemerkte, wie ihr die Erinnerung wehtat. „Du musst es mir nicht erzählen." Stella streichelte ihr den Arm. „Nein, ich möchte es erzählen. Das ist ja ein Teil der Reise. Ich möchte dich nicht nur an die Orte bringen, die so wichtig für mich waren, sondern von meinem Leben erzählen, bevor ich es vergesse." Bei diesen Worten erschrak Stella. Sie wollte es noch immer nicht wahrhaben, dass ihre geliebte Oma in den kommenden Monaten und Jahren alles vergessen würde.

Eva sah das verschreckte Gesicht, nahm Stella in den Arm und sagte: „Keine Angst, ich werde kämpfen, so lange es geht!"

„Also", forderte Stella ihre Oma auf, „wie ging es weiter mit euch?"

„Zuerst freute sich Franco sehr, mich zu sehen. Aber dann merkte ich, dass er mir etwas verheimlichte. Ich sprach ihn darauf an. Aber er wich mir aus. Trotzdem sahen wir uns täglich und verbrachten eine schöne Zeit miteinander. Nur manchmal überkam mich das Gefühl, dass etwas nicht stimmte. Noch einmal sprach ich ihn darauf an. Da wurde er böse und meinte, er habe keine andere Frau und es nerve ihn, wenn ich das annähme. Also sagte ich nichts mehr. Dann kam der Abend, der alles veränderte: Ich hatte beschlossen, dass ich mit ihm schlafen wollte. Bis zu diesem Zeitpunkt hatte ich es noch nie getan."

Eva seufzte: „Hätte ich das doch nie getan. Ich hatte mir alles so romantisch vorgestellt, wie in einem von diesen Schnulzenromanen. Wir waren in einem schönen Lokal essen und gingen danach am See spazieren. Es war schon sehr spät und der Strand menschenleer. Da küsste ich ihn wieder, aber diesmal ließ ich es nicht zu, dass er irgendwann aufhörte. Ich verführte ihn." „Und dann?" Stella konnte es vor Neugier fast nicht erwarten, zu erfahren, was damals passiert war.

Malcesine, 15. August 1979

Als er sie küsste, wanderte ihre Hand hinunter. Er stockte. Doch sie forderte ihn auf, weiterzumachen.

Sie nahm seine Hand und schob sie unter ihre Bluse. Sie hatte keine Ahnung, was sie da tat. Sie kam sich sehr unbeholfen vor, aber sie wollte es endlich wissen. Sie fand, sie war alt genug dazu.

Warum nur war er so gehemmt? Waren Männer immer so,

wenn es zum Letzten kam?

Egal, sie wollte es hier und jetzt.

Als er endlich auf ihr lag und in sie eindrang, war es weder spektakulär, noch besonders schön. Nach wenigen Minuten war alles vorbei.

Etwas enttäuscht lag sie neben ihm. Und das soll es gewesen sein, fragte sie sich. Sie konnte nicht verstehen, dass „darum" so ein Aufhebens gemacht wurde. Franco war auch nicht mehr sehr zärtlich. Er sah etwas verschreckt aus. Vielleicht hatte er nicht erwartet, dass sie noch Jungfrau war.

An diesem Abend verabschiedete er sich relativ früh, er sei müde, habe heute viel gearbeitet. Und sie verstand. Sie verstand immer. Sie sagte zu ihm, sie sähen sich ja morgen. Er nickte ihr nur kurz zu.

Doch als sie am nächsten Tag zur Bar kam, war er nicht da. Er sei krank, hieß es. Also lief sie zu ihm nach Hause. Aber dort machte ihr niemand die Türe auf. Langsam machte sie sich Sorgen um ihn.

Um sich zu beruhigen, ging sie ein wenig am See spazieren. Kurze Zeit später stand sie wieder vor seinem Haus. Aber auch dieses Mal hatte sie keinen Erfolg.

Die nächsten Tage wurden unerträglich. Sie sah ihn nicht mehr, weder an seiner Arbeitsstelle noch zu Hause. In der Bar wollte sie dann nicht noch einmal nach ihm fragen, es war ihr unangenehm.

Und nach einigen Tagen war es ihr dann auch so klar geworden. Er wollte sie nicht mehr sehen. Ihr Schmerz war unerträglich.

Sie schrieb ihm einen Brief, schmiss ihn in den nächsten Briefkasten, packte ihren Koffer und fuhr vorzeitig nach Hause.

Verona, 20. März 2034

Stella schaute am Morgen vorsichtig ins Zimmer ihrer

Großmutter. Sie machte sich Sorgen aber ihre Oma schlief noch immer.

Der gestrige Abend hatte so entspannend angefangen. Aber dann hatte sie die verhängnisvolle Frage gestellt und Eva hatte zu erzählen angefangen. Als die Beiden dann ins Hotel zurückkamen und Stella ihre Oma auf das Zimmer begleitete, bemerkte sie, dass sie immer noch diesen nachdenklich und traurigen Blick hatte. Später machte Eva einen verwirrten Eindruck auf ihre Enkelin, denn als sie aus dem Badezimmer zurückkam, hatte sie anstatt ihres Schlafanzuges ihr Sommerkleid angezogen.

Eva bemerkte Stellas fragenden Blick und meinte erstaunt: „Wollten wir denn jetzt nicht nach *Verona* fahren?"

„Nein, Oma, jetzt schlafen wir erst mal. Morgen nach dem Frühstück fahren wir los", redete sie beruhigend auf die ungläubig schauende Eva ein.

Am nächsten Morgen ging Stella direkt zur Rezeption und fragte, ob sie ausnahmsweise das Frühstück mit aufs Zimmer nehmen könnte. Ihrer Oma ginge es heute Morgen nicht so gut. Wie sie schon fast erwartete, hatten die netten Besitzer nichts dagegen einzuwenden.

Als sie dann aber wieder das Zimmer betrat, stand ihre Oma fröhlich lächelnd und eingekleidet vor ihr. „Wann geht es los? Ich freu mich schon so sehr, dir das Haus von *Romeo e Giulia* zu zeigen." Stella war zwar sehr erstaunt, freute sich aber, dass es ihrer Oma anscheinend besser ging und sie erholt wirkte.

Nach dem Frühstück, bei dem Eva munter plauderte, fuhren sie also wie geplant nach *Verona*.

Auf der Fahrt am See entlang wurde Eva wieder ruhiger und rief plötzlich: „Schau, da vorne geht es nach *Cisano* und nach *Garda*. Hier habe ich oft Urlaub gemacht. Erst mit deinen Urgroßeltern und deinem Vater. Wir wohnten in einem Mobilheim am See. Dein Vater war hier immer sehr glücklich, denn er hatte genug Platz, um sich auszutoben. Er war ein richtiger Temperamentsbolzen. Später, als ich mit Opa verheiratet war, kamen wir noch einige Male hierher. Einmal, das war noch vor der Geburt deiner Tante, machten wir auf der anderen Seeseite in *San Felice di Benaco* einen Zelturlaub. Das war sehr lustig. Am letzten Tag regnete es in Strömen und alles war nass", kicherte Eva. Ihre Augen leuchteten, während es nur so aus ihr heraussprudelte.

So verging die Zeit sehr schnell und sie waren wie im Fluge auf dem Parkplatz vor den Toren Veronas angekommen. Hier mussten sie ihr Fahrzeug parken, da man in die meisten europäischen Städte nicht mehr mit dem Auto hineinfahren durfte.

Große Parkhäuser vor den Zentren und ein Shuttle Service waren schon vor langer Zeit eingerichtet worden. Die hohe Luftverschmutzung, die der Gesundheit mehr schadete, als man jahrelang annahm und die hohen Schäden an den historischen Gebäuden, dazu der Verkehrslärm, alles das hatte zu diesen Maßnahmen geführt.

Nach einem ersten Aufschrei in der Bevölkerung hatte sich diese mittlerweile gut daran gewöhnt und war sogar erleichtert, dass die allabendliche Suche nach freien Parkplätzen nicht mehr stattfand. Die Innenstädte waren wieder voller Lebensfreude und Gemütlichkeit.

Die Geschäfte, die vor einigen Jahren fast alle schließen mussten, da sie sich nicht mehr gegen die rasante Zunahme der Einkäufe im Internet behaupten konnten, waren zu neuem Leben erwacht.

In den Innenstädten gab es fast nur noch Fußgängerzonen, Parkanlagen, gemütlich gestaltete Plätze mit vielen Blumen und Bäumen. Kindergeschrei war nun noch das Einzige, was die angenehme Ruhe durchbrach. Fahrzeuge sah man nur noch selten in Form von Shuttlebussen, Lieferfahrzeugen und Krankentransportern.

Und so war es auch in *Verona*. Eva lief mit leuchtenden Augen und offenem Mund durch die Straßen. Hin und wieder kommentierte sie voller Begeisterung die alten Häuser und Gassen. Ihre Erinnerungen kamen hoch und sie teilte sie ihrer Enkelin fortwährend mit.

„Schau mal, da drüben, die Arena. Da müssen wir hinein, da waren wir auf den Steinbänken gesessen. Ich weiß noch genau, auf unserer Hochzeitsreise im März 1996, hatten dein Vater Alessandro und wir, zwei frisch verliebte Turteltäubchen", sie kicherte wieder, „hier in *Verona* einen Zwischenstopp eingelegt. Dein Vater Alessandro trat mal wieder in die Rolle eines Ritters und rannte vergnügt und laut rufend durch die Reihen und wir beiden liefen Händchen haltend hinter ihm her."

Sie stutzte: „Oh, das ist aber ganz schön teuer geworden. Die spinnen ja. Ich kann die Italiener verstehen, aber … Die letzten Jahrzehnte waren nicht einfach für dieses stark gebeutelte Volk."

Und dann holte Eva erst mal tief Luft: „Weißt du, die Italiener hatten keine Regierung länger als ein paar Monate oder wenige Jahre. Es kam Berlusconi, dann der Euro. Das war für dieses schöne Land eine wahre Katastrophe."

Immer wenn Eva über ihr Lieblingsland redete, nahm sie so richtig Fahrt auf und war kaum noch zu stoppen.

„Aber das weißt du ja bestimmt alles. Das habt ihr bestimmt alles in der Schule gelernt: Die Sparmaßnahmen und die Hilfsfonds für Griechenland, Spanien, Portugal usw."

Eva sah Stellas Blick: „Damit langweile ich dich sicherlich nur." Also lenkte sie sofort ab: „Schau mal, da drüben geht es zur *'Piazza delle erbe'*. Von dort ist es nicht mehr weit zum Balkon der Giulia und ihrem Romeo." Mit diesen Worten und flinken Schritten entfernte sie sich von der Arena, ohne hineingegangen zu sein.

Der Tag in *Verona* verlief ausgesprochen fröhlich. Eva lief wie ein Wiesel durch die Altstadt. Sie kaufte Blumen und ein Seidentuch mit einem Motiv aus Mohnblumen, ihrer Lieblingsblume, auf der ‚*Piazza delle erbe*‘, welcher schon seit Jahr-zehnten bekannt war für seinen lebendigen Markt. Kurze Zeit später fanden sie den Balkon von Giulia. Aber er war so voller Touristen, dass Eva enttäuscht der Szenerie entfloh.

Sie besichtigten das beeindruckende *Castelvecchio* und den *Ponte Scaligero,* das im 14. Jahrhundert von *Cangrande II. della Scala* erbaut wurde, entschieden sich aber dagegen, das in der Burg beherbergte Museum anzusehen, da es schon recht spät war.

Eva wollte unbedingt auf die andere Seite des Flusses, dem *Adige*. Sie suchte die alte *Osteria*, in der Georg, Alessandro und sie vor vielen Jahren so gut gegessen hatten. Bis ins letzte Detail erzählte Eva von diesem Abend. Sie seien den ganzen Tag herumgelaufen und hatten Hunger und dann fanden sie dieses Lokal und wussten nicht, dass es ein so feines Restaurant sei.

Als sie es betraten, war es schon zu spät und der freundliche Kellner hatte ihnen schon einen Platz angeboten. Er tat so, als würde er gar nicht bemerken, dass sie hier nicht hineinpassten. Heimlich versteckte Eva die Plastiktüte ihrer Einkäufe unter dem Tisch. Sie aßen so gut wie noch nie vorher. Eva war ganz begeistert von dem Ambiente, von den riesigen Tellern und den kleinen, aber feinen Portionen. Sie kam sich damals wie eine Prinzessin vor.

Ihr war klar, dass es unwahrscheinlich war, nach all den Jahren dieses tolle Lokal wieder zu finden. Sie fragte sich, was sie denn dort heute vorfinden könnte. Eine Fast-Food-Kette, die Ende des letzten Jahrhunderts wie Pilze aus dem Boden geschossen waren oder die Gegenbewegung, die es seit einigen Jahren gab, ein Slow-Food-Restaurant? Aber was sie dann vorfand, damit hatte sie überhaupt nicht gerechnet.

Als sie den kleinen, verwunschenen Laden betrat, wusste sie erst gar nicht, was sie dort entdeckt hatte. Die Einrichtung musste mindestens hundert Jahre alt sein und die Wände waren in schönen Pastellfarben gestrichen. In den freundlichen, hellen Vitrinen gab es Süßigkeiten, wie Eva sie aus ihrer Kindheit kannte. ‚Leckmuscheln' und ‚Pfenniglutscher', Riesengummischlangen und feinste Nougatpralinen.

‚Das musste das Paradies sein', dachte sich Eva.

Hinter der Theke stand eine fröhliche, junge Frau, die ihre langen blonden Haare zu einem seitlichen Zopf gebunden hatte und fragte, ob sie helfen könnte.

Stella und Eva standen minutenlang mit überraschtem, offenen Mund im Eingangsbereich.

Nachdem sie sich gefangen hatten und in der Auslage die herrlichen *cup cakes* sahen, entschlossen sie sich, an dem einzigen kleinen Tisch Platz zu nehmen und erst mal eine Köstlichkeit, inklusive einem leckeren *cappuccino,* zu sich zu nehmen.

Schnell kamen sie mit der jungen Besitzerin ins Gespräch und es wurde klar, sie war auch aus Bayern. Sie hatte einige Zeit in London gelebt und dort die Ausbildung zu einer Konditorin gemacht. Einige Jahre später hatte sie sich dann ihren Traum erfüllt und diesen kleinen Laden eröffnet.

Neben *cup cakes* kreierte sie die ausgefallensten Torten mit Motiven für jede Gelegenheit. Das konnte dem Sportbegeisterten genauso gefallen wie der flippigen Musikerin. Und so kam es dann auch, dass sie sich mittlerweile vor Aufträgen kaum noch retten konnte.

Eva wäre am liebsten noch viel länger bei der sympathischen, jungen Frau geblieben und hätte gerne noch lange ihren spannenden Geschichten zugehört. Aber es wurde schon dunkel und Stella mahnte zum Aufbruch.

Vor der Rückfahrt, Eva war aufgewühlt und erschöpft, aßen beide nur noch schnell eine *pizza al taglio,* die es nach wie vor in den italienischen Städten gab. Stella war begeistert von den kleinen Lokalen, in denen man Pizzastücke nach Wunsch und Gewicht bekam. Manchmal gab es dort auch noch Leckereien wie *arancini*: Frittierte Reisbällchen, gefüllt mit Hackfleischsoße, Erbsen und Mozzarella.

Im Hotel angekommen, saßen sie müde und zufrieden noch auf dem Balkon des Hotels und beobachteten, wie es langsam ruhiger wurde.

„Ich habe nie erfahren, warum Franco mich nicht mehr sehen wollte", erzählte Eva plötzlich und unerwartet. „Und soll ich dir was sagen: Obwohl ich so glücklich verheiratet bin, ist er mir nie aus dem Kopf gegangen. Nicht weil ich ihn noch liebe oder so, sondern nur, weil ich gerne den Grund erfahren würde!"

Stella nickte. Ein wenig konnte sie ihre Oma verstehen. Sie hatte auch nie erfahren, warum ihr bester Kumpel Alexander, in den sie sich mit fünfzehn Jahren verliebt hatte, sich so merkwürdig verhalten hatte. Genauso wie in dem Lied von Klaus Lage, das schon so alt war und von der Jugend immer noch gesungen wurde: ‚Tausendmal berührt, tausendmal ist nichts passiert, tausend und eine Nacht und es hat Zoom gemacht.'

Nachdem sie ihn dann einfach geküsst hatte, war alles anders. Er hatte eine unsichtbare Mauer aufgebaut und im Laufe der nächsten Zeit sahen sie sich kaum noch.

Kurze Zeit später ist er dann zum Studieren weggegangen und sie hatte nie mehr wieder etwas von ihm gehört.

„Und warum suchst du ihn nicht?", fragte Stella.

„Ich weiß nicht? Soll ich mich nach über fünfzig Jahren vor ihn hinstellen und fragen, warum er das gemacht hat? Ist doch irgendwie blöd und … peinlich!"

Eva überlegte: „Nee, das trau ich mich nicht und vielleicht lebt er ja gar nicht mehr."

Und damit war für sie das Thema erledigt. Um dem

Ganzen den nötigen Nachdruck zu verleihen, ging sie ins Bett.

Sirmione, Borghetto di Valeggio sul Mincio, 21. März 2034

Am heutigen Tag wollten sie nach *Sirmione* fahren, mit einem kleinen Abstecher nach *Borghetto di Valeggio sul Mincio*. Schon am Frühstückstisch merkte man, dass es ein schöner, sonniger Tag werden würde.

Sirmione hatte sich überhaupt nicht verändert. Obwohl es erst März war, wimmelten schon hunderte Touristen durch die Altstadt.

„Hat sich nichts verändert", murmelte Eva. „Schon bei den letzten Besuchen, als ich da war ...", sie überlegte, „... 1995 mit meinen Eltern und Alessandro, 1997 mit Georg und Alessandro, 2013 mit meinen Schwestern und meiner Mutter, musste man auf den riesigen Parkplätzen vor der Stadt parken."

„Und dann musste man zu Fuß in die Altstadt laufen", schnaufte sie. „Meine Mutter konnte nicht mehr gut gehen und so fuhren wir sie im Rollstuhl durch die Stadt."

Vor dem großen Stadttor standen kleine Verkaufswagen, die im Wasser gekühlte Kokosnüsse und Obstscheiben zum Verkauf anboten.

„So, da muss ich mir erst mal ein Stück Kokosnuss holen. Das hat Tradition!", rief Eva begeistert. Dem Verkäufer erzählte sie voller Stolz, dass sie das erste Stück 1966 mit sechs Jahren genau an der gleichen Stelle gegessen hatte und es nicht mehr vergessen konnte. Der Geschmack dieser Kokosnuss ist ihr immer im Gedächtnis geblieben.

Eva und Stella blieben nicht sehr lange im überfüllten *Sirmione* und fuhren lieber weiter nach *Borghetto di Valeggio sul Mincio*, wo es angenehm ruhig und gemütlich war.

In der *trattoria* auf der Brücke, die Eva schon seit

Jahrzehnten kannte und die sich überhaupt nicht verändert hatte, aßen sie zu Mittag. Danach fuhren sie zurück zum Hotel nach *Malcesine*. Eva wollte sich ausruhen. Der gestrige Tag hatte sie doch mehr angestrengt, als sie am Morgen noch angenommen hatte.

Stella nutzte die freie Zeit und lief alleine durch die kleinen Gassen von *Malcesine*. Nicht ganz ohne Hintergedanken. Sie wollte mal sehen, ob sie nicht fündig wurde. Als Eva von Francos Bar erzählte, hatte sie bewusst nochmals nachgehakt. Und sie hatte Glück. Es gab diese Bar noch immer. Erst mal trank sie ihren *caffè* und checkte die Lage. Später kam sie in ein nettes Gespräch mit dem älteren Barbesitzer.

Wenn die Italiener merkten, dass sie fließend Italienisch sprach, waren sie sofort von ihr angetan. Heute sprach jeder nur noch Englisch. Und Stella hatte Glück. Sie erfuhr so einiges von Franco.

Venezia, 22. März 2034

Eva freute sich. Heute sollte es nach Venedig gehen. *Venezia*! Dafür stand die Langschläferin gerne auch mal zu einer unmenschlichen Uhrzeit auf.

Venezia! Die Stadt, die schon seit Jahrzehnten untergehen sollte. Den Gefallen tat sie den Menschen aber nicht. Gott sei Dank, dachte Eva. So eine außergewöhnliche, einzigartige Stadt gab es nur einmal auf der Welt. Wie oft war sie schon hier gewesen? Das erste Mal mit Marco. Marco? Was wohl aus ihm geworden war?

Marco hatte sie in Starnberg kennengelernt. Er saß immer mit seinem Freund in der Eisdiele. Das war 1980. Eines Tages fragte er sie, ob sie Feuer für ihn hätte. Eva rauchte aber nicht und verneinte. Trotzdem kamen sie ins Gespräch. Sein Deutsch war sehr schlecht. Kein Wunder, er war gerade erst aus *Puglia* angekommen. Der Arbeit wegen, wie so viele in dieser Zeit.

Sie sahen sich von nun an öfter und eines Tages waren sie dann ein Paar.

Mit Marco war sie Ostern 1982 hier in *Venezia*. Natürlich waren auch damals schon Touristen anwesend, aber noch nicht so viele wie später. Eva war im Laufe der Zeit dann einmal alleine, einmal mit Georg und Alessandro und einmal mit Georg und Clara sowie noch einige andere Male in *Venezia*.

Clara wollte *Venezia* damals unbedingt sehen, bevor diese außergewöhnliche Stadt vielleicht doch noch untergeht. Sie redete von nichts anderem mehr, so dass ihre Hartnäckigkeit letztlich belohnt wurde. Auf der Heimreise von *San Marino*, wo sie drei Wochen lang ihren Urlaub verbracht hatten, fuhren sie dann nach *Venezia*. „Das ist nun aber auch schon wieder über zwanzig Jahre her", sinnierte Eva nachdenklich.

Umso mehr freute sie sich auf den heutigen Tag. Stella würde Augen machen. Sie hatte noch eine Überraschung bereit. Ohne es Stella erzählt zu haben, hatte sie vor einigen Tagen ihre Freundin Gabriella in Venedig angerufen.

Gabriella, ein alte Freundin aus den Jugendtagen in München, hatte einen Venezianer geheiratet und war deswegen schweren Herzens aus ihrer Heimat in den Dolomiten in seine Stadt gezogen. Gabriella sprach fließend Deutsch. Sie liebte Deutschland, so wie Eva Italien liebte, und so war es schon als junges Mädchen ihr Traum, einen Deutschen zu heiraten.

„Wir lachten immer darüber, weil ich immer einen Italiener haben wollte und wir beide kein Glück mit den Männern hatten. Am Ende habe ich einen deutschen Mann geheiratet und sie einen italienischen", lächelte sie.

Stella und Eva fuhren von *Mestre* aus mit dem *vaporetto* direkt nach *Venezia*. An diesem Tag war es noch ein wenig nebelig, was der Stadt ein besonderes Flair gab.

Als sie am *San Marco* ankamen, führte Eva die begeisterte Stella direkt auf eine kleine *Piazza*, die etwas versteckt Richtung Marinehafen lag. Stella wollte zuerst gar nicht von der *Piazza San Marco* weggehen, aber als sie die Preise für einen Espresso in einer der vielen Bars rund um diesen Platz sah, folgte sie ihrer Oma willenlos. In der kleinen Bar, in der augenscheinlich nur Venezianer saßen, nahmen sie ein günstiges, aber sehr gutes zweites Frühstück ein.

Und dann rückte Eva mit Ihrer Überraschung heraus.

„Wir treffen Gabriella um 11 Uhr 30 an der ‚Seufzerbrücke', dann möchte sie uns ein paar Sehenswürdigkeiten von Venedig zeigen. Glaub mir, keiner kennt sich in *Venezia* besser aus. Am Ende unsere Städtetour begleiten wir sie nach Hause, wo schon ihr Mann Roberto auf uns wartet."

Sie lächelte und bohrte mit ihrem Zeigefinger in ihre Backe. Das machen die Italiener, wenn etwas sehr gut schmeckt und sagen ‚*buono*' dazu.

„Roberto ist ein begnadeter Koch!", erklärte Eva weiter.

Überrumpelt ließ sich Stella durch die kleinen Gassen ziehen. „Schau, Stella, die vielen Künstler an der Promenade", rief sie begeistert. „Hier hat sich dein Vater auch mal malen lassen. Du kennst doch das Bild in meinem Schlafzimmer." Und dann jammerte sie: „Ach, Stella, ein Tag in *Venezia* ist einfach zu kurz, wie soll ich dir da alles zeigen?"

Stella war wirklich sehr erstaunt. Sie hatte schon so viele Filme und Fotos von *Venezia* gesehen, aber in der Realität war es viel beeindruckender.

Die Seufzerbrücke, die im frühen 17. Jahrhundert erbaute weiße Kalksteinbrücke, schlägt ihren Bogen über den *Canal Rio di Palazzo* und verbindet so den Dogenpalast mit dem Gefängnis. Daher auch der Name. Denn wer damals verurteilt wurde, sah ein letztes Mal auf die Lagune.

Eva sah Gabriella sofort. Auch wenn wieder einmal Jahre

seit dem letzten Treffen vergangen waren, erkannten sich die beiden sofort. Heimlich wischte Eva sich ein paar Tränen weg und Gabriella rief begeistert: „Wie machst du das nur? Du hast dich überhaupt nicht verändert."

„*Non esagerare*, übertreibe nicht!", antwortete ihr Eva.

Nachdem sich dann auch Stella vorgestellt hatte, ging es los. Gabriella bewegte sich immer noch so flink durch die Gassen wie früher. Lachend erklärte sie der staunenden Stella, dass sie und ihr Mann Roberto alles ohne Auto machen würden. So bliebe man einfach fitter. Sie ergänzte, dass es außerdem von großem Vorteil sei, wenn man sogar die Einkäufe stets zu Fuß nach Hause bringen müsste.

Im Laufe des Tages jedoch fügte sie allerdings hinzu, wie schwierig es oft sei, in so einer Stadt zu leben. Manchmal würde sie lieber in *Belluno,* wo sie aufgewachsen war, wohnen.

„*Venezia* ist so teuer", erklärt sie. „Hier leben fast nur noch reiche Ausländer. Die Einheimischen können es sich selten leisten, die hohen Renovierungskosten für die häufig sehr baufälligen *Palazzi* und anderen Gebäude zu bezahlen."

Zwar ist Venedig noch nicht untergegangen, aber durch den stetig steigenden Meeresspiegel, wird es immer schwieriger, die Stadt zu retten. Das *‚Acqua alta',* das Hochwasser, das Venedig mehrmals im Jahr überschwemmt, wird auch immer extremer.

„Unser Sohn Massimiliano hat es schon vor Jahren vorgezogen, aufs Festland zu ziehen."

Dann hakte sich Gabriella bei den beiden Frauen unter und zog sie weiter zum ältesten Fischmarkt der Stadt.

Am C*ampo della Pescheria* boten die Fischhändler ab etwa neun Uhr in der Früh ihre fangfrischen Waren, wie zum Beispiel Thunfisch, Aal, Hai, Seezunge, Dorade oder Krusten- und Schalentiere an. Und das unter den Arkaden des venezianischen Bauwerkes, das Anfang des 20. Jahrhunderts auf Pfählen errichtet wurde.

„Nun zeige ich euch aber noch meine Lieblingskirche!" Und mit diesen Worten bog sie in einen dunklen, verwinkelten Weg ein, der etwas unheimlich wirkte. Stella dachte sich, dass sie alleine nie in einen solchen Weg gegangen wäre.

Eva war begeistert: „Die *Chiesa San Polo* hast du uns damals auch gezeigt. Damals als Clara und Georg dabei waren. Besonders schön fand ich das Bild vom Abendmahl, gemalt von Tintoretto. Und da vorne muss die tolle Bar sein, bei der wir die leckeren *tramezzini* und *focaccie* gegessen hatten."

„Stimmt! Ich hatte ganz vergessen, dass du ein Elefantengedächtnis hast! Zum *Campo Santa Margherita* gehen wir anschließend und essen erst mal eine Kleinigkeit", erwiderte Gabriella lachend.

Kurze Zeit später stärkten sich die drei Frauen in der angesprochenen Bar, die es tatsächlich immer noch gab.

Nachdem Stella über Blasen an ihren Füßen klagte und Eva immer ruhiger wurde, beschlossen alle drei, den Rückweg zu Gabriellas Wohnung anzutreten.

Gabriella wohnte in *Cannaregio*, unweit vom „*Ghetto Ebreico*", dem hebräischen Viertel, das es seit Anfang des 16. Jahrhunderts gab. Entstanden ist es, weil die jüdischen Händler zwar in die Stadt kamen, sich aber nicht niederlassen durften. Der Senat gestattete ihnen später, sich auf der Insel mitten in der Stadt und mit nur zwei Zugängen niederzulassen. Die Gebäude dort stehen auf Pfählen im Wasser, sind ungewöhnlich hoch und eng aneinander geschmiegt.

Auf dem Weg zur Wohnung kamen sie an einer Anlegestelle für Gondeln vorbei und Gabriella erzählte: „Mit der Gondel zu fahren wird mit jedem Jahr teurer. Wenn ihr aber trotzdem mal mit einer fahren wollt, dann könnt ihr dies hier für nur 2 Euro machen und auf die andere Seite des *Canal Grande* übersetzen. Ist zwar nicht so bequem wie mit den teuren Touristengondeln, um aber mal einen Eindruck zu erhalten, lohnt sich die kurze Überfahrt auf jeden Fall. Ein Geheimtipp!"

Stella war sofort begeistert von dieser Idee und so setzten die drei spontan diesen Vorschlag in die Tat um. Lange konnten sie aber nicht auf der anderen Seite verweilen, denn Roberto wartete schon und verwöhnte das aufgedrehte Trio mit einem unschlagbaren venezianischen Menü.

Erschöpft, aber glücklich fuhren Stella und Eva zu später Stunde zurück zum Hotel nach *Malcesine*. Eines wussten jedoch beide ganz genau: Den morgigen Tag wollten sie auf jeden Fall nur faulenzen. Nichts würde sie von einem Ruhetag abbringen.

Malcesine, 24. März 2034

Den gestrigen Tag haben Stella und Eva entspannt im Garten des Hotels verbracht. Die Frühlingssonne entwickelte mittlerweile eine enorme Energie und es war angenehm warm.

Für Stella, die die bronzefarbene Haut ihres Vaters geerbt hatte, war das jedoch kein Problem und Eva lag sowieso lieber im Schatten und las ihre mitgenommenen Bücher. In dieser Beziehung war sie altmodisch. Sie liebte den Geruch der bedruckten Seiten und das Rascheln beim Umblättern. Ihren modernen *E-Book-Reader* nahm sie nur auf Flugreisen mit.

Eva hatte am Ende der achtziger Jahre bei einem EDV-Informatiker und einer EDV-Zubehör-Firma gearbeitet. Sie war sofort fasziniert von der Welt des Computers und hat sich in ihrer Freizeit das Arbeiten am PC mit Hilfe eines Handbuches selbst beigebracht. Es fiel ihr leicht, denn logisches Denken war immer schon ihre Stärke gewesen.

Eva, die in Mathematik gut war, musste sich in der Schulzeit immer anhören, dass sie lieber English lernen sollte, das wäre wichtiger für eine Frau. Aber damit tat sie sich sehr schwer. Zum Leidwesen ihrer Englischlehrerin, die so gar nicht verstehen konnte, wie ein Mädchen so sprachunbegabt sein konnte. Bei diesem Gedanken grinste sie innerlich. Im Englischunterricht war sie eine Katastrophe, später unterrichtete sie aber jahrzehntelang mit großer Leidenschaft Italienisch.

Zum ersten Mal sah Eva einen Computer in der Münchner Universität. Das war 1984. Michael, ein guter Bekannter und Informatikstudent, hatte ihr voller Stolz die Räumlichkeiten und seine Fähigkeiten beim Bedienen des Gerätes gezeigt.

Ehrfürchtig hatte Eva die grauen, klobigen Kisten mit der grünen Schrift bewundert.

Dass sie selbst eines Tages mit diesen Dingern arbeiten würde, ahnte sie zu diesem Zeitpunkt nicht.

Düsseldorf, August 1990

Als Eva mit ihrem Chef 1990 auf die Computermesse nach Düsseldorf fuhr, um dort seine Sprachcomputerprogramme, an denen sie mitgearbeitet hatte, zu verkaufen, tat sich für Eva eine ganz neue Welt auf.

Auf der Messe wimmelte es nur so von Männern. Frauen sah man meistens nur an den Informationsschaltern. Eva, die sich auch nur zum Teil mit Computern auskannte, wurde oft von ihrem Chef am Messestand der Firma allein gelassen. „Das machst du schon!", war der Kommentar ihres Chefs.

„Ja, aber was mache ich, wenn ein Interessent eine Frage hat, die ich nicht beantworten kann?"

Er lachte: „Du kennst doch das Ego der Männer. Lass sie reden und höre zu. Hin und wieder nickst du zustimmend. Das ist alles." Und mit diesen Worten verschwand er in der Menschenmenge.

Zuerst war Eva sichtlich nervös, als sie aber merkte, dass der Trick funktionierte, wurde sie immer ruhiger und lässiger. Es machte ihr immer mehr Spaß und am Ende des Tages hatte auch sie einiges dazugelernt.

Am Abend fuhren sie in die Altstadt von Düsseldorf. Aufgrund der Messe war die Innenstadt voller Menschen. Wie die meisten, die an einem Messestand gearbeitet hatten, waren auch Eva und ihr Chef total ausgehungert.

Doch zum Leidwesen der beiden waren alle Restaurants bis auf den letzten Platz besetzt. Kurzentschlossen suchten sie also erst mal eine typische Düsseldorfer Bierkneipe auf.

Schon nach den ersten Schlucken Bier wurde es Eva schwindelig. Kein Wunder, auf fast nüchternen Magen. Wie es aber aussah, gab es kein absehbares Ende der Misere. Die Esslokale waren weiterhin voll und vor den Türen standen wartende Schlangen.

Ihr Chef, ein gebürtiger Rheinländer, hatte eine geniale Idee. Er ging zur Theke, redete mit dem Besitzer der Bierkneipe und verschwand aus der Eingangstür. Nach einer Weile kam er mit zwei Menükarten aus dem Lokal gegenüber zurück. Eva staunte nicht schlecht, als sie sich etwas aus der Karte heraussuchen sollte. Ihr Vorgesetzter merkte sich ihren Wunsch und trabte noch einmal ins gegenüberliegende Restaurant. Und tatsächlich, kurze Zeit später brachte eine Bedienung, sehr zum Erstaunen der herumstehenden Gäste, die bestellten Gerichte. „Das wäre in Bayern nicht möglich gewesen!", rief Eva erstaunt.

„Aber warum denn nicht? Auf diese Art und Weise verdienen doch beide!", erklärte ihr Chef und lachte.

Malcesine, 24. März 2034

Eva lachte leise. Stella schaute zu ihr hin und fragte: „Ein lustiger Krimi?"

„Nein, nein, ich musste nur an meinen ehemaligen Chef

denken."

Stella schaute ihre Oma verwirrt an, hoffentlich waren das nicht auch Anzeichen ihrer Erkrankung.

Und so verging der Tag ohne besondere Ereignisse. Dass Stella sich mal kurz verdrückte, um zu telefonieren, fiel Eva gar nicht auf.

Am Abend machten sie neue Pläne für die nächsten verbleibenden Tage am Gardasee. Eva wollte noch nach *Udine* und *Padua*.

Ihr war schon klar, dass sie nicht alle Orte ihrer vergangenen Reisen besuchen konnten, denn dann hätten sie bestimmt ein ganzes Jahr umherreisen müssen. Aber wenigstens die Punkte mit den besonderen Ereignissen und an die Orte, wo noch immer alte Freunde von ihr lebten, wollte sie unbedingt hin. Da half es auch nichts, wenn Stella die Reiseroute ein wenig beeinflussen wollte. Eva blieb hartnäckig und Stella stellte fest, dass sich langsam auch bei ihr die Alterssturheit einstellte. Einwände von Stella, sie sollte sich ein wenig schonen, ließ sie erst recht nicht gelten und so stand fest, morgen würden sie für zwei Tage nach *Udine* fahren, da die Anreise diesmal zu lang war.

Udine, 25. März 2034

Eva war schon seit Stunden wach. Sie freute sich so sehr auf Francesca. Wie lange hatte sie diese nicht mehr gesehen? Kennengelernt hatten sie sich in den achtziger Jahren über den Freund ihres Bruders Thomas.

Francesca wollte in München ihre Deutschkenntnisse aufbessern und wohnte in einem Studentenwohnheim in München. Eva mochte Francesca auf Anhieb. Trotz ihrer Schönheit war sie so natürlich. Einige Jahre hatten sie sich noch gegenseitig besucht. Irgendwann ist die Freundschaft aber trotzdem eingeschlafen und erst vor wenigen Jahren hatten sie sich endlich in München wiedergesehen. Sie hatten so viele Tränen der Freude vergossen, man hätte einen Swimmingpool damit füllen können.

Und nun würde sie Francesca endlich wiedersehen. Noch mal rechnete sie nach. Es müssen schon wieder acht Jahre vergangen sein. Aber wenigstens schrieben sie sich nun regelmäßig E-Mails und so wusste Eva auch vom Tod ihres Mannes vor zwei Jahren. Er war ein bekannter Professor für Chirurgie.

Francesca vertröstete sich selber immer nur auf später. Später hätten sie Zeit zum Reisen, später könnten sie gemeinsam ihren Hobbys nachgehen. Aber nun war es zu spät: Ihr Mann war tot.

Nach mehreren Fehlgeburten hatten sich Francesca und ihr Mann dazu entschlossen, ein Kind aus Afrika zu adoptieren. Dem großen Glücksgefühl, endlich einen Sohn zu haben, folgten dramatische Jahre seiner langen Krankheit und seinem Tod. Was die Adoptiveltern vorher nicht gewusst hatten: Ihr Sohn war von Geburt an mit HIV infiziert und als er fünfzehn Jahre alt war, brach die Krankheit aus.

AIDS: der Schrecken der achtziger und neunziger Jahre. Zunächst unberechtigt verrufen als Schwulenkrankheit, wurde sie erst vor wenigen Jahren endgültig besiegt.

Dieser schwere Schicksalsschlag ertränkte Francescas Mann in seiner Arbeit an der Uniklinik in Trieste. Sie ging in einer ehrenamtlichen Tätigkeit auf. Die Ehe litt sehr darunter. Dass sie nicht endgültig zerbrach, lag nur an Francescas großer Hoffnung auf einen entspannten, gemeinsamen Lebensabend.

Eva fragte sich oft, wie viel Leid ein Mensch ertragen konnte. Wenn sie auf ihr eigenes Leben zurückblickte, war sie im Großen und Ganzen immer sehr zufrieden damit.

Natürlich hatte auch sie Höhen und Tiefen durchlebt: Ihr Herz wurde mehrmals gebrochen. Sie hatte die ersten Jahre ihren Sohn alleine großgezogen. Ihre Ehe mit Georg war zwar sehr glücklich, aber die über Jahrzehnte andauernde Wochenendehe war zermürbend. Zudem gab es die monatelangen Trennungen durch die Auslandseinsätze ihres Mannes bei der Bundeswehr. Gesundheitliche Beschwerden, die pflegebedürftigen Eltern und Verwandten machten das Leben auch nicht einfacher.

Aber trotz allem wollte sie mit niemandem tauschen. Ihr Leben hatte so viele Überraschungen für sie bereitgehalten.

Sie hatte die interessantesten und ihrer Meinung nach liebsten Menschen kennenlernen dürfen. Sie hatte eine großartige Familie, angefangen bei ihrem liebevollen Ehemann, den tollen Kindern und Enkelkindern. Stella hat noch einen kleinen Bruder, Davide. Und nicht zuletzt ihre Eltern und Schwiegereltern. Eva seufzte erleichtert. Und neben all den vielen Berufen, die sie ausüben durfte, schrieb sie in den letzten Jahren auch noch Kurzgeschichten und Bücher.

Endlich war es Zeit aufzustehen und zu frühstücken. Die Fahrt nach *Udine* verging so schnell, weil Eva die ganze Fahrt aus dem Fenster sah und die beeindruckend schöne Landschaft bewunderte. Francescas wunderschönes Landhaus lag genau in der Mitte zwischen *Udine* und *Gorizia*.

Udine, 4. April 1985

Als Eva aus dem Zug stieg, wurde sie mit großem ‚Hallo' von Francesca und ihrer Schwester Monica in Empfang genommen. Mit dem sperrigen Rucksack auf dem Rücken zwängte sie sich mit den beiden in den Linienbus.

Hier begann die sechswöchige Reise quer durch Italien. Eva hatte ihr ganzes Leben auf den Kopf gestellt. Nach fünf Jahren Beziehungsstress hatte sie es nicht mehr ausgehalten und Marco aus der Wohnung geschmissen. Das Letzte was er sich geleistet hatte, war einfach nicht mehr zumutbar gewesen. Zu viel hatte sie in dieser Beziehung gelitten und immer wieder hatte sie ihm seine Untreue verziehen.

Nachdem sie diesen Schlussstrich gezogen hatte, kündigte sie auch ihre Arbeitsstelle, die ihr zwar immer viel Spaß gemacht hatte, aber in der auch nichts Neues mehr passierte.

Vier Jahre arbeitete sie in einer einzigartigen Boutique in München. Eigentlich wollte sie dort nur kurz jobben. Nach der Ausbildung zur Erzieherin wollte Eva ursprünglich nach Italien auswandern. Marco hielt sie dann aber immer hin. Als er dann doch nicht zurück in seine Heimat wollte, waren alle Stellen in den Kindergärten und Horten besetzt und so landete sie in dieser Boutique.

Die Arbeit gefiel ihr dann so gut, dass sie blieb. Kein Wunder, der Ehemann ihrer Chefin hatte eine Galerie und dort half sie oft aus, wenn zum Beispiel wieder eine Vernissage anstand.

In der außergewöhnlichen Boutique, in der viele Artikel vom Ehepaar selbst entworfen, in kleinen Mengen hergestellt und nur in diesem Geschäft verkauft wurden als auch auch auf den Vernissagen lernte sie viele berühmte Zeichner und bekannte Schauspieler kennen. So ist es nicht verwunderlich, dass sie es so lange dort ausgehalten hatte.

Nun aber war sie frei und ungebunden, hatte ihre ganzen Ersparnisse zusammengekratzt und reiste allein durch ihr Lieblingsland, um alte Freunde zu besuchen und neue kennenzulernen. Erste Station war dabei das Zuhause von Francesca.

Die Eltern von Francesca waren überaus gastfreundlich und so verbrachte Eva aufregende Tage mit den zwei Mädchen und deren Freunden. Ausflüge nach *Trieste* und in das nahe gelegene Jugoslawien, das Jahre später einen schrecklichen Bürgerkrieg erlebte und in mehrere Staaten zerfiel, waren an der Tagesordnung.

Und dann geschah etwas, mit dem Eva gar nicht gerechnet hatte.

Auf einem Ausflug nach *Gorizia* erfuhr sie, dass diese geteilte Stadt - die eine Hälfte liegt in dem heutigen Slowenien, die andere Hälfte in Italien - früher einmal zu Österreich gehörte und Görz hieß.

Erstaunt erzählte Eva, dass sie erst vor wenigen Wochen von ihrer Mutter erfahren hatte, dass ein Verwandter von ihnen Ahnenforschung betrieben hatte.

Dabei sei herausgekommen, dass die Grafen von Görz im Jahre 1200 nicht nur in Görz, sondern unter anderem auch in Andechs, Merano, Lienz und in Bamberg Besitztümer gehabt hätten. Aus irgendwelchen, nicht nachvollziehbaren Gründen, hatten die Grafen im 13. Jahrhundert ihren Adelstitel dann jedoch abgelegt und sich fortan mit dem Namen Amtmann ansprechen lassen, dem Geburtsnamen von Evas Mutter.

Francesca war so begeistert von dieser Information, dass von da an die beiden jungen Frauen viele Stunden in der Universitätsbibliothek von *Udine* verbrachten, um Nachforschungen zu betreiben.

So vergingen die Tage viel zu schnell und Eva packte wieder ihren Rucksack, um mit dem Zug über Venedig weiter nach Mailand zu fahren.

Die beiden wussten nicht, dass viele Jahrzehnte ins Land ziehen würden, bis sie sich, dank Evas Hartnäckigkeit, wiedersehen würden.

Gorizia, Trieste, 26. März 2034

Eva schlug die Augen auf.

„Wo bin ich?" Erschrocken sah sie sich in dem fremden Zimmer um. Verwirrt ging sie zur Tür hinaus und die Treppen hinunter.

Es dämmerte bereits. Eva ging in die Küche, setzte sich auf den Stuhl und dachte angestrengt nach. Langsam kam die Erinnerung zurück. Tränen liefen ihr über die Wangen.

Das, vor dem sie sich immer am meisten gefürchtet hatte,

traf nun ein. Ihre Tante Marianne und ihr Vater Johannes waren im Alter an Demenz erkrankt. Sie hatte ihrer Mutter Barbara, genauso wie ihre Schwestern Maria und Elisabeth, soweit wie möglich bei der anstrengenden Pflege geholfen.

Es war nicht immer leicht. Eva wohnte 135 Kilometer von ihrem Elternhaus entfernt, ihre Schwestern lebten in der Nähe des Elternhauses. Die drei wechselten sich mit der nötigen Hilfe ab. Ihr Bruder Thomas lebte und arbeitete in Costa Rica und Spanien und konnte sich nicht bei der benötigten Betreuung beteiligen. Er kam ein- bis zweimal im Jahr nach Deutschland und kümmerte sich dann um seine Eltern.

Für Eva, die damals noch eine kleine Tochter und einen schulpflichtigen Sohn hatte, bedeutete das, so oft wie möglich in den Ferien zu ihren Eltern zu fahren. Sie schlief dann immer in dem Haus, bei ihren Eltern, zusammen mit der Tante und dem behinderten Onkel. Sie tat es gerne, aber es fiel ihr nicht leicht, zuzusehen, wie die Menschen, die sie liebte, alt und krank wurden.

Besonders schwer war die Tatsache, dass ihre Tante Marianne, die immer so voller Lebensdrang war, so jung, mit Anfang sechzig, ihre Erinnerungen verlor. Marianne hatte immer gearbeitet, aber auch kulturell viel erlebt und ihre Gehirnzellen bewusst gefordert.

Am Ende kam es, wie es oft kommt. Zuerst kam ihr Onkel Martin in ein Pflegeheim, die Pflege war zu Hause einfach nicht mehr möglich, einige Jahre später dann auch Marianne.

Evas Mutter litt sehr darunter, musste sich dem Ganzen aber beugen. Auch sie war mittlerweile körperlich sehr angeschlagen und hatte große Probleme mit ihren Beinen. Zu allem Übel erkrankte dann auch noch ihr Ehemann an Demenz.

Eva seufzte erneut, wenn sie an ihre Mutter dachte. Was für ein Leben. Als Kind hatte sie den Zweiten Weltkrieg miterlebt. Der Vater kam erst nach etlichen Jahren aus der

Kriegsgefangenschaft zurück. Sie hatte jung geheiratet, vier Kinder in fünf Jahren bekommen. Wegen des Berufes des Ehemannes, er war Soldat und wurde versetzt, lebte sie getrennt von ihren Eltern und deren Unterstützung. Dann pflegte sie den Schwiegervater, die Eltern, den Bruder mit Down Syndrom, die Schwester, den Ehemann.

Und das alles, obwohl sie selber schon seit ihrem 45. Geburtstag schwer krank war.

„Aber ich werde doch noch gebraucht", erklärte Barbara dann immer.

Ein befreundeter Arzt meinte an ihrem 70. Geburtstag, dass keiner seiner Kollegen im Krankenhaus je daran geglaubt hätte, dass sie älter als fünfzig Jahre alt werden würde. Eva lächelte bei dem Gedanken. Ihre Mutter hatte alle überlebt und wurde 93 Jahre alt.

Bei dem Gedanken an ihre Mutter ging es Eva gleich wieder besser. „Ich bin doch auch ein Stehaufmännchen", murmelte sie leise vor sich hin.

Eva richtete sich auf. Sie wollte diese Wochen in Italien genießen und kein Trübsal blasen.

Sie erinnerte sich an den gestrigen Tag. Die drei Frauen hatten es sich gut gehen lassen. Francesca hatte ein köstliches Essen vorbereitet.

Danach hatten sie *Udine* unsicher gemacht. Stella hatte sich ein wunderschönes Kleid mit passenden Sandalen für den Sommer gekauft. Eva war stolz auf ihre wunderschöne Enkelin und bemerkte sehr wohl die Blicke der jungen Italiener. Sie lächelte und blickte aus dem Fenster hinaus in die reizvolle Landschaft.

Und genau in diesem Moment kam Francesca zur Tür herein: *„Buon giorno, cara mia,* ich wusste gar nicht, dass du eine Frühaufsteherin bist!"

„Nein, das bin ich eigentlich auch nicht. Wahrscheinlich bin ich einfach nur glücklich, hier bei dir zu sein." Francesca nahm sie in den Arm und erwiderte: „Ich doch auch, *cara mia*, meine Liebe!"

Gemeinsam bereiteten sie ein leckeres Frühstück vor. Seit Francesca in Deutschland gelebt hatte, liebte sie diese Art, den Morgen zu begrüßen und hatte es für immer so beibehalten. Mit den Jahren wollte auch ihr Mann nicht mehr darauf verzichten.

Nach dem Frühstück wollten die drei Frauen zu einem Ausflug nach *Trieste*, mit kurzem Zwischenstopp in *Gorizia*, aufbrechen.

Gorizia hatte sich sehr verändert. Klar, seit sie das erste Mal hier war, waren fünfzig Jahre vergangen. Aber das Stadtzentrum war auch dieses Mal wieder nicht der Mittelpunkt der Besichtigung, sondern die Burg.

Mächtig stand sie auf dem Berg und man sah ihr das betagte Alter an. Eva liebte alte Burgen und Schlösser. Stundenlang konnte sie sich in den wehrhaften Anlagen aufhalten und träumen. Stella war genauso hingerissen und fragte ständig weiter nach ihren Vorfahren. So ganz konnte sie es noch gar nicht glauben, dass ihre Ahnen hier gelebt hatten. Aber letztendlich gefiel ihr der Gedanke sehr gut. Auch wenn ihr klar war, dass wahrscheinlich jedermann adelige Vorfahren hat.

Schweren Herzens zogen die drei Frauen dann weiter in die Hafenstadt *Trieste*. Am schönsten ist in dieser quirligen Stadt der Hafen und natürlich das berühmte *Castello Miramare*. Stella kannte *Trieste* nur aus den alten Krimiserien aus dem Fernseher im Abendprogramm. Sie liebte diese Krimis, die Anfang dieses Jahrtausends in den schönsten Städten Europas, zum Beispiel, *Trieste*, *Venezia* oder *Istanbul* gedreht wurden.

Leider ging der Tag viel zu schnell zu Ende und es hieß Abschied nehmen. Francesca und Eva versprachen sich gegenseitig, dass sie sich bald wieder sehen würden. „Ich wollte sowieso schon längst mal wieder nach München fahren. Dann treffen wir uns."

„Und dann gehen wir in den Englischen Garten, so wie damals, Anfang der achtziger Jahre. Weißt du noch!", ergänzte Eva mit leuchten in den Augen.

Auf der Rückfahrt sprach Eva kein Wort und Stella ließ ihr die Gelegenheit, das Erlebte Revue passieren zu lassen.

Als sie im Hotel ankamen, lag an der Rezeption eine Nachricht für Stella. Sie ahnte schon von wem und nahm sie unauffällig in Empfang. Im Zimmer las sie mit klopfenden Herzen dann die Notiz.

Malcesine, 27. März 2034

Nach dem Frühstück fragte Eva froh gelaunt ihre Enkelin, wie sie diesen Tag verbringen könnten. „Die Sonne scheint. Hast du eine Idee, was wir heute anstellen könnten?"

Stella wirkte unkonzentriert und druckste herum. Sie wusste nicht, wie sie anfangen sollte. Eva merkte, dass Stella etwas los werden wollte und ermunterte sie, doch einfach zu reden. Als es plötzlich aus Stella heraussprudelte: „Ich habe ihn gefunden!"

„Wen hast du gefunden?"

„Na, Franco!" Eva wurde blass. „Ich habe ein wenig recherchiert und habe herausgefunden, dass er in *Cremona* lebt und gestern hat er auf meinen Anruf reagiert. Er möchte dich sehen!", platzte es nur so aus Stella heraus.

„Geschafft!", dachte sie sich.

Eva war sprachlos, sie zitterte am ganzen Leib. Ich habe ihn gefunden, hallte es in ihrem Kopf. Aber wollte sie ihn denn auch sehen, nach all den vielen Jahren? Sie war sich nicht sicher. Sollte sie sich freuen oder sollte sie wütend auf Stella sein, die ohne ihr Wissen nach ihm geforscht hatte? Ihr wurde es leicht übel. Stella bemerkte den plötzlichen Farbwechsel im Gesicht ihrer Oma und erschrak. Sie sprang auf und wollte ihr helfen, doch Eva winkte ab.

„Es geht schon wieder", rief sie. „Das war nur der erste Schock. Damit habe ich gar nicht gerechnet und ich muss mich an den Gedanken erst gewöhnen."

„Ich kann das Ganze sofort abblasen, wenn du möchtest. Ist überhaupt kein Problem. Vielleicht war das doch keine so gute Idee von mir", stammelte Stella.

„Nein schon gut", erwiderte Eva zögerlich. „Wer A sagt muss auch B sagen!" Damit war das Treffen besiegelt.

Ein kurzes Telefonat und schon stand der Termin fest. Schon am nächsten Abend wollten sie sich gemeinsam in einem Restaurant in *Malcesine* treffen.

Malcesine, 28. März 2034

Die zwei Tage vergingen wie im Flug, denn die beiden Frauen verbrachten die Tage mit Faulenzen, Lesen, Spaziergängen, gutem Essen und Wein.

Als die Zeit des Rendezvous immer näher kam, wurde Eva sichtlich nervös. Zigmal zog sie sich um, wie ein junges Mädchen vor dem ersten Date. Stella grinste innerlich.

„Eva!", rief eine Stimme und ein trotz des Alters attraktiver, gepflegter Mann sprang vom Stuhl, als sie mit Stella das Restaurant betrat. „Du siehst fantastisch aus. Wo sind all die Jahre geblieben?", gab der Gentlemen erstaunt von sich und bot den beiden einen Platz an dem Tisch an.

„Und das ist die reizende Enkelin. Die Ähnlichkeit lässt dies nicht verleugnen!" Stella dachte insgeheim, dass er ein wenig zu dick auftragen würde, aber sie musste auch unumwunden zugeben, dass es ihr gefiel. Männer der alten Schule waren heutzutage eher eine Seltenheit.

Jahrelang hatte man den Männern erklärt, wie sie Job und Familie unter einen Hut bringen sollen, dass die Frauen auch ein Recht auf Karriere hatten, dass Mädchen eigentlich die besseren Schüler seien usw.! Emanzipation war das

Losungswort über viele Jahrzehnte. Eine Frau suchte sich den passenden Mann selbst, sie zahlte selbst, sie hatte ihr Leben im Griff. Familie und Heirat gaben den Frauen keine finanzielle Sicherheit mehr. Um nicht eines Tages in die Sozialhilfe abzufallen, mussten Frauen durchgehend arbeiten. Egal, ob sie ein, zwei oder drei Kinder großzogen.

Bei all dem kam nicht nur die Romantik zu kurz. Nicht nur ‚Burn-out' war das Schlagwort der letzten zwanzig Jahre. Mit Vierzig waren viele Frauen und Männer ausgelaugt. Karriere, Kinder und pflegebedürftige Eltern, das alles wurde auf Dauer zu viel. Kinder litten schon in jungen Jahren unter dem Stress, den ihre Eltern auf sie übertrugen.

Die Ärzte schlugen Alarm. Fehlende Zeit für die Nachkömmlinge und Stress bei den Erziehungsberechtigten wiesen bereits bei Messungen an den Kleinkindern erhöhte Cortisol-Werte auf. Durch die Stresshormone ausgelöst, häuften sich die Krankheiten bei den jungen Menschen.

Aber erst in den letzten fünf Jahren gab es langsam einen neuen Trend zu bemerken. Immer mehr Familien besannen sich zurück auf die altbewährten Werte der Familie. Endlich entschied jede Familie individuell, in welcher Lebensform sie leben wollte. Je nach finanziellen Möglichkeiten konnte es sein, dass beide Ehepartner nur 30 Stunden in der Woche arbeiteten oder ein Partner arbeitete ganztags, der andere halbtags.

Andere Familien entschieden sich für die klassische Form: Ein Partner blieb die ersten Jahre ganz zu Hause. Bei manchen Familien mussten beide ganztags arbeiten, aber man setzte mehr auf Tagesmütter, weniger auf Kindertagesstätten. Auch die Politiker dachten nach und förderten diesen Schritt mit finanziellen Mitteln. Die Gesundheitspolitik der letzten Jahre war anscheinend zu kostenintensiv geworden.

Als Stella sich von ihren Gedanken losriss, bemerkte sie, dass Franco und Eva schon intensiv in ein Gespräch verwickelt waren. Keine Spur von Fremdheit lag zwischen den beiden. Lebhaft erzählten sie von ihrem Leben. Franco konnte gar nicht glauben, als er hörte, dass Eva mittlerweile schon mehrere Bücher geschrieben hatte. Er war geschickt im Ausfragen und nur Stella merkte, dass er nur das Nötigste aus seinem Leben erzählte.

Und so verging der Abend viel zu schnell und ohne dass Eva die Fragen gestellt hatte, die sie wirklich interessierten: Wieso hast du dich nicht mehr gemeldet? Was hast du all die Jahre gemacht? Habe ich dir damals gar nichts bedeutet?

All das kam ihr erst nachts, als sie im Bett lag, wieder in den Sinn. Gut, dass sie sich noch mal verabredet hatten. Dann würde sie ihn das alles fragen.

Bei dem Gedanken daran schlief sie endlich ein und träumte intensiv von Franco.

Padua, 29. März 2034

Für den vorletzten Tag am Gardasee hatten die beiden Frauen noch einen Ausflug nach *Padua* geplant, bevor es weiterging. Übermorgen wollten sie über *Bologna* weiter nach *San Marino* fahren. Dort hatte Stella schon ein Hotelzimmer mitten in der Altstadt von *San Marino* gebucht.

Padua, eine schöne, alte Universitätsstadt, in der unter anderem Galileo Galilei 1599 zu den Mitbegründern der *Accademia dei Ricovrati* gehörte.

Dreimal war Eva hier. Das erste Mal in den frühen achtziger Jahren, auf der Durchreise mit Marco. Das zweite Mal dann mit Georg und Clara. Das dritte Mal mit Georg allein.

Die Stadt gefiel ihr und es gab so viel zu entdecken: Die *Basilica Sant'Antonio*, der *Palazzo della Ragione* und die lebhaften *Piazza delle Erbe* und *Piazza della Frutta*.

Besonders hat ihr aber das *Teatro Anatomico*, der anatomische Seziersaal vom 16. Jahrhundert, die Lehrkanzel

Galileis, der hier gelehrt hatte und die *Aula Magna*, gefallen, welche man in der Universität im *Palazzo Bo* besichtigen kann.

Stella war ihrer Oma sehr ähnlich. Auch sie fand es aufregend, in den engen Reihen des antiken Seziersaales zu stehen und ehrfürchtig hinunterzublicken.

Als sie glücklich, aber erschöpft auf den Bus warteten, der sie zurück zum Parkplatz bringen sollte, erlebten Stella und Eva etwas, was es noch immer in Italien gab und für das es auch immer schon berühmt war. Die Freundlichkeit der Italiener.

Ein wartender Busfahrer wurde von zwei Touristen um eine Information gebeten. Der Busfahrer erklärte ihnen, dass sie an der falschen Haltestelle stünden, die richtige sei auf der anderen Seite des großen Platzes. Als die Touristen nicht gleich verstanden, winkte er sie in den Bus hinein und unter den staunenden Blicken von Stella und Eva fuhr er die zwei Reisenden mit seinem Bus zur Haltestelle gegenüber, um sie dort aussteigen zu lassen.

Stella kommentierte verblüfft: „Langsam kann ich dich verstehen, Oma! Diese Zuvorkommenheit und Herzlichkeit ist einfach unglaublich!"

Cremona, 30. März 2034

Am nächsten Tag fuhr Stella ihre Oma nach *Cremona*, die Stadt der Geigenbauer. Stella wollte sich die Stadt heute alleine ansehen, denn Eva hatte eine Verabredung mit Franco.

Von Eva wusste Stella schon von der touristisch nicht so bekannten, aber feinen Stadt und freute sich schon auf ihre geplante Entdeckungstour. Oma hatte sie schon mehrmals ermahnt. Die italienischen Männer wären trotz der Emanzipation, die auch in Italien schon lange angekommen war, immer noch auf der Jagd nach attraktiven Frauen.

Stella musste lachen, wenn sie an ihre besorgte Oma

dachte, hatte aber keine Angst.

Schon seit ihrer frühen Kindheit wurde sie von ihren Eltern auf das Leben einer Frau vorbereitet und hatte schon mit zehn Jahren mehrere Kurse für Selbstverteidigung absolviert, um sich eventuell gegen einen starken Mann zur Wehr setzen zu können.

Und auf den Mund gefallen war sie auch nicht. Außerdem wusste sie, dass man nie auf die Anmache reagieren durfte. Auch nicht negativ, denn das war für viele Männer immer noch ein zusätzlicher Ansporn. Am besten, man beachtete sie gar nicht und ging weiter, ohne zu reagieren oder sich umzudrehen. Dann wurde man auch in den allermeisten Fällen in Ruhe gelassen.

Nun waren Stella und ihre Oma schon seit zehn Tagen in Italien und sie konnte dies immer noch nicht so richtig realisieren. So vieles hatte sie bereits gesehen und erlebt. Die Geschichten ihrer Oma waren ebenfalls sehr spannend und sie freute sich schon auf die nächsten. Stella konnte es außerdem kaum erwarten, heute Abend von Francos Geheimnis zu erfahren.

Nun aber stand sie vor dem beeindruckenden *Duomo di Cremona* und überlegte, ob sie nicht eintreten sollte. Für diesen Fall hatte sie immer einen luftigen Schal in ihrer Handtasche. Ihre Oma hatte ihr schon als Kind erklärt, dass man aus Respekt für den christlichen Glauben seine nackten Schultern bedecken sollte, bevor man ein Gotteshaus betrat. Nur zu gut kamen ihr die Geschichten ins Gedächtnis, die ihr die Oma immer wieder erzählt hatte. Vom *Duomo di Siena*, in den man nur eintreten durfte, wenn man entsprechend gekleidet war. Für Touristen gab es hierzu die Möglichkeit, sich ein Papierkleid zu kaufen und überzuziehen. Oder die Schilderung vom Petersdom in Rom, wo das Sicherheitspersonal vor dem großen Eingangstor stand und nur die ordentlich bekleideten Damen hineinließ.

Stella liebte ihre *nonna* sehr und darum hatte sie ein ganz schlechtes Gewissen, weil sie diese Stunden alleine so sehr genoss. Und während sie in einer kleinen *trattoria* saß und italienischen Köstlichkeiten aß, beobachtete sie die am Fenster vorbei flanierenden Menschen.

Als sie plötzlich ein junger Mann auf Englisch ansprach: „*Excuse me*, ist dieser Platz noch frei?", erschrak sie erst einmal. Und da er ihren abwehrenden Blick sah, erklärte er schnell: „Es ist die letzte Sitzgelegenheit in diesem Lokal und ich habe einen Bärenhunger. Sie wollen doch nicht, dass ich vor ihren Augen in Ohnmacht falle, oder?"

Mit seinem hundetreuen Blick und einem charmanten Lächeln hatte er sie schon um den Finger gewickelt.

Stella erlebte nicht nur ein angenehmes Mittagessen mit dem temperamentvollen, jungen Mann, sondern auch einen aufregenden Tag in *Cremona*, denn sie hatte einen hervorragenden Stadtführer beinahe beiläufig gefunden. Obwohl der Fremde nur beruflich in dieser Stadt war, kannte er sich gut aus, weil er sich schon öfters hier aufgehalten hatte. Er zeigte ihr nicht nur die schönsten Plätze und Gebäude, sondern entführte sie, trotz Sonnenscheins, ins Violinenmuseum im *Palazzo Comunale*, dem Rathaus, in dem sich kostbare Exponate der Cremoneser Geigenbauer-Dynastien, zum Beispiel von Stradivari, befanden.

Da Stellas neuer Begleiter nicht wusste, dass sie fließend Italienisch sprach, unterhielten sich die beiden den ganzen Tag auf Englisch. Stella fand es manchmal ganz amüsant, nicht preiszugeben, dass sie alles verstand. Schon Eva hatte ihr als Kind viele lustige Geschichten erzählt, bei denen sie Dinge hörte, die nicht für ihre Ohren bestimmt waren.

Hierzu fiel ihr wieder die Geschichte ein, die ihre Oma ihr so oft erzählt hatte. Als Eva mit ihrer Freundin Katharina, beide Anfang zwanzig und attraktive, junge Frauen mit langen, hellen Haaren, für zwei Wochen nach Griechenland reisten, hatten sie zwei Tage Aufenthalt in *Ancona*. An einem schönen Sonnentag machten sie einen Strandausflug ans Meer nach *Senigallia*. Auf der Zugfahrt zurück saßen ihnen vier junge Kerle gegenüber und unterhielten sich. Auch wenn ihr Italienisch damals noch recht dürftig war, verstand sie schon, um was es ging, und übersetzte ihrer Freundin den Inhalt des Gesprächs. Klar war, dass sie gerade zugeteilt wurden. Unauffällig teilte Eva ihrer Freundin mit, dass sich der gelockte, hübsche Kerl für Katharina interessierte und der lange, dunkelhaarige ein Auge auf sie selbst geworfen hatte. Eva blieb noch ein wenig Zeit, um mit ihrem dürftigen Italienischwortschatz einen einigermaßen akzeptablen Satz zu formulieren, bevor die Haltestelle kam, an der sie ausstiegen. Ihr Herz schlug bis zum Hals, als sie sich lässig zu der Clique umdrehte und den mühsam zusammengereimten Satz von sich gab: „*Era molto interessante ascoltarvi!* – Es war sehr interessant euch zuzuhören!" Die armen Jungs liefen knallrot im Gesicht an und sagten kein Wort mehr.

Stella lachte viel mit dem jungen, hübschen Mann, von dem sie gar nicht wusste, wie er hieß. Sie hatten so viele gemeinsame Interessen, dass sie gar nicht daran dachten, danach zu fragen. Seine braunen Augen funkelten beim Erzählen und die hellbraunen Locken umrahmten sein freundliches Gesicht. Wenn er lachte, kamen seine Grübchen zum Vorschein. Stella spürte sofort eine sehr starke körperliche Anziehungskraft.

Und so verging der Tag in Windeseile und es wurde Zeit, sich zu verabschieden. Er fragte nach einem zweiten Date, aber Stella winkte ab und erklärte, dass sie am morgigen Tag abreisen würden.

Stella, die sich erst vor wenigen Wochen von ihrer langen Beziehung getrennt hatte, wollte nicht schon wieder eine komplizierte neue Geschichte beginnen. Denn unter anderem wegen der Distanz von dreihundert Kilometern ist ihre letzte

Liebe zerbrochen.

Und so zog sie es vor, sich so schnell wie möglich von ihm zu verabschieden, bevor sie doch noch schwach wurde.

Als sie ein paar Schritte gegangen war, drehte sie sich dann doch noch einmal nach ihm um. Als sie sah, dass auch er sich umgedreht hatte, winkte sie ihm lachend zu und schickte ihm einen Handkuss. Dann lief sie zügig weg. „Nur nicht schwach werden", dachte sie bei sich.

Sie traf ihre Großmutter am vereinbarten Treffpunkt und versuchte einzuschätzen, wie ihr Tag verlaufen war. Lange darüber nachdenken brauchte sie aber nicht, denn es platzte sofort aus Eva heraus.

„Er hat mir alles erzählt!", rief sie euphorisch. „Jetzt weiß ich alles und kann die Geschichte endlich abschließen. Ich bin ja so froh darüber. Danke, liebe Stella!"

„Wofür denn das?"

„Dass du ihn gefunden hast. Ich weiß nicht, ob ich letztendlich doch den nötigen Mut gehabt hätte."

Malcesine, 15. August 1979

Er war immer noch wie benommen. Wie konnte das nur passieren. Das hat er nicht gewollt.

Er mochte sie sehr und er wollte auch eine Beziehung mit ihr. Schon lange hatte er die Befürchtung, dass etwas nicht mit ihm stimmte. Er verdrängte es. Und mit Eva glaubte er, dass es ihm gelingen könnte. Sie waren auf einer Wellenlänge und dann das.

Sie hatte ihn verführt. Es war grauenhaft für ihn. Und er war froh, als alles vorbei war. Er konnte ihr nicht mehr in die Augen schauen. Er fühlte sich wie ein Verräter. Und er war ein Feigling. Er wollte es ihr ja erklären, aber es ging nicht. Er wusste ja, wie seine Mitmenschen darauf reagierten.

Vor kurzem hatte er versucht, mit seinem langjährigen Freund darüber zu reden. Das war dann das Ende der

Freundschaft. Er konnte nur froh sein, dass er es keinem weitererzählt hatte.

Wann hatte er bemerkt, dass ihm andere Jungs besser gefielen als Mädchen? Beim Duschen nach dem Fußball spielen? Beim Raufen, wenn er versehentlich die Geschlechtsteile berührte? Er wusste es nicht. Und er wollte es auch nicht wissen.

Er wollte unbedingt wie all die anderen sein. Darum war er auch der Erste in der Clique, der ein Mädchen geküsst hatte. Aber es gefiel ihm gar nicht.

Und so vergingen die Jahre: Seine Mutter sagte immer zu ihren Freundinnen, die Richtige müsse erst gebacken werden. Insgeheim aber war sie froh, dass ihr Liebling noch keine feste Beziehung hatte oder vielleicht sogar ans Heiraten dachte und auszog.

Und dann kam Eva. Für ihn war es ein heimeliges Gefühl und er dachte, er wäre doch nicht homosexuell, vielleicht bisexuell. Aber wahrscheinlich waren es nur freundschaftliche Gefühle, die er mit Liebe verwechselt hatte.

Warum musste sie ihn verführen. Damit hatte sie alles zerstört. Und er wusste, dass er sie sehr verletzt hatte. Am schlimmsten war für ihn, als er bemerkte, dass sie noch Jungfrau gewesen war.

Cremona, 30. März 2034

Noch Jahre danach quälte ihn das schlechte Gewissen. Aber er fand nie die richtigen Worte, um es ihr zu erklären und dann war es zu spät. Sollte er ihr noch nach zwanzig, dreißig Jahren einen Brief schreiben? Er entschied sich dagegen.

Und dann die Überraschung: Nach all den Jahren stand sie vor ihm. Er freute sich wirklich sehr, sie wieder zusehen. Und sie hatten nach wie vor die gleiche Wellenlänge.

Aber immer noch nicht traute er sich, ihr die ganze

Wahrheit zu sagen. So oft hatte er in seinem Leben negative Erfahrungen gesammelt. Seine Umwelt ließ ihn allzu oft spüren, dass er nicht normal sei.

In den achtziger Jahren hatten es Homosexuelle sehr schwer, ganz besonders in südeuropäischen Ländern wie Italien. Und als dann noch die Krankheit Aids ausbrach, war es kaum noch möglich, zu seiner sexuellen Vorliebe offen zu stehen. Darum probierte er es noch ein zweites Mal mit Luisa.

Luisa war ein ganz wunderbarer Mensch und als sie schwanger wurde, heiratete er sie sogar. Aber die Ehe war die Hölle für ihn und er merkte, wie Luisa mit jedem Jahr mehr unter seiner Unfähigkeit, sie zu lieben, litt.

Dann gingen sie getrennte Wege. Scheidung war in den achtziger Jahren in Italien noch schwer umsetzbar und so lebten sie vor den Augen der Öffentlichkeit zwar noch zusammen, aber gingen eigentlich schon getrennte Wege.

Leichter wurde es für ihn trotzdem nicht. Jahrzehnte lebte er in einer Scheinwelt, sehnte sich nach Liebe und fand, wenn überhaupt, nur hin und wieder einen Sexualpartner für kurze Zeit. Irgendwann fand er sich mit seinem Schicksal ab und versuchte, die Sehnsucht in andere Bahnen zu lenken.

Seine Arbeit in der Bar in *Malcesine* gab er auf und fing beruflich noch einmal von vorne an. Er wurde Fotograf und zog nach Mailand, damit er in der Großstadt mehr Anonymität genießen konnte. Aber dort hielt er es auf Dauer nicht aus, so dass er nach *Cremona* ging. Dort fühlte er sich sofort wohl und fand völlig unerwartet vor einigen Jahren seine große Liebe. Und das in seinem Alter. Mit Stefano verstanden sich auch Luisa, die Kinder und Enkelkinder gut.

Und nun die Überraschung mit Eva. Alles schien sich im Guten aufzulösen. ‚Der Kreis schließt sich', dachte er.

Eva schien erleichtert zu sein, als sie seine Lebensgeschichte erfuhr. Sie versprachen, sich wieder zu sehen.

Bologna und San Marino, 31. März 2034

Heute war der Tag der Abreise. Die herzliche Verabschiedung der netten Hotelbesitzer machten es Eva und Stella nicht leicht, aber sie versprachen wiederzukommen.

Bis *Bologna* war es nicht allzu weit zu fahren und so konnten die beiden Frauen den ganzen Tag in der mittelalterlichen Stadt verbringen.

Stella war sofort begeistert. Und Eva war erstaunt, dass sich Bolognas Innenstadt kaum verändert hatte, trotz der langen Zeit, die sie nicht mehr hier gewesen ist.

Nur zweimal besuchte sie diese wunderschöne Stadt mit den vielen Arkaden, die Eva nicht nur begeisterten, sondern die sie auch praktisch fand. Ihrer Meinung nach sollten alle Städte solche Arkaden haben, Schutz im Sommer vor der Sonne, aber auch vor Regen. Einfach genial, fanden Eva und Stella einstimmig. „Ja, die Menschen wussten schon im Mittelalter zu bauen", schwärmte Eva. Aber eigentlich hatten die Arkaden einen ganz anderen Grund: Sie erstrecken sich auf über dreißig Kilometer und wurden ursprünglich gebaut, um der wachsenden Bevölkerung gerecht zu werden. Der Bau der Arkaden machte es möglich, die oberen Stockwerke auszubauen und so für neuen Wohnraum zu sorgen, ohne dass der Handel zu stark beeinträchtigt wurde.

Das erste Mal war Eva mit Marco hier gewesen. Sie besuchten seinen Freund, der hier studiert hatte. Später kam sie noch mal alleine her, aber auch das ist schon etwa fünfzig Jahre her.

Als Erstes wollte sie unbedingt zu ihrer Lieblingskirche, der *Basilica Santo Stefano*. Eigentlich besteht diese Kirche aus mehreren Komplexen und wird deshalb im Alltag *sette chiese* – sieben Kirchen genannt. Angeblich hatte der heilige Petronius die Kirche auf einem heidnischen Isis-Tempel errichtet. Die ersten Kirchen wurden im 5. und im 8. Jahrhundert erbaut. Eva erinnerte sich noch gut, wie man zwischen den einzelnen Kirchen hin und her laufen konnte.

Zurück zur *Piazza Maggiore* und in die *Via Zamboni*, bei der man besonders gut die eindrucksvollen Arkadengänge bewundern konnte. Dann noch die zwei schiefen Türme *Garisensa* und *Asinelli*.

Am liebsten wäre sie noch den Wallfahrtsweg zur Kirche *Santuario della Madonna di San Luca* hinaufgelaufen, aber das schien ihr dann doch zu anstrengend. Zur Kirche hinauf führte der mit über vier Kilometern längste Arkadengang der Welt. Außerdem wollte sie ihrer Enkelin noch etwas anderes zeigen.

Eva erzählte Stella, dass sie damals mit ihren Freunden an einem Ort, etwas außerhalb, auf den Hügeln von Bologna war. Nachdem man Eintritt bezahlt hatte, konnte man sich auf dem großen Gelände frei bewegen. Das Faszinierende an dieser Location war das umfangreiche Freizeitangebot. In dieser großen Parkanlage gab es ein Restaurant mit geräumiger Terrasse, ein zweiter Essbereich, ähnlich wie ein bayrischer Biergarten, ein Open-Air-Kino in dem ständig Filme liefen und zwei Diskotheken. Eine innerhalb des Gebäudes und eine im Park unter freiem Himmel. Leider gab es diese Einrichtung nicht mehr oder die Menschen, die sie fragten, kannten diese Freizeitanlage nicht. Stella tröstete ihr Oma: „Vielleicht beim nächsten Mal?"

„Ja, vielleicht!"

Und so entschlossen sie sich doch noch zur Wallfahrtskirche zu fahren. Denn man hatte ihnen in der Stadt erzählt, dass dorthin ein kleiner *trenino* – eine Bimmelbahn fährt.

Stella, die sich anfangs zierte, war dann aber doch froh über diese Entscheidung, als sie merkte, wie steil der Aufstieg war. Und der beeindruckende Blick über *Bologna* nebst wunderschöner Kirche rechtfertigte diesen Trip allemal, bevor es wieder an der Zeit war weiterzufahren.

Bis *San Marino* war es noch ein Stück zu fahren und der

Tag war anstrengender gewesen, als sie gedacht hatten.

Zufrieden, aber müde kamen sie dann so spät in dem Hotel in *San Marino* an, dass das Abendessen ausfiel. Eva saß in ihrem Zimmer und kaute gedankenverloren an einem Apfel, als es an ihrer Tür klopfte. Stella stand davor. „Entschuldige bitte, Oma, aber ich bin so aufgedreht, ich kann einfach noch nicht einschlafen."

„Komm nur rein, mir geht es genauso!"

Stella wollte noch mal die Geschichte von Franco hören. In ihren Ohren klang das alles so unwirklich. Heutzutage war es ganz selbstverständlich, dass jeder Mensch so lebte, wie er es für richtig hielt. Natürlich gab es immer Leute die lästerten. Aber gleichgeschlechtliche Ehepaare, sogar mit Adoptivkindern, waren das Normalste der Welt.

Eva wollte irgendwann vom Thema ablenken und fragte: „Aber Stella, mein Schatz, du hast mir noch gar nicht erzählt, was du so den ganzen Tag gemacht hast?"

„Och, nichts Besonderes. Bin so durch die Stadt gebummelt", wich sie den Fragen ihrer Großmutter aus. Sie wollte nicht von dem jungen Mann erzählen, der ihr nicht mehr aus dem Kopf ging.

Eva erzählte, dass sie in ihrem Leben oft sehr viel Glück hatte: „Weißt du, dass ich um ein Haar zu der Zeit in *Bologna* gewesen wäre, als damals die Bombe im Bahnhof hochgegangen war?" Stella schaute sie entgeistert an.

Starnberg, 14. Juli 1980

Eva war begeistert. Marco wollte ihr sein Italien zeigen und bevor er sie in seine Heimat *Puglia* mitnahm, wollte er ihr *Firenze, Roma und Napoli* präsentierten. Sie hatten geplant den Nachtzug am 1. August kurz vor Mitternacht zu nehmen, damit sie am nächsten Tag vormittags in Florenz ankämen.

Aber Eva wurde in den Wochen vor der Abreise unruhig.

Sie konnte nicht erklären warum, aber ihr Bauchgefühl sagte ihr: Fahr nicht an diesem Tag! Und so versuchte sie, Marco zu überreden, einen Tag früher zu fahren. Da Marco nichts davon hielt, aus einem diffusen Bauchgefühl heraus Pläne zu ändern, musste sie sich etwas anderes ausdenken.

Eva wurde mit jedem Tag unruhiger und fand keine passende Ausrede, als ihr das Schicksal zu Hilfe kam.

Marcos Mutter rief an und fragte, ob sie nicht früher kommen könnten; Marcos Bruder bräuchte dringend Hilfe beim Bau seines Hauses.

Eva stieß ein Dankgebet aus. Marco versuchte, ein paar Tage früher Urlaub zu bekommen, Eva hatte sowieso schon Ferien. Das Zugticket tauschten sie um und so fuhren sie bereits am 27. Juli Richtung Süden.

Firenze, Roma und Galatina, 27. und 28. Juli 1980

Die geplante Sightseeingtour wurde auf zwei Stationen gekürzt und so fuhren Marco und Eva erst mal bis *Firenze*.

Da sie keinen Platz mehr im Nachtzug bekommen hatten, kamen sie mitten in der Nacht am Hauptbahnhof an. Sie waren beide müde und machten es genauso wie viele andere Jugendliche auch. Sie legten sich auf die Wiese vor dem Bahnhofsgelände und versuchten, ein wenig zu dösen. Eva, die immer viel Schlaf brauchte, schlief sehr tief und erschrak, als sie ein Polizist unsanft in den frühen Morgenstunden aufweckte.

Für Eva, die bisher nur am Gardasee und einmal auf *Elba* war, ging ein Traum in Erfüllung. Sie konnte gar nicht genug von den Denkmälern, Kirchen und anderen Sehenswürdigkeiten bekommen. Als die beiden das Wichtigste von *Firenze* gesehen hatten, fuhren sie weiter bis *Roma*. Dort schliefen sie eine Nacht in einem günstigen Hotel, bevor es weiter zu Marcos Familie nach *Galatina* ging.

Galatina 2. August 1980

Eva schlug die Hand vors Gesicht, als sie die schrecklichen Bilder im Fernsehen sah. Sie verstand kein Wort, aber ihr war auch so klar, was auf dem Bahnhof in *Bologna* passiert war. Ihr liefen die Tränen hinunter. Sie litt mit den Menschen, die so viel Leid ertragen mussten.

Später wurde ihr erst so richtig klar, was sie gerade im Fernseher gesehen hatte und sie spürte eine große Erleichterung und ein unbeschreibliches Glücksgefühl. Ihr war bewusst, dass Marco und sie mit dem Leben davongekommen waren, aber sofort überkam sie ein schlechtes Gewissen. Sie saß gesund und munter da und andere mussten diese Tragödie miterleben.

Marco, der auch sichtlich erleichtert war und seine Mutter dankbar in den Arm nahm, erzählte später seiner Eva die genaue Ursache des Unglückes.

Bei dem schrecklichen Anschlag auf dem Hauptbahnhof von Bologna starben 85 Menschen und mehr als 200 wurden verletzt. Viele Touristen hielten sich an diesem Sommertag und zudem an einem Samstag an diesem Ort auf.

Eine Zeitbombe, die in einem abgestellten Koffer versteckt war, explodierte um 10:25 Uhr in einem Wartesaal des Bahnhofs von *Bologna*.

Die Explosion zerstörte nicht nur den westlichen Flügel des Gebäudes, sondern beschädigte auch einen Zug, der auf Gleis 1 gestanden hatte. Da das Dach des Wartesaals zusammenbrach, erhöhte sich die Zahl der Todesopfer. Vor allem Kinder und junge Erwachsene starben bei dieser Tragödie.

San Marino, 31. März 2034

Eva erzählte ihrer sichtlich erschrockenen Enkelin alles, was sie erlebte und später darüber gelesen hatte.

Das Attentat von *Bologna* war das schlimmste Ereignis

nach den vielen Morden und Bombenanschlägen, welche die Italiener in den letzten Jahren erschüttert hatten.

Der Terror kam nicht nur von den linksextremistischen Roten Brigaden, sondern auch von der Gegenseite, den Neofaschisten. Die linken Staatsfeinde erwiesen sich am Ende als irrationale Gruppe in einer ideologischen Sackgasse, die Neofaschisten hatten dagegen Befürworter und Freunde in den höchsten Kreisen des Staates.

Hauptverdächtigt war die neofaschistische und terroristische Geheimloge P2. Sie soll den Anschlag verübt haben. Wegen der Behinderung zu den Ermittlungsarbeiten wurden außerdem Agenten des italienischen Geheimdienstes SISMI und der Vorsitzende der *Propaganda Due,* Licio Gelli verurteilt.

Der Plan der Täter war anscheinend, die Demokratie in Italien abzuschaffen und durch ein autoritäres System zu ersetzen.

Licio Gelli war schon in jungen Jahren Faschist, lebte in Spanien, kehrte schließlich nach Italien zurück und wurde Vermittler zwischen Geheimdiensten. Im Laufe der Zeit steigerte er seine politische Einflussnahme. Sein Netzwerk war die Geheimloge P2.

Nachdem die Liste der Logenmitglieder im Geheimarchiv von Licio Gelli gefunden wurde, erkannte man erst, in welcher Gefahr die italienische Demokratie war.

Nach sechs Jahren gelang es endlich, den Prozess gegen 20 Angeklagte zu eröffnen. Nach vier Gerichtsinstanzen wurden die angeblichen Bombenleger Giuseppe Valerio Fioravanti und Francesco Mambro, zwei Mitglieder der *Nuclei Armati Rivoluzionari,* einer neofaschistischen Terroristenorganisation, zu lebenslanger Haft verurteilt.

Licio Gelli bekam die Justiz jedoch nicht zu fassen. Er wurde zwar zu zehn Jahren Gefängnis verurteilt, floh aber vorher in die Schweiz. Diese lieferte ihn wieder aus, aber nur unter der Bedingung, dass man Gelli nicht mehr als Mitschuldigen am Attentat verurteilen durfte.

Mitglied der P2 war unter anderem seit 1978 auch der damalige Bauunternehmer Silvio Berlusconi, und zwar bis zum Ende der Loge im Jahr 1981.

„Und dann war ausgerechnet dieser Mann viermal der Premierminister Italiens, also insgesamt für zwölf Jahre, und hat mit seinen Betrügereien und Mauscheleien den Staat fast in den Ruin getrieben", echauffierte sich Eva.

Sie verstand einfach nicht, wie ein Volk immer wieder denselben, egoistischen Mann wählen konnte. Ihre italienischen Freunde sagten auch oft, dass sie nicht wüssten, wer für diesen Mann abstimmen würde.

„Aber irgendjemand musste ihn doch gewollt haben." Eva schüttelte den Kopf. Stella hörte ihr zu. Von Berlusconi und seiner Politik hatte sie nicht nur in der Schule gehört, sondern er war immer wieder Gesprächsthema bei den italienischen Freunden, auch noch nach so vielen Jahren.

Stella interessierte sich aber im Augenblick mehr für die Tatsache, dass ihre Oma damals gespürt hatte, dass sie sich in Gefahr befand. „Ich kann es immer noch nicht glauben, dass du die Bedrohung so intensiv empfunden hast."

„Und was noch wichtiger war, dass wir einen Schutzengel hatten! Wir wären tatsächlich um diese Uhrzeit am Bahnhof von Bologna gewesen. Unvorstellbar."

Stella nahm ihre Oma in den Arm. „Man sollte wirklich auf sein Bauchgefühl hören. Erzählen kann man es leider nicht jedem."

„Stimmt, ich habe dann immer einen Grund vorgeschoben, wenn mir bei einer Sache nicht wohl war. Ich hatte einmal eine Freundin, die war Stewardess. Sie erzählte mir, dass sie während ihres gesamten Berufslebens zweimal ein ungutes Gefühl hatte. Sie hatte sich dann krankgemeldet, um nicht fliegen zu müssen", schilderte Eva ihrer Enkelin dieses

Erlebnis.

„Aber nun wollen wir nicht mehr über dieses traurige Thema reden. Wir wollen das Leben genießen, oder?"

„Genau! Du erinnerst dich doch immer an fröhliche Ereignisse. Fällt dir etwas ein?"

Und so erzählte Eva lustige Geschichten aus Stellas Kindheit. Stella lachte sich kaputt und wollte immer mehr davon hören. Doch irgendwann übermannte die beiden die Müdigkeit und sie schliefen angekleidet auf dem Bett von Eva ein.

Später wachte Stella auf, ihr Rücken tat ihr weh. Als sie bemerkte, wo sie sich befand, deckte sie vorsichtig ihre Oma mit der warmen Decke zu und huschte in ihr eigenes Zimmer.

San Marino, 1. April 2034

Eva machte die quietschenden Holzjalousien ihres Fensters auf und schaute sprachlos hinaus. Ihr Herz machte einen glücklichen Sprung, als sie die Aussicht über die Dächer von *San Marino* und die drei Burgen, das Wahrzeichen des Staates und der Stadt, im hellen Morgenlicht sah. Ein lautes Seufzen durchbrach die Stille. Eva lächelte.

Vor zweiundzwanzig Jahren war sie hier gewesen. Zusammen mit Georg und Clara. Drei Wochen hatten sie unterhalb der Altstadt in einem Apartment einer wunderschönen Parkanlage gewohnt. Der Besitzer, der Vater ein Wiener und die Mutter aus *San Marino*, hatten ihrem Sohn die Villa hinterlassen und er hatte das untere Stockwerk in sechs Apartments umbauen lassen. Im ersten Stock, mit riesiger Terrasse und Blick aufs Meer, wohnte er selbst.

Wehmütig gingen ihre Gedanken an diesen Urlaub zurück, wie entspannend diese Tage doch waren. Was Urlaube anging, hatten Georg und sie immer dieselben Vorstellungen. Ein Urlaub musste eine Mischung aus Entspannung, Kultur,

Natur, Wanderungen, Städtetouren, Schwimmen, gutem Essen und Trinken sein. Und natürlich durfte der Lesestoff nie fehlen. Auch die Kinder zogen am gleichen Strang.

Sie hatten schon bei Alessandro darauf geachtet, dass es immer genug Interessantes für ihn gab. Wollten sie eine Burg besichtigen, schenkten sie ihm ein Holzschwert und erzählten ihm die tollsten Rittergeschichten. Spielplätze und Eispausen, Minigolf und Tierparks durften auch nicht fehlen.

Und sehr zur Verwunderung der Freunde, erreichten sie damit, dass ihre Kinder sogar freiwillig in Kirchen und Museen gingen. Bei Clara ging es sogar so weit, dass sie immer öfter darauf bestand, in mindestens ein Museum zu gehen.

Eva wunderte sich, denn trotz des frühen Tages, war sie hellwach. Ungewöhnlich für sie. Stella würde bestimmt noch schlafen. Also machte sie sich fertig, lauschte kurz an Stellas Tür und als sie nichts hörte, ging sie nach unten und lief einfach nur die Straße auf und ab. Das geschäftige Treiben der Ladenbesitzer und Straßenreiniger faszinierte sie.

So wirklich hatte sich die Welt in den letzten Jahrzehnten nicht verändert, dachte sie. Schön, wenn es in der sich immer schneller verändernden Zeit doch noch gewisse Konstanten gab, sinnierte sie.

„Ach da bist du. Hätte ich mir ja denken können." Lachend kam Stella auf sie zu. „Jetzt gehen wir aber erst mal frühstücken und sprechen mal unsere Pläne durch." Sie hängte sich bei ihrer Großmutter ein und zog sie zur Hotelterrasse hin. Schnell waren sie sich einig, dass sie es am heutigen Tage wieder ruhig angehen lassen und höchstens die nähere Umgebung erkunden wollten.

Das Hotel hatte Stella gut ausgesucht. Die Angestellten waren freundlich und zuvorkommend, jedoch nicht übertrieben.

Eva erzählte, dass es hier vor zwanzig Jahren nur so von

Touristen aus Russland wimmelte. Ja, bestätigten die Angestellten. Erst waren die Deutschen hier. Die meisten machten an der *Adria*, von *Rimini* bis *Cattolica*, Urlaub und der Abstecher nach *San Marino* war dann natürlich mit im Programm. Später folgten dann die Russen und Ostblockländer. Aber auch diese Welle ging vorüber.

Wer nun angenehmer oder unangenehmer war, das wollten sie nicht sagen, aber Eva lächelte galant und meinte nur: „Über die Deutschen in den Sandalen mit weißen Socken und kurzen Hosen hatten die Italiener immer viele Witze gemacht. Von den russischen Touristen, die zwar viel Geld da ließen, sich aber oft daneben benahmen, waren die meisten auch nicht begeistert. Damals hatten mir einige Bedienungen in den Lokalen gesagt, dass sie lieber wieder die deutschen Touristen hätten. Ich denke mal, überall auf der Welt gibt es sympathische und weniger sympathische Mitbürger. Ich habe damals im Knopfmuseum in *Sant'Arc Angelo*, wo es übrigens eine wunderschöne Altstadt auf dem Berg gibt und im unteren Teil eine imposante *piazza*, ein ausgesprochen nettes russisches Pärchen kennengelernt."

Und dann erzählte sie von dem kleinen privaten Knopfmuseum des älteren Herrn, der nicht nur eine sensationelle Knopfsammlung mit tausenden, teilweise mehrere Jahrhunderte alten Knöpfen, z. B. auch Exemplare von Napoleon oder diversen Päpsten, sondern auch ein Stück von der Berliner Mauer besaß. Die hatte er höchstpersönlich im hohen Alter von achtzig Jahren in Berlin ergattert. Sie war sein ganzer Stolz.

Eva beschrieb im Kreis der begeisterten Zuhörer – neben den Angestellten hatten sich auch ein paar Gäste eingefunden – den Mauerfall von Berlin.

„Das hätte niemand geglaubt, dass so etwas mal passieren könnte. Krieg und Kampf gab es auf der ganzen Welt. In der Schule erzählte man uns immer nur vom Kalten Krieg, das baldige Eintreffen eines dritten Weltkrieges und die atomare Gefahr. Eine Lehrerin meinte sogar in den siebziger Jahren, dass der dritte Weltkrieg vor der Türe stehe. Rein rechnerisch müsste er bald kommen." Eva machte eine Pause.

„Aber dann kam Gorbatschow und mit ihm endete der Kalte Krieg."

Stella starrte ihre Großmutter an.

Wie schaffte es ihre Oma nur, wildfremde Menschen dazu zu bringen, ihren Geschichten mit wachsender Begeisterung zu lauschen?

„Als die Mauer fiel, war ich 29 Jahre alt, hatte einen kleinen Sohn, den ich alleine großzog und eigentlich andere kleine Sorgen. Aber dann saßen wir alle vor dem Fernseher. Was wir dort zu sehen bekamen, konnten wir alle nicht fassen. Später hat jemand mal zu mir gesagt, dass dies die einzige Wiedervereinigung in der Geschichte war, in der kein einziger Mensch ums Leben gekommen sei oder verletzt wurde!"

Eva schaute sich im Kreis ihrer Zuhörer um, Spannung lag in der Luft, als sie den Faden wieder aufnahm: „Und eigentlich alles nur, weil ein Mensch, der SED-Funktionär Günter Schabowski, die verhängnisvollen Sätze sagte: `Privatreisen nach dem Ausland können ohne Vorliegen von Voraussetzungen beantragt werden. Die Genehmigungen werden kurzfristig erteilt. Die zuständigen Abteilungen Pass- und Meldewesen der Volkspolizeikreisämter in der DDR sind angewiesen, Visa zur ständigen Ausreise unverzüglich zu erteilen, ohne dass dafür noch geltende Voraussetzungen für eine ständige Ausreise vorliegen müssen. Ständige Ausreisen können über alle Grenzübergangsstellen der DDR zur BRD bzw. zu West-Berlin erfolgen`."

Auf die Nachfrage des Hamburger Bild-Zeitungsreporters Peter Brinkmann „Wann tritt das in Kraft?", antwortete Schabowski unerwartet nach zunächst kurzer Prüfung seiner

Notizen: „Das tritt nach meiner Kenntnis … ist das sofort, unverzüglich. Meines Wissens gilt diese Reiseregelung ab sofort!"[2]

„Wenn man sich so die europäische Geschichte anschaut, war diese Wiedervereinigung auch total untypisch. Andere Staaten zerfielen in viele kleine Staaten. Zum Beispiel Jugoslawien, die Tschechoslowakei oder die Sowjetunion."

Stella nickte beipflichtend, erst vor wenigen Jahren hatte sich nach vielen Jahrzehnten des Protestes Schottland von Großbritannien gelöst und Katalonien von Spanien. Und immer wieder wurden Stimmen laut, dass sich Bayern von Deutschland lösen sollte.

Eva fuhr fort: „Es hatte dann viele Jahrzehnte gedauert, bis sich die zwei Staaten zusammengerauft hatten. Aber das war ja auch irgendwie klar. Die Menschen hatten über viele Jahre in zwei komplett verschiedenen politischen Systemen gelebt. Das hinterlässt tiefe Spuren. Gerade die Menschen aus den neuen Bundesländern im Osten waren am Anfang oft noch sehr misstrauisch."

Stella kannte die Ossi- und Wessi-Geschichten. Aber heute waren sie vorbei, diese Bezeichnungen wurden nicht mehr benutzt. Sie hatte schon viel über den Mauerfall gehört und trotzdem fand sie es immer wieder faszinierend, wenn ihr Zeitzeugen darüber berichteten. Sie überlegte, ob sie auch einmal irgendwo sitzen und anderen aus der Weltgeschichte vortragen würde. Was könnte sie dann erzählen?

Als sie ein Kind war, hatte sie oft Angst, weil in den Zeitungen, dem Fernseher und dem Internet ständig von Kriegen, Mord und Gräueltaten berichtet wurde.

Es gab Zeiten, da dachte man, das Ende sei nah. Die Erde weinte. Die Natur hatte große Probleme. Der Regenwald wurde abgeholzt, die Luft verpestet, das Wasser verseucht und die Erdressourcen verbraucht. Die Erderwärmung

---

[2] Wikipedia

brachte die Gletscher zum schmelzen. Ganze Landstriche und Regionen gingen im Wasser unter.

Doch dann kam die große Wende, vor etwa fünf Jahren. Die Menschen wurden plötzlich vernünftiger. Keiner weiß warum. Ob nur viele Menschen zu Gott, Allah oder Buddha gebetet hatten oder einfach nur mehr nachgedacht wurde, das blieb wohl für immer ein Geheimnis.

Nicht nur einzelne Staaten, sondern die großen Länder dieser Erde wie Russland, China und die Vereinigten Staaten von Amerika setzten sich an einen gemeinsamen Tisch und machten Nägel mit Köpfen. Plötzlich wurde nicht mehr geredet, sondern gehandelt. Alle wussten, es war wirklich kurz vor zwölf. Wie durch ein Wunder gelang die Wende.

Die Natur erholte sich langsam, aber stetig. Stella dachte an die Geschichte, die ihr immer ihre Oma erzählt hatte. In den achtziger Jahren hatten die Menschen in Deutschland Angst vor dem sauren Regen, der ihren geliebten Wald zerstörte.

Die Deutschen hatten immer schon eine große Affinität für den Wald empfunden. Ihres Wissens nach hatte Deutschland auch den größten Baumbestand von Europa. Man berichtete fast täglich in Reportagen über den unaufhaltsamen Untergang des deutschen Forstes. Doch zum Glück hatten sie sich getäuscht. Einige Jahre später erholte sich der Wald und der Bestand hatte sich sogar stark vermehrt.

So glaubte Stella auch an die positive Entwicklung. Die Natur ist wie der Mensch und das Tier, viele Krankheiten heilen von alleine aus, man braucht nur viel Zeit und Geduld und muss dem Ganzen ein wenig nachhelfen, dachte sie.

Auch politisch waren die schrecklichen Kriege im Nahost Geschichte. Die Narben, die diese Kriege hinterlassen hatten, würde es noch viele Jahrzehnte geben. Trotz finanzieller Hilfe von den westlichen Staaten werden einige Gebiete für immer unbewohnbar bleiben.

Trotzdem fühlte Stella eine große Erleichterung, wenn sie an diese Länder und deren Bewohner dachte.

Große, alte Kulturen wurden vom Westen verkannt und zerstört, Menschen ins Elend gezogen. Doch nun war es nach fast einem Jahrhundert Geschichte geworden und sie hoffte, dass dies auch so bleiben würde. Sie war nicht naiv und wusste, dass es immer irgendwo auf der Erde Krankheit, Krieg und Naturkatastrophen geben würde.

Für den Augenblick hielten sich diese schrecklichen Ereignisse jedoch im Rahmen des scheinbar Unvermeidlichen. Und sie fühlte, dass die Erde nicht mehr so schrecklich weinte, wie noch vor einigen Jahren.

Weg mit den trüben Gedanken, das Leben ist zu kurz dafür, resümierte sie, packte ihre verdutzte Großmutter unter dem Arm und sagte: „Und was machen wir beiden Hübschen nun?"

Sie schlenderten durch die kleinen Gassen der Altstadt. Die Sicht bis ans Meer verzauberte Stella. Sie freute sich auch schon auf den morgigen Tag. Dann wollten Sie erst mal die Stadt mit den drei Burgen besichtigen.

San Marino und San Leo, 3. April 2034

„Weißt du, was mir gestern am besten gefallen hat?", fragte Stella am Frühstückstisch. Eva schüttelte den Kopf. „Der Weg zur letzten Burg", erwiderte Stella.

„Ja, finde ich auch. Der schöne Waldweg. Man könnte meinen, wir sind wieder in Deutschland. So sieht es zumindest landschaftlich aus. Am besten gefällt mir, dass dort nur noch wenige Leute entlanggehen. Die meisten bleiben an den ersten zwei Burgen zurück. Gut für uns."

„Und dann der beeindruckende Platz vor dem Regierungspalast. Dein Vorschlag hineinzugehen, war auch super. Wann hat man schon mal die Gelegenheit, den Sitzungssaal eines Parlaments zu besichtigen?"

„*San Marino* hat eine faszinierende Geschichte. Obwohl *San Marino* so winzig ist, es hat heute etwa 40.000 Einwohner, hat es sich stets gegen die Großen aufgestemmt", schwärmte Eva und las dann aus dem Prospekt, den sie gestern mitgenommen hatte, laut vor:

„Als 1861 das Königreich Italien ausgerufen wurde, blieb *San Marino* souverän. Der spätere Ehrenbürger Abraham Lincoln schrieb: ‚Obgleich Ihr Staatsgebiet klein ist, Ihr Staat ist einer der am meisten geehrten der Geschichte.'[3] *San Marino* war der erste europäische Staat, der die Todesstrafe abgeschafft hatte, nämlich im Jahr 1865. Die letzte bekannte Anwendung der Todesstrafe erfolgte im Jahr 1468."

„So, nun müssen wir aber aufbrechen, wenn wir heute noch nach *San Leo* wollen" ,unterbrach Stella.

„Du hast recht", erwiderte Eva.

Während der Fahrt durch die liebliche Landschaft, dachte Eva zum x-ten Mal, welches Glück sie doch mit ihrer Enkelin hatte. Eine junge Frau, die nicht nur Party im Kopf hatte, sondern sich auch für die unterschiedlichsten Bereiche und Themen interessierte.

Wenn jemand sagte: „Die Jugend von heute sei schlecht!", dann ärgerte sich Eva früher sehr darüber, weil sie nicht dieser Meinung war.

Eines Tages fand sie in einer Zeitschrift die Aussage von Sokrates, der 470 bis 377 v. Chr. gelebt hatte:

„Die Jugend liebt heutzutage den Luxus. Sie hat schlechte Manieren, verachtet die Autorität, hat keinen Respekt vor älteren Leuten und schwatzt, wo sie arbeiten sollte. Die jungen Leute stehen nicht auf, wenn Ältere das Zimmer betreten. Sie widersprechen ihren Eltern, schwadronieren in der Gesellschaft, verschlingen bei Tisch die Süßspeisen,

---

[3] Wikipedia

legen die Beine übereinander und tyrannisieren die Lehrer."[4]

Leider gab es nach wie vor Leute, die vergessen hatten, dass sie selber einmal jung gewesen waren und sich garantiert auch nicht immer nur vorbildlich verhalten hatten. Das ist doch das Schöne an der Jugend, die unbeschwerte Leichtigkeit. Sie musste lächeln, als sie daran dachte, was sie so angestellt hatte.

Einmal fuhren ihre Freundinnen und sie zu dritt auf dem Mofa, bepackt mit riesigen Korbtaschen. Sie saß vor ihrer fahrenden Freundin Katharina im Mittelteil. Petra befand sich auf dem Rückteil.

Das kleine Mofa hatte viel Mühe mit dem ungewöhnlich hohen Gewicht. Gerade in dem Moment, als sie eine viel befahrene Kreuzung überquerten, wunderte sich Eva, warum das kleine Fahrzeug plötzlich so schnell wurde. Wenige Sekunden später sah sie den Grund dafür: Die arme Petra saß mitten auf der Kreuzung, der Inhalt des Korbes um sie verstreut und außen herum hupende Autos.

Eine gefährliche Situation, aber später lachten wir uns darüber kaputt.

Und während Eva zum Erstaunen von Stella schallend lachte, erreichten sie schon *San Leo*. Auf Stellas Frage, warum sie so lachte, meinte Eva: „Später erzähle ich es dir, bei einem guten Glas Wein. Aber erinnere mich daran!"

San Leo war wieder mal genau nach dem Geschmack von Stella. Zudem war ausgerechnet an diesem Tag Nebel und das tauchte die alten Gemäuer in ein geheimnisvolles Licht und schuf eine beinahe gruselige aber interessante Stimmung.

Der erste Weg führte in eine Bar und bei einem zweiten kleinen Frühstück mit *cappuccino, tramezzini* und einem kleinen Glas Weißwein erzählte Eva, warum sie vorher so gelacht hatte. „Na, ihr habt ja einen ganz schönen Schmarrn gemacht, als ihr jung wart", erwiderte Stella als Kommentar.

---

[4] Wikipedia

„Ihr etwa nicht?" Dann erzählte Eva, wie sie mit Georg und Clara 2012 zweimal in diesen alten Gemäuern war. Beim ersten Mal gab es ein mittelalterliches Fest. Der ganze Innenbereich war festlich geschmückt und überall standen Buden. Teils mit handwerklichen Taschen, Keramiken, Ölen, teils mit leckeren Spezialitäten. Und ständig wurde etwas anderes geboten. Eine Tanzgruppe auf Riesenstelzen zog durch die Altstadt und führte ihr Können vor. Dabei ließen sie aber auch die Zuschauer mitwirken. Es war eine Mischung aus Akrobatik und Humor. Und wie es Georg und Eva liebten, es waren fast nur Einheimische am Feiern, nur wenige Touristen hatten sich hierher verirrt.

Sie kamen dann noch ein zweites Mal, um sich die Kirchen und die Burg oben am Berg anzusehen. An diesem Tag war es genauso nebelig wie heute und die Gassen wirkten gespenstisch schön. Für Georg, der leidenschaftlich gerne fotografierte, eine tolle Kulisse.

Stella interessierte sich vor allem für die italienischen Feste. Die Tradition der Feste gab es natürlich auch in Deutschland und Stella liebte die Maifeste, am liebsten in bayrischer Tracht, oder die Sonnwendfeiern mit dem obligatorischen Lagerfeuer.

Eva erzählte ihr, dass in Italien oft Feiern organisiert wurden, je nach Anbaugebiet der Region und für die dort angebauten Produkte.

In *Piemonte* waren es häufig Weinfeste, in *Lazio* zum Beispiel Artischockenfeste und in *Friuli Giulia Venezia* Maronifeste.

Zu diesen Gelegenheiten wurden dann die jeweiligen Spezialitäten in allen nur erdenklichen Arten serviert. In der Regel wurden Bänke und Tische aufgestellt und je nach Wetterbedingungen eventuell auch Zelte.

Eine Tanzfläche war immer vorhanden und jeden Abend wurde von wechselnden Kapellen und Bands Musik gemacht.

Dann erklangen alte Schlager oder auch rockige, fetzige Klänge bis tief in die Nacht.

„Ich kenne keinen Italiener, der nicht tanzen kann und sobald die ersten Töne erklingen, ist die Tanzfläche gefüllt mit Tänzern im Alter von fünfzehn bis fünfundneunzig Jahren. Und im Gegensatz zu Deutschland tanzen hier wirklich nur Mann und Frau zusammen. Das Verwunderliche ist, egal welche Musik oft im Wechsel erklingt, alle machen mit. Dann kann man ein altes Ehepaar zu poppigen Klängen und Teenager zu alten Volksliedern tanzend beobachten", erzählte Eva begeistert.

„Beliebt sind aber auch politisch organisierte Feste, wie wir es in *San Arc´Angelo* erlebt haben. Eine große Showbühne auf dem Platz vor der Stadt mit wechselnden Sängern und Musikgruppen, natürlich genug zum Essen und Trinken und schon war die ganze Innenstadt wie leergefegt", erklärte sie ihrer erstaunten Enkelin.

„Und obwohl diese Veranstaltung unter der Woche an einem normalen Arbeitstag war, befanden sich vom Baby bis zum alten Mann alle bis tief in der Nacht auf dieser Feier. Hatte man doch endlich mal wieder die Gelegenheit, Freunde und Bekannte zu treffen und zudem war der Eintritt frei", schwärmte Eva mit leuchtenden Augen.

„In *San Marino* waren wir auf einem Weinfest in einem kleinen Dorf. Auch hier waren ein Zelt und eine große Tanzfläche aufgebaut. Wir tranken Wein und aßen *piedine*, eine Art dünnes Brot, das mit Schinken oder Käse gefüllt und warm gegessen wird und unterhielten uns mit unseren Banknachbarn."

Eva bekam rote Backen beim Erzählen: „Dann hörten wir, dass die nächste Runde im Wettbewerb des Weintraubentretens begann. Wir eilten hinzu, um dieses Spektakel mitzuerleben. Auf einem Gestell standen zwei Bottiche gefüllt mit Weintrauben. Darin standen zwei Gegner, die ihre

Hosen hochgekrempelt hatten. Aus den Bottichen lief aus dem Hahn in je einen Maßkrug der Saft der Weintrauben, den die Wettkämpfer durch das Zerstampfen mit den Füssen hervorbrachten. Sieger war natürlich derjenige, der als Erstes den Maßkrug gefüllt hatte. Eine schweißtreibende Angelegenheit, wie wir bald selber feststellen mussten."

Stella hörte ihrer *nonna* mit einem Lächeln zu. „Mit wachsender Begeisterung sahen wir den beiden Kontrahenten beim Hüpfen und Stampfen zu und bemerkten gar nicht, wie sich uns einer der Wettkampfveranstalter näherte. Er versuchte uns zu überreden, als Nächstes gegeneinander anzutreten. Wir lehnten zunächst ab, hatten aber keine Chance, uns gegen seine Idee zu stellen. Als dann auch noch die umherstehenden Leute, die schnell begriffen hatten, dass wir deutsche Touristen waren, anfingen, auf uns einzureden, kamen wir nicht mehr aus. Also krempelten wir ergeben die Hosen hoch und stiegen in die Bottiche. Die umstehende Menschentraube feuerte uns mit den Worten: "*Tedeschi, forza!*" was so viel wie "Deutsche, los, macht schon!" heißt, lautstark an.

Eva holte Luft: „Am Anfang machte es auch noch Spaß, auf den weichen Trauben herum zu hüpfen und zu stampfen und zu sehen, wie der Saft in den bereit gestellten Maßkrug floss."

Stella gefielen die Ausführungen ihrer *nonna*, die mit ganzem Körpereinsatz erzählte. „Mit der Zeit ließ aber die Kraft nach und ich war froh, als Georgs Krug voll war. Unter dem Jubel der Zuschauer stiegen wir von dem Podest und wuschen unsere Füße. Als wir dann zurück zu der Menge kamen, steuerte der Veranstalter erneut auf uns zu und erklärte, dass Georg noch einmal antreten müsste. Mir fiel ein riesiger Stein vom Herzen, dass ich ausgeschieden war. Opa trat dann im Halbfinale mit einer jungen sportlichen Frau an und war ebenfalls froh, als er in der nächsten Runde ausschied", lachte Eva und sah in diesem Moment um etliche Jahre jünger aus.

Stella hätte ihr noch Stunden zuhören können, aber sie wollten noch den alten Stadtkern erleben und zur Burg hochfahren. Außerdem hatten sie am Abend ein Treffen mit Nicolò, dem netten Besitzer der Ferienwohnung.

Ihre Begeisterung über die schöne Gartenanlage von Nicolòs Anwesen konnte Stella kaum verbergen. Und als Nicolò auf Eva zustürmte und sie in die Arme nahm, hatte auch er ihre Sympathie gewonnen.

Auf der Terrasse mit dem sensationellen Ausblick tranken sie einen Aperitif und erzählten sich die Neuigkeiten der letzten Jahre.

Eva, Georg und Nicolò hatten sich zwar seit damals nicht mehr gesehen, hielten aber immer noch Kontakt per E-Mail. Das war nicht zuletzt Eva zu verdanken. Sie machte sich immer viel Mühe, wenn es darum ging, Freundschaften zu pflegen.

Nicolòs Handy unterbrach die Runde. Er entschuldigte sich kurz und als er zurückkam, lachte er: „Stell dir vor, wer das war. Mein österreichischer Freund Michael. Erinnerst du dich an ihn?" „Meinst du den aus Abtenau?"

„Ja, genau der. Ich soll dich herzlich grüßen."

Und dann erzählte Eva, dass sie damals Michael mit seiner Familie hier kennengelernt hatte, als er sein Auto bepackte. Neugierig wie immer, hatte Eva ihn gefragt, woher er aus Österreich käme.

„Aus der Nähe von Salzburg", erwiderte er. Und dann erzählte ihm Eva, dass sie mit dreizehn Jahren mal für drei Wochen in einem Kindererholungsheim in Abtenau war. Und kaum zu fassen, genau dieses Erholungsheim leiteten seine Eltern und wahrscheinlich waren die beiden sich damals schon über den Weg gelaufen, denn sie waren in etwa gleich alt.

„Man sieht sich immer zweimal im Leben. Wir beide ja auch", ergänzte Nicolò und platzte mit einer Überraschung raus: „Du kannst dich doch noch an Lorella erinnern, oder?"

„Aber natürlich!" antwortete Eva und erzählte weiter ihrer Enkelin: „Lorella haben wir damals auf dem Weinfest, von dem ich dir heute erzählt habe, kennengelernt. Sie saß mit ihrer Familie direkt neben uns am Tisch. Ich hatte mir an diesem Tag vorgenommen, nicht wieder ein Gespräch mit Fremden anzufangen, weil dein Opa schon vorher lästerte, dass ich meine armen Mitmenschen immerzu anquatsche. Und just in diesem Moment war es Lorella, die mich anredete. Georg konnte es nicht fassen. Ich hatte die rassige Frau schon länger beobachtet. Sie und ihr Mann waren uns sofort aufgefallen und wirkten sehr sympathisch. Bei dem Gespräch kam heraus, dass sie Freunde von Nicolò waren und ihre Firma direkt neben der Ferienwohnung lag. Von da an sahen wir uns öfters."

„Und als ich erzählte, dass du, ich meine, dass ihr kommt, wollte sie gleich mit zu unserem Treffen. Pietro und sie kommen später hier vorbei und dann gehen wir in unser Lieblingslokal nach *Borgo Maggiore*, wenn es euch recht ist", ergänzte Nicolò.

Eva war ganz aus dem Häuschen. Von Lorella hatte sie leider schon sehr lange nichts mehr gehört. Und so war es nicht verwunderlich, dass erst mal viele Tränen flossen. Der gemeinsame Abend wurde dann noch ausgesprochen lebhaft und lustig. Vor allem Pietro brachte die Runde immer wieder zum Lachen. Eva genoss diese entspannte und lebhafte Atmosphäre, wenn Italiener oder in diesem Fall *San Marinesi* in einer gemütlichen Runde zusammensaßen und speisten, auf den Tischen das Chaos herrschte und man am Ende erschöpft, aber glücklich war.

Urbino und Gradara, 5. April 2034

Nachdem sie den gestrigen Tag nur gefaulenzt hatten, stand heute *Urbino* und auf der Rückfahrt *Gradara* auf dem zuvor geplanten Programm.

Stella bewunderte ihre Oma, wie sie nur all das schaffte. Sie selbst war am vorherigen Tag sehr erschöpft und froh über den Faulenzertag gewesen. Was trieb ihre Großmutter nur an? Stella hätte auch nichts dagegen gehabt, sich noch einen Tag auszuruhen oder vielleicht mal ans Meer zu fahren.

Eva vertröstete sie. „Das Meer läuft uns nicht weg!"

So fuhren sie in die Hauptstadt der Marche. Eva schwärmte von der alten Universitätsstadt. Stella erwiderte, dass Eva immer vom nächsten Ziel voll des Lobes sei.

„Was kann ich denn dafür, wenn es in Italien in jeder Ecke so schön ist?" Und dann ergänzte sie „Übrigens genauso wie in Deutschland!"

Stella wusste, wie sehr ihre Oma auch Deutschland liebte. Sie sagte immer, sie habe großes Glück gehabt, sie habe zweimal in ihrem Leben eine Heimat gefunden.

Schon die Stadtkulisse von *Urbino* faszinierte Stella. Wie diese alte Stadt auf dem Felsen thronte, beeindruckte sie.

Die Universitätsstadt mit gerade mal 15.000 Einwohnern ist berühmt für seine Keramiken. Das Besondere an ihnen sind die Glasuren, bekannt als *Majolika*.

Urbino ist, wie auch *Siena*, in einzelne Bezirke unterteilt. Im 15. Jahrhundert hatte sie *Federico da Montefeltro* erbauen lassen. Der *Duomo d'Urbino* wurde im 18. Jahrhundert bei einem verheerenden Erdbeben vollständig zerstört, wurde aber Anfang des 19. Jahrhunderts wieder neu aufgebaut. Links vom Dom führt eine Tür zur Krypta oder zum *Oratorio della Grotta*. Man muss zuerst viele Treppen hinuntersteigen, um dann die drei Kapellen sehen zu können. Zugänglich sind sie durch einen Gang, der vor den Eingängen verläuft. Die dritte Kammer enthält die imposante Marmorgruppe *Pietà*, eine Arbeit von *Bandini*, der den Auftrag 1597 vom *Duca Francesco Maria II della Rovere* erhalten hatte. Den Einsturz der Kuppel im 18. Jahrhundert hatte das Werk wie durch ein Wunder unbeschädigt überstanden.

Wenn man dann weiter zum Zentrum von *Urbino* läuft, kann man das Geburtshaus des berühmten Renaissancemalers *Raffaello* bewundern, der im 15. Jahrhundert dort geboren wurde.

Der *Palazzo Ducale d'Urbino* sieht im ersten Moment vielleicht etwas enttäuschend aus. Wenn man sich aber die Mühe macht und hineingeht, kann man einen der liebenswertesten und aufregendsten Paläste Italiens entdecken. Besonders der Innenhof besticht durch die Lichtführung und die ungewöhnlichen Proportionen.

Auf dem Weg zur *Piazza della Repubblica* erzählt Eva: „Hier war früher ein kleines Geschäft mit Andenken und Geschenkartikeln. Ich erinnere mich genau. Deine Tante Clara wollte sich unbedingt ein Muschelarmband kaufen."

Eva schaute sich suchend um, während sie weiter erzählte: „Als wir drei wieder herauskamen, hatten wir alle dasselbe festgestellt: Die Verkäuferin sah tatsächlich aus wie Schneewittchen: Pechschwarzes Haar, weiße Haut, die Lippen knallrot geschminkt. Und als wüsste sie von der Ähnlichkeit zu Schneewittchen, trug sie eine entsprechende Schleife im Haar. Wir lachten den ganzen Weg bis zur *piazza*. Clara liebte das Märchen Schneewittchen und wurde von ihrer Oma auch immer so genannt. Sie hat auch diese blasse Haut, die blauen Augen, den vollen, roten Mund. Es fehlt nur das schwarze Haar. Clara hat ja kastanienrote Haare."

„Wollen wir hier etwas trinken?", fragte Stella ihre Oma.

„Ja, das ist eine gute Idee!", erwiderte sie und ergänzte: „Hier haben Georg, Clara und ich damals auch gesessen!" Es war ein schöner Platz und sie konnten das Geschehen auf der Piazza beobachten.

Der schöne Brunnen in der Mitte erregte Evas ganze Aufmerksamkeit.

„Hier hat Georg das schöne Foto geschossen. Du kennst es. Das Bild, das er in seinem Buch veröffentlicht hat." Stella wusste, was Eva meinte. Ihr Opa hatte vor einigen Jahren auf Evas Treiben hin endlich einen Bildband seiner schönsten Fotografien veröffentlicht. Darin war auch das besagte Foto zu sehen: Auf dem Brunnenrand standen drei Kinder, aufgereiht wie die Orgelpfeifen, während die Mutter diese fotografierte. An der anderen Seite des Brunnens starrte ein Mann ins Wasser und im Vordergrund ging eine telefonierende Frau vorbei. Eine herrliche Szene.

Sie hätten noch Stunden dort sitzen können, schweigend, die Menschen beobachtend. Aber sie wollten ja noch nach *Gradara* fahren.

Bereits wieder auf dem Weg zum Auto, vernahmen sie unerwartet aus einem Gebäude wunderschöne Klavierklänge.

Eva, wie immer neugierig, schaute vorsichtig durch die angelehnte Tür. Ein älterer Mann, der dort am Eingang saß und sie erblickte, winkte Eva und Stella hinein. Zögernd folgten sie seiner freundlichen Aufforderung.

Ein junger Mann spielte auf einem Flügel, der auf einem Podest am anderen Ende des Saales stand. Sein Spiel war sehr emotional und seine Körperbewegungen temperamentvoll und ausladend.

In den Stuhlreihen davor saßen ein paar lauschende Zuhörer. Eva und Stella setzten sich leise hin, hörten der himmlischen Musik zu und vergaßen dabei fast die Zeit.

„Lass uns nach *Gradara* aufbrechen. Es ist schon spät", flüsterte Stella leise ihrer Großmutter zu, die ihr schweren Herzens folgte. Die melancholischen Klavierklänge hatten Eva berauscht.

Die Burg von *Gradara* ist eine der am Besten erhaltenen, mittelalterlichen Stadtmauern Italiens. Zwei fast achthundert

Meter lange Mauerringe, welche die gesamte Festung umgeben, schützen den Stadtkern vor Eindringlingen. Der Besucher kann auf der gesamten Stadtmauer entlanglaufen und hat einen herrlichen Blick aufs Meer.

„*Gradara* ist aber auch für die tragische Liebesgeschichte von Paolo und Francesca bekannt, von der Dante im fünften Gesang der Hölle schreibt", erklärte Eva beim Rundgang auf der Mauer.

Die Malatesta waren die Herrscher von *Rimini*. Malatesta di Verucchio, der Vater von Giovanni, genannt Gianciotto und von *Paolo dem Schönen*, verstand die wichtige Bedeutung von *Gradara* und begann mit dem Bau der Burg. Die Familie Malatesta gehörte zu den Welfen, wie auch Guido da Polenta, der Herrscher von *Ravenna*.

Um diese Allianz zu stärken, entschieden sie sich, eine Ehe zwischen dem erstgeborenen Gianciotto, dem tapferen Krieger und der schönen *Francesca*, Tochter von Guido, zu arrangieren.

Die Legende erzählt Folgendes: Um Francesca zu überzeugen, den hässlichen Gianciotto zu heiraten, ließ man sie im Glauben, ihr zukünftiger Ehemann wäre der faszinierende Paolo. Francesca lebte nach der Hochzeit in der Burg von *Gradara*. Ihr Leben war einsam und wurde lediglich von den häufigen Besuchen ihres Schwagers aufgeheitert. Sie verliebten sich, aber Gianciotto, der Verdacht geschöpft hatte, erwischte sie in den Gemächern. Francesca, die Paolo zu verteidigen versuchte, wurde zuerst vom eifersüchtigen Ehemann getötet. Dann starb auch Paolo. Den Körper der geliebten Francesca hatte der betrogene Ehemann in einen antiken Sarkophag schließen lassen. Von ihm fehlte viele Jahre jede Spur, er wurde erst fünf Jahrhunderte später während einiger Restaurationsarbeiten gefunden.

Als Stella diese Geschichte hörte, litt sie insgeheim mit.

Als taffe junge Frau konnte sie natürlich nicht zugeben, dass sie hoffnungslos romantisch veranlagt war. Und ein zweiter Gedanke ging ihr durch den Kopf. Letzte Nacht hatte sie von dem jungen Mann aus *Cremona* geträumt. So intensiv, dass sie heute Morgen ganz verwirrt aufgewacht war. Und seitdem ging er ihr nicht mehr aus dem Kopf. ‚Mist, warum habe ich ihm nicht doch meine Adresse oder Handynummer gegeben?', dachte sie. Doch dann siegte wieder ihre Vernunft. Sie schalt sich in Gedanken: ‚Du kleine Naive, der hat doch sowieso mehr Frauen wie Sand am Meer, bei dem Aussehen!'

Eva und Stella saßen noch in einer kleinen *trattoria* in *San Marino*. Es war spät, sie waren die letzten Gäste. „Also, wie sehen unsere Pläne aus?", fragte Stella.

„Nun, das nächste Ziel liegt in *Puglia*, der *Gargano*, das ist der Sporn des italienischen Stiefels." Stella hatte eine Straßenkarte vor sich liegen, die sie schon eine ganze Weile ausgiebig studierte. Manchmal fand auch sie den klassischen Atlas interessanter als ihr Notebook. „Das ist aber ganz schön weit, oder?", fragte Stella.

„Ja, circa fünfhundert Kilometer", erwiderte Eva.

Stella überlegte. „Wir könnten ja erst bis *Ancona* fahren, dort übernachten und am nächsten Tag gemütlich weiterfahren, dann haben wir es nicht mehr ganz so weit", schlug sie vor. „Das klingt doch gut, oder? Ich schau gleich mal im Internet nach einem schönen Hotel."

„Ja, mach nur!", stimmte Eva zu und ihre Enkelin suchte gleich nach einer passenden Unterkunft.

„Bingo, hab schon eines gefunden. Soll ich buchen?"

Gabicce Monte, und Ancona, 6. April 2034

Auf dem Weg nach *Ancona* machten sie noch einen Halt in *Gabicce Monte*.

Vor vielen Jahren hatten Georg, Clara und Eva einen gemütlichen Badetag an der *Baia di Vallugola* verbracht. Da es an jenem Tag etwas windig und weniger heiß war als die Tage zuvor, denn es hatte von 37 Grad auf 24 Grad abgekühlt, waren sie fast alleine an dem Strand.

Ausnahmsweise hatten sie drei von den orange-rot-gelbgestreiften Liegestühlen mit dazugehörigem Sonnenschirm gemietet. Eva genoss den Tag am Strand. Sie las ihre mitgebrachten Bücher und sammelte mit Clara Muscheln und Steine. Georg fand an diesem Tag viele Motive für seine Fotosammlung.

Zwanzig Jahre später, es war ein schöner Frühlingstag, aber fürs Baden zu kalt, bevorzugten Stella und Eva es, am Strand spazieren zu gehen.

Barfüßig, die Hosen hochgekrempelt, liefen sie lachend so weit ins Meer hinein, dass ein Teil der Kleidung nass wurde. Aber das störte die beiden nicht. Der salzige Geruch, das Rauschen der Wellen, die Klippen im Hintergrund waren Balsam für ihre Seelen.

Sie sammelten Steine und Muscheln um die Wette. Die Leidenschaft zu Steinen hatte sich immer weitervererbt. Georg stöhnte immer, wenn er sah, wie sich die Sammlung im Haus ausdehnte. Und obwohl Eva sich von weniger schönen Exemplaren trennte, türmten sie sich immer noch in jedem Raum auf. Die ausgemusterten Steine wurden in den Garten verbannt und dienten dort zum Beispiel als Umrandung der Kräuterbeete.

Nachdem sich die beiden Frauen in einem Restaurant mit Meerblick auf den Klippen in *Gabicce Monte* gestärkt hatten, fuhren sie weiter nach *Ancona*.

Teilweise ging die Fahrt direkt am Meer entlang und Eva genoss schweigend diesen herrlichen Ausblick. Stella ließ sie in Ruhe und hing ihren eigenen Gedanken nach. Was hatten sie beide in dieser kurzen Zeit schon alles erlebt und wie viele alte Freunde hatte ihre Großmutter schon wieder gesehen? Wie gut nur, dass alle noch so rüstig waren. Stella hatte schon befürchtet, dass ihre Oma vom Tode des einen oder anderen erfahren würde. Hoffentlich würde der Rest der Reise auch so gut verlaufen. Sie war auch erstaunt, dass Eva immer noch so fit war. Die letzten Tage gab es überhaupt keine Anzeichen von ihrem beginnendem Gedächtnisverlust. Stella seufzte zufrieden und fuhr in die Ausfahrt zum Zentrum von *Ancona*.

Das im Internet ausgesuchte Hotel war einfach, aber sauber und für eine Nacht absolut in Ordnung. Der Vorteil dieses *albergo* lag darin, dass es mitten im Zentrum, im *centro storico* lag.

Also zogen die beiden Frauen auch gleich los und bummelten durch die Innenstadt. Sie wollten sich etwas Schönes gönnen. Eva wurde fündig. Sie liebte Kleider und fand eines aus einem Hauch von Stoff. Sie fühlte sich so jung darin und freute sich schon auf den Moment, wenn sie es ihrem Georg vorführen würde. ‚Georg! Oh, wie ich ihn vermisse!', dachte sie melancholisch. Sie würde ihn gleich wieder anrufen. Seine Stimme zu hören, gab ihr den gewünschten Trost. Obwohl sie es ja gewohnt war, ihn oft monatelang nicht zu sehen, konnte sie sich nicht daran gewöhnen. Es fiel ihr immer wieder schwer, so lange von ihm getrennt zu sein. Und dieses Mal war es ja nicht die Schuld seiner militärischen Auslandseinsätze, sondern die ihre. Das machte es ihr nicht gerade leichter.

„Na, wollen wir uns ein wenig Kultur anschauen oder einfach nur faulenzen?", fragte Stella in Evas Gedanken hinein.

„Faulenzen und das schöne Leben genießen – *la dolce vita!*", kam es prompt von Eva.

Das schlechte Gewissen, das die beiden hatten, weil sie diese interessante Stadt nicht besichtigten, wurde mit einem leckerem Abendessen und einem gutem Hauswein einfach runter geschluckt.

Sie hatten einen ausgesprochen lustigen Abend. Mit ein Grund war, dass sie sich über die jungen Männer am Nebentisch amüsierten, die sich offensichtlich für Stella interessierten. Stella flüsterte Eva zu: „Kein Bedarf an einer neuen Liebelei. Bringt nur Probleme."

Als sie vom Wein beschwipst zurück zum Hotel torkelten, schüttelte so mancher Passant den Kopf. Aber das störte die beiden überhaupt nicht.

Peschici, 7. April 2034

Am nächsten Morgen kamen sie nur schwer aus dem Bett. „Ein Aspirin, schnell!", stöhnte Stella.

„In meinem Kosmetikbeutel im Bad, bring mir bitte auch eines mit", antwortete Eva.

Nach dem zweiten Espresso ging es dann langsam aufwärts. Eva nahm sich vor, das nächste Mal nicht so tief ins Glas zu schauen. Aber lustig war es trotzdem, schmunzelte sie.

Frisch gestärkt machten sie sich auf den etwa dreihundert Kilometer langen Weg nach *Peschici*. Wie schon gestern ging die Fahrt oft direkt am Meer entlang.

Diesmal hatten sie eine Ferienwohnung gemietet. Immer im Hotel übernachten war auf Dauer auch anstrengend, fanden die beiden.

Die Ferienwohnung war ein Traum, nicht weit vom Zentrum, an den Felsen gelegen und zum Strand ging ein kleiner Pfad.

Hier ließ es sich gut ein paar Tage aushalten, denn Eva hatte das Bedürfnis, sich wieder zu regenerieren. Die letzten Tage waren doch anstrengender gewesen, als sie gedacht hatte.

Und so relaxten sie die ersten Tage in ihrer Wohnung oder gingen am Meer oder im *Parco Nazionale di Gargano* spazieren.

„Weißt du, als ich Marco kennenlernte, war ich ausgehungert nach Liebe", fing Eva an zu erklären. „Rückblickend würde ich sagen, wir haben einfach nicht zusammengepasst. Ich hatte bis dato kein Glück mit den Männern und dann interessierte sich der hübsche Kerl für mich."

Eva seufzte: „Ich war einfach zu stark für ihn. Er hätte eine Frau gebraucht, die zu ihm aufsieht. Aber ich war die Macherin. Ich half ihm bei der Arbeitssuche und managte immer alles."

Sie stockte: „Und dann suchte er sich andere Frauen, Frauen die ihn bewunderten. Als ich im Laufe der Jahre bemerkte, dass er andere Liebschaften haben musste, stellte ich ihn zur Rede. Aber er leugnete stets meine Vermutungen. Und dann geschahen merkwürdige Dinge. Du musst wissen, früher oder später kommt alles heraus. Wegen starken Schneetreibens musste ich eines Tages das Auto stehen lassen und die S-Bahn nutzen. Er wusste es nicht. Und als ich am Abend in München-Pasing umsteigen wollte, kam er mir zufällig auf der Treppe entgegen. Er wurde leichenblass und schnauzte mich an, was ich in Pasing machen würde. Ich war verdutzt über seine merkwürdige Reaktion."

Eva legte eine Sprechpause ein und fuhr fort: „Ein paar Tage später wusste ich warum. Ich sollte ihm eine Monatsfahrkarte besorgen. Als ich das machen wollte, fiel ein Zettel aus seinem Ausweis heraus. Es stand ein Mädchenname mit einer Telefonnummer und dem Vermerk ‚Pasing' darauf. Trotzdem leugnete er alles, als ich ihn zur Rede stellte." Stella hörte aufmerksam zu und dachte bei sich, wie naiv doch manchmal die Männer waren. Es kommt doch irgendwann alles ans Tageslicht.

„Dann wollte er mit seinem Freund in ein Rockkonzert - ohne Mädels", erzählte Eva weiter. „Okay, dachte ich mir. Schade. Als er schon Stunden weg war, rief dann aber dieser

Freund an und war ganz erstaunt, als ich ihn fragte, ob er denn nicht mit auf das Konzert gegangen sei. Das Schlimmste aber war, dass ich treu wie Gold war, er mir aber nicht vertraute. Wenn ich mich mit Freunden traf, war er wochenlang beleidigt und redete nur noch das Nötigste mit mir. Mitkommen wollte er allerdings auch nicht. Er würde so wenig verstehen, wenn sich die anderen auf Deutsch unterhielten. So kam es, dass ich den Kontakt zu meinem Freundeskreis im Laufe der Jahre immer mehr verlor."

Eva machte eine Pause. Stella starrte sie an: „Aber warum hast du ihn denn nicht verlassen?"

„Ja, das frage ich mich heute auch. Ich kann es nur damit erklären, dass er mein erster Freund war. Abgesehen von der kurzen Liaison mit Franco hatte ich ja keinerlei Erfahrungen gesammelt", überlegte sie. „Und dann waren da ja noch die kurzen glücklichen Momente mit ihm. Die Reisen nach *Puglia* zum Beispiel. Allein Sechs Mal waren wir in seiner Heimat und meistens für mindestens vier Wochen."

„Ich liebte damals schon Italien über alles", lächelte sie. „Und seine Eltern waren so lieb zu mir. Sie nahmen mich mit offenen Armen auf, was keine Selbstverständlichkeit war, wie ich später begriff. Damals, in den achtziger Jahren war Süditalien noch sehr konservativ. Später erfuhr ich, dass die Nachbarn von Marcos Eltern ständig über mich lästerten. Es ginge gar nicht, dass eine junge Frau allein mit ihrem Freund durch die Welt reiste. Und dann seien wir ja noch nicht mal verheiratet."

Stella starrte ihre Oma zweifelnd an. Sie konnte sich überhaupt nicht vorstellen, dass in dem heute so modernen Italien einmal so vorsintflutlich denkende Menschen gelebt hatten.

„Damals durfte eine Frau auch nicht ohne männliche Begleitung in eine Bar gehen. Das ging gar nicht. Dann war ihr Ruf ruiniert. Ich kam aus Starnberg, einer Kleinstadt, die aber damals schon sehr offen war. Wahrscheinlich wegen der Nähe zu München. Meine Eltern waren zudem sehr tolerant. Ich, als dritte Tochter, hatte alle Freiräume, die man sich nur vorstellen konnte. Ich weiß, meine Eltern waren für die damalige Zeit sehr großzügig, gastfreundschaftlich und weltoffen. Stell dir vor, meine Schwester durfte und konnte 1975 schon in ‚wilder' Ehe leben, so nannte man eheähnliche Beziehungen."

Wie immer, wenn Eva in ihrem Redeschwall war, bekam sie hektische, kleine Flecken am Hals. Und so erzählte sie weiter: „Als ich das erste Mal mit Marco und seiner Familie in die Kirche ging, war ich sehr erstaunt. Rechts saßen die Männer und links die Frauen. Wir setzten uns in die letzte Reihe. Irgendwann während der Messe drehte sich dann zufällig ein Mädchen um, sah mich und tuschelte mit ihrer Nachbarin. Anschließend drehten sich beide zu uns um. So ging es weiter und weiter. Ich fühlte mich wie ein Affe im Zoo. Verdenken konnte ich es ihnen nicht. Ich fiel schon auf, mit meinen langen, hellblonden Haaren unter all den dunkelhaarigen Menschen." Sie gluckste vor Lachen.

„Ein anderes Mal waren wir am Meer und ein kleiner Junge starrte mich an, kam dann näher und bewarf mich mit Sand. Ich fragte ihn mit dem einzigen Satz, den ich im apulischen Dialekt konnte: ‚*Ce poi?*' auf italienisch: ‚*Che cosa vuoi?*', was so viel heißt wie ‚Was willst du?'. Er erstarrte und rannte dann schnell weg. So als sei der Teufel hinter ihm her." Wieder lachte sie und Stella musste mitlachen. Sie konnte sich die absurde Situation gut ausmalen.

„Und dann musst du dir vorstellen, dass Süditalien für mich eine fremde Welt war. So wie für dich heute vielleicht Asien oder Afrika. Die Menschen aßen hier zum Beispiel ganz andere Dinge. Ich habe damals das allererste Mal Muscheln, Garnelen, Tintenfisch, Artischocken und all diese

Köstlichkeiten gegessen. Ich war total begeistert davon, Nudeln selber zu machen. *Pasta al ferro'* nannten sie diese. Sie streuten Mehl auf den Küchentisch, rollten den Nudelteig aus und schnitten ihn in Streifen. Dann nahmen sie lange Eisenstangen und rollten damit über den ausgelegten Pastateig. So entstanden die handgemachten *maccaroni,* mit dem Hohlraum. Ich habe stundenlang geübt und viel Spaß dabei gehabt."

Stella überlegt, ob bei ihrer Oma schon damals die spätere Leidenschaft fürs Kochen geweckt wurde und da sie von den Erzählungen ganz hungrig wurde, erinnerte sie ihre Großmutter daran, dass sie langsam mal ans Essen denken sollten.

„Weißt du was, Stella, ich koche uns etwas typisches aus *Puglia.* Das haben dein Opa, dein Vater, deine Tante und ich hier in *Peschici* das erste Mal gegessen."

Und mit diesen Worten steuerte sie den nächstbesten *alimentari* an, um für das Abendessen die nötigen Zutaten einzukaufen. Hier in Süditalien gab es diese kleinen Lebensmittelläden, die sie so liebte, nur noch selten. Im Norden waren sie kaum noch zu finden oder es wurden aus ihnen Spezialitäten- oder Feinkostgeschäfte gemacht.

Später saßen sie auf der Terrasse und Stella stöhnte: „Ich bin so satt, ich kann nicht mehr. Aber das war so lecker!"

„Hab ich doch gesagt", erwiderte Eva. „*Pasta fagioli con frutti di mare* ist einfach, aber mal etwas ganz anderes."

„Das Rezept musst du mir geben!"

„Aber ja doch."

Monte Sant`Angelo, 10. April 2034

Nachdem sie sich die letzten Tage gut erholt hatten, stellten Stella und Eva einstimmig fest, dass es wieder einmal Zeit wurde, etwas Kulturelles anzusehen. So planten sie einen Ausflug nach *Monte Sant`Angelo,* bevor es in ein paar Tagen weiter in den Süden gehen sollte.

Stella hatte ihrer Großmutter am Vortag mit großer Begeisterung die Fotos gezeigt, die sie mittlerweile geschossen hatte. Das Talent fürs Fotografieren hatte sie wohl von ihrem Großvater vererbt bekommen. Aber auch schon ihre Tante Clara war damit gesegnet.

„Kaum zu glauben, was wir schon alles gesehen und erlebt haben!", rief Stella euphorisch. „Schau mal da, Francesca und du. Wie spitzbübisch ihr beide da lacht. Was habt ihr denn da ausgeheckt?"

„Nichts! Was denkst du denn von uns?", erwiderte Eva mit gespielter Entrüstung. „Und hier das Foto von dir mit der Eistüte in der Hand. Schau mal deine gierigen Augen."

Stella lachte. „Du weißt doch, für Eis verkaufe ich meine Seele!"

Beim gestrigen Spaziergang am Meer hatte Stella das erste Mal ein *trabucco* gesehen.

„Was ist das?", fragte sie Eva.

„Das sind Pfahlbauten für den Fischfang und sie sind vor allem an der *Adria*, an der *Costa di trabocchi* zu finden. Leider gibt es nur noch ganz wenige, die meisten sind in den letzten Jahrzehnten zerfallen und niemand hat sie restauriert. Zweck dieser Konstruktion ist es, oder ich sollte besser sagen, war es, ein großes Netz gleichmäßig horizontal abzusenken und nach einiger Zeit wieder herauszuheben. Sie wurden an besonders geeigneten Küstenabschnitten errichtet. Und zwar an Orten, an denen von der Meeresströmung begünstigt, Fischschwärme vorbeiziehen. Früher waren sie aus Holz und mit Schnüren verbunden. Die wenigen restlichen haben oft Stahlkonstruktionen."

„Der Fischfang ist hier wohl sehr wichtig?"

„Ja, und Fisch steht auch mehrmals wöchentlich auf der Speisekarte. Als ich mit Marco im Sommer hier war, fuhren wir oft ans Meer. In kleinen Buden konnte man dann frische aber rohe Muscheln essen. Dazu gab es Brot und Wein. Und nur für solche Leute wie mich, die rohe Muscheln nicht mochten, stand auch noch Käse bereit", lachte Eva.

„Probiert habe ich ja alles, sogar Seeigel. Aber das muss ich alles nicht haben. Da habe ich lieber *frisedda*, auch *friselle* genannt, gegessen. Das ist zweimal gebackenes Brot, steinhart. Vor dem Essen wird es ganz kurz mit Wasser getränkt und dann je nach Geschmack mit Olivenöl, Knoblauch und frischen Tomaten belegt. Lecker."

Der Tag war rasend schnell vergangen. Am Abend hatten sie einen kleinen Stadtbummel in der Altstadt von *Peschici* mit anschließenden Abendessen in einem der vielen kleinen *trattorie* geplant.

Auf der *Piazza di Peschici* erinnerte sich Eva an den alten, sympathischen Mann, der mit seinem Esel auf dem Platz gestanden war und für ein paar Euros die Kinder auf dem Esel hat reiten lassen. Natürlich ritt auch Clara fast jeden Abend auf dem Esel. Sie war verrückt danach.

In dem Städtchen *Monte Sant'Angelo* hatte es damals Georg so gut gefallen. Eva erinnerte sich gut daran, dass er so von den Häusern geschwärmt hatte, die in Reih' und Glied standen.

Auf dem Weg dorthin erzählte Eva wieder mal mit Begeisterung von dem Urlaub am Meer in *Puglia*.

Peschici, 1. Mai 2002

Georg und sie wollten den Kindern etwas ganz Tolles bieten und planten einen Urlaub in *Peschici* am Meer. Sie hatten eine Ferienwohnung für zwei Wochen gefunden und fuhren in zwei Etappen die etwas über 1.200 Kilometer lange Strecke. Die Zwischenübernachtung machten sie in dem hübschen Städtchen *Forlì*.

In *Peschici* angekommen, wollten sie gleich am nächsten Tag ihren Kindern eine Freude machen, packten die

Badesachen ein und fuhren an den nahegelegenen Strand.

Was dann passierte, war für das Ehepaar einfach nicht fassbar. Alessandro, der mitten in der Pubertät war, weigerte sich, in Badehose ans Meer zu gehen. Er blieb die ganzen restlichen zwei Wochen lang standhaft und saß immer komplett bekleidet im Schatten der Bäume und Felsen. Clara weinte herzzerreißend, als sie das Meer sah und klammerte sich an Eva. Auch die nächsten Tage wurde es nicht besser. Das rauschende Meer war ihr mit ihren drei Jahren unheimlich. „Ist das schrecklich!", rief Eva verzweifelt. „Da haben wir geglaubt unseren Kindern etwas Besonderes zu bieten und nun das!"

Das ganze Szenario wiederholte sich noch zweimal, als dann bei Clara langsam die Neugier siegte. Sie sah andere Kinder im flachen Wasser spielen und robbte sich stückchenweise immer näher in deren Richtung.

Irgendwann war es dann geschafft und sie lag lachend und juchzend im flachen Meer. Seit diesem Moment wollte sie nicht mehr aus dem Wasser. Wenn man sie nach Stunden letztendlich doch zwang, das Wasser zu verlassen, da sich ihre Haut aufzulösen schien und sich für eine kurze Zeit in der Sonne zu trocknen, schrie sie trotzig wie am Spieß.

Bis zum heutigen Tag liebt Clara das Meer, die Seen und die Flüsse. Von diesem Zeitpunkt an gab es keinen Urlaub mehr, in dem es nicht irgendeine Form von Wasser zum baden und spielen oder einfach zum abkühlen gab.

Monte Sant`Angelo, 10. April 2034

Endlich waren sie am Ziel. Die lange Fahrt auf den kurvigen Straßen wurden wieder einmal zur Belastung von Evas Magen. Leichte Übelkeit hatte von ihr Besitz ergriffen. Schnell raus aus dem Auto und ein paar Schritte gehen, dachte sie.

Und tatsächlich, schnell war das Unwohlsein weg und sie

konnte wieder die Schönheit dieser Kleinstadt bewundern.

Hier schien die Zeit stehen geblieben zu sein. Zuerst gingen sie zur Wallfahrtskirche *San Michele*, eine Grottenkirche. Eine Kirchenform, die die Normannen in den neu eroberten Gebieten seit dem siebten Jahrhundert besonders bevorzugten. An der Oberfläche sieht man den Glockenturm, die Kirche selber liegt im Inneren des Berges. Eine Inschrift am Eingang sagt, dass demjenigen, der die Grotte betritt, sämtliche Sünden vergeben werden.

„Nicht schlecht", flötete Stella, als sie dies las.

In der unterirdischen Grotte entdeckten sie eine Statue des Erzengels Michael und stellten fest, dass die Pilgerkirche 2011 in die Liste des Unesco-Welterbes aufgenommen wurde.

Bevor sie anschließend aber das Kastell besichtigten, mussten sie sich erst mal stärken.

Und sie hatten Glück. Sie fanden eine kleine *trattoria* in einer Seitengasse. Es gab nur vier Tische. Eine Speisekarte gab es nicht, denn die Köchin kam aus der Küche heraus und zählte auf, was sie für den heutigen Tag vorbereitet hatte.

Als sie gewählt hatten erzählte Eva ihrer Enkelin, dass sie so etwas das letzte Mal in der *Toscana* vor über vierzig Jahren erlebt hatte. Ein kleines Dorf in der Nähe von *Massa Marittima*. Ihre Eltern, Alessandro, gerade mal drei Jahre alt, ihrer Tante Marianne, ihre Schwester Maria, die ihr erstes Kind erwartete und sie selbst hatten diese *trattoria* in den toskanischen Hügeln damals entdeckt. Auch dort gab es nur die Köchin und keinen Kellner oder eine Bedienung. Aber das Essen war vorzüglich und vor allem ursprünglich.

Und auch dieses Mal wurden sie nicht enttäuscht. Die pugliesische Küche überzeugte Eva wieder einmal mehr.

Frisch gestärkt wollten sie sich nun die alte Burg anschauen.

„Durch den häufigen Besitzerwechsel ergaben sich die

unterschiedlichsten architektonischen Stile. Die Normannen bauten die *Torre dei Giganti*. Der Stauferkönig Federico II. nutzte es dann als Wohnsitz für seine Geliebte. *La Contessa di Torino*, Bianca Lancia, machte ein Staatsgefängnis daraus", las Stella ihrer Oma aus dem Urlaubsführer vor.

„Ja und hier an dieser Stelle kämpften dein Vater und deine Tante mit den Regenschirmen."

„Ja, ich kenne das Foto. Clara lacht darauf so glücklich."

Doch dann wurde Eva plötzlich ruhig und Stella merkte, dass es ihrer Oma doch zu viel wurde. Das ständige bergauf und bergab, die vielen Stufen. Sie hakte sich bei ihr ein und sagte: „So, meine Lieblingsoma, was hältst du jetzt davon, wenn wir zurückfahren, deinen Schatz anrufen und anschließend noch ein klitzekleines Glas Wein trinken und so den Tag gemütlich ausklingen lassen?"

„Ach, Stella, mein Schatz, wie machst du das nur? Ich glaube, du kannst Gedanken lesen", strahlte ihre Großmutter sie zufrieden an.

Vieste, 11. April 2034

„Guten Morgen, mein Stern." Eva strahlte Stella an, als diese die Terrasse betrat. Wehmütig betrachtete sie ihre Enkelin, denn schon am Morgen sah sie fantastisch aus, während sie wiederum mit ihren strubbeligen Haaren und den müden Augen wohl keine Augenweide war.

‚Tja!', dachte sie lächelnd bei sich. ‚Die besten Jahre sind wohl vorbei.' Aber beklagen wollte sie sich nicht, sie war rundum zufrieden mit ihrem Körper und ihrer Gesundheit. Die paar Unpässlichkeiten waren das kleinste Problem. Wenn ihr Kopf nur besser funktionieren würde!

Heute Morgen hatte sie mal wieder verzweifelt ihre Gesichtscreme gesucht, dann aber aufgegeben. „Würde sich schon wieder einfinden", seufzte sie ergeben.

„Guten Morgen, Oma! Suchst du etwa das hier?", fragte

Stella und wedelte lächelnd mit der gesuchten Creme vor ihren Augen herum.

„Ja! Wo hast du die denn gefunden?"

Stella lachte: „In meiner Notebooktasche!"

Ein Fragezeichen stand über Evas Kopf und ein paar Tränen liefen ihr die Wange hinunter. Schnell nahm Stella sie in den Arm.

„Aber Oma, das passiert doch selbst mir manchmal. Das ist doch nicht schlimm", versuchte sie ihre Oma zu trösten.

„Das hat nichts mit dem Alter zu tun", fuhr Stella fort und hielt ihr einen heißen Espresso unter die Nase. „Und was hältst du davon?"

Der Geruch von Kaffee stieg Eva in die Nase und es ging ihr gleich wieder besser. Es gab Gerüche, die hoben augenblicklich ihre Stimmung. Dazu gehörte nicht nur frisch gebrühter Kaffee, sondern auch Rosmarin und Zimt.

„Ich habe gestern Nacht noch ewig mit Georg telefoniert", erzählte Eva mit einem verklärten Blick beim Frühstück. „Du kannst dir gar nicht vorstellen, wie sehr ich ihn vermisse. Ich habe gedacht, dass es nicht so schwer wäre, weil wir ja ständig getrennt waren. Aber leider ist es nicht so." Sie machte dabei ein ganz trauriges Gesicht und seufzte laut.

Stella betrachtete ihre Oma. Sie tat ihr leid, auch wenn es ihre eigene Idee gewesen war. Im Augenblick fand sie jedoch keinen richtigen Trost und versuchte, sie einfach abzulenken.

„Wenn wir nach dem ausgiebigen Frühstück nach *Vieste* fahren, dann könnten wir doch nach einem passenden Geschenk für deinen Schatz suchen", schlug sie vor.

„Das ist eine tolle Idee. Und ich glaube, ich weiß auch schon, nach was ich suchen könnte!", rief Eva lachend und sprang voll neuem Elan vom Bett auf.

„*Vieste* ist ein ehemaliges Fischerdorf und wird im Sommer von vielen Touristen, vor allem von Wassersportlern, besucht. Schön sind die Grotten und der bekannte Kalkfelsen

Pizzomunno, der einfach so im Meer steht, als wäre er zufällig dort abgelegt worden", erklärte Eva während der Fahrt.

Stella und Eva flanierten scheinbar ziellos erst mal durch die Gassen. Sie wollten ein passendes Geschenk für Georg finden. Aber es gestaltete sich schwieriger, als sie dachten.

Plötzlich blieb Eva stehen. „Den Laden kenn ich doch!", rief sie erstaunt. Und dann sprudelte es nur so aus ihr heraus. „Stell dir vor, was uns in diesem kleinen Supermarkt passiert ist. Du weißt ja, dass ich immer die Angewohnheit habe, die Beträge der Lebensmittel an der Kasse im Kopf zusammenzurechnen, um so sicherzugehen, dass der Endbetrag auch stimmt. Wir haben einiges eingekauft und der von mir im Kopf errechnete Betrag stimmte nicht mit dem Kassenbon überein. Es ergab sich eine Differenz von etwa zwanzig Euro. Ich kontrollierte während der Heimfahrt im Auto den Beleg mehrmals. Irgendetwas stimmte nicht." Sie lächelte verschmitzt. „Georg hielt mich schon für blöd. Aber es ließ mir keine Ruhe und als wir in der Ferienwohnung angekommen waren, rechnete ich noch mal alles genau nach. Die einzelnen Posten waren korrekt, nichts war doppelt verbucht. Trotzdem waren zwanzig Euro zu viel im Endbetrag. Da kam mir die Lösung. Die Kasse musste so manipuliert worden sein, dass am Ende eine höhere Summe stand. Georg wollte mir das erst nicht abnehmen, aber mit der Zeit fand er das Ganze auch sehr merkwürdig und er errechnete ebenfalls einen Differenzbetrag von zwanzig Euro."

Mit großen Augen und voller Begeisterung fuhr sie fort: „Am nächsten Tag fuhren wir noch mal hin und stellten den überraschten Kassierer zur Rede. Erst leugnete er natürlich das Ganze, dann kam der Chef und auch er beteuerte seine Unschuld. Mittlerweile wurden die anderen Kunden auf uns aufmerksam, keine gute Werbung für sein Geschäft. Als wir dann noch mit der Polizei drohten, gab er uns doch unser Geld zurück."

Stella konnte sich das gar nicht vorstellen. Sie schlug vor, sich das Geschäft anzuschauen. Aus dem kleinen Supermarkt war nach über dreißig Jahren ein moderner Lebensmittelladen mit vorwiegend teuren Spezialitäten geworden. Es gab keinerlei Ähnlichkeit mehr mit dem ehemaligen *alimentari*.

„Zeit für einen Aperitif", sagte Stella. Sie hatte sich ganz schnell an diese nette Routine gewöhnt. In den frühen Abendstunden boten die italienischen Bars vom Norden bis zum Süden zu den Getränken kleine *stuzzichini*, das sind kleine Vorspeisen, an. Das konnten ein paar Oliven, Chips und Erdnüsse, aber auch ein reichhaltiges Angebot an der Theke oder gar ein Buffet sein. Dann standen Köstlichkeiten von Mozzarella mit Tomaten, kleine Pizzateilchen, aber auch Garnelen, Schinken mit Melone oder italienischer Reissalat bereit. Je nach Auswahl gab es dieses Angebot kostenlos zum Getränk dazu oder man bezahlte einen kleinen Betrag extra. Stella entschied sich heute für einen alkoholfreien Cocktail und Eva bevorzugte einen *crodino*, das ist ein alkoholfreier, bittersüßer, orangefarbener Aperitif.

Als langsam die Sonne im Meer versank, fuhren die beiden Frauen schweigend zurück in die Ferienwohnung. Heute wollte Stella mal kochen. Ihre Oma hatte ihr ein einfaches Rezept schon als Kind beigebracht: Spaghetti mit geräuchertem Lachs, Shrimps und *rucola*. Dazu gab es einfach nur einen gemischten Salat und eine reiche Auswahl an frischem Obst.

Peschici und Alberobello, 12. April 2034

Der letzte Tag am *Gargano* war angebrochen und es ging weiter nach *Alberobello*.

Sie machten noch einmal Halt in der schönen Bar mit dem Ausblick auf die Strände von *Peschici*.

„Heute sieht man nichts mehr von dem schrecklichen Brand in *Baia di Manacoore* im Sommer 2007", begann Eva mit der Geschichte, die sie damals so geschockt hatte. „Der Blick auf diesen Strand voller Leben, ließ wohl alle bereits vergessen, was damals passiert ist. Hier war damals auch ein großer Campingplatz mit Bars und Restaurant, so wie heute. Mit großer Wahrscheinlichkeit war es Brandstiftung. Viele Feuer im Süden werden absichtlich gelegt. Von kranken Menschen, aber auch von Kriminellen und der Mafia. Alte Leute bessern ihre Rente auf und stecken die Wälder im Auftrag an. Dass Menschen und Tiere sterben, ist ihnen egal."

Eva regte sich auf. „Damals ist der Campingplatz total abgebrannt. Die Menschen konnten sich nur durch die Flucht ins Meer retten. Trotzdem gab es drei Tote und dreihundert Menschen mit Rauchvergiftung. Ich kann solche Menschen nicht verstehen, die so etwas tun", echauffierte sie sich.

Stella konnte ihr nur beipflichten. Auch für sie waren das keine Menschen, die aus reiner Gier das Leben von Menschen, Tieren und Pflanzen in Kauf nahmen.

Beide blickten gedankenverloren aufs Meer hinaus.

„Ich glaube, wir müssen", unterbrach Stella die Stille. „Wir haben etwa drei Stunden Fahrt vor uns."

Stella hat im Internet eine schöne Ferienwohnung in einem *trullo* in *Alberobello* gefunden. Zusätzlich hat sie über *Alberobello* recherchiert und Folgendes herausgefunden:

„*Alberobello* und die nähere Umgebung sind einzigartig mit ihrem Baustil. Die kreisrunden, weißen Häuser haben ein schwarzes, rundes Dach. Diese Kugelbauten – *trulli* genannt – wurden nach dem Vorbild der Hirtenhütten gebaut und gehören heute zum Unesco-Weltkulturerbe", erklärte sie stolz ihrer Oma.

Als Eva erwiderte, dass sie diese *trulli* schon vor über fünfzig Jahren gesehen hatte, konterte Stella: „Aber wusstest du auch, warum die Bewohner ihre Häuser so gebaut hatten?"

„Nein!", gab ihre Großmutter kleinlaut zu.

„Es ist zwar nicht eindeutig belegt worden, aber Giangirolamo II, *il conte di Conersano*, wollte im 17. Jahrhundert eine im Königreich geltende Bestimmung umgehen. Um neue Siedlungen zu bauen, brauchte man eine Erlaubnis und die kostete viel Geld. Um den neuen Siedlern Unterkünfte hinstellen zu lassen, kam der findige *Girolamo* auf die Idee, diese *trulli*, die ohne Mörtel entstanden, zu errichten. Wurde kontrolliert, konnte man schnell das Dach abdecken und den Kontrolleuren erklären, dass man in den armseligen Gebäuderesten ja wohl nicht leben könne. Diese Bauform wurde dann zu einer Tradition", führte Stella stolz ihr Wissen vor.

Eva lachte: „Hinsetzen. Eins mit Stern!"

„Jetzt weiß ich, woher ich meinen Namen habe", kicherte Stella.

Die Zeit verging schnell und so kamen sie am Nachmittag in der Wohnung an.

Eva war ganz außer sich, als sie das niedliche Häuschen sah.

Hier könnte sie für immer bleiben, aber nur gemeinsam mit Georg, dachte sie und spürte dieses Ziehen in der Brust, das ihr zeigte, wie sehr sie ihren geliebten Mann vermisste.

Nachdem die beiden Frauen noch schnell ein paar Kleinigkeiten eingekauft und sich wieder einmal etwas Schnelles, aber Schmackhaftes gekocht hatten: Es gab gegrilltes Rindfleisch mit gegrilltem, gemischtem Gemüse und Rosmarinkartoffeln, saßen sie pappsatt auf der kleinen Terrasse vor dem Haus und genossen die frische Frühlingsluft bei einem *caffè*.

„Wie ging es eigentlich mit dir und Marco weiter?", fragte plötzlich Stella.

„Wir waren fast fünf Jahre ein Paar und beide unzufrieden

mit der Situation. Aber wir redeten auch nicht über unsere Beziehung. Wir stritten nur. Halt! Ich redete nur, er schwieg."

Eva seufzte: „Ich wollte immer die Wahrheit wissen und er blieb stumm. Es war zum Haare ausraufen. 1983 war dann mal für ein paar Wochen Schluss zwischen uns und ich fuhr mit meiner Freundin Katharina für zwei Wochen nach Griechenland. Katharina kannte ich seit ich fünfzehn war. Sie war zwei Jahre jünger. Wir kamen ins Gespräch, weil sie so ein cooles Fahrrad hatte, wurden beste Freundinnen und sind es noch heute. Stell dir vor, seit fast sechzig Jahren."

„So lange schon!" Stella war erstaunt.

„Zwischendurch hatten wir uns kurz aus den Augen verloren, aber eine von uns beiden hat immer wieder den Kontakt gesucht. Katharina hatte jung geheiratet, mit 23 Jahren, und ich bin nach Italien gegangen. Sie und ihr Mann haben dann vier Mädchen bekommen und Katharina hat sich trotzdem mit einem ausgefallenen Geschäft selbstständig gemacht. Kleider und Geschenkartikel hatte sie verkauft. Katharina war immer eine Powerfrau. Gut aussehend, schlank, voller Elan hat sie Familie und Beruf unter einen Deckel bekommen", schwärmte Eva. „Sie sieht heute noch zehn Jahre jünger aus, und, stell dir mal vor, sie ist bereits Uroma!"

Mit funkelnden Augen erzählte Eva weiter. „In den vierzehn Tagen Urlaub mit Katharina hatte ich endlich bemerkt, dass auch ich eine attraktive Frau war und weiß Gott genug Männer haben konnte, wenn ich nur gewollt hätte", seufzte sie. „Aber als wir wieder zurück waren, rief Marco mich täglich an. Irgendwann war ich weichgekocht und der ganze Schmarrn ging von vorne los. Dann flogen wir 1984 sogar noch gemeinsam für sechs Wochen in die Vereinigten Staaten. Sechs Wochen, in denen wir nicht einmal miteinander schliefen. Das sagt doch alles, oder?" Stella nickte. Sechs Wochen entspannt unterwegs sein und keinen Sex haben. Einfach unvorstellbar. „Anschließend fuhren wir noch mal kurz zu seinen Eltern", sie seufzte wieder laut und hörbar. „Er ließ mich fast täglich bei seiner Mutter, weil er etwas zu erledigen hatte. Das war so schrecklich. Ich mochte seine Mutter, aber mein Italienisch war damals noch sehr dürftig. Und es war auch sehr langweilig, immer nur in der Wohnung oder im Innenhof zu hocken. Irgendetwas stimmte nicht, ich spürte es." Vorahnungen! Dafür waren mehrere Familienmitglieder bekannt, wusste Stella.

„Auf der Rückfahrt nahmen wir einen Freund von Marco und ein Mädchen mit. Sie war eine Schweizerin. Ich spürte sofort: Sie ist es! Ich ließ die beiden keine Sekunde aus den Augen und bemerkte ein paar Mal, wie sie versuchte, seine Hand zu halten, er sie aber wegstieß."

Langsam wurde Stella müde, aber nun konnte und durfte sie ihre Oma nicht unterbrechen. „In Rom haben wir dann die beiden am Bahnhof abgesetzt und haben uns ein Hotel gesucht." Sie machte wieder eine Pause und Stella merkte, wie schwer es ihr fiel, weiterzureden.

„Wir haben so arg gestritten, dass ich dann am nächsten Tag alleine mit dem Zug heimgefahren bin. Er wollte immer noch nicht zugeben, dass er mit diesem Mädchen ein Verhältnis hatte."

Eva schwieg eine Weile und hing ihren Gedanken nach. Stella ließ sie in Ruhe, ging hinein und machte einen Tee.

Als sie aber wieder hinauskam, war ihre Oma im Stuhl eingeschlafen. Vorsichtig weckte Stella ihre *nonna* und begleitete sie ins Schlafzimmer. Sie schlief sofort wieder ein.

Starnberg, 5. September 1984

In München haben Marco und Eva dann noch einmal über alles geredet und es kam die ganze schreckliche Wahrheit ans Licht. Marco hatte schon immer Haschisch geraucht. Für ihren Geschmack zu viel. Viele junge Leute in München rauchten hin und wieder mal einen Joint. Was er ihr aber immer verschwiegen hatte, wahrscheinlich, weil er Angst vor ihrer Reaktion hatte: Er probierte auch andere Drogen aus. Zwar kein Heroin oder LSD aber einige andere Rauschgifte. So genau kannte sie sich damit auch nicht aus.

Geraldine, so hieß das andere Mädchen, nahm auch Drogen. Gefährliche Drogen. Er hatte sie in der Schweiz kennengelernt, als er einmal für ein paar Wochen bei seinem Bruder war.

Marco beteuerte, dass er nur Eva lieben würde und sie nicht verlieren wolle. Aber er hätte auch Geraldine gerne. Für Eva aber würde er mit ihr Schluss machen.

Nun sei Geraldine aber ungeplant schwanger. Wie es weitergehen sollte, fragte Eva ihn. Er machte ihr einen Vorschlag: Geraldine sollte das Kind bekommen, er würde sich aber danach von ihr trennen und sie beide würden dann das Kind großziehen.

Das kann nicht wahr sein, dachte sich Eva. Ihr war speiübel und sie sagte zu ihm: „Du bist verrückt, das mache ich nicht!"

Als er seine Idee aber wiederholte, sagte sie zu ihm, dass sie nicht im Traum daran denke, das Kind der Rivalin großzuziehen!

Wenige Tage später machte sie mit ihm Schluss. Es hatte dann aber noch einige Wochen gedauert, bis er ausgezogen war.

Das waren die schrecklichsten Wochen ihres bisherigen Lebens. Noch Monate später rief er sie an. Aber sie blieb hart.

Ab und zu dachte sie dennoch an Geraldine. Was wohl aus dem armen Mädchen geworden war?

Alberobello, 13. April 2034

Ausgerechnet am ersten Tag in *Alberobello* schüttete es aus Kübeln. An Ausgehen konnte nicht im Entferntesten gedacht werden.

Schade, dachte sich Stella. Es hat aber auch Vorteile. Dann mach ich heute mal intensive Körperpflege. Kam in der letzten Zeit sowieso zu kurz. Als sie beim Frühstück ihrer Oma davon erzählte, stimmte diese sofort zu.

„Wir können uns ja gegenseitig die Nägel feilen und lackieren."

„Gute Idee!"

Und so machten sie es sich den ganzen Tag gemütlich in dem kleinen Häuschen und erzählten sich die unglaublichsten Geschichten.

Eva kramte tief in ihrem Gedächtnis. Schwer fiel es ihr nicht, denn je weiter die Erlebnisse zurücklagen, umso leichter konnte sie sich daran erinnern.

„Du warst so etwa drei Jahre alt und hast dich schrecklich mit deiner Mutter gestritten. Als Resultat daraus war deine Reaktion, dein kleines Köfferchen mit deinem Lieblingsplüschtier und anderen diversen Dingen zu packen und einfach abzuhauen", schilderte sie. „Das Gefährliche daran war, dass du eine viel befahrene Straße überqueren musstest um auf die andere Seite in die Schlucht, zu der du wolltest, zu gelangen. Du hattest – Gott sei Dank – einen guten Schutzengel. Bevor du bei der Schlucht ankamst, hatte dich eine nette Spaziergängerin angehalten und gefragt, wo du denn so alleine hin willst. Du hast ganz freundlich, aber bestimmt erklärt, dass du deine Familie verlassen möchtest, weil die dich immer so ärgern. Irgendwie schaffte es die kluge Frau aber, dich zu überzeugen, gemeinsam mit ihr zu deinen Eltern zurückzukehren."

Obwohl Stella die Geschichte gut kannte, musste sie immer wieder lachen.

„Ich weiß auch eine", rief Stella begeistert. „Du und Opa, ihr wart mit dem neuen BMW in München auf dem Konzert von Sting. Es gab nicht genug Parkplätze und so wollte er, wie viele vor ihm auch, auf einer Wiese parken. Da das Gras aber sehr hoch war, sah er nicht, dass dort ein Rest eines abgeschnittenen Busches war. Beim Befahren hörtet ihr dann nur ein leichtes Krachen", Stella kicherte.

„Opa stieg aus, kontrollierte das Fahrzeug und fluchte. Der frisch lackierte Spoiler an der Stoßstange war nach hinten verschoben. Vorsichtig setzte er das Fahrzeug wieder zurück."

Stella erzählte die Geschichte so detailliert, als wäre sie selbst dabei gewesen. Dabei hatte sie diese witzige Begebenheit nur zig Mal erzählt bekommen, gab sie aber jetzt perfekt wieder.

„Zwei Tage später kam Opa mit hochrotem Kopf nach der Arbeit in die Wohnung gestürzt und rief aufgebracht: Was hast du mit meinem Auto gemacht?"

Eva prustete laut, aber Stella ließ sich nicht aus der Ruhe bringen und malte die Geschichte weiter aus: „Du schautest pikiert und überlegtest fieberhaft, was du angestellt haben könntest. Vorne der Spoiler ist kaputt, erklärte Opa erzürnt. Spoiler? Du überlegtest angestrengt. Aber klar, riefst du sofort, das warst doch du selbst, als wir vor zwei Tagen in München waren. Ich glaube, Opa wäre am liebsten im Erdboden versunken, so peinlich war ihm diese Situation."

Eva lachte schallend. „Hi, hi, ich glaube, Georg hatte schon damals leichte Anflüge von Demenz." Sie kicherte erneut und hielt dann verlegen die Hand vor ihren Mund.

Der Tag verging wie im Flug und als sie abends vor dem Kaminfeuer saßen, welches sie sich angezündet hatten, erzählte Eva von der Zeit in *Puglia*.

Marcos Vater baute Tabak an. Und Eva fand es toll, bei der Ernte mithelfen zu dürfen. Jeden Abend, wenn es kühler wurde, lief dazu die gesamte Familie übers Feld und pflückte die unteren Blätter der Tabakpflanze ab. Schließlich saßen alle im Kreis vor dem Landhäuschen um mit großen Nadeln, an denen ein langer Faden hing, die Blätter aufzufädeln. Danach wurden die langen Schnüre mit den Tabakblättern in der Lagerhalle von einer zur anderen Seite zum Trocknen aufgehängt. Eine mühselige und langwierige Arbeit.

Später am Abend erzählte Eva noch von der ersten in Italien miterlebten Hochzeit. „Das muss man mal erlebt haben. Ganz anders als in Deutschland", stellte sie fest.

Galatina, 14. August 1981

Marco teilte ihr mit, dass die Tochter der Cousine seines Vaters heirate und dass sie natürlich dazu eingeladen waren.

Eva dachte sich noch: So weit entfernt verwandt. Nun ja, ich lass mich mal überraschen.

Eva hatte noch nie so viele Menschen bei einer Hochzeit gesehen. Die Kirche war bis auf den letzten Platz belegt, natürlich wieder brav sortiert. Frauen links, Männer rechts.

Für eine kirchliche Eheschließung wird eine standesamtliche Trauung vorausgesetzt, genauso wie in Deutschland. Antonella, Marcos Schwägerin, erklärte Eva: „Alle Brautpaare, die kirchlich heiraten und auf die separate Hochzeit im Standesamt verzichten möchten, können aber von der Konkordatsehe Gebrauch machen. Der italienische Staat hat der Kirche dazu das Recht übertragen. In diesem Fall wird die Ehe zu Beginn der kirchlichen Zeremonie durch den Pfarrer zunächst standesamtlich und anschließend vor Gott geschlossen."

Gut, dass Antonella etwas Englisch sprach, so konnte sie sich wenigstens mit ihr unterhalten. Eva, die nicht alles verstand, was in der Kirche gesprochen wurde, verbrachte die Zeit mit dem Betrachten der elegant gekleideten Frauen. Wie machten es nur diese Menschen, egal ob arm oder reich, trugen sie stets geschmackvolle Kleidung, dachte sich Eva und schaute verlegen an sich hinunter. Sie hatte nicht gewusst, dass sie auf dieser Reise in die Verlegenheit kommen würde und ohne passende Kleidung zu einer solchen Veranstaltung gehen würde.

Nach der kirchlichen Trauung fuhren die Hochzeitsgäste in ein Restaurant ans Meer, während sich das Brautpaar noch für das Hochzeitsfotoalbum vom Fotografen ablichten ließ.

Dann ging die Feier los. Eva verstand kein Wort. Aber von Mittag bis tief in die Nacht wurde nur gegessen, getrunken, geredet und gelacht. Gewohnt, brav ihren Teller leer zu essen, wurde sie von einem Gast, der etwas Deutsch sprach, freundlich angestupst.

„Du darfst nicht alles aufessen, nur probieren. Sonst schaffst du nie alle Gänge, die noch kommen." Auch so hatte Eva ein Problem mit den Unmengen an Speisen und machte es dann wie all die anderen Gäste. Sie gingen mit lautem Gelächter zwischen den Speisefolgen spazieren.

Und immer wieder riefen die Italiener laut: *„Bacio, bacio, bacio!"* Bis das Brautpaar sich endlich küsste. Die Armen hatten fast keine Zeit zum Essen.

Die laute, fröhliche Stimmung wurde nur hin und wieder von einem Redner unterbrochen.

Jeder Gast bekam ein kleines Geschenk, auch Eva. Die *bonboniera* ist beispielsweise eine kleine, liebevoll eingepackte Porzellanfigur, ein Bilderrahmen oder ein Kerzenständer mit beigefügten *confetti*. Glasierte Hochzeitsmandeln zum Beispiel symbolisieren Gesundheit, Wohlstand, Glück, Fruchtbarkeit und ein langes Leben für das Brautpaar.

Diese *confetti* werden aber nicht nur zur Hochzeit, sondern auch bei der Geburt, Taufe, Kommunion oder Abiturfeier an Gäste und Freunde verteilt. Die Farbe der Mandeln variiert von weiß über rosa bis hellblau, je nach Anlass. Oft ist noch eine kleine Karte mit den wichtigen Daten und den Namen angefügt.

Ihr netter Banknachbarn klärte sie geduldig auf. „Andere Länder, andere Sitten." Der Spruch kam Eva spontan in den Sinn. Müde, immer noch satt, aber glücklich, kamen Marco und Eva spät in der Nacht nach der Hochzeit nach Hause.

Alberobello, 14. April 2034

Die Sonne kitzelte Stella an der Nase, sie reckte sich und schaute zum Fenster hinaus. Herrlichstes Frühlingswetter begrüßte sie.

Leise schlich sie in die Küche und bereitete das Frühstück vor. Eva schlief immer noch, als sie mit dem Tablett ins Zimmer trat. *„Buon giorno, nonna!"*, rief sie fröhlich. „Na das nenn ich mal eine schöne Überraschung", rief Eva und setzte sich auf. „Das habe ich nur gemacht, weil ich es nicht mehr aushalte. Ich möchte endlich durch *Alberobello* laufen", erwiderte Stella.

Kurze Zeit später bummelten die beiden durch die Gassen der Kleinstadt. Stella wollte unbedingt die *Chiesa di Sant'Antonio*, die Hl. Antonius-Kirche sehen. Sie hatte gelesen, dass vor den *trulli* ein gewaltiges Eingangstor stand. Selbst die Kuppel dieses Gebäudes hatte die Form eines *trullo*.

Stella beschloss auf diesem Spaziergang, dass sie sich eines Tages, wenn sie denn mal zu viel Geld käme, ein solches *trullo* kaufen würde.

„Was ist dann eigentlich aus Marco geworden? Hast du ihn mal wiedergesehen?"

Die Frage kam völlig unerwartet, aber Eva reagierte trotzdem schnell. „Ja, stell dir vor, nachdem ich aus Italien zurückgekehrt war, hatte er mich um ein Rendezvous gebeten. Und ich habe eingewilligt. Komischerweise unterhielten wir uns weiterhin auf Deutsch, obwohl ich mittlerweile fließend Italienisch sprach und er immer noch gebrochen Deutsch. Ich fand es nett, ihn nach so langer Zeit wieder zu sehen. Aber dann merkte ich, dass er sich immer noch Hoffnungen machte. Und das, nach fast drei Jahren." Eva verdrehte die Augen.

„Hat er dann akzeptiert, dass es vorbei war?"

„Musste er dann wohl oder übel. Aber einen Moment lang zögerte er noch und ließ sich auch nicht von der Nachricht erschüttern, dass ich schwanger war und mich von meinem Freund getrennt hatte. Im Gegenteil, er meinte, wir beide könnten heiraten und zu dritt miteinander leben."

Stella lachte auf: „Ganz schön hartnäckig, der Kerl!"

„Ja, kann man wohl sagen. Später als er endlich die Aussichtslosigkeit der Situation eingesehen hatte, erzählte er mir von den letzten Jahren. Komischerweise beichtete er mir auch, dass er nach der Trennung auch härtere Drogen ausprobiert hatte. Aber süchtig sei er nicht. Das betonte er ganz besonders."

„Oje, das klingt aber nicht gut."

„Fand ich auch. Ich wusste aber auch nicht, wie ich ihm helfen konnte. Außerdem hatte ich mit meinen eigenen Problemen genug zu tun. Ich musste ein neues Leben für mein ungeborenes Kind und mich aufbauen. Und ich hatte keine Arbeit und kein Geld. Zum Glück halfen mir meine Eltern, bei denen wir die ersten zwei Jahre lebten."

„Ja, deine Eltern waren große Klasse! Schade, dass ich den Uropa nicht mehr kennengelernt habe und an die Uroma kann ich mich nur noch vage erinnern."

„Meine Eltern … ohne sie hätte ich es viel schwerer gehabt. Ich weiß noch, als ich im vierten Monat nach Deutschland zurückfuhr. Mir war ganz mulmig. Wie sollte ich ihnen nur erzählen, was mir passiert war. Meine Tante war auch eine ledige Mutter und Ende der fünfziger Jahre war das noch eine Katastrophe. Sie lebte eine Zeit lang bei meinen Eltern. Meine Großeltern, eigentlich tolle Menschen, hatten zunächst meine Tante verstoßen. Kurze Zeit später hatten sie sich dann aber wieder mit meiner Tante versöhnt. Es war eine schwere Zeit für alle Beteiligten. Und nun kam ich, in der gleichen Situation. Kannst du dir das vorstellen, wie sich meine Eltern gefühlt haben?"

Für Stella, die in einer Welt mit Patch-work Familien aufgewachsen ist, war es schwer vorstellbar, dass ein Kind ein Problem darstellen sollte.

Aber sie hatte natürlich viel darüber gehört und gelesen und wusste, dass es so wie es heute lief, damals unvorstellbar gewesen wäre. Sie kannte kaum eine Familie, in der es nicht geschiedene Eltern, wiederverheiratete Pärchen, Halbgeschwister oder Adoptivkinder gab.

„Und wie haben deine Eltern reagiert?", fragte sie neugierig.

Starnberg, 28. Mai 1987

Ihre Mutter starrte sie an und sagte gar nichts über diese Neuigkeit. Nach einer für Eva unerträglichen Stille meinte sie nur: „Ich habe mich schon gewundert, warum du so plötzlich aus Italien zurückkommst. Na, jetzt weiß ich ja wenigstens den Grund."

Oje, dachte Eva, wenn sie schon so reagiert, welche Reaktion musste ich dann von meinem Vater erwarten?

Später kam ihr Vater hinzu und Eva wiederholte zögernd ihre Geschichte. Seine Reaktion hätte sie sich nicht in ihren kühnsten Träumen ausgemalt.

„Super! Das ist ja großartig! Ich werde Opa! Fantastisch! Ich bin ja so glücklich", rief er lachend aus und führte dabei einen Freudentanz auf.

„Äh, Papa, ich habe aber keinen Mann dazu", flüsterte Eva vorsichtig.

„Das macht gar nichts. Hauptsache ich bekomme einen Enkel." Die beiden Frauen sahen sich verdutzt an. Sie hatten wohl beide etwas anderes erwartet.

Ihr Vater beruhigte sich kaum und redete wie ein Wasserfall. „Ich baue oben die zwei Zimmer für euch um und ich muss es gleich dem Peter erzählen und ...." Er war kaum zu stoppen.

Ihre Mutter fand des Rätsels Lösung.

„Na ja, er hat sich immer Enkelkinder gewünscht, hat vier Kinder und keines hat ihm diesen Gefallen getan. Nun ist es endlich so weit. Und nun ist es ihm auch egal, ob es einen Vater dazu gibt oder nicht", lautete ihre Erklärung.

Mittlerweile kam auch bei ihr Freude auf, sie nahm Eva in den Arm und sagte: „Das schaffen wir schon! Und ehrlich, ich freu mich auch darauf, Oma zu werden. In welchem Monat bist du denn?"

„Ende des vierten."

Ihr Vater war indes schon auf dem Weg zum Nachbarn, seinem Freund Peter, um ihm die Neuigkeit zu erzählen. Aber er kam gar nicht dazu, ihm die Nachricht kund zu tun, weil auch dieser unbedingt etwas loswerden wollte. Nämlich die Information, dass seine Tochter im fünften Monat schwanger sei. Sie war ebenfalls alleinerziehend.

Alberobello, 14. April 2034

Gespannt hatte Stella der Geschichte zugehört. Sie konnte es nicht fassen. War das Schicksal oder Zufall? Ein Gutes hatte es, wenn beide Töchter alleinerziehend waren, so konnte keiner über den andern lästern.

Mittlerweile war es wieder mal an der Zeit, über das Abendessen nachzudenken und da heute keiner von beiden Lust zum Kochen hatte, entschlossen sie sich, in ein Restaurant zu gehen. Das Lokal ihrer Wahl war in einem *trullo* und nicht nur das Ambiente, sondern auch die Speisen überzeugten.

Bei einem *caffè* und apulischen Plätzchen planten sie

voller Vorfreude die nächsten Tage. Eva schlug vor, dass sie doch nach *Ostuni*, in die weiße Stadt, fahren könnten. Dort war sie in den achtziger Jahren mit Marco.

Ostuni sah aus wie eine griechische Ansiedlung. Und tatsächlich wurde sie von den Griechen, nach der Zerstörung durch Hannibal, wieder aufgebaut. Das Schönste an *Ostuni* ist die gut erhaltene Altstadt mit ihrem pittoresken Gewirr aus Gassen und Stiegen zwischen den typischen weiß gekalkten Häusern.

Im Zentrum der Altstadt befindet sich die *Piazza della Libertà*, sie grenzt die Altstadt von dem neuen Stadtteil ab. Dort befindet sich in einem ehemaligen Kloster das Rathaus der Stadt. Eine weitere Sehenswürdigkeit ist die Kathedrale.

„Als ich vor vielen Jahrzehnten mit Marco in *Ostuni* war, feierte die Bevölkerung gerade das *Cavalcata di Sant'Oronzo,* das Fest für ihren Heiligen Oronzo. Ich erinnere mich noch sehr gut daran. Die ganze Stadt war auf den Beinen. Der Stadtkern war mit vielen Lampions und Lichtern geschmückt, überall blinkte und glitzerte es. An den Straßenrändern waren lange Tische und Buden aufgestellt, an denen man sich etwas Leckeres zum Essen und Trinken kaufen konnte. Einige Tafeln und Sitzgelegenheiten waren auch auf der *piazza* aufgebaut. Und eine riesengroße Tanzfläche war natürlich auch vorhanden", schilderte Eva ausschweifend.

„Bevor das eigentliche Fest begann, gab es eine kirchliche Prozession durch die hell erleuchtenden Straßen. Dabei trugen mehrere starke Männer die Heiligenfigur des Oronzo auf einer großen Trage. Eine große Kapelle spielte den ganzen Abend bis tief in die Nacht hinein. Ich hatte so etwas noch nie vorher erlebt und war natürlich total fasziniert. Übrigens sprachen damals noch viele alte Leute griechisch. Das wird sich sicherlich geändert haben."

„Du hast mich wirklich neugierig gemacht. Ich freu mich

schon sehr auf morgen", antwortete Stella begeistert.

Ostuni, 15. April 2034

Gleich nach dem Frühstück fuhren Eva und Stella nach *Ostuni*. Sie verbrachten einen herrlichen Tag dort, ganz so, wie sie ihn erwartet hatten. Der kleine Regenschauer gegen Mittag brachte sie nicht aus der Ruhe. Sie nutzten diese kurze Zeit und gingen eine Kleinigkeit essen.

Dann wollte Eva telefonieren und stellte sich etwas abseits, damit die Geräuschkulisse sie nicht störte. Als sie zurückkam, strahlte sie. „Es hat geklappt. In drei Tagen sind wir bei Antonella eingeladen und wir können sogar eine Nacht bei ihr bleiben." Viele Jahre hatte sie den Kontakt zu Antonella, der Schwägerin von Marco, aufrecht gehalten. Auch nachdem sie schon lange nichts mehr von Marco gehört hatte, schrieben sich die beiden Frauen lange Briefe und telefonierten auch manchmal miteinander.

Erst in den letzten zwanzig Jahren wurde es dann plötzlich ruhig in dieser Freundschaft. Durch Antonella hatte Eva auch erfahren, dass Marco dann wirklich eines Tages drogensüchtig geworden war. Eva fragte sich oft, ob sie eine Mitschuld an dieser Entwicklung hatte. Aber Georg, dem sie dies alles erzählte, tröstete sie und meinte, dass seiner Meinung nach Marco schon immer ein Problem mit seinem Leben hatte. Wahrscheinlich zu wenig Selbstbewusstsein, gepaart mit den beruflichen Misserfolgen und anderen Dingen, von denen sie nichts wussten. Das tröstete Eva ein wenig.

Marco hatte einige Jahre in einer Entzugsklinik in Portugal verbracht. Das hatte ihr Antonella einmal vor langer Zeit geschrieben. Angeblich war er dann auch clean. Eva wünschte sich von Herzen, dass es so war. Denn ein klein wenig hatte sie noch immer Gewissensbisse.

Sie erinnerte sich an ein Mädchen, das sie einmal in

München kennengelernt hatte. Diese erzählte ihr eine sehr traurige Geschichte von ihrem Ex-Freund, der auch drogensüchtig gewesen war. Sie blieb an seiner Seite, bis er als geheilt aus dem Krankenhaus entlassen wurde. Doch von diesem Tag an war alles anders und sie konnte nicht mehr mit ihm zusammenleben. Sie schilderte Eva ausführlich, wie es ihr mit ihm nach dem Entzug erging. Nur noch sein Körper war anwesend, seine Seele war für immer verschwunden.

Ob das bei Marco auch so war? Oder hatte er die Chance auf ein normales Leben erhalten?

Stella riss ihre Oma aus ihren Gedanken, denn sie wollte noch ein wenig durch die kleinen, verwinkelten Gassen gehen, bei denen sie das Gefühl hatte, die Zeit sei stehen geblieben. Eine gewisse Faszination ging von diesen Gemäuern aus und sie konnte nicht sagen, warum, aber sie fühlte sich heimisch.

Galatina, Gallipoli, S. Maria di Leuca, 18. April 2034

Frisch ausgeruht packten die beiden Frauen ihre Taschen und fuhren gleich in der Früh nach *Galatina*. Die letzten zwei Tage hatten sie mit Spaziergängen in die Umgebung von *Alberobello*, einem Besuch beim Olivenbauern und mit Lesen verbracht. So war es auch nicht weiter schlimm, als der Wecker so zeitig klingelte. Stella war noch immer begeistert von dem Besuch beim Olivenbauern. Olivenbäume hatten schon immer eine gewisse Faszination auf sie ausgeübt. Schon als kleines Mädchen malte sie Bäume, die dem Betrachter eine gewisse Ähnlichkeit mit diesen Bäumen vermittelte. Und hier in *Puglia* gab es mehr als genug davon. Das gute Olivenöl aus dieser Region war mittlerweile weltberühmt und hatte seinen Preis.

Auf dem Weg an den Absatz von Italiens Stiefel betrachteten die beiden Frauen begeistert die Landschaft. Im Frühling war noch alles saftig grün. Aber man konnte schon erahnen, dass in den heißen Sommermonaten alles karg sein würde. Feinfühlige Menschen konnten das nahe Afrika erahnen und riechen. Die Felder waren von kleinen Steinmauern umgeben und überall standen stachelige Kakteen. Die Olivenhaine dominierten in der Landschaft. Kleine Landhäuser mit Flachdächern standen zwischen knorrigen Bäumen.

Antonella kam sofort auf die Straße gestürzt, als sie das Auto mit dem deutschen Kennzeichen vorfahren sah. Sie riss die Beifahrertür auf und fing an zu schluchzen. Eva war ganz gerührt von dieser unerwarteten und heftigen Begrüßung.

Im Haus wartete schon Marcos Bruder Michele. Auch er begrüßte die Frauen überschwänglich. „Sara kommt in etwa einer Stunde mit ihrer kompletten Familie. Sie freut sich schon so sehr auf euch", überschüttete Antonella die Ankömmlinge mit einem Redeschwall, während Michele, die Ruhe selbst war und *caffè* mit *biscotti*, das sind italienische Kekse, servierte.

„Luca kann leider heute nicht kommen. Er hilft seinem Freund beim Renovieren des Hauses. Es war schon seit langer Zeit geplant." Sara und Luca sind die erwachsenen Kinder der beiden. Sara ist mittlerweile verheiratet und hatte ebenfalls zwei Kinder. Eva hatte im letzten Brief die Fotos der stolzen Großeltern erhalten. Damals waren die Enkelkinder noch ganz klein. Eva rechnete nach: Sie mussten mittlerweile auch schon erwachsen sein.

In diese Gedanken hinein präsentierte Antonella ein Babyfoto und sagte mit stolzer Stimme: „Und das ist unser erster Urenkelsohn!"

Wow, dachte Eva, aber so ist es, wenn man relativ früh seine Kinder bekommt und nicht so spät wie sie. Alles hatte seine zwei Seiten der Medaille.

„Aber du hast dich überhaupt nicht verändert und eine sehr hübsche Enkelin hast du auch."

Eva lachte Antonella freundlich an. „Danke, aber das Gleiche kann ich auch von euch sagen. Ich hätte euch auf der Straße sofort erkannt. Ihr habt euch gar nicht verändert. Wie sagt meine liebe, alte Freundin immer: Gute Ware hält sich!"

„Das ist gut, das merke ich mir!", Antonella lachte laut. „Habt ihr für die nächsten zwei Tage besondere Pläne? Sonst wüsste ich nämlich etwas."

„Nur zu, sag es.", erwiderte Eva.

„Nach dem Mittagessen könnten wir nach *Gallipoli* ans Meer fahren, dann an der Küste entlang nach *Santa Maria di Leuca*, wo sich die beiden Meere ‚küssen' und auf dem Heimweg treffen wir uns dann noch mit dem Rest unserer Sippe in der besten Pizzeria von *Galatina*", referierte Antonella

„Das klingt doch super. Was meinst du dazu Stella?", fragte Eva.

„Klingt sehr verlockend. Einverstanden."

In diesem Moment kam Sara mit ihrer Familie hereingeschneit. Sie war genauso temperamentvoll wie ihre Mutter. In ihrem Schlepptau befand sich ihr Mann Giuseppe, die zwei erwachsenen Kinder Chiara und Federico sowie Chiaras Ehemann Tommaso mit Sohn Luca, der gerade zwei Jahre geworden war. Chiara strahlte über das ganze Gesicht und Eva spürte, wie glücklich sie mit ihrem kleinen Sohn und ihrem Mann war. Federico hatte seine *ragazza*, seine feste Freundin Lorella, dabei. Dieses Mal kullerten Eva die Tränen herunter. Sie hatte Sara das letzte Mal als Kleinkind im Alter von drei Jahren gesehen und nun stand eine dunkelhaarige, schöne Fünfzigjährige vor ihr.

Nachdem sich alle vorgestellt hatten, war es schon Zeit, das Mittagessen vorzubereiten. Auch Stella und Eva halfen mit.

Sara lobte die Deutschen. „Ihr seid immer so fleißig. Auch beim Sprachenlernen. Dass du Italienisch sprichst, ist ja klar,

Eva, du hast ja auch in Rom gelebt. Aber du Stella, sprichst ebenfalls fließend unsere Sprache. Und wir Italiener sind schon stolz, wenn wir ein wenig Englisch können. Du sprichst doch sicherlich auch gut Englisch?"

„Ja, Englisch lernt man ja bei uns schon im Kindergarten. Dann habe ich noch Spanisch gelernt. Es wurde als Wahlfach an der Schule angeboten und natürlich die ‚tote Sprache' Latein. Fairerweise muss ich aber sagen, da dies alles romanische Sprachen sind, fällt es mir sehr leicht, sie zu lernen."

„Und wo hast du Italienisch gelernt?", fragte Sara weiter.

„Da hatte ich Glück: Oma hat mit mir, als ich noch ein Baby war, Italienisch gesprochen", antwortete Stella mit einem netten Grinsen im Gesicht.

Eva ergänzte: „Das habe ich bei meinen Kindern leider versäumt. Clara hat Italienisch immer im Urlaub gehört und es zusätzlich und freiwillig im Kindesalter gelernt. Sie spricht sehr gut Italienisch. Aber einfacher war es für Stella, weil sie es vom ersten Tag an immerzu gehört hatte. Alessandro versteht viel, spricht aber wenig. Und Georg hat es bei meinen Kursen gelernt. Er geht immer fleißig in die Kurse, die ich seit Jahrzehnten an der Volkshochschule, das ist eine Schule für Erwachsenenbildung, gebe."

Nach dem mehrgängigen, typischen Essen aus *Puglia* hätte sich Eva am liebsten aufs Ohr gelegt, so satt war sie. Es war aber auch köstlich und sie hatte wieder einmal viel zu viel gegessen.

Als Vorspeise, und das freute sie besonders, weil sie es seit damals nicht mehr gegessen hatte, gab es Muscheln in Teig gebacken. Das Ganze sah aus wie ein Kuchen. Dann natürlich die *pasta al ferro* mit einem *sugo di pomodoro e carne di maiale*. Das sind hausgemachte Nudeln in einer Tomatensoße mit Schweinefleisch.

Danach in Knoblauch gebratene Garnelen und Salat. Und

zum Abschluss frisches Obst und der obligatorische *caffè*.

Zum Schluss scheuchte Antonella die große Truppe von elf Personen auf und verteilte sie auf drei Autos. Sie fuhren ans Meer nach *Gallipolli*.

Stella fragte, wie all diese Menschen zusammengehörten und Eva erklärte ihr nochmals die Zusammenhänge. „Michele ist der Bruder von Marco. Marco hatte drei Geschwister. Die Schwester ist während der Schwangerschaft ihres ersten Kindes gestorben. Sie hatte einen Herzfehler. Ich habe sie gar nicht mehr kennengelernt. Der älteste Bruder ist schon vor etwa zwanzig Jahren verstorben, er hatte mit 64 Jahren einen Schlaganfall. Das hatte mir Antonella noch in einem der letzten Briefe geschrieben. Und wie es Marco geht, weiß ich nicht."

„Ja, schon seltsam, dass keiner von ihm gesprochen hat."

„Wir sind ja auch noch nicht lange da. Sie werden schon noch von ihm erzählen oder er kommt später auch noch dazu. Wer weiß?", antwortete Eva.

„Wäre dir das denn nicht unangenehm?", fragte Stella.

„Komisch wäre es schon und ich weiß gar nicht, ob ich das möchte?"

Hatte es die Sonne am Morgen noch schwer durch die Wolkendecke durchzukommen, schien sie mittlerweile kräftig vom blauen Himmel.

Stella staunte nicht schlecht, als sie am Nachmittag in dem kleinen Fischerdorf ankamen. In der Vorsaison waren fast nur Einheimische unterwegs.

Weil es ein Samstag war und schönes Wetter, tummelten sich jedoch einige Grüppchen und Familien an der Promenade entlang.

„Der Name *Gallipoli* kommt aus dem Griechischen und bedeutet ‚Schöne Stadt'. Besonders beeindruckend ist das Kastell aus dem 13. Jahrhundert. *Gallipoli* lebt hauptsächlich vom Tourismus, aber auch vom Fischfang und Olivenöl", erklärte Tommaso. Die Altstadt, auf einer Felseninsel gelegen, ist durch eine Brücke mit der auf dem Festland gelegenen Neustadt verbunden.

Bei Eva kamen die Erinnerungen zurück. Hier hatte sie vier Jahre hintereinander für jeweils vier bis sechs Wochen ihren Sommerurlaub gemeinsam mit Marco verbracht. Rückblickend wahrscheinlich die schönsten Momente in dieser Beziehung.

Einmal hatte seine Familie eine Ferienwohnung direkt am Meer gemietet, damit sie nicht jeden Tag die dreißig Kilometer heimfahren mussten. Der Onkel aus Mailand mit seiner Familie bezahlte das Meiste. Und so wohnten sie mit ungefähr zehn, zwölf Leuten in den drei Zimmern der Ferienwohnung. Ein anderes Mal zelteten Marco und sie mit seinen Freunden am Strand von *Gallipoli*.

Sie wurde in ihren Gedanken unterbrochen, weil Giuseppe zum Aufbruch mahnte: „Wenn wir noch nach *Santa Maria di Leuca* wollen, sollten wir langsam aufbrechen." Und auf dieses Stichwort hin sprangen alle in die Fahrzeuge und fuhren in der Kolonne weiter.

Lorella erzählte während der Fahrt: „*Santa Maria di Leuca*, da wo sich die Meere küssen, so sagt man, weil das Adriatische und das Ionische Meer aufeinandertreffen. Früher meinten die Menschen hier sei das Ende der Welt. Fakt ist, *Santa Maria di Leuca* ist der südöstlichste Punkt Italiens."

„Schön anzusehen sind die gemauerten Badehäuschen aus der Zeit zwischen dem 19. und dem 20. Jahrhundert", ergänzte Antonella.

„Damals bauten sich die reichen Städter schmuckvolle Häuser am frischen Meer, um hier den Sommer zu verbringen. Besonders schön finde ich die orientalisch angehauchten Villen, die im Jugendstil gebaut sind. Sie geben dem Ort ein ganz besonderes Flair."

„Und nicht zu vergessen, *Santa Maria di Leuca* ist ein

wahrhaft geschichtsträchtiger Ort. An dieser Küste landete der Heilige Petrus und hier soll er mit der Missionierung Italiens begonnen haben", beendete Lorella die interessante Lehrstunde.

Obwohl Eva vor fünfzig Jahren schon einmal in *Santa Maria di Leuca* gewesen war, konnte sie sich nicht mehr gut daran erinnern. Sie dachte bei sich, dass sie diese Stadt an Malta erinnere. Malta besitzt eine gelungene Mischung aus arabischer, englischer und italienischer Architektur.

In ihre Gedanken hinein kam der Vorschlag von Federico: *„Dai, andiamo al bar!"* – „Los, gehen wir etwas trinken!" Das ließ sich niemand zweimal sagen.

Auf dem Rückweg saß Eva neben Antonella und sie nutzte die Gelegenheit, um Antonella nach Marco zu fragen. Diese war sichtlich erstaunt: „Aber weißt du es denn nicht?"

„Was soll ich wissen?", fragte Eva erstaunt.

Es war Antonella äußerst peinlich und sie rieb sich die Hände. „Nun wie soll ich es dir sagen. Das ist jetzt nicht leicht für mich."

„Los, nun sag schon, wird schon nicht so schlimm sein", erwiderte Eva lachend.

„Doch es ist schlimm. Marco ist tot." Platzte es aus Antonella heraus. Eva blieb starr vor Schreck. „Marco ist schon vor neunzehn Jahren gestorben."

Eva wurde blass. Mit allem hatte sie gerechnet, aber nicht mit dieser schrecklichen Nachricht.

„Wie ... wie konnte das passieren?", stotterte sie. „Ich habe es nicht gewusst! Warum habe ich es nicht gewusst?"

„Und ich dachte, du schreibst mir nicht mehr, weil du seinen Tod nicht verkraftet hast?"

„Aber ich wusste es doch gar nicht, von wem denn auch?", klagte Eva.

Antonella schaut sie mit großen Augen an: „Ich habe dir doch geschrieben."

„Ich habe keine Nachricht erhalten", erwiderte sie.

Antonella nahm Eva in den Arm: „Es tut mir leid, es war ein Missverständnis. Der Brief muss wohl verloren gegangen sein und dann …"

„Es sollte wohl nicht sein", resümierte Eva. Dann schwiegen sie eine Weile, bevor Eva fragte: „Woran ist er denn gestorben? Er war noch so jung."

Antonella seufzte. „Marco hat ja jahrelang Drogen genommen, das weißt du ja sicherlich. Dann hat er einen Entzug gemacht und es ging ihm relativ gut. Doch er war und blieb labil. Das kleinste Problem warf ihn aus der Bahn. Giuseppe hat immer wieder versucht, ihm zu helfen. Er hat ihm ständig neue Arbeit besorgt. Mit den Frauen hatte er auch so seine Schwierigkeiten. Er fand einfach nicht seinen Weg. Dann hatte er einen kurzen Rückfall. Beim nächsten Entzug, der glimpflicher verlief, traf er auf eine wundervolle Frau. Sie half ihm aus der Misere heraus und wir merkten, dass er endlich seine Lebensrichtung gefunden hatte. Ich glaube, er war das erste Mal so richtig glücklich. Entschuldige!", flüsterte Antonella.

Eva beruhigte sie: „Nein, nein, ich weiß schon, wir waren nicht wirklich glücklich miteinander. Es hat nicht gepasst mit uns. Was ist dann passiert?"

„Die beiden haben geheiratet, ein Kind bekommen und es schien alles perfekt. Doch nach acht Jahren wurde Marco von heute auf morgen krank. Und dann ging alles ganz schnell. Er hatte überall im Bauchraum Metastasen", erzählte Antonella.

„Seine jahrelange Drogensucht war laut Aussagen der Ärzte der Hauptgrund für die Krebserkrankung. In wenigen Wochen ist er unter großen Schmerzen gestorben. Seine Tochter war gerade einmal vier Jahre alt."

Diese schlechte Nachricht musste Eva erst einmal verdauen. Nun verstand sie auch, warum sie unbedingt hierher fahren wollte. Natürlich wollte sie Antonella nach den vielen Jahren wiedersehen, aber da war noch etwas anderes, was sie angetrieben hatte. Sie wollte Klarheit über die vier Lieben ihres Lebens erhalten.

Eigentlich war es Eva nicht mehr zum Feiern zumute, aber sie konnte schlecht all den anderen den Abend vermiesen. Also riss sie sich zusammen und versuchte, sich so gut wie möglich abzulenken. Marco und sie haben nicht zusammengepasst und eine Ehe wäre sicher die Hölle geworden. Für beide. Das wusste sie und sie dankte Gott, dass sie damals einen anderen Weg eingeschlagen hatte. War es Schicksal oder Zufall?

Mittlerweile waren sie an der Pizzeria in *Galatina* angekommen. Stella, die merkte, wie ruhig ihre Oma war, fragte: „Geht es dir nicht gut?"

„Es passt schon. Ich habe nur etwas Trauriges erfahren. Ich erzähle es dir später." Auch wenn Stella nicht beruhigt war, ließ sie es sich nicht anmerken.

Vor dem Lokal standen schon Saras Bruder Luca mit zweien seiner Kinder, Michele und Stefano. Seine Tochter Elena war beruflich verreist. Neben ihnen standen zwei Frauen, eine im mittleren Alter und eine jüngere.

„Das sind Mariella und Sandra. Marcos Frau und Tochter." Stellte Antonella sie vor. Eva blieb für eine Sekunde stocksteif stehen, damit hatte sie überhaupt nicht gerechnet. Doch dann überspielte sie die komische Situation und lächelte die beiden an.

Zu ihrem Erstaunen nahm sie Mariella in den Arm und sagte: „Ich freu mich, dich endlich kennenzulernen. Marco hat viel von dir erzählt."

„Hoffentlich nicht zu viel Schlechtes", antwortete Eva erstaunt.

Und dann erzählte Mariella, dass Marco von seiner ersten Liebe fast immer positiv geredet hatte und dass er selbst wusste, dass er die Hauptschuld am Ende der Beziehung hatte. „Weißt du, er war damals jung und wie du sicherlich weißt, fand er lange nicht seinen Lebensweg. Er hat viel Lehrgeld bezahlen müssen. Nur dumm, dass er gerade angefangen hatte zu leben, als alles schon wieder zu Ende ging. Als Sandra geboren wurde, war er so zufrieden und ausgesöhnt mit seinem Schicksal. Er hatte sie so geliebt. Wenn er sie doch heute sehen könnte."

Da nahm Eva Mariella in den Arm. „Er sieht sie, jeden Tag und er ist ganz bestimmt stolz auf seine sympathische, hübsche Tochter."

Die anderen waren in der Zwischenzeit schon in der Pizzeria und saßen an einer langen Tafel. Es wurde ein lebhafter Abend. Eva schaute in die Runde und voller Zufriedenheit nahm sie wieder mal davon Kenntnis, dass hier vom Ältesten, das war Michele mit 77 Jahren, bis zum Jüngsten, das war Luca mit zwei Jahren, alle mitfeierten. Das hatte ihr immer so gut an Italien gefallen. Bei jedem Fest und jeder Gelegenheit waren verschiedene Altersgruppen vertreten. Nicht wie in Deutschland, wo viele Angebote häufig nur für ein bestimmtes Alter vorgesehen waren. In die Disco nur die ganz Jungen, die Alten zu den Seniorentreffen und die dazwischen waren, sollten zu Hause bleiben, wahlweise etwas Kulturelles unternehmen oder zum Essen gehen. So war ihr Eindruck.

Aber gerade die ältere Generation wollte doch mit den Jüngeren zusammen sein.

Ihre Mutter sagte immer, wenn sie zu einer Seniorenveranstaltung eingeladen wurde: „Was soll ich denn dort? Da sind ja nur alte Leute!"

Als sie Antonella darauf ansprach, seufzte diese: „Leider ist es in Italien mittlerweile auch nicht mehr so, wie du es noch von früher kennst. Die berufstätigen Frauen sind im Stress, die Kinder ebenfalls und die Alten kommen ins Altersheim. Ich glaube, bei uns sieht es mittlerweile genauso aus wie in Deutschland, wie in ganz Europa. Vielleicht gibt es nur noch einen kleinen Unterschied. Durch das warme Klima bedingt, sitzen bei uns die alten Leute nach wie vor immer noch häufig mit ihren wackeligen Stühlen vor den Häusern auf der Straße und beobachten, was um sie herum passiert."

„Du hast wahrscheinlich Recht. So wie heute Abend, das wird dann auch eher die Ausnahme sein. Aber genau das macht das Leben aus", resümierte Eva.

Lecce, Alberobello, 19. April 2034

Die letzte Nacht hatte Eva sehr schlecht geschlafen. Immer wieder war sie aufgewacht und musste an Marco denken.

In den frühen Morgenstunden hatte sie dann Georg angerufen. Sie musste mit ihrem Mann und besten Freund darüber reden.

Nach dem Gespräch ging es ihr dann auch wieder viel besser. Wieder einmal hatte Georg die passenden Worte gefunden und sie wusste wieder einmal mehr, warum sie diesen tollen Mann geheiratet hatte.

Nach dem Frühstück gab es einen tränenreichen Abschied und man versprach sich, in Zukunft regelmäßig zu „skypen". Sich noch einmal zu treffen, daran glaubte keiner so wirklich. Zu weit war die Anreise und zu alt waren mittlerweile alle Beteiligten.

Eva fragte Stella, ob es ihr etwas ausmachen würde, noch kurz am Friedhof anzuhalten, sie wollte sich von Marco verabschieden. Stella, die mittlerweile Bescheid wusste, hielt vorher sogar noch kurz an einem Blumenladen an.

„Italienische Friedhöfe haben mir schon immer gut gefallen", sagte Eva während sie das Grab suchten. „Diese Mauer außen herum, die Urnengräber, ich weiß auch nicht." Auch Stella, die Friedhöfe nicht wirklich schön fand, musste sich eingestehen, dass dieser hier etwas Beruhigendes hatte. Sie fanden das Grab, legten die Blumen ab und standen für einen Moment still da. Dann sagte Eva: „Lass uns das Leben genießen, solange es uns lässt."

Auf der Rückfahrt zu ihrer Ferienwohnung machten sie einen Zwischenstopp in *Lecce*, das Florenz des Südens, wie es auch liebevoll genannt wurde. Die Altstadt von *Lecce* ist bekannt für ihr barockes Aussehen. Die zahlreichen Gebäude des typischen Barockstiles von *Lecce* wurden aus Tuffstein gebaut. Das römische Amphitheater wurde zur Zeit von Mussolini teilweise freigelegt, wobei aber leider wertvolle ältere Gebäude abgerissen wurden.

Nach dem Mittagessen in einer pugliesischen *trattoria* bummelten sie noch mal kurz durch die kleinen Gassen, tranken einen *caffè* und aßen kleine *pasticcini* dazu. *Pasticcini* sind kleine köstliche Gebäckteilchen, gerade so groß, dass sie mit einem „Happ" im Mund verschwinden. Es gibt zig verschiedene Sorten, mit Schokolade, Vanillecreme, Nüssen, Obst und vielem mehr.

„Wenn du am Nachmittag eine Italienerin mit einem schmucken kleinen Päckchen in der Hand durch die Straßen laufen siehst, kannst du sicher sein, dass sie *pasticcini* eingekauft hat und nun zu ihrer Freundin zum Kaffeetrinken geht", erklärte Eva schmunzelnd.

„Habe ich auch oft genug selbst so gemacht. Man kann sie aber auch gut als kleines Gastgeschenk für eine Einladung mitbringen."

„Müde?", fragte Stella.

„Ja, kann man so sagen!"

„Dann nichts wie zurück in unser süßes *trullo* um den Abend gemütlich ausklingen zu lassen!"

Alberobello, 20. April 2034

Einen Monat hatten sie jetzt schon in Italien verbracht, sie konnten sich etwas Zeit lassen und würden sich noch mal ein wenig in dem schönen *trullo* erholen. In zwei Tagen würden sie dann nach *Tropea* in *Calabria* weiterfahren. Stella hatte ausgerechnet, dass sie für diese Strecke etwa vier Stunden benötigen.

Stella saß neben Eva auf der Terrasse, Eva schrieb an einer Kurzgeschichte, während Stella las. Plötzlich fragte Stella ihre Oma: „Wie kamst du eigentlich dazu, Bücher zu schreiben?"

„Du weißt doch, dass ich schon als Kind gerne alles aufgeschrieben und kleine Geschichten erfunden habe. Genauso wie deine Tante Clara."

„Ja, darum schreibt sie auch in ihrer Freizeit Kolumnen für Zeitschriften, Magazine und im Internet."

„Reiten und Schreiben lässt sich auch gut miteinander kombinieren. Nach ihrem Biologiestudium hatte sie sich doch den Traum vom eigenen Reiterhof erfüllt. Wer hätte das gedacht, dass sie so zielstrebig ihren Weg geht?" Der Stolz in Evas Stimme war unüberhörbar.

„Ich glaube, eines der ersten Wörter, das sie sprechen konnte, war „Pferd". Sehr zum Entsetzen von Georg", kicherte Eva.

„Er lästerte immer darüber, dass alle Mädels nur Gäule im Kopf hätten und dass das oft von den Müttern ausginge. Ich tröstete ihn, dass er da bei Clara keine Angst haben müsste. Hätte ich das mal nicht so laut gesagt. Denn dann wurde Clara ein besonders großer Pferdefan und sparte von Kindesbeinen an für ihr eigenes Pferd. Später fand es Georg dann toll, dass Clara so viel Freude am Reiten hatte und auch so erfolgreich im RAI-Reiten ist."

Das RAI-Reiten, von dem Schauspieler und Sänger Fred Rai ins Leben gerufen, ist ein gebissloses Freizeit- und Wanderreiten, ohne Anwendung von Hilfsmitteln, wie Peitsche, Sporen, Kandare und anderem. Die Pferde leben in kleinen Herden in sogenannten Offenställen zusammen. Das bedeutet, sie können aus ihrem Stall hinaus- und hineingehen wann immer sie wollen.

„Fred Rai ist 74 Jahre alt geworden. Laut Aussagen seiner Freunde ist er so gestorben, wie er es sich immer gewünscht hatte: Auf dem Rücken eines Pferdes." Eva machte eine Pause.

„Er hatte eine schwere Krebserkrankung, die nicht mehr heilbar war und es ging ihm körperlich auch nicht mehr so gut. Dann nach langer Zeit wollte er unbedingt wieder einmal einen Ausritt zusammen mit seiner Frau und auf seinem Pferd Spitzbub machen. Als ob er es geahnt hätte, erlitt er bei diesem Ausritt einen Schlaganfall und verstarb tatsächlich auf dem Rücken seines Lieblingspferdes Spitzbub." Die beiden Frauen schwiegen eine Weile.

„Jetzt sind wir aber von Thema abgekommen, ich wollte von dir wissen, wie du zum Schreiben kamst", hakte Stella nach.

„In der Realschule hatte ich eine Deutschlehrerin, vier Jahre lang die gleiche. Sie mochte anscheinend meinen Schreibstil nicht. Auf jeden Fall hatte ich bei ihr immer nur Vierer bekommen. Leider! Da hatte ich dann geglaubt, dass ich doch kein Talent zum Schreiben habe." Eva stockte kurz.

„In der Fachakademie hatte ich dann zwar einen Lehrer, der mir nur noch Einsen gab. Für die journalistische Laufbahn war es dann aber zu spät. Zumindest glaubte ich das. Immerhin habe ich dann aber weiterhin meine Geschichten aufgeschrieben. Nur für mich selbst." Stella lauschte gespannt. „Und dann kam wieder mal das berühmte Schicksal ins Spiel."

Eva machte eine kleine Pause und fuhr fort „Ich hatte genügend Geschichten zusammen und immer öfter kam in mir der Wunsch auf, diese Geschichten auch zu veröffentlichen. Auch, weil immer öfter Freunde zu mir sagten, die Erzählungen wären schön. Und so sagte ich mir: Wer nicht wagt, der nicht gewinnt. Also stellte ich die besten Geschichten in einem Buch zusammen."

Donauwörth, 28. Oktober 2013

Eva schrieb einen Verlag an, der auch sofort positiv antwortete, allerdings wollte er 10.000 Euro Vorkasse. Und die hatte sie nicht.

„Aus der Traum!", dachte sie traurig und legte ihre Pläne auf Eis.

Doch eines Tages bekam sie eine Telefonnummer einer interessierten Teilnehmerin für ihre Italienischkurse. Sie rief an, redete etwas länger mit der sympathischen Frau. Dabei stellte Eva fest, dass die Angerufene die Dozentin für den Kurzgeschichtenkurs an der Volkshochschule war, den Eva besuchen wollte und leider aus Zeitgründen jedoch nicht belegen konnte.

Eva erzählte von ihrer Tochter Clara, da wurde sie unterbrochen: „Wusste ich es doch, wir kennen uns!", rief die Frau begeistert: „Ich bin die Stefanie. Wir kennen uns doch aus der Krabbelgruppe, in der wir beide mit unseren Kindern waren, so vor zehn, nein, elf, nein zwölf Jahren!"

Eva überlegte. Nur vage konnte sie sich an diese Frau mit Baby in der besagten Krabbelgruppe erinnern. Sie hatten sich auch nur ein paar Mal gesehen, weil Clara schon drei Jahre alt war und bald darauf in den Kindergarten kam.

Die beiden Frauen waren sich sofort sympathisch und stellten schnell fest, dass sie beide Bücher liebten und beide den Traum von der Veröffentlichung des eigenen Buches hatten. Sie verabredeten sich und wurden schnell Freundinnen.

Stefanie mochte Evas Geschichten und überredete sie, diese im Selbstverlag zu veröffentlichen. Eva wiederum war von der großen, schlanken Stefanie begeistert, die mit ihrer offenen und fröhlichen Art ihre Mitmenschen sofort für sich einnahm. Eva bewunderte, was Stefanie schon alles gemacht hatte: Sie hatte Politikwissenschaften und Anglistik/ Amerikanistik studiert, anschließend ein Volontariat gemacht und die Journalistenschule besucht. Bei einem Kurzgeschichtenwettbewerb schaffte sie den zweiten Platz. Für diverse Bücher hat sie ganz nebenbei Anthologien geschrieben. Außerdem verfasste sie Artikel für Medizinfachzeitschriften und den Kulturteil der Heimatzeitung. Zuletzt gab sie Kurse an der Volkshochschule und das alles neben Ehemann, Haushalt und drei Kindern.

„Bewundernswert!", ergänzte Eva. „Sagt man mir doch nach, dass ich eine sehr temperamentvolle Powerfrau sei und das, obwohl ich blond bin. Aber Stefanie, ebenfalls hellhaarig, hatte Energie für zehn."

Eva hatte tatsächlich den Rat befolgt und das Buch mit ihren Kurzgeschichten drucken lassen. Stolz präsentierte sie es dem ortsansässigen Buchhändler, welcher prompt fragte, ob sie nicht eine Lesung in seiner Buchhandlung machen wollte. „Ja, sehr gerne, aber am liebsten zusammen mit meiner Freundin Stefanie."

„Warum nicht und wann geht es los?", fragte er.

Gesagt, getan. Die erste Lesung war ein voller Erfolg. Für unbekannte Autoren waren über neunzig Zuhörer eine respektable Leistung. Eva war überglücklich und angespornt, weiter zu schreiben. Sie schrieb ihren ersten Roman und schickte ihn an diverse Verlage. Und sie hatte Glück.

Stefanie sagte immer „Einen Buchvertrieb zu finden ist wie ein Sechser im Lotto!" Auch sie hatte einen Editor gefunden, der ihre Bücher druckte.

Von da an ging es für beide bergauf. Eva verfasste zwar keine Bestseller, aber sie schrieb ein Buch nach dem anderen. Es machte ihr Spaß, ihre Geschichten zu Papier zu bringen und Lesungen durchzuführen.

Tropea, 22. April 2034

Nach der langen Fahrt waren Stella und Eva sehr müde und sie legten sich erst mal in ihrem hübschen Hotelapartment auf die Betten. Sie hatten Glück gehabt und in dem Hotel, in dem Eva mit Georg und Clara vor dreißig Jahren Urlaub gemacht hatten, ein schönes Apartment auf den Klippen mit Meerblick bekommen.

Das Hotel hatte erst wieder vor einer Woche die Saison eröffnet und sie waren die ersten Gäste. In den nächsten Tagen sollten aber einige Neue eintreffen.

Zusammen hatten die beiden die Idee, eine Woche hier zu bleiben und von diesem Ort aus ihre Tagestouren nach *Pizzo*, *Locri* und *Gerace* zu machen.

Am Abend fuhren sie aber erst mal in die Altstadt von *Tropea*. Auch hier schien mal wieder die Zeit stehen geblieben zu sein. Begeistert zeigte Eva ihrer Enkelin die Stellen, an denen sie damals waren.

„Hier hat Clara immer Pizza gegessen und hier war damals noch ein *alimentari* mit zwei netten älteren Damen. Georg hatte ein Foto von ihnen gemacht und sie hatten sich sehr geschmeichelt gefühlt", erklärte sie. „Leider gibt es diesen Laden nicht mehr." Eva schaute traurig in die Richtung, in der sich jetzt ein Handy-Shop befand.

„Und dort hinten haben wir für 15 Euro den alten Dachziegel bemalen lassen. Du kennst ihn doch." Stella kannte diesen Ziegel sehr gut, er hing noch immer im Wohnzimmer ihrer Großeltern an der Wand und die dazugehörige Geschichte kannte sie auch. Opa hatte eine Aufnahme von *Tropea* gemacht und den Maler, der bemalte Ziegel verkaufte, gefragt, ob er dieses Foto malen könnte. Und der freundliche Mann hatte Opas Idee dann auch tatsächlich umgesetzt.

Dann kamen sie zu der Plattform mit den alten Kanonen, auf der schon Clara gesessen hatte. Von hier aus hatte man einen fantastischen Blick übers Meer.

An manchen Tagen konnte man bis zu den Liparischen Inseln, die vor der Küste Siziliens lagen, blicken. Auf einem Felsen, der früher mal eine kleine Insel war, nun aber mit dem Festland verbunden war, steht die byzantinische Wallfahrtskirche *Santa Maria dell'Isola*.

Nachdem sie noch eine Pizza gegessen hatten, ließen sie den Abend relativ früh ausklingen. Morgen wollten sie nach *Locri* und *Gerace* fahren. Eva war schon ganz aufgeregt, wenn sie nur daran dachte. *Gerace* war der Ort, an dem sie damals so glücklich war. Sie hatte in jenen Tagen mit Georg und Clara ebenfalls einen Tagesausflug dorthin unternommen und als sie oben am Berg auf einer Aussichtsplattform gestanden hatte und auf die Berge und das Meer starrte, überkam sie das Gefühl von innerem Frieden.

Diese Stimmung war unerklärlich und sie hatte das angenehme Empfinden des Wiedererkennens. Sollte sie hier schon mal gewesen sein, vielleicht in einem früheren Leben? Am liebsten wäre sie für immer hier geblieben. Leider war sie nie wieder in den letzten Jahren dorthin zurückgekehrt und um so mehr freute sie sich auf den morgigen Tag.

Die ganze Nacht schlief Eva unruhig.

Locri, Gerace, 23. April 2034

Nach dem Frühstück fuhren sie sofort über die ausgesprochen schöne Straße durch das *Serri* Gebirge nach *Locri*. Schon die Fahrt war ein Erlebnis und die beiden Frauen machten so oft wie möglich Rast, um die Schönheit der Natur in sich aufzunehmen. Das frühe Mittagessen nahmen sie in Form eines Picknicks auf einem der einladenden Picknickraststätten entlang der Straßen zu sich.

In *Locri* besuchten sie die vier Kilometer südwestlich gelegene griechische Ausgrabungsstätte, das antike *Lokroi Epizephyrioi*. Die Stadt wurde 680 v. Chr. an der Küste des

Ionischen Meeres von lokrischen Kolonisten, wohl aus der ostlokrischen Stadt Opos, gegründet. Von der Stadtmauer sind Reste erhalten, ebenso von mehreren Tempeln und dem außerhalb der Stadt liegenden Theater.

Heute konnte man diese Stätten der Vergangenheit mit einem gemütlichen Spaziergang verbinden.

Eva war erstaunt und glücklich, dass nach all den Jahren, immer noch die verführerisch duftende Abgrenzung aus Rosmarin, die sich über mehrere Meter erstreckte, vorhanden war. Sie ließ eine Hand über diesen natürlichen Zaun gleiten und roch genussvoll an ihren Händen.

‚Gab es etwas Unwiderstehlicheres als diesen Geruch?', dachte sie bei sich.

Als Stella und Eva genug von der griechischen Kultur gesehen hatten, beschlossen sie, weiter nach *Gerace* zu fahren. Schon die Fahrt auf den Berg hinauf war ein Erlebnis und sie erinnerte sich an die ältere Anhalterin, die Georg, Clara und sie mit in die Stadt genommen hatten. Im Auto erklärte sie, dass der Bus nur zweimal täglich fahre. Und ehe sie sich versahen, war die *signora* schon wieder aus dem Auto ausgestiegen und weitergezogen.

Gerace besticht durch seinen Baustil, viele Dächer weisen eine byzantinische Bauweise auf.

Die Kathedrale Mariä Himmelfahrt stammt aus dem 11. Jahrhundert und ist die größte Kirche Kalabriens. Die Krypta besitzt ebenfalls einen byzantinischen Charakter.

Die gotische Ruine der Kirche *San Franceso* und die Reste von dem Verteidigungssystem aus dem Mittelalter sind noch gut erhalten. Ebenso ein Turm der Burg. Von dort hat man einen fantastischen Ausblick auf das *Aspromente-Gebirge*.

Nicht weit von dort befindet sich der wunderschöne *Parco Nazionale d´Aspromonte*.

Die engen Täler sind mit teilweise bizarren Felsgebilden

durchzogen. Im Sommer sind die Flussbetten oft ausgetrocknet, weil es meistens nur im Winter regnet. Der höchste Berg ist der *Montalto* mit fast 2.000 Metern Höhe; er ist schon von Weitem sichtbar.

In niedrigeren Lagen wachsen vor allem Oliven- und Orangenbäume, dazwischen steht die *macchia*, in der Mitte befinden sich die Wälder, unter anderem Kastanienbäume. Weiter oben sind dann Nadelwälder.

Das Schönste ist, dass hier noch Wildkatzen, Wölfe und Adler in freier Laufbahn leben.

In den zum Teil schwer erreichbaren Bergdörfern hört man manchmal sogar noch einen griechischen Dialekt.

Ihr Parkplatz lag am oberen Ende der Stadt und die beiden liefen gemütlich den Weg zum Stadtkern hinunter. Auch hier war mal wieder die Zeit stehen geblieben. Kalabrien war immer noch das Armenhaus Italiens. Die hohe Jugendarbeitslosigkeit, Korruption, die *Ndrangheta*, das alles hatte sich seit Eva denken konnte nicht wesentlich verbessert. Und im Gegensatz zu Sizilien gab es hier immer noch kaum Tourismus.

Kaum sah Eva den Marktplatz, ging ihr Herz auf. Ein Glücksgefühl durchfloss sie. Sie stand still da und atmete die Atmosphäre ein. Stella, die von Erzählungen von diesem Ort wusste, ließ sie in Ruhe.

Dann jedoch kam Leben in Eva: „Hat sich doch verändert in den vielen Jahrzehnten." Sie blickte sich um, wo früher nur eine Bar und eine *trattoria* standen, zählte sie nun mindestens acht Lokale. Das ihr am sympathischsten aussehende, zielte sie an. „Ich brauch jetzt erst mal einen *caffè*."

Nach der kleinen Stärkung liefen sie zur Aussichtsplattform und verweilten noch einmal. „Als wir hier standen, kam damals aus der Bar da drüben das Lied `Sunrise` von Nora Jones. Es wurde eines meiner Lieblingslieder", erzählte Eva.

Pizzo und Capo Vaticano, 25. April 2034

`Sunrise, sunrise`, mit diesen Klängen wachte Eva auf. Verwirrt schaute sie sich um und starrte in das fröhliche Lachen ihrer Enkelin, die ihren iPod winkend hochhielt. „Ich habe es gefunden", rief sie glücklich, „dein Lieblingslied!"

Eva musste lächeln, wie schön es doch war, eine so sensible Reisebegleiterin zu haben.

„Ich wollte dich sanft wecken, wir müssen langsam fertig werden, sonst bauen die das Frühstücksbüffet ab, bevor wir zum Zug kommen."

Beim Frühstück ließen sie noch mal den letzten Faulenzertag Revue passieren. Die Sonne schien schon sehr warm vom Himmel und so lagen sie mehr oder weniger den ganzen Tag am Pool. Stella wagte es, einmal kurz ins Wasser zu gehen. Aber es war doch noch recht frisch. Eva schrieb wieder fleißig an ihren Erinnerungen, die sie vielleicht mal für ein Buch gebrauchen konnte. Zwischendurch kletterte Stella die steilen Klippen zum Meer hinunter. Dabei machte sie wieder einmal viele Fotos und fand ungewöhnliche Muscheln, die sie später Eva zeigte.

Heute stand der Besuch nach *Pizzo* auf dem Plan. Genauso wie schon *Locri* wurde *Pizzo* ebenfalls von den Griechen gegründet. Eva gefiel an *Pizzo*, dass die Straßen so verwinkelt waren und die *piazza* so belebt war. Dort hatten Georg, Clara und sie das angeblich beste Tartufo-Eis Italiens gegessen. Obwohl sie kein Eisfan war, lief ihr bei dem Gedanken das Wasser im Mund zusammen und sie freute sich schon darauf, eines zu essen.

Vorher wollte sie Stella aber unbedingt erst die *Chiesa di Piedigrotta*, eine Grottenkirche aus Tuffstein, zeigen, die direkt in die Felsen am Meer gehauen wurde. Der Legende nach sollen im 17. Jahrhundert Schiffbrüchige zum Dank für ihre Errettung einen Altar gestiftet haben. Um 1900 wurde die Grotte von der Familie Barone mit biblischen Figuren aus

Tuff ausgestattet. Später legten Gläubige ihre Fotos, kleine Geschenke und Armbänder aus Dankbarkeit für Hilfe in der Not dazu.

Nachdem die beiden die besondere Grottenkirche bestaunt hatten, gab es aber endlich das berühmt-berüchtigte Tartufo-Eis. „Das reicht jetzt für die nächsten Jahre", meinte Eva. Alle beide waren pappesatt.

„So, und nun zeige ich dir einen der schönsten Strände Italiens. Dort ist das Wasser glasklar, die Farben reichen von smaragdgrün bis türkis. So schön ist es dann nur noch an der *Costa Smeralda* auf Sardinien oder auf Malta", erklärte Eva und so fuhren sie also nach *Capo Vaticano*.

Und Eva hatte nicht zu viel versprochen. Stella überredete sie, ein paar Schritte den Weg hinab an den Strand zu gehen. Für solche spontane Wanderungen hatten sie immer passende Schuhe im Kofferraum. Vom Weg aus sah Stella eine kleine Insel und Eva erzählte: „Als wir früher hier waren, lebte eine Ziege ganz alleine auf dieser Insel. Georg hatte ein Foto von ihr gemacht. Sie sah so zufrieden aus, wie sie dort stand und aufs Meer hinaus schaute."

Ein Mann, der neben ihnen stand, mischte sich ins Gespräch ein: „Entschuldigung?", unterbrach er die beiden Frauen in gebrochenem Deutsch. „Ich habe zufällig mit angehört, wie sie von unserer Ziege erzählt haben. Sie lebte tatsächlich seit ihrer Geburt auf dieser Insel, ernährte sich von dem, was sie fand und wurde sehr alt. Wir Einheimischen waren sehr traurig, als sie gestorben ist."

Eva und Stella gingen noch gemeinsam mit dem sympathischen Mann, der etliche Jahre in Deutschland gelebt und eine Pizzeria in München betrieben hatte, den schmalen Weg zum Strand hinunter.

Er lebte seit seiner Rente wieder in seiner Heimat Kalabrien. Mit trauriger Stimme erzählte er, dass es nicht immer einfach für ihn war.

„Wissen Sie, ich liebe beide Länder. Bin ich in Deutschland, dann fehlt mir Italien. Bin ich in Italien, so fehlt mir Deutschland. Im schönen Bayern war ich über vierzig Jahre lang der Gastarbeiter, der Fremde, der Ausländer und nun zurück in meiner Heimat, geschieht mir das Gleiche."

Er zuckte resigniert mit seinen breiten Schultern: „Solange ich noch kann, fahre ich regelmäßig nach Deutschland, meine alten Freunde besuchen."

In einer kleinen Bar am Strand tranken sie noch gemeinsam einen *caffè*. Danach verabschiedeten sie sich so innig, als wären sie schon lange Freunde.

Reggio Calabria, Messina, Taormina, 28. April 2034

Die letzten zwei Tage waren wieder mal viel zu schnell vergangen, doch heute sollte es weiter nach Sizilien gehen. Eva wollte Stellas Geburtstag in der Ferienwohnung in Taormina feiern.

Diesmal hatten sie rechtzeitig ein Häuschen direkt am Meer in *Mazzarò* gebucht. Die schnellste Art, um den Höhenunterschied zwischen der Altstadt von *Taormina* und *Mazzarò* zu überwinden, war eine Fahrt mit der Seilbahn. Das war praktisch, denn in dem touristisch immer überlaufenen *Taormina* gab es kaum Parkplätze, erinnerte sich Eva. Zweimal nur hatte sie eine Reise dorthin gemacht. Einmal 1982 zusammen mit Marco und seinem Freund und ein zweites Mal mit Georg und Clara 2004.

Sie fuhren zuerst bis *Reggio Calabria*, immer an der schönen Küste entlang. Bevor sie mit der Fähre übersetzten, machten sie eine kleine Pause und schauten sich die Kathedrale an, die nach dem Erdbeben 1908 im neoromanisch-byzantinischen Stil wieder aufgebaut wurde.

Stella, die noch nie mit einer Fähre gefahren war, stand oben an der Reling und ließ sich den Wind um die Nase wehen.

Eva erzählte von dem alten Mann mit dem Fahrrad. „Das Fahrrad war total überladen und der alte Mann war schon sehr betagt", begann sie. „Man würde ihn als Landstreicher betiteln."

Sie lächelte: „Ich merkte, dass er ein Deutscher war. Georg und ich luden ihn auf einen *caffè* ein. Wir waren neugierig geworden und wollten seine Geschichte erfahren. Er war tatsächlich ein sogenannter Penner. So nannte er sich jedenfalls selbst. Aber anstatt auf der Straße im kalten Deutschland zu leben, zog er es vor, mit dem Fahrrad durch die Welt zu radeln. Er hatte schon sehr viel gesehen. Und er sagte, er fände immer Leute, die sich für ihn interessierten und ihn einluden, mal zum Kaffee, mal zu einem Essen."

Schließlich war die Überfahrt zu Ende und sie waren hungrig geworden. Sie mussten sich beeilen, noch ein passendes Lokal zu finden, es war schon spät. Zu ihrem Glück fanden sie noch eine offene *trattoria*. Das Personal war sehr freundlich und kochte ihnen sogar noch eine Kleinigkeit.

Stella wusste von ihrer Oma, wie man meistens ein gutes Esslokal findet. Man beobachtete das Restaurant der Wahl und wartete erst einmal ab, wer hineinging. Waren es vorwiegend Einheimische, dann konnte man getrost ebenfalls eintreten. Italiener legten nach wie vor viel Wert auf gutes Essen und würden nie Geld für schlechte Mahlzeiten ausgeben. Eva sagte, sie hätte mit dieser Methode fast noch nie Pech gehabt.

Auch dieses Mal hatte es geklappt und nach der kalabresischen Küche im Hotel aßen sie nun sizilianische in dieser einfachen *trattoria*.

In den letzten zwei Jahrzehnten wuchs auch bei den Deutschen wieder das Bewusstsein für gutes und gesundes Essen. Waren sie noch 2010 in Europa der Staat, der von seinem Einkommen mit am wenigsten für seine Lebensmittel ausgab, die Griechen mit am meisten, hatte sich das in den letzten Jahren stark verändert.

Alte Rezepte von Oma wurden wieder ausgegraben, frische Kräuter wurden ein Muss, Freunde trafen sich zum gemeinsamen Kochen, und die Supermärkte wurden wieder zu Erlebnisstätten und lösten die Discounter ab.

Ausschlaggebend waren zuerst die vielen Kochshows im Fernsehen, dann aber auch die vielen Lebensmittelunverträglichkeiten und Allergien, die stetig zunahmen. Dass gesundes Essen mit einer besseren Gesundheit zusammenhing, mussten die Menschen erst wieder lernen.

Am Nachmittag kamen Stella und Eva dann in dem kleinen Häuschen am Meer an. Sie konnten sich gerade noch rechtzeitig hinein retten, bevor ein kräftiger Regenschauer einsetzte.

Auch das Wetter hatte sich in den letzten Jahrzehnten verändert. Die südlichen Länder in Europa, die früher immer so beständig und sonnig waren, litten unter heftigen Regenfällen, Überschwemmungen und Stürmen. Sie hatten zwar immer noch schöne warme Sonnentage, aber häufig wurden diese von Unwettern unterbrochen.

Stella und Eva hatten bisher viel Glück gehabt, das war erst der dritte Regentag auf ihrer Reise.

In Deutschland hatte sich das Wetter in den letzten zwei Jahrzehnten jedoch verbessert. Es gab zwar auch dort heftige Stürme und Unwetter, aber es wurde insgesamt beständiger und milder.

Eva und Stella nutzten wieder mal diese Zeit, um sich ein wenig auszuruhen und Pläne für die nächsten Tage zu machen. „Es gibt noch sehr viel, was ich dir zeigen möchte!", betonte Eva. Sie hatte insgeheim Angst, dass sie nicht alles sehen könnten, was sie sich vorgenommen hatte.

Taormina, 29. April 2034

Eva tat sich schwer mit der Orientierung, als sie am Morgen aufwachte. Sie blieb erst mal liegen und dachte angestrengt nach.

‚Wo bin ich nur?', überlegte sie fieberhaft und ‚Warum ist Georg nicht da? Ist er wieder einmal beruflich unterwegs?' Sie war so froh, wenn er endlich, nach all den vielen Jahren, in Pension ging. Sie rechnete nach. Noch vier Monate, dann war es soweit. Sie liebte Georg so sehr, aber ein Leben an seiner Seite hatte auch seine Schattenseiten.

Georg ist Offizier und Eva stand immer hinter ihm, all die Jahre. Und die waren nicht immer leicht. Als sie sich kennenlernten, sahen sie sich nur am Wochenende. Nach zwei Jahren ist sie ihm nachgezogen, um mit ihm gemeinsam zu leben. Doch das war nur von kurzer Dauer. Schon bald wurde er nach Norddeutschland versetzt. Wegen des halbwüchsigen Sohnes, der gerade eine Lehrstelle gefunden hatte, entschieden sie sich für eine Wochenendehe; Georg musste pendeln.

Die nächsten Jahre blieb er zwischen einem und drei Jahren an verschiedenen Standorten in ganz Deutschland. Sie entschieden sich, nicht mitzuziehen. Wegen der Kinder und den verschiedenen Schulsystemen in den einzelnen Bundesländern.

Später hatten sie Wurzeln geschlagen. Freunde ersetzten die weit entfernt lebenden Verwandten. Auch beruflich hatte sich Eva in Donauwörth etabliert. Eine Wochenendehe bedeutet aber auf Dauer viele Entbehrungen und Anstrengungen. Die meisten Fernbeziehungen überdauern keine fünf Jahre. Es grenzt an ein Wunder, dass Georg und Eva dies schon seit über dreißig Jahren bewerkstelligten.

Eva fühlte sich oft wie eine verheiratete, alleinerziehende Frau und Georg war oft müde vom Pendeln.

Er wusste nicht, was schlimmer war: Mit dem eigenen

Auto über verstopfte Autobahnen fahren oder auf Bahnhöfen stehen und auf neue Anschlusszüge warten, die er wegen der häufigen Verspätungen der Bahn nehmen musste. Wenn Eva nicht immer gewusst hätte, dass Georg der Richtige für sie ist, hätte sie am liebsten alles hingeworfen.

Und dann gab es auch noch die vielen Auslandseinsätze. Der erste wird ihr immer in Erinnerung bleiben. Sie waren erst ein Jahr vorher innerhalb von Donauwörth umgezogen, weil Clara geboren wurde.

Nun war sie bereits ein Jahr alt und ihr Bruder dreizehn. Georg ging für sechs Monate in den Kosovo. Es herrschte Krieg, aber gesagt wurde dies nicht. Man wollte die Bevölkerung nicht beunruhigen. Die folgende Zeit war rückblickend mit die Schwerste im Leben von Eva.

Allein gelassen, ohne Georg, Eltern, Geschwister oder sonstige Verwandte, versuchte sie den anstrengenden Alltag zu meistern. Die Sehnsucht nach Georg und die Sorge um ihn, versuchte sie zu verdrängen. Sie musste stark sein. Stark für die Kinder, stark für Georg.

Freunde hatte sie noch nicht, dafür lebte sie zu kurz in dieser Stadt. Also biss sie die Zähne zusammen und machte das Beste daraus.

Reden konnte sie noch nicht einmal mit Georg. Er konnte sich nur alle vier bis fünf Tage telefonisch ganz kurz melden. Es gab nur ein Telefon für die gesamte Kompanie. Die Soldaten mussten sich anstellen und warten. Waren sie an der Reihe, hatten sie maximal fünfzehn Minuten Zeit, dann war der Nächste dran. Internet gab es zu diesem Zeitpunkt noch nicht im Feldlager auf einem Berg bei *Prizren* in 1.400 Metern Höhe.

Eva war immer nervös, wenn der vierte Tag kam. Von da an verließ sie nicht mehr das Haus und telefonierte auch nicht mehr. Eingehende Gespräche würgte sie schnellstmöglich ab. Aus lauter Angst, er würde endlich anrufen und sie nicht erreichen.

Als sie krank war, sie hatte einen Magen-Darm-Infekt, kam sie nicht mehr aus dem Bad hinaus. Alessandro kümmerte sich nun liebevoll um seine kleine Schwester. Er fütterte und wickelte sie und brachte sie zu Bett. Anschließend kümmerte er sich liebevoll um seine kranke Mutter.

Im Laufe der nächsten Wochen, fing Clara dann plötzlich an zu klammern, weil sie nicht verstand, dass ihr Vater nicht mehr da war. Sie ließ ihre Mutter keine Sekunde aus den Augen und folgte ihr sogar bis auf die Toilette. Arztbesuche wurden zur Qual, weil Clara sich weigerte, bei ihrem Bruder im Wartezimmer zu bleiben. So saß sie während der teilweise stundenlangen Zahnarztbehandlungen auf Evas Schoß.

Und dann war da immer wieder die Angst um Georg. Nächtelang konnte sie vor Sorge um ihn nicht schlafen.

Die Veranstaltungen der Familienbetreuung der Bundeswehr trösteten sie auch nicht. Eva teilte das gleiche Schicksal, wie alle anderen Familien, deren Männer und Frauen auch im Einsatz waren. Viele Soldaten fielen, weil sie auf Bodenminen fuhren oder anderweitig verunglückten. Manch einer beging aufgrund der schweren Situation sogar Selbstmord.

Die Sehnsucht nach ihm wuchs ins Unermessliche, aber nach sechs Monaten war die Zeit des Wartens endlich vorbei.

Donauwörth, 15. Mai 2001

Sie war aufgeregt wie ein junges Mädchen. Schon Tage vorher war sie beim Friseur und beim Shoppen. Sie hatte extra für ihn ein paar Kilo abgenommen. Die Wohnung blitzte. Nächtelang konnte sie nicht schlafen. Sie malte sich das Wiedersehen in den schönsten Farben aus.

Auch die Kinder waren nervös. Alessandro, der sich in den letzten Monaten vom Kind zum jungen Erwachsenen entwickelt hatte und Clara, die nicht verstand, was gerade passierte.

Endlich war es so weit. Eva, Clara und Alessandro fuhren mit all den anderen aufgeregten Frauen und Kindern, manchen Eltern und Ehemännern im Bus gemeinsam zum Militärflughafen. Die Spannung stieg mit jeder Minute. Mit Gelächter wollte man die eigene Nervosität überdecken. Aber der Bus kam zu früh an und die aufgeregte Gruppe musste im Unteroffiziersheim warten. Dann die Nachricht, die Maschine würde sich verspäten. Unruhige Kinder, Frauen, die ihr Aussehen ständig im Toilettenspiegel kontrollierten.

Als endlich die Transall-Bundeswehrmaschine landete, mussten sie wieder warten, bis die Soldaten durch die Kontrolle durften. Jeder Einzelne, der dann herauskam, wurde laut begrüßt.

Als Georg kam, staunte Clara ungläubig. Sie bekam ganz große Augen. Eva, die Clara im Arm hielt und Alessandro, der daneben stand, stürmten auf Georg los. Umarmungen und Tränen, Lachen und Küsse. Als Georg Clara in den Arm nahm, legte sie ihr Köpfchen an seine Schulter, schaute wieder hoch, nahm seinen Kopf in ihre Hände und starrte ihn an, als wollte sie sagen: ‚Es gibt ihn wirklich!' Mehrmals wiederholte sich diese Szene.

Georg konnte gar nicht fassen, wie groß sein Sohn geworden war. ‚Mochte er noch in den Arm genommen werden?', überlegte er und entschied sich dafür.

Überglücklich und sehr erleichtert fuhren sie heim. Georg war müde, er wollte nichts von all den Köstlichkeiten, die Eva vorbereitet hatte, essen. Er wollte keine Nähe, er wollte einfach nur schlafen. Eva war ein wenig enttäuscht, auch wenn sie ihn verstehen konnte.

Endlich waren sie wieder als Familie vereint und freuten sich auf den bevorstehenden gemeinsamen Urlaub.

Das dachten sie zumindest. Aber nun fingen die Probleme

tatsächlich erst an. Clara hatte Angst. So starke Verlustangst, dass sie nicht mehr schlafen wollte. Sie glaubte, wenn sie die Augen schließen würde, wäre ihr Papa wieder verschwunden, wie zuvor vor sechs Monaten. Also beschloss sie, nicht mehr zu schlafen. Sie wurde müde und weinte. Jeden Abend das gleiche Spiel, sie schrie, bis sie irgendwann um ein oder zwei Uhr nachts vor totaler Erschöpfung einnickte. Tagsüber ließ sie ihren Vater keinen Moment aus den Augen. Nicht einmal auf die Toilette durfte er alleine gehen. Georg und Eva waren verzweifelt. Sie wussten nicht, was sie tun konnten. Sie trösteten Clara und beschäftigten sich den ganzen Tag mit ihr, aber es nutzte nichts. Eva hatte schon die Befürchtung, sie müssten den Urlaub ausfallen lassen.

Doch plötzlich - wie durch ein Wunder - weinte Clara nicht mehr. Das war genau ein Tag vor der geplanten Abreise in den ersehnten Urlaub.

Taormina, 29. April 2034

Eva hoffte, dass der nächste Einsatz nicht so schnell käme. Aber da hatte sie sich leider getäuscht. Es folgten weitere vier. Fünf Einsätze in sieben Jahren. Und nach einer Pause ging es weiter. Insgesamt zählte sie letztendlich elf Auslandseinsätze. Georg war somit mehrere Jahre in Einsatz- und Krisengebieten rund um den Globus. Und immer hatte sie diese Angst um Georg. Die Gefahr schien mit jedem Einsatz zu wachsen.

Er erzählte immer erst hinterher, in welchen brenzligen und gefährlichen Situationen er sich manchmal befunden hatte. Hinterher, um sie nicht zu verängstigen. Georg erzählte zum Beispiel von Afghanistan, zeigte ihr die Bilder von dem kleinen Wohncontainer, in dem er monatelang gelebt hatte. Erzählte von seiner Arbeit, vierundzwanzig Stunden, sieben Tage die Woche. Von den nahen Einschlägen der Granaten und Raketen, fast täglich.

Bilder des Schreckens kamen wieder vor Evas Augen.

Und die Erzählungen von einem befreundeten Soldaten, der nach einem Anschlag in Afghanistan mitgeholfen hatte, die Verletzten und Toten zu bergen. Er, ein lebenslustiger Kerl, hatte noch jahrelang von diesem furchtbaren Ereignis erzählt und damit innerlich zu kämpfen.

Eva seufzte. Nun hatten sie es bald geschafft. Sie wollte zu Georg. Jetzt.

‚Aber wo ist er denn nur und was ist das für ein Zimmer?‘ In ihre Gedanken hinein stürmte Stella ins Zimmer. „*Nonna, buon giorno!*", rief sie strahlend, sah aber den verwirrten Blick ihrer Oma und fragte sofort: „Geht es dir nicht gut?"

„Doch, doch. Ich bin nur noch nicht ausgeschlafen", schwindelte sie und fragte unauffällig: „Was steht heute an?" Stella bemerkte nichts und antwortete unbedarft: „Nachdem wir unsere Einkäufe gemacht haben, wollten wir doch mit der Seilbahn nach *Taormina* hochfahren."

„Ach ja, die Einkäufe", lenkte Eva ab und so langsam kamen die Erinnerungen zurück. Sie waren in Italien, sie und Stella.

Es wurde ein entspannter Tag. Stella gefiel die Fahrt mit der Seilbahn. *Taormina* faszinierte sie sehr. Eva war froh, dass die Touristen sich im Rahmen hielten. Ihr war schon bewusst, dass auch sie eine Touristin war, aber große Menschenaufläufe waren nun mal nicht ihr Ding.

So konnten sie sich auch in Ruhe die antike römische Arena, die auf die kleine griechische gebaut wurde, ansehen. Es ist die zweitgrößte auf Sizilien, nach der von *Syrakus*. Ursprünglich diente sie als Theater, nach dem Umbau fanden dort aber nur noch Gladiatoren- und Tierkämpfe statt.

Das Schönste aber ist der Blick hinaus auf den *Etna* und die Bucht von *Giardini-Naxos* durch eine etwa zehn Meter breite Öffnung der Arena.

In *Taormina* gibt es so viel zu sehen, dass Stella froh war, dass sie hier öfters herkommen würden.

Eva gefiel besonders der etwas tiefer am Hang liegende Stadtpark. Ein öffentlicher Garten, daher auch *Giardino Pubblico* genannt, den sie noch nicht kannte. Mitglieder einer kleinen englischen Gemeinde hatten hier gegen Ende des 19. Jahrhunderts einen kunstvollen englischen Park angelegt. Die Wege und Beete wurden von niedrigen Hecken aus Bougainville und Rosmarin, Evas Lieblingspflanzen, begrenzt.

Kleine Tempel, Skulpturen, einige Ziegelbauten im viktorianischen Stil und ein Kriegerdenkmal rundeten die üppige Bepflanzung ab. Eva stand einen Moment still vor der Allee aus Ölbäumen, die zu Ehren der gefallenen Soldaten gepflanzt wurde.

Und plötzlich wurde ihr die Sehnsucht nach Georg wieder bewusst. „Ach, Stella, ich vermisse ihn so sehr!" Um Stellas Lippen spielte ein kleines Lächeln.

Taormina, 1. Mai 2034

An diesem Tag war nicht nur in Deutschland der „Tag der Arbeit", sondern auch in Italien.

Stella hatte ihre Großmutter überredet, einen „Faulenzertag" in der Wohnung und am Strand einzulegen. Das überraschte Eva zwar, weil Stella doch gestern noch so euphorisch war und unbedingt so viel in *Taormina* entdecken wollte, aber sie fügte sich. „Sternchen, was ist los, du wirkst so nervös?"

„Nichts, *nonna*, mir geht es ausgezeichnet."

Eva wollte nicht weiter nachhaken, aber sie beobachtete den ganzen Vormittag misstrauisch ihre Enkelin. Irgendetwas stimmte doch nicht, war sie sich sicher.

Während Eva Stella skeptisch ansah, umarmte ihre Enkelin sie. „Heute koche ich!", rief Stella. „Ruh dich aus und lass dich überraschen!"

Sie verzog sich in die Küche, schaute ihre Oma noch einmal kurz durch den Türschlitz an und ergänzte: „Du darfst nicht hereinkommen!"

Eva nutzte die Gelegenheit und schrieb an ihren Notizen für das neue Buch weiter. Sie hatte wieder einmal so viele Ideen und wollte auf gar keinen Fall etwas davon vergessen. Sie war so vertieft in ihre Arbeit, dass sie gar nicht bemerkte, wie die Zeit verging.

Sie wollte gerade an der Küchentür anklopfen und um einen *caffè* bitten, da klingelte es an der Tür. Verwundert ging sie hin, öffnete und wusste nicht, ob sie lachen, weinen oder vor Freude hüpfen sollte. Eva sprang dem Mann, der vor ihr stand, einfach um den Hals und flüsterte: „Gott sei Dank, ich habe dich so vermisst!"

Georg küsste sie sanft und erwiderte: „Ich dich auch!"

Erst jetzt bemerkte Eva, dass noch mehr Leute vor der Tür standen. Sie konnte ihr Glück nicht fassen. Dort standen auch noch Alessandro mit seiner Frau Daniela, Stellas zehnjähriger Bruder Davide und Clara.

„Aber wo kommt ihr denn alle her?", stammelte Eva. „Das gibt es doch nicht!"

„Wir sind gekommen, um mit euch allen gemeinsam die Geburtstage von Clara und Stella zu feiern", erklärte Georg lachend.

„Aber wo schlaft ihr denn alle?", fragte sie noch immer irritiert. „Keine Sorge!", lachte Stella. „Ich habe für alles gesorgt und die Wohnung nebenan gemietet."

„Und ich habe von alledem nichts gemerkt", erwiderte Eva erstaunt, aber auch überaus erfreut. Wie ein kleines Kind hüpfte sie durch die Wohnung und rief: „Oh, wie bin ich glücklich!"

Liparische Inseln, 4. Mai 2034

Die letzten Tage sind wieder mal viel zu schnell

vergangen. Kleinere Ausflüge in die Umgebung und viel gutes Essen mit lustigen Gesprächen hatten das Zeitgefühl außer Kraft gesetzt. Wenn alle sieben fröhlich lachend und schwatzend in einem Restaurant saßen, dann kam es Eva vor, als wären sie auch eine italienische Familie.

Für den heutigen Tag hatten sie einen Ausflug zu den Liparischen Inseln geplant. Das war der Wunsch von Clara, die heute ihren 35. Geburtstag feierte.

Eva und Georg starrten glücklich ihre Tochter an, sie konnten gar nicht glauben, dass ihre Kleine schon so alt wurde. „Schade, dass die Zeit so rast! Ich weiß noch ganz genau, wie ich unsere Kleine nach der Geburt das erste Mal im Arm halten durfte. Du warst nach dem Notkaiserschnitt noch nicht wach und unser Mauserl lag nur kurz in einer Folie gewickelt in meiner Umarmung. Dann musste sie für ein paar Stunden in den Brutkasten." Georg seufzte leise.

„Und nun steht eine gestandene, erwachsene Frau vor uns. Ich bin so stolz auf sie", erzählte Georg.

„Das kannst du auch sein!"

„Ich finde überhaupt, dass wir viel Glück mit unseren zwei Kindern hatten."

„Da gebe ich dir vollkommen recht!", erwiderte Eva mit Stolz in der Stimme.

Gemeinsam bereiteten sie ihrer Tochter einen liebevoll geschmückten Geburtstagstisch vor.

Georg stand noch in der Küche und briet den *bacon* in der Pfanne. Er hatte extra für seine Clara *bacon* und *beans* mitgebracht, wusste er doch von ihrer Leidenschaft für ein englisches Frühstück. Seit Clara ein halbes Jahr in London verbracht hatte, gab es bei ihrer Liebe zur deutsch-italienischen Küche auch englische Einflüsse.

Nachdem sie gemeinsam und ausgiebig Claras Geburtstag gefeiert hatten, fuhren sie mit zwei Autos bis *Milazzo*, von wo sie die Fähre auf die Inseln nehmen wollten.

Eva war so glücklich über die letzten Tage. Ihr Georg war bei ihr und ihre Kinder, was wollte sie mehr?

Sie seufzte und Georg fragte: „Geht es dir nicht gut?" „Doch, doch, zu gut. So gut, dass es mir schon davor graut, wenn du wieder heimfährst."

„Nun mach mal halb lang, mein Schatz. Noch bin ich ja da. Genieß die Zeit! Und dann beende deine Reise, auf die du dich doch so gefreut hast. Ich glaube auch, dass du Stella eine große Freude gemacht hast. Sie strahlt von innen heraus und ich finde auch, dass sie einen Entwicklungsschub gemacht hat." Georg machte eine kleine Pause. „Vielleicht kann ich es ja auch noch mal einrichten und komm noch mal für eine Woche zu dir."

„Oh ja, das wäre toll!", rief Eva begeistert.

„Ich kann dir aber nichts versprechen, so kurz vor meiner Pensionierung habe ich noch allerhand zu tun." Eva schwieg und schmiegte sich an ihren Mann. Er hatte ja recht, so lange hatte sie auf diese Reise gewartet und nun wollte sie diese auch genießen. Mit Georg hatte sie ja noch den Rest ihres gemeinsamen Lebens.

Die Liparischen Inseln bestehen aus sieben bewohnten und zwei nicht bewohnten Inseln. *Lipari* ist die größte und lockt viele Touristen an. Die Inseln sind vulkanischen Ursprungs und gehören zu einer Vulkankette, die sich vom *Vesuvio* bis zum *Etna* erstreckt. *Stromboli* ist der einzige ständig tätige Vulkan Europas. Auf *Vulcano* hingegen riecht es stets nach Schwefel. Große Naturreservate wurden angelegt. Ginster, Wermut, Kapernsträucher, dazu verschiedene Küchenkräuter und etwa 70 verschiedene Heilpflanzen wachsen auf den Inseln.

Im Vergleich zu Sizilien und zu anderen süditalienischen Regionen hat sich auf den Liparischen Inseln schon bald das Bewusstsein für eine intakte Umwelt entwickelt. Zu Beginn der siebziger Jahre wurde das *Comitato Ecologico*, das

Komitee für Umweltschutz, eingerichtet, um das ökologische Gleichgewicht der Inseln zu bewahren. Auf Mülltrennung und korrekte Müllentsorgung, aber auch auf sparsamen Wasserverbrauch wird besonders geachtet.

Die kleine Gruppe fuhr mit der Fähre erst mal auf die Insel *Lipari*. Nach dem Stadtbummel aßen sie in einem Fischlokal am Strand. Daniela, Alessandros Frau, rief begeistert: „So guten Fisch habe ich schon lange nicht mehr gegessen." Und Alessandro ergänzte: „Dabei kocht meine Frau sehr gut und gerade Fisch bereitet sie hervorragend zu."

„Aber es liegt ja auch an den Zutaten, wie dann letztendlich das Endergebnis ausfällt. Und natürlich am frischen Fisch, das schmeckt man einfach", erwiderte Daniela und lächelte ihren Mann an. „Aber danke für das Kompliment."

„Ich sage nichts als die Wahrheit", grinste Alessandro.

Nach dem obligatorischen *caffè* ging es mit einer Fähre weiter zur Insel *Vulcano*. Eva erzählte, wie sie damals mit Marco hier war. Sie schliefen im Schlafsack am Strand und wuschen sich morgens im Meer.

„Hat von euch schon mal einer ausprobiert, wie man seine Haare im Meer wäscht? Das funktioniert nicht wirklich", lachte sie. „Wir sind dann immer nach dem Frühstück in die Bar auf die Toilette gegangen und haben uns dort die Zähne geputzt. Wegen der Wasserknappheit gab es aber nur zu bestimmten Uhrzeiten Wasser."

Stella dachte daran, dass das heute anders funktioniert. Aber ihre Oma war ja auch vor fünfzig Jahren hier. Wegen des Wassermangels in den letzten Jahrzehnten, vor allem in südlichen Ländern und den Kontinenten wie Afrika und Asien, wurde mit Hochdruck an neuen Verfahren zur Wasseraufbereitung gearbeitet.

Vor zehn Jahren gab es dann den ersehnten Durchbruch. Dank einer neuen Entwicklung konnte das verunreinigte

Wasser mit relativ einfachen Mitteln wieder aufbereitet werden und hatte Trinkwasserqualität.

„Oh dieser Schwefelgeruch", jammerte Clara, „Ich bin dafür, dass wir langsam wieder zurückfahren. Wir haben noch ein großes Stück Heimfahrt vor uns."

„Ich bin auch dafür. Wie halten das die Menschen hier nur aus?", fragte Stella.

„So schlimm ist es nun auch wieder nicht", antwortete Davide. „Ist mal wieder typisch für euch Frauen!"

Taormina, 5. Mai 2034

„Stellas Geburtstag!" Schlagartig war Eva wach. „Georg, schnell, wir müssen aufstehen, heute hat unsere Stella Geburtstag!"

„Mach mal langsam, wir sind doch alle Langschläfer. Stella schläft bestimmt auch noch!"

Aber Eva war nicht länger im Bett zu halten. Sie schälte sich aus der liebevollen Umarmung ihres Mannes, die sie zu einem anderen Zeitpunkt voll ausgenutzt hätte und huschte ins Badezimmer.

Dann eilte sie in die Küche und bereitete das Frühstück vor. Gestern hatte sie schon eine italienische Torte bestellt. Für ihren Geschmack waren diese viel zu süß. Sie bevorzugte die *pasticcini*, *crostini* oder gefüllten *cornetti*. Aber zur Feier des Tages musste unbedingt so eine Torte her. Auf dieser war ein Foto von Stella und an den Rand hatte Eva zwanzig Kerzen gesteckt. Sie hatte es sich jedoch nicht nehmen lassen und noch einen Ricottakuchen dazu gekauft.

Am Vortag hatte Eva sich dann noch die Mühe gemacht und verschiedene *antipasti* vorbereitet. Zum Frühstück sollte es nicht nur den üblichen Süßkram, sondern auch viele herzhafte Köstlichkeiten geben. Lachs und Shrimps, aber auch *ham, eggs and beans* wurden vorbereitet und so duftete es im ganzen Haus verlockend.

Mittlerweile deckte Georg den Tisch, stellte die Geschenke auf dem kleinen Tisch neben dem Sofa und kümmerte sich um den Fotoapparat.

Eva hörte Geräusche im Bad: „Aha, sie ist aufgestanden."

„Und wie ich Stella kenne, dauert es noch eine Weile", rief Georg lachend. „Gut für uns. Wann kommen denn die Anderen?"

Eva blickte auf die Uhr. „In zehn Minuten, etwa. Wenn alle pünktlich sind!"

„Perfekt!"

Während Eva noch in der Küche beschäftigt war, schweiften ihre Gedanken ab.

Donauwörth, 5. Mai 2014

„Es ist ein Mädchen!" Stolz klang in der Stimme von Alessandro.

Eva konnte es nicht fassen. Sie war Oma geworden. Fühlte sich gut an. Obwohl sie sich noch gar nicht als alt empfand. Aber das musste man ja auch nicht. „Wie geht es Daniela?", fragte sie. „Und wie geht es dem Kind?"

„Beiden gut. Stella ist ein großes Mädchen, 52 cm und 3.250 Gramm schwer. Und sie hat meine dunkle Haut und einen blonden Haarschopf. Sie ist das schönste Baby der Welt!" Natürlich! Eva lächelte.

„Wann dürfen wir sie sehen?", erkundigte sie sich.

„Wenn ihr wollt, gleich morgen", erwiderte Alessandro.

Gleich am nächsten Tag fuhren Georg und Eva ins Krankenhaus, in dem schon Clara geboren wurde. Daniela lag wunderschön und glücklich in ihrem Bett und hielt ein kleines Etwas in ihren Armen.

Nach der Begrüßung fragte Daniela ihre Schwiegermutter, ob sie die Kleine einmal halten möchte. Und ob sie wollte. Als Eva Stella das erste Mal in die Arme nahm, geschah es: Sie spürte die Verbindung zwischen ihnen beiden so stark, dass sie vor Glück weinen musste.

Taormina, 5. Mai 2034

Es klingelte an der Tür und riss Eva aus ihren Gedanken. „*Buon giorno!*", riefen die Gäste froh gelaunt.

„*Tanti auguri a te, tanti auguri a te, tanti auguri cara Stella!*" und dann „Zum Geburtstag viel Glück!", erklang es aus den vielen Mündern. Stella lachte und sang fröhlich mit, bevor sie die Kerzen ausblies und die vielen Geschenke auspackte.

Während des Frühstücks erzählten alle Beteiligten kleine Episoden aus Stellas Kindheit. Ihre Mutter Daniela rief mit lauter Stimme: „Ich weiß noch eine witzige Geschichte. Also hört zu: Alessandro war beruflich für zwei Wochen weg und ich wollte mir schicke Unterwäsche kaufen und ihn damit überraschen." Alle lachten hintergründig. Daniela ließ sich nicht irritieren. „Während ich immer mit einem Auge auf Stella achtete, suchte ich mir etwas Apartes heraus. Als ich wenige Augenblicke später wieder zu ihr blickte, war sie verschwunden. In diesem Moment dachte ich, dass ich in Ohnmacht fallen würde. Ich suchte den ganzen Laden nach ihr ab und rannte auch zu den Umkleidekabinen. Nichts! Ich wurde immer nervöser, fragte jede Verkäuferin und Kundin. Immer noch nichts. Langsam geriet ich in Panik. Stella war ja erst zwei Jahre alt. Daraufhin ging ich noch mal zu den Umkleidekabinen. Vorher hatte ich ja einfach nur unter den Türen hineingeschaut. Nun öffnete ich jede einzelne Tür und was soll ich euch sagen: Da saß sie mit angezogenen Beinen auf dem Stuhl, so dass man sie von außen nicht sehen konnte und hielt sich kichernd den Mund zu!"

Alle lachten schallend. „Ihr lacht jetzt, aber für mich war das damals schrecklich."

„Ja, mit den lieben Kleinen hat man so seine Sorgen!", rief Georg.

„Mit den Großen auch!", ergänzte Alessandro und grinste Stella an.

„Hey, mit mir habt ihr nie wirklich Sorgen gehabt."

In dieses Gelächter hinein unterbrach Clara mit den Worten: „Ich muss euch jetzt mal was sagen!" Plötzliche Stille. „Ähm. Wie sag ich es denn jetzt?"

„Du bist schwanger, nicht wahr?", rief Eva.

„Aber woher weißt du das?", erstaunt starrte Clara ihre Mutter an.

„Nenn' es Vorahnung. Oder einfach nur eine gute Beobachtungsgabe!" und nach einer kurzen Pause: „Du hast die ganze Zeit keinen Alkohol getrunken. Am Morgen sahst du müde aus und nach dem Frühstück bist du im Bad verschwunden. Abends bist du fast am Tisch eingeschlafen und du isst kein rohes Fleisch. Außerdem hast du plötzlich ständig nach Erdbeeren und Schokolade gefragt", beendete Eva ihre kleine Rede.

Clara erwiderte: „Ja, stimmt, ich bin Ende des dritten Monats und mir ist oft übel!"

Georg, der die ganze Zeit sprachlos auf dem Stuhl saß, stand auf, ging zu seiner Tochter und nahm sie wortlos in den Arm. Tränen liefen ihm über die Wangen, dann flüsterte er: „Ich freu mich so!" Eva trat dazu und umarmte wortlos beide. Und dann ging die Fragerei los und was denn Tommi - der Ehemann von Clara - dazu sage und wann das Kind denn käme und wie es dann weitergehen solle? „Tommi ist überglücklich!", erklärte Clara. Sie und Tommi waren erst seit einem Jahr verheiratet.

„Und übrigens, es werden zwei!" Mit dieser Neuigkeit hatte sie bis zum Schluss gewartet und wie zu erwarten, schlug diese Nachricht wie eine Bombe ein.

Stella drückte ihre Tante und sagte: „Das ist das schönste Geburtstagsgeschenk für mich."

Später raunte Eva ihr zu: „Das habe ich mir immer

gedacht, dass du mal Zwillinge bekommst, vielleicht sogar eineiige, wie deine Oma und ihre Schwester."

„Ja, eineiige wären lustig. Sie sollen am 24. November zur Welt kommen."

„Und wie geht es mit deinem Reiterhof weiter?"

„Mach dir da mal keine Sorgen. Tommi und ich haben schon für Hilfe gesorgt. Wir stellen Personal ein. Schade, dass er im Augenblick in den USA ist. Er wäre so gerne hier bei uns."

„Das kann ich gut verstehen", stimmte Eva zu.

Später am Tag fuhren sie dann noch mit einem Boot aufs Meer hinaus. Nur Clara wollte nicht mit und wartete in einer Bar am Strand. Den Abend verbrachten sie in einem eleganten Restaurant in *Taormina*.

Eva und Georg lagen noch lange wach und Eva flüsterte: „Unsere Kleine wird Mama. Hättest du das gedacht?"

Georg antwortete: „Sie wird eine tolle Mutter, genauso wie ihre Mutter es ist." Eva strahlte ihn an und küsste ihn leidenschaftlich.

Palermo, 9. Mai 2034

Die acht Tage waren um und die Überraschungsgäste mussten die Heimreise antreten. Die Maschine flog abends von *Palermo* aus. Sie beschlossen noch, gemeinsam den Tag in der Altstadt zu verbringen.

Palermo wurde von den Phöniziern gegründet und erlebte seine Blütezeit vor allem während der Vorherrschaft der Araber sowie der Normannen und der Staufer. Im Rest von Sizilien herrschten oft die Griechen, jedoch nicht in *Palermo*.

„Diese Stadt an einem Tag zu besichtigen, ist unmöglich", sagte Eva traurig. Georg versuchte, sie zu trösten: „Aber einen Eindruck von der Schönheit dieser Stadt werden wir schon bekommen."

Eva, die nur einmal vor über fünfzig Jahren einen

Tagesausflug mit Marco hierher gemacht hatte, war aufs Neue begeistert. Die vielen Palmen in den Parkanlagen und die beeindruckenden *Palazzi* hatten es ihr besonders angetan.

Dann erzählte Eva, wie sie sich damals mit Marco in dieser beeindruckenden Stadt aufgehalten hatte: „Hier vorne konnte mich Marco in letzter Minute von der Straße in einen Hauseingang ziehen. Ich war so fasziniert von Palermos Altstadt und hatte dadurch tatsächlich einen Feuerwechsel zwischen einem Wagen der Mafia und eines Polizeiautos nicht gleich bemerkt. Als ich es endlich wahrgenommen hatte, blieb ich wie angewurzelt stehen. Nur die schnelle Reaktion von Marco verhinderte eine eventuelle Schussverletzung." Eva stockte für einen Moment. Die Geschichte ging ihr auch nach Jahren noch nahe.

„Noch ganz benommen von der filmreifen Situation torkelte ich hinter Marco her. Als wir um ein paar Ecken gelaufen waren, erschütterte mich der Anblick der nächsten Szene. Unglaublich: Auf einer *piazza* lagen mehrere erschossene Personen und über diese waren weinende Frauen gebeugt. In diesem Moment glaubte ich noch, dass gerade ein Film über die Mafia gedreht wurde und suchte allerdings vergeblich die Kameraleute. Aber leider war das die brutale Realität. So schnell wir konnten, verließen wir diesen schrecklichen Ort."

Davide starrte seine Oma erstaunt an: „Das hast du dir gerade ausgedacht, nicht wahr?", fragte er.

„Das sagt Georg auch immer, wenn ich ihm diese Geschichten erzähle. Aber ich kann ja nichts dafür, dass ich immer so merkwürdige Dinge erlebe", erwiderte Eva leicht schmollend.

„Schon gut, wir glauben dir ja!" Clara zog ihre Mutter weiter: „Ich lade euch auf 'nen *caffè* ein, was meint ihr?" Das ließen sich Eva und die anderen nicht zweimal sagen.

In der Nähe des *Teatro Massimo* befand sich der bekannte

Verlag Feltrinelli, der mittlerweile zusätzlich eine Buchhandlung betrieb. Das hatte Eva zufällig vor ein paar Tagen in einer italienischen Zeitschrift gelesen.

Ein Muss für die literaturbegeisterten Frauen. Und ein idealer Punkt, um sich zwischendurch von dem Menschengewusel auszuruhen, denn dort gab es eine kleine Bar.

Danach sahen sie sich noch den Palast der Normannen an. Dem Papst gefiel es nicht, dass die Araber Sizilien besiedelten. Er war der Meinung, dass ihm diese Insel gehöre und so schickte er die Normannen hin, um sie zu erobern. Der Normannenkönig baute den Arabischen Palast um und von diesem Zeitpunkt an wurden der Nutzungszweck und Baustil ständig geändert.

Der Abend rückte näher und es wurde Zeit, sich zu verabschieden.

Der Abschied fiel schwer, dennoch musste Eva zugeben, dass nun wieder die Vorfreude auf die kommenden, gemeinsamen Tage mit Stella überwog.

Teggiano, 11. Mai 2034

Gestern hatten sie Besuch von Bettina. Sie lebte nun schon fast zwei Jahrzehnte in *Siracusa*. Eva hatte sie damals am Gardasee kennengelernt. Sie arbeitete in dem Hotel in *Garda*, in dem sie mit ihrer Mutter und ihren Schwestern 2013 verweilte.

Zum achtzigsten Geburtstag hatten die drei Mädels ihrer Mutter ein verlängertes Wochenende am Gardasee geschenkt. Für die Mutter, die glaubte, nie wieder in ihr geliebtes Italien zu reisen, war ein kleiner Traum wahr geworden. Die vier Frauen erlebten fröhliche Tage und freundeten sich mit Bettina an. Die Deutsche war ihnen auf Anhieb sympathisch.

Ein Jahr später traf Eva Bettina wieder, als sie zusammen mit Georg und Clara einen Zwischenaufenthalt in *Garda* auf ihrer Reise in die Toskana einlegten.

Von da an hatten sie bis zum heutigen Tag immer Kontakt gehalten. Gesehen hatten sie sich aber nur selten. Vor allem, als es Bettina nach *Sicilia* verschlagen hatte.

Um so größer war nun die Freude des Wiedersehens. Sie verbrachten einen schönen Tag am Meer und hatten sich viel zu erzählen. Stella zog sich dezent zurück und ließ die beiden Frauen alleine. Sie wollte nicht stören.

„Du hast eine tolle Enkelin", begann Bettina. „Weißt du, ich habe dich immer um deine tolle Familie beneidet."

Eva nickte. „Ich weiß."

„Schade, dass es bei mir nicht auch geklappt hatte. Meine Beziehungen zerbrachen immer schneller als Porzellan. Bei der Wahl meiner Männer habe ich irgendwie immer ins Klo gegriffen", sagte sie lachend.

„Ich musste auch viel Lehrgeld bezahlen. Bis ich dann mit 35 Jahren Georg begegnet war, hatte ich auch immer nur schwierige Liebesbeziehungen geführt."

„Stimmt, und ich will auch nicht meckern. Mein Leben war trotz alledem aufregend und schön. Ich habe tolle Menschen kennengelernt und viel von der Welt gesehen. Großes Leid ist mir erspart geblieben. Wenn ich da an meine Freundin Giuseppina denke. Die Arme! Sie hatte auch viele unglückliche Lieben, bevor sie dann endlich den Mann ihres Lebens kennenlernte. Und dann nahm ihr das Schicksal diesen tollen Mann sofort wieder weg."

„Ist das nicht die, mit der du schon seit zwanzig Jahren befreundet bist? Wie lange ist das Ganze jetzt schon wieder her?"

„Es werden jetzt 19 Jahre." ‚Neunzehn Jahre!', dachte Eva. ‚Über solche schrecklichen Geschichten liest man sonst immer nur in den Zeitungen und hofft, dass man sie selber nie erleben wird.'

Giuseppina, eine quirlige Sizilianerin, hatte über Bettina den ruhigen Alexander aus Deutschland kennen und lieben gelernt. Sie waren glücklich miteinander und wollten heiraten. Gemeinsam erwarteten sie ihr erstes Kind. Auf dem Weg zu Alexanders Eltern nach Deutschland passierte es dann: Ein Geisterfahrer, ein junger Mann, der sich das Leben nehmen wollte, fuhr den beiden frontal ins Auto. Alexander starb noch an der Unfallstelle, Giuseppina wurde schwer verletzt ins Krankenhaus eingeliefert. Sie überlebte, das Kind in ihrem Bauch hatte allerdings keine Chance. Giuseppina, diese so fröhliche, lebensbejahende Frau zerbrach fast an diesem Schicksalsschlag.

Erst als sie über das Elend der Flüchtlingskinder aus Afrika erfuhr, die täglich mit total überfüllten Booten auf Sizilien und *Lampedusa* ankamen, bekam ihr Leben wieder einen Sinn. Gemeinsam mit Bettina, die auch in Flüchtlingsarbeit Trost fand, engagieren sich die beiden Frauen nun schon seit fast zwanzig Jahren. Besonders kümmern sie sich um die vollkommen erschöpften Waisenkinder, die ohne Familien nach einer dieser unmenschlichen Überfahrten an der italienischen Küste ankommen.

Von dem wusste Stella auch, aber sie merkte sofort, das die beiden Frauen ein wenig alleine sein wollten. Stella bewunderte Bettina sehr, sie hatte sie vor ein paar Jahren einmal in der Wohnung der Großeltern getroffen.

Erst am Abend gingen die drei zusammen zum Abendessen. Der Abschied fiel den beiden Frauen sichtlich schwer. Aber Claudia versprach, Eva bald in Donauwörth zu besuchen.

Es wurde Zeit, die Koffer zu packen und weiterzufahren. Bis *Teggiano*, dem nächsten Ziel in *Campania*, waren es vierhundert Kilometer und sie würden den ganzen Tag für die Fahrt benötigen.

In *Teggiano* lebte Evas Freundin Graziella. Sie hatten sich durch die Kinder kennengelernt. Claras Lehrerin aus der ersten Klasse hatte zum Elternabend eingeladen und Eva saß neben Graziella. Diese Freundschaft hielt bis zum heutigen Tag. Das Gute bei dieser Beziehung war, dass sich auch die Männer und die Kinder gut verstanden.

Die Eltern von Graziella hatten eine italienische Pizzeria in Donauwörth. Später bauten ihr Mann Enrico und sie ein Hotel auf der Wörnitzinsel. Vor zwei Jahren sind sie nach *Teggiano* zurückgekehrt und die Kinder hatten das Hotel übernommen.

Eva freute sich schon sehr auf das Wiedersehen mit ihrer Freundin. Seit Graziella in ihrer alten Heimat lebte, hatten sie sich nicht mehr gesehen.

Die Fahrt nach *Campania* dauerte sehr lange und die beiden Frauen hatten sich entschlossen, viele Pausen einzulegen. Auf der Fähre war es diesmal sehr windig und sie bevorzugten es, in den unteren Räumen zu bleiben. Kaum waren sie an Land, regnete es. ‚Sizilien weint', dachte Eva wehmütig. ‚Es wird das letzte Mal sein, dass ich in Süditalien bin.'

Auf der Reise sprachen die beiden Frauen wenig miteinander. Jede hing ihren Gedanken nach. Eva wurde langsam bewusst, dass sie von den Menschen und von den Orten ihrer Vergangenheit Abschied nahm. Und es fiel ihr schwerer als sie dachte. Darüber hatte sie sich vorher gar keine Gedanken gemacht. Sie wollte alles noch mal sehen und nun erst wurde ihr klar, dass es kein Zurück mehr gab, dass es ein Lebewohl für immer war.

Stella dachte schon wieder an den jungen Mann aus *Cremona*. Warum nur ging er ihr nicht mehr aus dem Sinn? Sie war doch sonst nicht so übertrieben anhänglich.

‚Ich kenne ihn doch kaum!', dachte sie. Aber sie konnte nichts dagegen tun. Sie würde ihn gerne wiedersehen. Und wusste doch, es würde nie geschehen.

„Zeit für eine Pause", sagte Stella in die Stille hinein.

„Gute Idee. Ich bin hungrig." Sie fuhren von der Autobahn

ab und fanden eine kleine Pizzeria, die noch geöffnet hatte.

„So, die Hälfte haben wir geschafft. Noch mal hundert Kilometer, dann machen wir noch mal eine Rast und dann sind wir da." Stella steckte ihr Tablet in die Tasche, als das Smartphone von Eva klingelte. Graziella war am Telefon. Sie konnte es kaum erwarten und fragte nach, wo sie mittlerweile wären. „Wir sind bei *Coscenza*. Machen gerade eine Pause. Wenn alles gut geht sind wir gegen 18 Uhr bei dir, *cara mia!*"

„*Perfetto*, ich freue mich!"

„Wir auch!"

Die letzten zwei Etappen gingen schneller vorbei als gedacht und schon standen sie vor dem Haus von Graziella und Enrico. Eva hätte es fast nicht mehr erkannt. Die beiden mussten alles neu renoviert haben.

Teggiano, 10. August 2020

Graziella hatte sie überredet, mit ihr nach *Teggiano* zu fliegen. Eine Freundin von Graziella heiratete und keiner von ihrer Familie hatte Lust oder Zeit mitzukommen. Da Eva nichts Besonderes geplant hatte und Georg wieder im Auslandseinsatz war, willigte sie ein.

Sie freute sich. Schon immer hatte Graziella sie zu überreden versucht, in ihre Heimatstadt zu fahren. Aber Eva antwortete stets: „Wenn ich das erste Mal dorthin fahre, dann nur, wenn du oder deine Familie auch dort sind."

Und so vergingen die Jahre und Eva kannte ganz Italien mit Ausnahme von *Campania*.

Am Flughafen von Neapel wurden sie von Graziellas Schwager Pietro abgeholt. Nach etwa einer Stunde Fahrt fuhren sie die Serpentinen nach *Teggiano* hinauf und Eva war begeistert von dem kleinen Ort.

„Hab ich dir doch immer gesagt, dass es hier schön ist!", kommentierte Graziella Evas Entzückung.

Angekommen, gab es erst mal ein großes ‚Hallo'. Simona,

die Schwester von Graziella, erwartete sie schon und führte sie gleich in ihr Esszimmer zu den anderen wartenden Familien-angehörigen. Die drei Kinder von Simona und Pietro waren im Teenageralter. Eva, die ziemlich hungrig war, freute sich schon auf das Essen, sie wusste, dass Simona gut kochen konnte. Und sie wurde nicht enttäuscht.

Anschließend besuchten sie noch die Freunde von Graziella. Irgendwann hatte Eva aufgehört, sich die Namen zu merken. Sie wurde von so vielen Menschen begrüßt, geküsst und ausgefragt, dass sie am Ende ganz verwirrt war. Und überall gab es etwas zu naschen. Am Ende wollte Eva nur noch ins Bett.

Auf der Hochzeit von Elena und Francesco, die am nächsten Tag stattfand, stand Eva oft im Mittelpunkt. Auch wenn viele Deutsche mittlerweile Italienisch sprachen, so fließend wie Eva dann doch nicht. Außerdem waren viele Bewohner von *Teggiano* selbst einmal wegen der Arbeit in Deutschland gewesen und wollten sich mit ihr darüber unterhalten. So verging der Tag schneller als gedacht und Eva stellte fest, dass sich auch nach vierzig Jahren nichts an der italienischen Hochzeitstradition verändert hatte. „Wenn das so weitergeht, dann nehme ich fünf Kilo zu", dachte Eva.

Und dann gab es noch das von Graziella angekündigte Highlight von *Teggiano*: Das jährliche Mittelalterfest *„Alla tavola della Principessa Constanza"*, das Fest zu Ehren der Prinzessin Constanza, der Tochter von *Federico da Montefeltro*, dem Herzog von *Urbino*.

Die Straßen waren wieder einmal festlich geschmückt und die Marktstände standen an den Straßenrändern, reich beladen mit handwerklichen Arbeiten und kulinarischen Köstlichkeiten. Durch die Straßen liefen Fahnenträger, Gaukler und Trommler und auf den Bühnen wurden viele verschiedene Shows dargeboten.

Drei Tage dauerte dieses außergewöhnliche Fest und Eva

genoss die besonders fröhliche Stimmung gemeinsam mit ihrer Freundin. So viel Zeit hatten die beiden noch nie miteinander verbringen können.

Als der Moment der Abreise kam, war sie traurig, sie hätte es noch ein wenig länger an diesem Ort ausgehalten.

Teggiano, 11. Mai 2034
Enrico öffnete die Tür und schloss Eva mit enormer Kraft in seine Arme. Er hatte sich überhaupt nicht verändert. Eva und er hatten sich im vorherigen Jahr das letzte Mal gesehen.

Auch Graziella sah genauso aus wie früher. Im Gegenteil, sie war sogar aufgeblüht und die gebräunte Haut ließ sie jünger aussehen. Es schien ihr gut zu tun, die Last für die Verantwortung des Hotels an die nächste Generation abgegeben zu haben. Im Wohnzimmer standen schon Simona und Pietro, mit der Tochter Laura. Nach der stürmischen Begrüßung und dem umfangreichen Abendessen, ging es erst mal in den Ort.

Sehen und gesehen werden. Einige alte Bekannte konnten sich sogar noch an Eva erinnern. Und ehe sich Stella und Eva versahen, waren sie schon für den nächsten Abend bei Graziellas Freunden eingeladen.

„Was habt ihr denn für die nächsten Tage geplant?", wollte Graziella wissen.

„*Pompeji* ist Pflichtprogramm. Und außerdem möchten wir an die Amalfiküste."

„Wenn ihr an die Amalfiküste wollt, könnten wir ja vielleicht alle bei meiner Cousine Beatrice schlafen. Kannst du dich noch an sie erinnern? Sie hat mittlerweile das Hotel am Meer von meiner Tante übernommen. Jetzt in der Vorsaison hat sie bestimmt noch freie Zimmer. Sicher würde sie sich freuen, dich wiederzusehen."

„Das wäre toll, dann könnten wir zwei oder drei gemeinsame Tage an der Küste verbringen", rief Eva begeistert.

„Ich rufe sie gleich nachher an und frage mal nach." Mit diesen Worten umarmte sie Eva und gab ihr einen Kuss auf die Wange. „Ich bin so froh, dass du da bist."

„Ich auch!" Eva strahlte sie an und dann gingen sie Arm in Arm in den Garten hinaus.

Teggiano, 13. Mai 2034

Sie waren spät ins Bett gekommen. Dabei hatte der gestrige Tag so gemütlich begonnen. Zuerst hat Graziella mit stolzer Brust einen Rundgang durch *Teggiano* organisiert und war sichtlich glücklich über Stellas Begeisterung. Am Abend waren sie dann bei der Einladung zum Abendessen von Graziellas und Enricos Freunden. Eva hatte gar nicht gemerkt, wie schnell die Zeit verging.

Heute Morgen war sie dann sehr müde und froh, dass sie noch einen Tag in *Teggiano* hatten, bevor sie weiter ans Meer fuhren. Graziellas Cousine hatte tatsächlich noch Zimmer frei und so war die Abreise für den nächsten Tag geplant. Eva freute sich, weil Graziella und Enrico mitkommen wollten.

Graziella und Eva redeten den ganzen Tag über alte Zeiten, Stella hörte interessiert zu. „Weißt du noch, als wir in dem Lokal deiner Eltern Stefan, Adriana und Mara kennengelernt haben?", fragte Eva.

„Ja klar weiß ich das noch."

„Wir kannten sie schon aus dem Musikladen von Stefan, weil wir unser Schlagzeug dort gekauft hatten. Aber bei euch haben wir sie dann zufällig getroffen und einen lustigen Abend verbracht. Von diesem Augenblick an waren wir Freunde", erzählte Eva.

„Ja, ich erinnere mich. Hat nicht Georg früher Schlagzeug gespielt?"

„Ja, aber nicht nur er. Zuerst hat Alessandro Unterricht genommen. Wegen ihm hatten wir ja auch das Schlagzeug gekauft. Dann fing Georg mit dem Unterricht an, sein Jugendtraum. Als er dann aber wieder einmal in einen Auslandseinsatz der Bundeswehr ging, hatte ich seine Unterrichtsstunden übernommen."

„Du hast Schlagzeug gespielt?", unterbrach Stella ihre Oma erstaunt. „Das wusste ich gar nicht!"

„Nur etwa zwei Jahre lang. Es hatte viel Spaß gemacht und ich war ja schon fast fünfzig Jahre alt. Leider habe ich aber den Fehler gemacht und habe keinen Unterricht mehr genommen. Das war über kurz oder lang das Ende meiner Karriere als Drummerin."

Graziella sinnierte: „Am Anfang trafen wir sechs uns noch viel und hatten unseren Spaß, während unsere zwei Jungs, Clara und Mara zusammen spielten."

„Dann habt ihr euch beruflich verändert und auch Stefan und Adriana mussten ihre Geschäftsidee verändern und wir konnten uns leider nicht mehr so häufig treffen", sagte Eva.

„Trotzdem hat unsere Freundschaft gehalten", ergänzte Graziella. „Ich bin froh, dass es mit euren Plänen mit dem Hotel geklappt hat. Und auch die Idee mit dem Live Musikclub, dem coolen ‚STARCLUB' von Stefan und Adriana", grinste Eva. „Wir hatten dadurch nur Vorteile. Erst eure leckeren *antipasti* und *stuzzichini*. Danach groovige Livemusik! So waren unsere Wochenenden nie langweilig."

Stella kannte die Freunde von ihrer Oma gut und war auch schon mit dabei, wenn es wieder musikalische Events bei Stefan und Adriana gab. Als vor etwa zwanzig Jahren immer mehr Leute ihre Waren nur noch im Internet kauften, gingen viele Einzelhandelsgeschäfte pleite. Sie konnten nicht mit den Preisen und den schnelleren Lieferzeiten mithalten.

Stefan und Adriana, zwei sehr kreative Köpfe, hatten dann den Einfall mit dem außergewöhnlichen Musikclub mit Livemusik. Sie brauchten einen sehr langen Atem. Aber dann hatten sie es geschafft. Dank der guten Kontakte von Stefan zur Musikwelt und der ideenreichen und kreativen Ader von Adriana, sie ist eigentlich gelernte Dekorateurin, hatten die beiden den beliebtesten Club weit und breit aufgebaut. Das Tolle an dieser Location war, dort trafen sich junge Leute gemeinsam mit der älteren Generation und hatten viel Spaß an guter Livemusik jeder Art.

Eva grinste: „Aber das Beste ist nach wie vor die Damentoilette."

„Damentoilette?" Stella blickte irritiert auf.

„Ja! Adriana hatte gemeinsam mit ihrer Freundin Sandra, einer gelernten Restauratorin, eine ungewöhnliche Toilette kreiert. In dem alten Kellergemäuer hatten sie eine Art Kapelle gebaut, mit Bank und Kerzen. Richtig urig. Das stand im krassen Gegensatz zu den grellen Farben vom Rest der Toilette und dem ausgefallenen Deko an den Wänden. Die Frauen sagten ab diesem Zeitpunkt nicht mehr, dass sie auf die Toilette gingen, sondern das sie zum Beten oder zum Beichten gingen!"

Graziella und Eva lachten schallend.

„Ein Highlight im ‚STARCLUB' war eine der ersten Lesungen zusammen mit Stefanie und Matteo", erzählte Eva weiter. „Stefanie und ich hatten die Idee zu einer Lesetour mit unseren ersten Büchern."

Donauwörth, 15. November 2014

„Was hältst du davon, wenn wir verschiedene Events anbieten? Zum Beispiel: Buch trifft Auto, Buch trifft Musik, Buch trifft ..."

„... *cup cakes!*", ergänzte Stefanie den Redeschwall von Eva, deren Stimme sich vor lauter Euphorie überschlug.

Drei Cappuccinos und zwei Proseccos später war die Idee fertig ausgereift. 2015 sollte die erste Lesetour in und um Donauwörth stattfinden. Jetzt würde der anstrengendste Teil der Arbeit folgen. Es mussten Leseorte, Mitwirkende und

Sponsoren gefunden werden.

Stefanie und Eva teilten sich die Aufgabengebiete auf und wollten in den nächsten Wochen durchstarten. Bei dem Überangebot an Freizeitangeboten, die es seit ein paar Jahren im Umkreis gab, musste man sich schon etwas Ausgefallenes einfallen lassen, damit noch genügend Teilnehmer angelockt wurden.

„Also ich frage zuerst Matteo, ob er seine eigenen Lieder für uns singen würde. Und ich frage auch Adriana und Stefan, ob sie uns ihren Keller für ein Event zur Verfügung stellen", schloss Eva die Besprechung ab.

Teggiano, 13. Mai 2034

„Die Lesetour war ein voller Erfolg. Erste Station war in einem Restaurant. Bei einem Weißwurstfrühstück lasen wir aus unseren Büchern verschiedene Kurzgeschichten. Dann hatten wir eine After-Work-Lesung mit Tee und *cup cakes*, die unsere Freundin Nicole liebevoll in ihrer Backstube gebacken hatte. Für diese Veranstaltung stellte uns unsere Freundin Julia ihre ausgebaute Schreinerei - mittlerweile eine Eventlocation - zur Verfügung. Und die letzte Lesung fand dann tatsächlich an einem Sonntagnachmittag im STARCLUB bei Kaffee und Kuchen und himmlischer Musik von Matteo statt. Er spielte seine eigenen komponierten Lieder, passend zu den Geschichten. Die Stimmung war einfach perfekt und die Zuhörer begeistert."

Man konnte noch heute sehen, wie berührt Eva von diesem Nachmittag war. „Matteo hat mit Leib und Seele gespielt. Dass aus ihm einmal ein großer Star wird, hatte ich immer gehofft, weil ich ihn sehr mochte. Ich fand nicht nur, dass er tolle Lieder schrieb und gute Musik machte, er hatte auch das gewisse Etwas."

„Das klingt ja so, als wärst du in ihn verliebt gewesen", erwiderte Stella ein wenig erstaunt.

„Nein, ich war und bin glücklich verheiratet mit Georg. Außerdem hätte er mein Sohn sein können. Aber als Schwieger- oder Adoptivsohn hätte ich ihn mir gut vorstellen können." Eva lachte herzhaft.

„Hast du da auch mal Clara gefragt?"

„Ja, sicher. Wie alle Kinder war sie davon genervt, wenn ich potenzielle Schwiegersöhne für sie fand." Alle lachten schallend. Dieses Problem war weithin bekannt.

„Und was ist aus Matteo geworden?", fragte Stella.

„Wie schon erhofft, tatsächlich ein berühmter Musiker. Du müsstest ihn auch kennen. Warte mal, ich zeig ihn dir im Internet."

Daraufhin saßen die drei Frauen vor dem Bildschirm und lauschten den schönen Klängen von Matteos Musik.

Eva erzählte weiter: „Er hat Maja geheiratet. Nach unserer Lesung hat er ihr einen Heiratsantrag auf der Insel Kreta gemacht. Und sie hat angenommen!"

„Wie romantisch!", schwärmte Graziella.

„Maja passt auch perfekt zu ihm. Und sie haben drei Kinder bekommen."

„Wow!", erwiderte Stella.

Dann sagte Eva: „Seid mir nicht böse, ich glaube, ich muss jetzt ins Bett."

Und Graziella witzelte: „Ja, meine liebe Freundin, du bist in die Jahre gekommen."

„Glaube mir, das schaffst du auch noch", erwiderte Eva. „In vierzehn Jahren!"

Amalfi, 14. Mai 2034

Am heutigen Tag hieß es wieder einmal für Eva, Abschied von lieb gewonnenen Ortschaften zu nehmen. Sie war froh, dass sie wenigstens ihre Freunde noch ein paar Tage sehen würde. Da Eva und Stella nicht mehr nach *Teggiano* zurückkommen würden, fuhren sie mit zwei Autos.

Als sie in *Amalfi* ankamen, schien die Sonne so stark, dass Enrico stöhnte.

Obwohl er ein typischer Süditaliener mit dunkler Haut und dunklen Haaren war, bevorzugte er kühlere Temperaturen. Er ist in New York geboren, lebte dort für ein paar Jahre und ging dann nach Süditalien zurück.

Als junger Mann verschlug es ihn, wie die meisten jungen Süditaliener, wegen der Arbeit nach Deutschland. Hier gefiel es ihm, denn er mochte den Sommer und die Hitze nicht sonderlich.

Aus Liebe zu Graziella, die unbedingt in die Heimat ihrer Eltern ziehen wollte, ist er dann mitgekommen, nutzte aber jede Gelegenheit, im Hochsommer nach Donauwörth zu fahren. Da sein zweitältester Sohn Daniele verheiratet war und zwei Kinder hatte, half Enrico in der Hochsaison gerne im Hotelbetrieb aus. Sein ältester Sohn Fabio ist durch das Studium bedingt nach Hamburg gezogen und dort sesshaft geworden. Nur der jüngste Sohn Giorgio ist mit zurück nach *Teggiano* gegangen.

Das Hotel von Beatrice lag etwas abseits und war nur über eine Serpentinenstraße zu erreichen. Der Blick auf die Küste entschädigte Eva für die Fahrt.

Endlich hatten sie es geschafft. Immer schon wollte sie hier Urlaub machen. Sie wusste noch nicht einmal warum. 2022 hatten sie sogar schon die Reise gebucht, dann wurde sie schwer krank und Georg stornierte schweren Herzens die Tour. „Das holen wir nach!", hatte er sie versucht zu trösten. Aber es kam immer etwas anderes dazwischen und irgendwann dachte Eva sich, dass es wohl so sein müsste.

Jetzt mit dem Blick auf die Amalfiküste spürte sie, dass sie hier noch mal herkommen würde, und zwar gemeinsam mit Georg.

Am Nachmittag bummelten die vier durch die kleinen Gassen von *Amalfi*. Noch waren wenige Touristen anwesend und die Einheimischen bemerkten nicht, dass Graziella, Enrico, Eva und Stella Touristen waren. Um nicht aufzufallen, unterhielten sie sich bewusst auf Italienisch.

„Schon vor vielen Jahrhunderten gab es Tsunamis, sie sind keine Naturgewalten der letzten Jahrzehnte, wie viele glauben. Ein durch ein Erdbeben ausgelöster Tsunami ließ im 13. Jahrhundert Teile der Stadt buchstäblich im Meer versinken", gab Graziella ihr Wissen preis, als sie über den beindruckenden Platz gingen.

Auf der *piazza* blieb Eva wie angewurzelt stehen. „Der Dom wurde im 10. Jahrhundert gebaut, aber im 13. Jahrhundert in einen arabisch-normannischen Stil umgewandelt. Im 18. Jahrhundert erhielt der Dom die farbige Mosaikfassade.", las Stella aus dem Reisebericht der Broschüre vor, die sie vorhin vom Touristenbüro mitgenommen hatte. „Das Gesamtbauwerk besteht aus dem Paradieskreuzgang, der Kruzifixbasilika, der Krypta und der eigentlichen Kathedrale. In der Krypta werden die Gebeine des Apostels Andreas, des Schutzpatrons von *Amalfi*, aufbewahrt."

Eva hörte nur mit einem Ohr zu, sie ahnte schon immer, dass ihr dieser Ort sehr gut gefallen würde, aber sie war selbst überrascht über seine starke Wirkung. Auch die beeindruckende Krypta überzeugte sie. „Ich muss das unbedingt meinem Georg zeigen, dem gefiele es hier auch!", rief sie euphorisch.

„Ja, schade, dass Georg nicht dabei ist", sagte Enrico. „Ich freue mich schon so sehr, ihn bald wieder zu sehen, wenn ich nach Donauwörth fahre. Ich denke, wir werden wie immer viel Spaß haben." Und bei diesen Worten schlenderte er vor den anderen durch die überdachte und überbaute Straße, die *Supportico Sant'Andrea*.

Pompeji, 15. Mai 2034

Nach dem Frühstück sollte es nach *Pompeji* gehen. Eva

war so aufgeregt, dass sie keinen Bissen hinunter bekam.

„Das ist sehr ungewöhnlich", lachte Stella und erklärte den Anwesenden, dass Eva immer sofort frühstücken müsse, und zwar gleich nach dem Aufstehen.

„Opa sagte dann oft: Alice Cooper sitzt an unserem Frühstückstisch, weil Oma sich am Abend vorher wieder einmal die Augen nicht abgeschminkt hatte, ihre Schminke verlief und ihre Haare in allen Himmelsrichtungen standen." Alle lachten, aber am lautesten lachte Eva.

Pompeji! Und schon ging es ihr besser. Seit sie die Bilder der versunkenen Stadt in ihrer Schulzeit das erste Mal gesehen hatte, war es ihr Wunsch, dorthin zu fahren und es mit eigenen Augen zu sehen.

Die antike Stadt in *Campania*, am Golf von Neapel gelegen, ist beim Ausbruch des *Vesuvio* im Jahr 79 n. Chr., wie *Herculaneum* auch, untergegangen. In seiner etwa siebenhundertjährigen Geschichte wurde *Pompeji* von vielen Völkern, wie zum Beispiel den Griechen, Etruskern und Römern geprägt. Die Stadt wurde durch Lavamassen verschüttet, dabei weitgehend konserviert, aber im Laufe der Zeit von den Menschen vergessen. Im 18. Jahrhundert wurde sie von Archäologen wieder entdeckt. Die einzigartigen Ausgrabungen trugen maßgeblich zur Erforschung der antiken Welt bei, da es sich um einen der am besten erhaltenen Stadtruinen handelte.

Da das riesige Gelände von etwa vierzig Hektar ausgegrabenem Stadtgebiet nicht an einem Tag besichtigt werden kann, schauten sich Graziella, Enrico, Stella und Eva nur die für sie wichtigsten Ruinen, Tempelanlagen und Villen an.

Bei einer Führung durch Teile der Anlage, der sie sich spontan angeschlossen hatten, erfuhren die vier, dass *Pompeji* die bekannteste Stadtruine der Welt ist und wegen seiner Größe die heutigen Archäologen vor fast unlösbare Probleme stellt.

Die Rettung der Ruinen kann nur durch internationale Zusammenarbeit erfolgen. *Pompeji* ist seit 1997 auf der Liste des Weltkulturerbes der Unesco.

„Den Verfall der Stadt aufzuhalten und trotzdem den Zugang der Öffentlichkeit zur Stadt zu gewährleisten ist seit Jahrzehnten die wichtigste Aufgabe für die Archäologen, Denkmalpfleger und Restauratoren. Trotz der vielen Geldgeber, die in den vielen Jahren geholfen hatten, darunter gehörte auch die EU, ist der Verfall leider kaum aufzuhalten", erklärte der sympathische junge Mann der interessierten Besuchergruppe.

„Begonnen hatte alles mit dem Erdbeben im Jahr 62, das einen Pfropfen, der in der Vulkanöffnung steckte, lockerte. Zur Mittagszeit des Katastrophentages im Jahre 79 überwand der Innendruck den Widerstand dieses Pfropfens, der plötzlich zertrümmert und hinausgeschleudert wurde. Unmittelbar darauf wurden in kurzer Zeit riesige Mengen von Bimsstein und Asche aus dem Vulkan hinausgeschleudert."

Obwohl der junge Mann viel Theorie von sich gab, verstand er es mit seiner lockeren Art, die Besuchergruppe zu begeistern: „Da es schon Tage vorher Anzeichen eines Ausbruches gab, hatte ein Teil der Einwohner vorsichtshalber bereits die Stadt verlassen. Kurz nach Beginn des Ausbruchs begann es viel Bimsstein zu regnen, der somit die Dächer zum Einsturz brachte oder die Türen blockierte. Dadurch wurden viele Bewohner in der Stadt eingeschlossen und konnten nicht mehr rechtzeitig fliehen."

Die Zuhörer waren mucksmäuschenstill und lauschten den Ausführungen.

„Als sich der *Vesuvio* nach seinem achtzehnstündigen Ausbruch wieder beruhigt hatte, waren die meisten Bewohner von *Pompeji* bereits erstickt oder von herabfallendem Steinen erschlagen worden. Einige hatten aber die Katastrophe bis zu diesem Zeitpunkt überstanden, fielen aber kurze Zeit später den Glutlawinen zum Opfer." Er machte eine kleine Pause, bevor er fortfuhr: „Über 1.500 Jahre lag *Pompeji* unter einer bis zu 25 Meter mächtigen Decke aus vulkanischer Asche und Bimsstein begraben."

Eva hätte am liebsten noch länger zugehört, merkte aber, dass ihr einfach die Kraft dazu fehlte. Darum war sie nicht böse, als Graziella zur Umkehr aufrief.

Im Auto schlief Eva dann vor Erschöpfung ein. Stella beobachtete ihre Oma dabei, wie friedlich und zufrieden sie aussah.

Seit sie vor fast zwei Monaten zu dieser außergewöhnlichen Reise aufgebrochen waren, war viel geschehen. Stella ließ gedanklich die letzten Wochen Revue passieren und war erstaunt darüber, wie viel man in so kurzer Zeit alles erleben und auch sehen konnte.

Sie hatte faszinierende Menschen getroffen, von interessanten, manch traurigen Lebensgeschichten erfahren und die berühmte italienische Gastfreundschaft kennengelernt.

Stellas Gedanken verdüsterten sich für einen Moment. Sie hatte einen tollen Mann kennengelernt und wird ihn nie wieder in ihrem Leben sehen.

Und das nur, weil sie im Augenblick keine Gefühle mehr zulassen wollte und ihr Kopf für einen Moment das Sagen übernommen hatte. Bei diesem Gedanken bekam sie ein leichtes Ziehen in der Brust.

Aber das Wichtigste für Stella war, dass sie ihre Oma von einer anderen Seite kennengelernt hatte. Für Stella war Eva immer die starke, lebhafte Frau, die durch nichts zu erschüttern war.

Nun sah sie eine sensible, zerbrechliche alte Dame, die sich manchmal auch nach einer Schulter zum Anlehnen sehnte und die auch mal schwach sein wollte.

Lago Bracciano, 17. Mai 2034

Eva hasste diese Momente immer mehr, wenn es hieß, sich zu verabschieden. Dann war sie aber auch dankbar, dass sie die Gelegenheit dazu gehabt und diese auch genutzt hatte: Noch einmal die Menschen treffen, die in ihrem Leben eine große Rolle gespielt hatten.

Den gestrigen Tag hatten die vier ganz entspannt in *Amalfi* und an der Küste verbracht. Sie fuhren unter anderem nach *Positano*. Eva musste zugeben, dass dieser Küstenabschnitt wohl mit einer der schönsten auf der Welt sein musste. Und sie hatte schon viele herrliche Felsküsten in Europa und Nordamerika gesehen: *Cornwall* in England, *Liguria* in Italien, *Sintra-Cascais* in Portugal, der *Cabrillo Highway* bei *San Francisco* oder die *Dingli Cliffs* in Malta.

Stella war vor allem von den Ortschaften begeistert, die an den Felsen klebten. Und Graziella rief nur immer wieder: „Hab ich dir doch immer gesagt, dass es hier schön ist, aber du wolltest mir ja nie glauben. Immer hast du ganz Italien bereist, nur meine Heimat wolltest du nicht sehen."

„Ich habe dir immer geglaubt, Graziella, und wollte auch immer hierher, aber es sollte wohl erst jetzt passieren", widersprach Eva vehement.

„Wahrscheinlich musste ich diese Schönheiten gemeinsam mit dir bewundern. Damit du mir deine Heimat zeigen konntest!"

Auf der Fahrt nach *Roma* fragte Stella plötzlich: „Warum bist du denn ausgerechnet nach Rom gegangen, damals? Ich meine, es gibt doch so viele schöne Städte in Italien, warum denn ausgerechnet Rom?"

Roma, 26. Juli 1980

Eva saß mit offenem Mund im Stadtbus und starrte aus den schmutzigen Scheiben. Die Fahrt ging vom Bahnhof *Termini* zum *Vaticano*, vorbei an riesigen Monumenten und

Straßen voller Leben. Neben ihr saß Marco, den das alles nicht so sonderlich zu interessieren schien. Es war ihr egal, dass die anderen Leute sie anstarrten, sie musste einen merkwürdigen Eindruck auf die Mitreisenden machen.

Ihre leicht verschmutzte Jeans, ihre rotkarierte Bluse, die sie hochgekrempelt hatte und die sogenannten Jesus-Latschen, dazu die kleine Tasche, schräg über die Schulter hängend. Die langen blonden Haare hatten auch mal wieder dringend eine Haarwäsche nötig. Sie fühlte sich nicht mehr sehr wohl in ihrer Haut und freute sich schon sehr auf eine Dusche und frische Klamotten.

Aber im Moment war sie viel zu berauscht von der Schönheit dieser Stadt. Später erzählte sie oft, dass es ‚Liebe auf den ersten Blick' war und dass diese Liebe sie ihr ganzes Leben nicht mehr losgelassen hatte.

Marco dagegen wollte nur endlich in dem billigen Hotel ankommen, das ihm sein Freund empfohlen hatte. Es befand sich in der Nähe des *Vaticano*.

Eva war viel zu aufgeregt, um sich über sein Desinteresse zu ärgern.

Seit sie mit Marco vor wenigen Tagen diese Reise angetreten hatte, war nichts mehr wie vorher. Nach dem Zwischenstopp in *Firenze* waren sie nun in *Roma* angekommen. Neugierig nahm Eva alles in sich auf.

Endlich war sie im Land ihrer Träume angekommen. Und seit sie in *Roma* waren, hatte sich ihr ganzes Leben verändert. Das spürte sie so intensiv, dass sie eine Gänsehaut bekam.

Leider war der eine Tag in *Roma* viel zu kurz und Eva weinte heimlich, als sie am nächsten Tag weiter nach *Puglia* fuhren.

Lago Bracciano, 17. Mai 2034

„Das war ganz schön mutig von dir, später dann ganz alleine nach Rom zu gehen."

„Das fand ich gar nicht so mutig. Ich wollte nur endlich in der Stadt meiner Träume leben", erwiderte Eva.

„Ich finde es schon mutig, alleine, ohne Familie und Freunde, mit wenig Italienischsprachkenntnissen."

„Ich war ja ein Au-pair-Mädchen und somit in einer Familie. Einer sehr netten Familie. Die Kinder hatte ich gleich ins Herz geschlossen, Gian Luca war fünf und Cristina drei Jahre alt."

„Wie kamst du eigentlich in diese Familie? Über eine Agentur?"

„Nein, du weißt doch, ich habe dir doch bereits von dieser Rundreise durch Italien erzählt. Zuerst war ich in *Udine* bei Francesca, dann ging's weiter über *Venezia* zu meinen Freundinnen Marinella und Elena, die in *Varese* in der Nähe vom *Lago Maggiore* wohnen. Dann bin ich über *Firenze, Siena, Perugia, Asissi, Orvieto* und einiges mehr weiter nach *Roma*. Dort hatte ich dann bei Susanne gewohnt. Sie war die Klassenkameradin meiner Schwester Elisabeth", führte Eva ihre Schilderung aus. „Susanne hatte immer bei ihren Besuchen in Deutschland gesagt: ‚Wenn du mal nach Rom kommst, dann ruf mich an.' Sie lebte dort schon einige Jahre. Ja, und das Angebot habe ich dann auch angenommen."

Eva erzählte weiter: „Bei diesem Besuch, ich war frei und ungebunden, wurde mir klar: ‚Jetzt oder nie!' Und so fragte ich sie, ob sie sich mal umhören könnte, denn ich würde gerne auch in Rom leben. Keine vier Wochen später rief sie mich in Deutschland an und teilte mir mit, dass ihre ehemalige Familie ein neues Au-pair-Mädchen suchte. Susanne arbeitete mittlerweile als Sekretärin in der Firma des Familienvaters. Ich fuhr also mit dem nächsten Zug in das Dorf *Formello*, nördlich von Rom. Ich verstand mich mit der Familie sehr gut, wir mochten uns sofort. Zum Leidwesen der Mutter musste ich aber noch mal kurz zurück nach Deutschland. Meine beste Freundin Katharina heiratete den besten Freund meines Bruders und da wollte ich dabei sein." Eva schaute zum Autofenster hinaus.

„Danach ging es mit meinem kleinen Fiat Bambino, er hieß wirklich so, fuhr maximal 80 km/h und hatte nur 23 PS, nach Italien."

Stella lachte laut. „Und so was gab es wirklich?"

„Natürlich! Er war mein ganzer Stolz. Also fuhr ich in zwei Tagen die 1.000 Kilometer bis nach *Roma*. Am Gardasee hatte ich eine Nacht in einem Hotel übernachtet. Und dann begann für mich mit die aufregendste Zeit meines Lebens. Du musst dir das einmal vorstellen. 25 Jahre jung, ungebunden und ohne jede Verantwortung einem Dritten gegenüber."

„Ja, das könnte mir auch gut gefallen", erwiderte Stella. „Und wie ging es dann weiter?"

„Rückblickend waren die ersten Monate die schönste Zeit in Rom. In meiner Freizeit schaute ich mir nicht nur meine geliebte Stadt an, sondern auch die vielen schönen Dörfer, etruskischen Ausgrabungsstätten und Naturparks rund um Rom." Evas Blick schweifte von Stella auf die schöne vorbeiziehende Landschaft ab.

„Ich lernte tolle Menschen kennen und genoss das Leben in vollen Zügen. Einmal hatte ich ein Mädchen kennengelernt, dessen Eltern Iraner waren. Sie luden mich des Öfteren zu sich nach Hause ein. Dann gab es leckeres persisches Essen."

Eva bohrte wieder einmal ihren Zeigefinger in die Backe, als Zeichen, dass es wirklich gut geschmeckt hatte.

„Leila und ich, wir verstanden uns von Anfang an sehr gut, machten einige Ausflüge zu zweit. Unter anderem schauten wir uns das mittelalterliche *Calcata Vecchia* an, ein schöner Künstlerort nördlich von Rom. Es liegt auf einem Felssporn über dem steilen Trejatal im vulkanischen Hügelland des südlichen *Tuscien* mit seinen tief eingeschnittenen Tälern."

„Warum sagst du, dass das nur am Anfang so schön war?"

„Weil ich dann deinen … ja was ist er denn eigentlich von dir? Eigentlich … deinen Großvater kennengelernt habe. Georg ist dein Großvater, er hat ja auch deinen Vater adoptiert. Also rechtlich und gefühlsmäßig ist Georg dein Großvater", stammelte Eva, es war ihr sichtlich peinlich und sie wusste nicht, wie sie es erklären sollte.

„Also *nonna*, das ist mir schon klar, dass es da noch einen anderen Mann gab. Aber sehe es doch mal positiv. Ich habe theoretisch einen Opa mehr als andere Kinder."

„Ja, also der leibliche Vater deines Papas heißt Francesco, trat in mein Leben und diese Geschichte war sehr kompliziert."

Eva dachte nach, wo sie anfangen sollte?

Formello, 1. Dezember 1985

Eva ging schon seit ein paar Wochen an ihren freien Samstagen abends auf die *Piazza*. Dort traf sie mittlerweile eine kleine Clique, bestehend aus vielen Jungs in ihrem Alter und nur zwei Mädchen.

Sie wusste nicht, dass es sich nicht sonderlich für ein Mädchen in einem Dorf wie *Formello* schickte, in den Abendstunden auf dem Platz zu stehen und mit den Jungs rumzuhängen. Für Eva, die zwar in einer Kleinstadt aufgewachsen war, aber durch die Nähe zu München in einer sehr modernen Welt gelebt hatte und durch ihre außergewöhnlich toleranten Eltern stark geprägt wurde, war dies nicht klar erkennbar.

Von den Jahren gemeinsam mit Marco in Süditalien wusste sie zwar von der etwas rückständigen Lebensart der Süditaliener, aber Rom, die Weltstadt, das war ja wohl etwas anderes. Dabei vergaß sie jedoch, dass die Gesetze in einem Dorf andere waren, als die in einer Großstadt.

In dieser Clique traf sie auch immer auf den Jungen mit

den schönen, dunklen Augen, der nie viel sprach. Er war nicht oft dabei und Eva merkte, dass sie sich immer freute, wenn er kam. Sie merkte, wie er sie beobachtete.

Mit der Zeit wurden ihre heimlichen Blicke auch von Giuseppe bemerkt, er witzelte bereits über sie.

Heute war er endlich wieder mit dabei, sie hatte ihn schon seit drei Wochen nicht mehr gesehen und sie vermisste ihn sehr. Die Clique fuhr in drei Autos nach Rom und wollte zu einer der im Augenblick angesagtesten Latino-Diskotheken. Leider saß er nicht in ihrem Auto.

Er tanzte nicht, aber sie spürte seine Augen auf sich ruhen, als sie sich zu den südamerikanischen Klängen bewegte. Das gefiel ihr und sie bewegte sich mit Absicht sehr lasziv. Tanzen, das war ihre Leidenschaft und sie genoss seine sehnsüchtigen Blicke.

Auf der Rückfahrt saß er dann neben ihr, ihr Herz schlug bis zum Hals. Sie kam sich wie ein Teenager vor. Verlegen schaute sie immer wieder zum Fenster hinaus.

Dann kamen sie auf dem Platz von *Formello* an und ein paar von der Clique standen noch eine Weile beieinander und redeten bis tief in die Nacht.

Nach und nach verabschiedeten sich die Freunde, bis nur noch Francesco und sie übrig blieben. Sie redeten das erste Mal miteinander. Mittlerweile konnte sich Eva schon ganz gut auf Italienisch unterhalten.

Sie lachten viel miteinander und verstanden sich auf Anhieb gut. Beide hatten die gleichen Ideen und Vorstellungen. Eva war begeistert. Sie betrachtete ihn. So ein gut aussehender Mann und dann noch so sympathisch. Die zwei entdeckten immer mehr Ähnlichkeiten und merkten gar nicht, wie die Sonne langsam aufging und es Morgen wurde.

Erschrocken verabschiedete sich Eva dann aber von ihm. Er hielt sie einen Moment zurück und gab ihr einen sanften Kuss auf die Lippen. Total benommen fuhr sie schnell nach

Hause. Sie wollte in ihrem Zimmer sein, bevor die Kinder aufwachten.

Lago Bracciano 17. Mai 2034

„Das klingt ja total romantisch!", rief Stella begeistert. Eva seufzte tief: „Ja, es begann so romantisch. Es wurde dann aber eine sehr komplizierte Liebesgeschichte."

Neugierig fragte Stella nach dem Grund. „Francesco und ich wurden dann tatsächlich ein Liebespaar, heimlich."

„Warum heimlich?"

„Er beichtete mir an unserem ersten Treffen, das eine Woche später stattfand, dass er verlobt sei."

„Verlobt? Das ist ja nicht verheiratet. Das kann doch nicht so kompliziert sein, oder?"

„Oh doch! Es war eine andere Zeit und es war nicht in Deutschland!", erwiderte Eva und ihre Lippen zuckten dabei. „Francesco erzählte mir, dass er sich mit sechzehn Jahren, also sieben Jahre vorher, in ein fünfzehnjähriges Mädchen verliebt hatte. Als seine Eltern das mitbekamen, freuten sie sich sehr, weil sie die Tochter einer befreundeten Familie war."

„Klingt ja fast wie im Mittelalter." Stella war sichtlich entsetzt.

„Ich sah das zuerst auch ganz locker. Verlobungen kann man lösen. Allerdings wollte ich nicht schuld daran sein, dass eine Beziehung beendet wurde und machte mich erst mal rar. Ich sagte zu ihm, er solle sich über seine Gefühle klar werden und sich dann für eine von uns beiden entscheiden."

„Und wie hat er darauf reagiert?", fragte Stella neugierig.

„Erst willigte er ein und wir sahen uns eine Zeit lang nicht mehr. Ich fuhr dann auch über Weihnachten nach Deutschland zu meinen Eltern, hatte aber Sehnsucht nach ihm. Nur mein Verstand sagte, es wäre besser so", schilderte Eva die komplizierte Situation mit Francesco.

„Und was geschah dann?"

„Wir sahen uns dann irgendwann später wieder auf der *Piazza*. Keiner sollte etwas merken. Gemeinsam mit den anderen waren wir dann noch in einer Wohnung. Als ich dort von der Toilette kam, stand er vor mir und küsste mich leidenschaftlich. Er flüsterte mir ins Ohr, dass er mich wahnsinnig vermisst hätte. Meine Beine wurden ganz schwach und zittrig." Eva stockte. „Wir verabredeten uns dann für später an den Ruinen des *Santuario del Sorbo*. Es ist ein ehemaliges Kloster mit Kirche im *Valle del Sorbo,* einem schönen Naturpark."

Stella lauschte gespannt. „Und an diesem Tag ist es dann passiert!" Eva machte eine Pause. „Nun wurde alles noch komplizierter." Eva schaute Stella an. „Wir trafen uns heimlich, wir liebten uns, wir stritten uns, wir trennten uns. Ich stellte ihn wieder mal vor die Wahl und er sagte, dass es nicht so einfach sei. Wir wären schließlich nicht in Deutschland. Das wusste ich natürlich auch, aber ich fühlte mich schlecht. Ich wollte das alles nicht."

Stella hörte zu und sagte: „Aber wenn er dich doch so liebte, warum nur hat er sich nicht von der Anderen getrennt oder liebte er sie auch?"

„Er hatte mir immer wieder versichert, dass er sie nicht mehr liebte, dass es eine Kinderliebe war und er nun endlich wüsste, was wahre Liebe sei. Aber dass seine Eltern das nicht so sehen würden. Für sie war ein Eheversprechen genauso wichtig wie die Heirat selbst."

Eva lachte böse: „Dann wollte er mit mir fliehen. Nach England. Und ich glaubte ihm wieder einmal. Oh, wie naiv ich war."

„Hatte denn keiner etwas von eurer Beziehung gemerkt?", fragte Stella interessiert.

„Ein paar Freunde von ihm schon. Manche verstanden ihn nicht und meinten, warum er seine so hübsche italienische

Freundin für eine Deutsche aufgeben wollte. Ein anderer meinte, er solle sich ruhig noch die Hörner abstoßen, bevor er heirate. Nur einer, Giuseppe, hielt zu mir und redete auf Francesco ein, er sollte sich endlich zu mir bekennen."

Stella hörte interessiert zu. Sie überlegte, wie sie in so einer Situation reagiert hätte. Wäre sie auch der Versuchung erlegen oder hätte ihre Vernunft gesiegt? Sie wusste es nicht.

„So verging ein ganzes Jahr. Wir trennten uns immer öfters, sahen uns wochenlang nicht, trafen uns zufällig wieder und dann ging es von vorne los. Ich zog die Konsequenzen, verließ meine Familie in *Formello* und suchte mir eine neue Stelle in Rom."

Sie räusperte sich und fuhr dann fort. „Es gab auch noch andere Gründe, warum ich vom Land weg wollte. Da ich oft alleine wegging, war ich für einige italienische Männer anscheinend ‚Freiwild' und sie stellten mir reihenweise auf das Übelste nach. Ein alter Gärtner, er war bestimmt schon siebzig oder achtzig, fragte mich, wie viel Geld ich wollte."

„Das gibt es doch nicht!", rief Stella entsetzt.

„Doch, für viele alte Italiener war es nicht sittlich, dass ich ohne Familie, ganz alleine im fremden Land lebte und auch noch alleine ausging", versuchte Eva zu erklären. „Und dann war mein Fiat kaputt und ich habe ihn in einer freien Werkstatt richten lassen." Sie stockte und schluckte erst einmal.

„Als ich bezahlen wollte, sagte der Mechaniker, er nenne mir den Rechnungsbetrag bei einem Abendessen. Ich habe die Rechnung bis heute nicht bezahlt. Ich ging auf seine ‚Einladung' nicht ein, war bestimmt zehnmal bei ihm, aber er wiederholte ständig dieselbe Phrase."

„Oh Gott, das ist ja schrecklich!" entfuhr es Stella.

Eva fuhr fort: „Es war nicht mehr einfach für mich und darum wollte ich auch weg von diesem Ort. Ich war zu naiv gewesen, als ich in ein süditalienisches Dorf zog, und benahm mich zwar in deutschen Augen anständig, aber bei einigen italienischen Dorfbewohnern kam das anscheinend nicht so rüber. Es gab dann noch zwei weitere Vorfälle, bis ich endlich die Nase voll hatte und ging."

„Und dann habt ihr euch doch nicht mehr gesehen, oder?"

„Habe ich auch gedacht. Aber dann stand er eines Abends vor meiner Tür und ich wurde wieder einmal schwach."

„Oh, nein!", entfuhr es Stella.

„Von da an trafen wir uns immer mal wieder in meinem Apartment. Und dann ist es passiert. Ich wurde ungewollt schwanger", wieder unterbrach sie. Es fiel ihr nicht leicht weiterzureden.

"Ich dachte noch, ich könnte mein Schicksal austricksen und nahm keine Tampons mit in den Skiurlaub nach *Ovindoli* in die Abruzzen. Du weißt ja, wenn man keine dabei hat, bekommt man meistens seine Regel. Ich ahnte schon, dass ich ein Baby in mir trug." Stella nickte zustimmend.

Eva nahm einen Schluck aus der Wasserflasche und fuhr fort: „Als meine Familie und ich zurück nach Rom kamen, machte ich einen Schwangerschaftstest. Als ich das Ergebnis sah, hatte ich mich innerlich aber schon längst für das Kind entschieden."

„Na, Gott sei Dank. Sonst säße ja jetzt ich nicht hier", rief Stella lachend und Eva lachte mit.

„Ja, jetzt lache ich, aber damals war es sehr schwer für mich", sie lächelte mühsam.

„Am Anfang dachte ich noch, dass dies ein Geschenk des Himmels sei. Jetzt musste er sich ja für mich, für uns entscheiden und seine Eltern würden es dann auch akzeptieren. Schließlich trug ich ihr Enkelkind unter meinem Herzen. Aber da hatte ich mich leider geirrt."

„Aber warum? Er hätte sich doch freuen müssen", fragte Stella verwirrt nach.

„Er war geschockt, als ich es ihm sagte und hatte gar nicht

so reagiert, wie ich es mir erhofft hatte. Zu diesem Zeitpunkt war ich bereits in der elften Woche. Ich konnte es ihm nicht eher sagen, weil ich ihn telefonisch nicht erreichen konnte und immer über seine Freunde Kontakt zu ihm aufnehmen musste. So verzögerte sich alles." Eva seufzte erneut. „Was ich dann zu hören bekam, zog mir die Füße unter meinem Körper weg. Er sagte mir, dass seine Freundin ebenfalls schwanger sei, er hätte es gestern erfahren. Sie sei in der achten Woche. Der Hochzeitstermin stünde bereits fest."

Stella schwieg. Wie musste sich ihre *nonna* damals gefühlt haben.

„Stella mein Schatz, was hältst du von einer Pause? Ich brauche dringend eine Toilette, einen starken süßen Espresso und eine Kleinigkeit zum Essen. Und zwar genau in dieser Reihenfolge."

„Gute Idee. In zwei Kilometern kommt ein *Autogrill*, da fahren wir hinaus."

„Schau mal, die nächste Abfahrt geht nach *Priverno*."

„Ja und?"

„In *Priverno* hatte meine Freundin Laura gelebt. Ich war sie einmal dort besuchen, zusammen mit deinem Vater, das war … da war er acht Monate alt."

„Sag mal, wo warst du eigentlich nicht in Italien?"

„Och, da gibt es schon noch ein paar Fleckchen", grinste Eva.

Als sie gemütlich bei einem zweiten *caffè* saßen, erzählte Eva von ihrer Freundin Laura, die sie in Rom kennen-gelernt hatte. Eva war damals bei Susanne, als Laura zur Türe hinein schneite.

„Ich mochte sie sofort." Sie studierte ebenfalls in *Roma*, wie auch Susannes Freund Gian Luca. Politologie war ihr Studienfach und sie arbeitete anschließend bei der FAO, der Ernährungs- und Landwirtschaftsorganisation der Vereinten Nationen.

„Obwohl wir uns so gut verstanden hatten und ich sie auch mit Alessandro in *Priverno*, ihrem Heimatort besucht hatte, verloren wir uns dann aus den Augen. Auch Jahre später habe ich sie trotz Internet-Recherche nicht mehr gefunden.", erzählte Eva mit einer gewissen Trauer in der Stimme. „Alessandro hatte sich damals so wohl gefühlt in Lauras Familie. Er war der absolute Mittelpunkt und konnte ja schon mit acht Monaten so tolle Grimassen schneiden, dass er alle Herzen im Sturm eroberte. Darum hatte ich auch Fotos an eine Elternzeitschrift geschickt. So kam es dann auch, dass Alessandro öfters Fotowerbung für diese Zeitschrift machte. Später machte er auch für Windeln Werbung. Sein Charme und seine Ausstrahlung, aber auch seine tolle Gesichtsmimik waren hinreißend, so dass er dann auch noch in einem Werbespot mitspielte. Die Fotografin der Werbeagentur sagte immer, dass er zwar wegen seines Temperaments anstrengend sei, aber von ihm bekäme sie die besten Aufnahmen."

Eva machte eine kurze Pause, dann fuhr sie fort. „Also ich hatte nie mehr etwas von Laura gehört, bis ich vor zwanzig Jahren die traurige Nachricht erhielt, dass Laura verstorben sei. Sie hatte in Westafrika, ich glaube in Mali, als Freiwillige beim Kampf gegen Ebola mitgeholfen und hatte dafür mit dem Leben bezahlt." Eva stockte, sie konnte nicht mehr weitererzählen.

Stella ließ sie eine Weile in Ruhe und fragte erst etwas später voller Neugier: „Aber wenn du nicht wusstest, wo sie war, wie konntest du dann von ihrem Tod erfahren?"

„Tja, es ist wie immer: Man sieht sich immer zweimal im Leben, Geheimnisse bleiben nie für immer geheim, dumme Zufälle gibt es auch immer wieder. Und so war es auch hier. Ein befreundeter Arzt von Georg und mir hatte einen Freund, der sich bei ‚Ärzte ohne Grenzen' engagierte. Ich lernte ihn mal bei einer Feier kennen und wir unterhielten uns über seine spannende und für mich überaus bewundernswerte

Tätigkeit. Er erzählte auch davon, dass er eine Zeit lang in Mali arbeitete und bei der Eindämmung der Ebola-Epidemie mitgeholfen hatte. Dabei erzählte er auch von dem Tod einer Italienerin, die sich im Rahmen der Hilfe angesteckt hätte. Als er dann ihren Namen nannte, fiel ich fast in Ohnmacht, es war meine Laura. Daran gab es keinen Zweifel, denn ihr Nachname war so ungewöhnlich und selten."

Hier stockte Eva erneut und Stella merkte, dass sie jetzt nicht mehr weiter erzählen wollte. „Ich glaube, wir sollten jetzt weiterfahren."

„Du hast wie immer Recht. Soll ich dir was sagen? Ich freue mich schon auf unsere Wohnung am *Lago Bracciano*."

Sie hatten sich beide dazu entschlossen, keine Wohnung direkt in *Roma* zu mieten, sondern lieber an dem See im Norden von *Roma*. Das schien nicht so anstrengend. *Roma* war zwar eine faszinierende Metropole, aber in den letzten Jahrzehnten ziemlich voll und hektisch geworden. Der Städtetourismus fand mittlerweile nicht mehr nur in den Sommermonaten statt.

Sie wurden nicht enttäuscht von der netten Wohnung, die direkt am See bei *Anguillara Sabazia* lag. Erschöpft holten sie sich nur noch eine Pizza in der nahe gelegenen Pizzeria und aßen sie auf der Terrasse mit Blick auf die untergehende Sonne.

Eva freute sich wie ein kleines Kind auf den morgigen Tag: „Für mich ist das wie Weihnachten und Geburtstag zusammen!", strahlte sie. Dabei sah sie aus wie ein junges Mädchen, fand Stella.

Roma, 18. Mai 2034

Eva war nicht mehr im Bett zu halten, sie wollte so schnell wie möglich nach *Roma*. Da sie noch keine Gelegenheit gehabt hatten, ihre Einkäufe zu tätigen, nahmen sie ihr Frühstück in der nahe gelegenen Bar ein.

Frisch gestärkt fuhren sie auf der *Via Cassia Bis,* der Schnellstraße nach *Roma.*

Keine halbe Stunde später waren sie schon auf dem Bahnhof *Prima Porta*, von wo aus sie bequem mit dem Zug bis zur *Piazzale Flaminio* fuhren. Stella war als Kind zweimal in *Roma*, konnte sich aber nicht mehr daran erinnern. Das Erste was sie heute sah, war die *Piazza del Popolo*. Gemütlich spazierten die beiden Frauen weiter bis zur *Piazza di Spagna*. Eva, die in ihrem Leben über zwanzig Mal in *Roma* war, kannte sich immer noch sehr gut dort aus.

Die Altstadt hatte sich so gut wie gar nicht verändert. Selbst die Blumenpracht auf der spanischen Treppe war nach wie vor da und erfreute Eva.

„Hier auf den Stufen saß ich vor 54 Jahren", schwärmte sie. „Und nun sitzen andere junge Mädchen dort und werden nach wir vor von den italienischen Männern umschwärmt."

Ein Glitzern in ihren Augen machte Stella klar, dass sie sehr aufgewühlt war. Doch ein plötzliches Lachen irritierte sie.

Eva erklärte ihren Ausbruch: „Ich musste gerade an folgende Szene denken, die mir hier vor fünfzig Jahren passiert war."

„Ich schlenderte so durch die Straßen, als ich dringend ein Taschentuch benötigte. Da ich keines in meiner Tasche fand, schaute ich mich suchend um. Es stand nur ein junger Kerl in meiner Nähe und so fragte ich ihn schließlich: ‚*Hai un tempo per me?*' Dabei vergaß ich völlig, dass das Wort ‚Tempo' zwar in Deutschland sehr gebräuchlich ist für ein Papiertaschentuch ist, aber in Italien eine ganz andere Bedeutung hat. Wie du weißt, heißt das italienische Wort *tempo* auf Deutsch entweder ‚Wetter' oder ‚Zeit'. Also war es gar nicht verwunderlich, dass der angesprochene junge Kerl übers ganze Gesicht strahlte, sich bei mir einhakte und erwiderte: ‚*Certo, che ho tempo per te.*' – ‚Sicher habe ich Zeit für dich.' Nun hatte ich ab diesem Moment für den ganzen Tag eine nette Begleitung."

Stella und Eva lachten so laut, dass die umstehenden Leute sie irritiert anschauten.

Schnell zog Eva ihre Enkelin daraufhin sanft in die nächste Straße und ehe sich Stella versah, liefen sie mitten in der Altstadt durch kleine verwinkelte Gassen.

Sie kamen durch einen märchenhaften Hof, der *Galleria Sciarra*, der zum *Palazzo Sciarra Colonna di Carbognano* gehört. Die wunderschönen Fresken an den Wänden im Innenhof dieses *Palazzo* zeigen adelige Damen in zeittypischen Rollen von Ehefrauen und Müttern bis hin zu Gärtnerinnen und Musizierenden.

Weiter ging es durch winzige Straßen, als sie plötzlich auf einem kleinen Platz standen und vor ihnen ein gigantischer Brunnen in weißem Glanz vor Stellas Augen erstrahlte. Die großen Pferde und die riesigen menschlichen Figuren zogen Stellas Blicke auf sich.

Als Eva urplötzlich anfing zu weinen, fragte Stella erschrocken: „*Nonna*, was ist los? Geht es dir nicht gut?"

„Doch, doch, mein Kind, ich weine vor Glück! Du kennst mich doch."

Erleichtert erinnerte sich Stella, dass ihre Oma immer weinte, wenn sie besonders glücklich war.

„Weißt du, Stella, dies ist mein absoluter Lieblingsplatz. Als ich ihn das erste Mal vor über fünfzig Jahren sah, war ich erstaunt darüber, wie auf so einem kleinen Platz ein so großer, wunderschöner Brunnen passte. Seitdem war ich immer wieder hier und habe die obligatorische Münze rückwärts gerichtet über meine linke Schulter in den Brunnen hineingeworfen. Und zwar immer in der Hoffnung wieder zurückzukommen. Nur einmal konnte ich es nicht tun, das war 1989."

Eva machte eine kleine Pause. „Ich war damals mit

deinem Vater und meinen Eltern Anfang November für eine Woche hierher geflogen. Meine Eltern hatten uns die Reise geschenkt, dafür sollte ich ihnen die Schönheiten von Rom zeigen. Doch es kam alles ganz anders. Dein Vater wurde krank und ich ging mit ihm ins Krankenhaus in die Notaufnahme. Was für ein Desaster! Wir mussten stundenlang auf dem Flur warten. Ich ahnte schon, dass er wieder eine Mittelohrentzündung hatte, denn darunter litt er öfters. Als dann endlich eine Ärztin kam, verriet ich ihr meine Vermutung. Aber aus welchem Grund auch immer untersuchte sie alles an ihm, nur nicht die Ohren. Nachdem sie eine Ewigkeit an Alessandro herumgefummelt hatte und er nicht mehr konnte, wurde er unruhig. Da rief sie Pfleger, die den armen Jungen festhielten. Es wurde immer schlimmer, Alessandro schrie wie am Spieß, als mir der Kragen platzte und ich die Ärztin anschnauzte, ob sie nicht gefälligst mal in seine Ohren schauen könnte? Sie wurde wütend, kontrollierte dann aber doch seine Ohren und stellte tatsächlich eine Mittelohrentzündung fest."

Eva schluckte: „Als Alessandro dann wieder fit war, wurde ich schwer krank und lag mit einem starken grippalen Infekt im Hotelzimmer. Meine armen, enttäuschten Eltern mussten sich Roms Schönheiten alleine anschauen."

„Mein Vater, der während des Zweiten Weltkrieges als Soldat hier war, kannte sich noch ein wenig aus." Wieder schluckte Eva: „Und so kam es dann, dass ich dieses eine Mal keine Münze in den *Fontana di Trevi* schmiss und tatsächlich ganze elf Jahre nicht mehr wiederkehrte!"

„Oje, dann lass uns schnell eine Münze werfen!", rief Stella entsetzt. Schon jetzt nach kurzer Zeit gefiel es ihr so gut in dieser Stadt, dass sie unbedingt wiederkommen wollte.

„Stella, ich glaube, es wird Zeit für ein Mittagessen. Lass uns zur *Piazza Navonna* gehen, dort gab es vor fünf Jahren noch ein sehr gutes kleines Lokal. Vielleicht gibt es dieses

Restaurant immer noch."

„Gute Idee! Ist es weit von hier?"

„Nein, etwa zehn Minuten, wenn wir nicht stehen bleiben. Die Schönheiten von der *Piazza Navonna* und dem *Piazza Rotondo* schauen wir uns dann später an."

Sie hatten Glück, die kleine *trattoria* existierte noch immer. „Ich war immer wieder in diesem Lokal. Das erste Mal vor ungefähr 25 Jahren. Meine Schwester Maria hatte es mir empfohlen. Seitdem bin ich immer wieder bei meinen Aufenthalten in Rom hierher zurückgekommen."

Stellas Großmutter fing an, von den Speisen zu schwärmen: „Die Küche ist traditionell römisch. Die *Carciofi alla Giudea oder Romana* sind in Öl gebratene Artischocken und einfach köstlich. Es gibt bestimmt auch den Stockfisch *Baccala*, das ist ein ganz speziell zubereiteter Kabeljaufisch. Wenn du lieber Fleisch isst, dann probier die *Porchetta,* das ist Spanferkel."

Stella lief schon das Wasser im Mund zusammen, als sie den Aufzählungen ihrer Oma zuhörte.

Nach dem gelungenen Mittagessen und dem obligatorischen *caffè* ging es dann gemütlich zurück zur *Piazza Navonna.*

„Hier müssen wir beim nächsten Mal abends herkommen. Dann hat dieser Platz mit den vielen Künstlern noch mehr Flair." Tatsächlich standen überall Zeichner und Maler und boten ihre Künste an. „Hier haben sich damals dein Opa und Clara zeichnen lassen. Möchtest du das auch?"

„Warum nicht?", rief Stella begeistert und steuerte sofort einen der vielen Künstler an.

An jeder Ecke hörte man schöne Musik und sah steife, menschliche Figuren, die Pantomimen. Sie machten eine gute Arbeit. Stundenlang hätten die beiden Frauen noch hier stehen bleiben können oder sich treiben lassen. Aber Eva wurde immer unruhiger, denn sie wollte Stella noch so viel von ihrem geliebten *Roma* zeigen.

Zuerst gingen sie zur *Via della Pace*. Eva steuerte das Bramante-Kloster an und sprach ein paar Worte mit der Kassiererin am Eingang des Museums. Stella schaute ihr dabei sprachlos zu. Dann ließ die Dame sie ohne Eintrittskarten passieren.

Verwundert fragte Stella: „Was hast du zu ihr gesagt?"

„Dass wir nicht ins Museum möchten, sondern nur ins Café." Stella wunderte sich und traute ihren Augen nicht. Ein einladendes Café mit Stühlen und Sesseln, aber auch steinernen Hockern erwartete sie. In einem weiteren Raum, dem Eva zielstrebig entgegenlief, sah Stella ein Fenster mit sensationellem Blick in die Kirche und - auf der rechten Seite - das berühmte Sibyllen-Fresko von Raffael.

Nachdem die beiden Frauen einen Tee getrunken und dazu eine *Torta di Ricotta* genascht hatten, ging es weiter zur *Piazza di Sant'Eustachio*. Dort genossen sie den angeblich besten *caffé* von ganz *Roma* in der gleichnamigen *Bar Sant'Eustachio*. Gleich ums Eck befand sich die *Piazza Rotonda* mit dem *Pantheon*.

Das letzte Mal als Eva auf dieser *piazza* war, wimmelte es nur so von Touristen. Heute hatten die beiden viel Glück, denn da zu diesem Zeitpunkt keine Ferien waren und auch kein Wochenende war, verirrten sich nicht allzu viele Menschen dorthin. Evas Begeisterung vom schönen Innenraum des *Pantheons* mit dem Loch in der Decke war ansteckend und sprang sofort auf Stella über.

Auf dem Weg zum *corso* schleckten sie noch ein kleines Eis von einer der vielen hervorragenden Eisdielen und schlenderten gemütlich an den Schaufenstern der Geschäfte vorbei und zurück zur *Piazza del Popolo*.

Zum Abschluss betraten sie noch eine der drei Kirchen: Die *Santa Maria del Popolo*. Zwei der Kirchen säumen den Platz im Süden und eine im Norden. Auf dem Platz steht ein ägyptischer Obelisk und an den vier Ecken sind jeweils Brunnen.

Anschließend stiegen sie noch langsam die Treppen hoch zum Pinciohügel und der angrenzenden *Villa Borghese*, der bekanntesten Parkanlage *Romas*. Der schöne Ausblick über die Dächer von *Roma* entschädigte sie für den schweißtreibenden Aufstieg. Langsam ging die Sonne unter und die beiden Frauen entschlossen sich müde zur Heimfahrt.

Formello, Borgo Isola Farnese, Sacrofano, 19. Mai 2034

Gestern Abend hatte Eva Stella noch gefragt, ob sie damit einverstanden sei, am nächsten Tag nach *Formello* zu fahren. Stella war sofort begeistert, da sie schon ganz neugierig auf dieses Dorf war.

Eva war sehr nervös, als sie sich der Dorfeinfahrt näherten. ‚Ist dies wirklich so eine gute Idee?', fragte sich Eva.

Aber dann beruhigte sie sich selber: Diese Reise ist wichtig für mein Inneres!

Und dazu gehörte auch, dass sie die Vergangenheit aufklärte bzw. aufarbeitete. Sie wollte wissen, was aus Alessandros leiblichem Vater geworden war. Eva hatte seit damals nichts mehr von ihm gehört.

Nur ein einziges Mal stand er plötzlich vor der Tür. Alessandro war damals etwa neun Monate alt. Und genauso schnell, wie er gekommen war, war er auch wieder weg. Hinterher fragte sie sich oft, ob er nur gekommen war, um zu kontrollieren, ob er auch tatsächlich der Vater von Alessandro war. Aber es gab keinen Zweifel daran. Alessandro sah Francesco schon damals so ähnlich, dass jeder es sehen konnte.

Evas Herz schlug bis zum Hals. Neugierig betrachtete sie die Häuser und Geschäfte entlang der Straße. Das kleine Dorf hatte sich ganz schön gemausert. Wie lange war es her, dass sie das letzte Mal hier gewesen war? Sie rechnete. Mit Georg, Alessandro und Clara. Das musste 2002 gewesen sein, als sie nach dem langen ersten Auslandseinsatz von Georg drei Wochen Urlaub in *Roma* und in der *Toscana* gemacht hatten. Eva hatte Georg gebeten, auf der Fahrt zum Ferienhaus, einer alten Mühle, in der *Toscana* einen Abstecher über *Formello* zu machen.

Als sie dann durch das Dorf fuhren, hatte sich Eva ganz klein gemacht, weil sie Angst hatte, irgendjemand würde sie erkennen. Als sie an dem Haus ihrer Familie ankamen, war dieses verschlossen und anscheinend niemand anwesend. Enttäuscht schlug sie Georg vor, weiterzufahren. Hinterher ärgerte sie sich über sich selbst. Wenigstens auf der alten *Piazza* hätten sie mal einen Halt einlegen und einen *caffè* trinken können.

Stella lenkte das Auto auf einen Parkplatz und die beiden Frauen schlenderten durch das alte Tor auf die alte *Piazza*. „Kaum zu glauben", rief Eva begeistert, „die alte Bar gibt es noch immer und das nach fast fünfzig Jahren."

Schnurstracks lief sie flink hinein und bestellte erst mal zwei *caffè*. Dabei blickte sie sich um und starrte alle Umstehenden an, ob ein ihr bekanntes Gesicht dabei war.

„Weißt du, Stella, es gibt ja immer wieder komische Zufälle im Leben. Vor etwa zwanzig Jahren traf ich in der Pizzeria von Graziella einen ehemaligen Schüler von mir. Der Italiener war Ingenieur bei einer großen Firma in Donauwörth und hatte einige Zeit Deutsch bei mir gelernt. An diesem Tag war ein junger Mann in seiner Gesellschaft und wir kamen ins Gespräch. Er sagte, er sei aus Rom und ich strahlte ihn an und erwiderte, dass ich ebenfalls für zwei Jahre in Rom gelebt hätte. Ich verbesserte mich dann aber noch schnell und erklärte, dass ich ein Jahr in einem Dorf nördlich von Rom gewohnt hätte. Er würde es wahrscheinlich gar nicht kennen. *Formello* hieße es. Da lachte er mich an und rief begeistert: ‚Aber das ist doch mein Dorf!' Wir redeten dann über die Leute, die wir beide kannten. Und so kam es, dass wir feststellten, dass seine kleine Schwester die Schulfreundin von meiner Cristina war und dass er den *benzinaio,* also den Tankwart, Giuseppe auch gut kannte. Aber nach Francesco traute ich mich nicht zu fragen."

Auch jetzt fürchtete sich Eva davor, Erkundigungen über Francesco einzuholen. So schlug sie Stella vor, nach einem kleinen Rundgang durch das alte Zentrum erst mal zu dem Haus etwas außerhalb von *Formello* zu fahren, in dem sie vor fast fünfzig Jahren gewohnt hatte und anschließend einen kleinen Abstecher ins *Sorbo*, dem Naturpark, zu machen.

Das Haus, in dem Eva vor so langer Zeit gewohnt hatte, gab es immer noch, hatte aber schon lange andere Besitzer. Die Familie, so erzählte man ihr, wäre schon vor langer Zeit zurück nach *Roma* gezogen.

Eva war etwas enttäuscht. Insgeheim hatte sie auf ein Treffen mit der Familie gehofft. Vor allem interessierte es sie, was aus der kleinen Cristina geworden war.

Also ging es weiter ins *Sorbo* und Eva zeigte Stella die alten Ruinen. Mittlerweile hatten die *Formellesi* einen gut ausgebauten Wanderweg erschlossen und verlangten Eintritt für die Besichtigung der Klosterruine.

Nach der Besichtigung und dem kurzen Abstecher nach *Formello* fuhren sie weiter in die Stadt *Sacrofano*, ein Nachbarort. Der Ort gehörte ursprünglich zum *Ager Veientanus*, dem Gebiet der etruskischen Stadt *Veji* und gehörte ab dem vierten Jahrhundert v. Chr. zu *Roma*.

Nach einem kleinen Stadtbummel aßen sie gemütlich in einer *trattoria* an der Stadtmauer zu Mittag.

Wie geplant fuhren sie anschließend weiter zum *Borgo Isola Farnese*, ein mittelalterliches winziges Dorf. Dort in der Nähe stehen die etruskischen Reste von *Veji* oder auch *Veio*, einer wichtigen antiken etruskischen Stadt. Sie lag am *Cremera*, einem Nebenfluss des *Tevere*, 18 Kilometer nordnordwestlich von *Roma*. In der Blütezeit der etruskischen Kultur hatte *Veji* mehrere Tausend Einwohner.

„Hier war ich oft mit Francesco. Wir schwärmten beide von den Etruskern. Manchmal fuhren wir auch nach Rom und gingen in die *Villa Giulia*. Darin befindet sich das *Museo Nazionale Etrusco di Villa Giulia,* ein etruskisches Museum", erklärte Eva und wie immer, wenn sie über die Etrusker sprach, die sie so sehr bewunderte, bekam sie wieder einmal diese hektischen, kleinen Flecken am Hals.

„Du weißt ja, dass die Etrusker ein großes, friedliches Volk waren, denen wir viel zu verdanken haben." Eva ließ nichts auf die Etrusker kommen.

„Die Römer waren dagegen ein ungehobeltes, kämpferisches Volk, die sich die genialen Ideen der Etrusker zu eigen machten und behaupteten, es wären ihre gewesen."

Stella gefiel es, wie sich Eva für das noch immer geheimnisvolle Volk einsetzte. „Die Frauen hatten bei den Etruskern einen hohen Stellenwert und durften gemeinsam mit ihren Männern in einem Saal essen und feiern. Wir werden unbedingt mal nach *Sutri* fahren. Das ist nicht weit von hier und dort kannst du die Gräber sehen. Überhaupt werden wir in nächster Zeit noch viel über die Etrusker erfahren, denn wir sind im Zentrum von Etrurien."

Roma, 20. Mai 2034

„Sag mal, Oma, wird dir das nicht zu viel, wenn wir heute schon wieder nach Rom fahren?"

„Aber nein, mein Schatz, ich muss dir doch noch so viel zeigen. Und gestern war es ja nicht so anstrengend."

„Also gut, aber morgen machen wir dann einen Gemütlichen."

Stella war erstaunt, wie sehr Eva in den letzten Tagen

aufgeblüht war. Unvorstellbar, dass sie schon 74 Jahre alt war. Selbst ihre Vergesslichkeit war besser geworden. Sicherlich halfen dabei auch die Medikamente, die sie nun einnehmen musste.

Die Medizin hatte in den letzten Jahren große Erfolge bei der Bekämpfung von Alzheimer und Demenz verzeichnet. Trotzdem machte sich Stella manchmal Sorgen. Die Reise dauerte nun schon so lange und selbst sie kam manchmal an ihre körperlichen Grenzen. So viel hatten sie erlebt und gesehen, aber auch erlaufen.

„Soll ich die Hose oder mein Kleid anziehen?" Eva hielt ihrer nachdenklichen Enkelin zwei Kleidungsstücke entgegen.

„Zieh die Hose an, die ist praktischer", entgegnete Stella und freute sich, dass ihre Oma noch so viel Wert auf ein gepflegtes Äußeres legte.

Sie nahmen heute das Auto, um in die Nähe vom *Risorgimento S. Pietro* zu kommen. Als sie ihr Fahrzeug abgestellt hatten, gingen sie zur Haltestelle der Trambahn. Mit der Nummer 19 wollten sie ihre Sightseeingtour beginnen.

Zuerst fuhren sie bis zur *Villa Giulia*, von der Eva gestern erzählt hatte. Ins etruskische Museum gingen sie nicht, denn dazu fehlte ihnen leider die Zeit, aber die alte Sommerresidenz des Papstes Julius III. war es wert, eine kleine Pause einzulegen. „Stella, das nächste Mal, wenn du in Rom bist, musst du aber unbedingt hineingehen!" Stella nickte, sie hatte es schon längst in ihrem Smartphone notiert.

Dann fuhren sie mit der Straßenbahn Nummer 19 weiter bis zur *Piazza Buenos Aires*. Von dort war es nicht weit bis zu den ‚Feenhäusern'.

Eva war wieder einmal ganz aufgeregt. Ein einziges Mal war sie 1985 hier gewesen. Danach hatte sie diesen Ort nie mehr wieder gefunden. In keinem Führer und auch nicht im

Internet wurde dieses beeindruckende Viertel erwähnt.

Einige Zeit später jedoch schenkte ihr Georg, ohne es zu ahnen, eine Magazin über Italien. Darin gab es einen großen Artikel über das Jugendstilviertel, das *Quartiere Coppodè*.

Georg war ganz erstaunt, wie sehr sich seine Eva über diese Zeitschrift gefreut hatte. Er konnte ja nicht wissen, wie sehr sie diese Ecke in *Roma* vermisst und auch gesucht hatte.

1916 hatte eine römische Baugenossenschaft auf einem 30.000 Quadratmeter großen Grundstück Wohnhäuser errichten lassen. Der Florentiner Architekt *Gino Coppedè* erbaute daraufhin Häuser aus einem Mix der verschiedensten Epochen, vom Mittelalter bis zum Liberty-Stil.

Leider verstarb der Architekt viel zu früh und so wurden seine Bauwerke nicht so vollendet, wie er es sich gedacht hatte. Aber der Brunnen auf der *Piazza Mincio* und die steinernen Masken, die diabolischen Ungeheuer, skurrilen Tiere am *Palazzo del Ragno*, dem ‚Spinnenpalast', waren beeindruckend. Die *Villini delle Fate*, die ‚Feenhäuschen' mit Türmchen und verspielten Säulen, rundeten das beeindruckende Gesamtbild des Viertels ab.

Eva war noch ganz benommen von ihrer Freude, dieses Viertel nach so vielen Jahren wieder gefunden zu haben. Auch Stella war begeistert. Viele Touristen verliefen sich nicht in dieses extravagante Quartier.

„Sollten wir diese Situation nicht ausnutzen und hier gleich zu Mittag essen? Die Lokale hier sind bestimmt gut und günstig", meinte Stella. „Sehr gute Idee. Könnte meine sein", antwortete Eva lachend.

Nach dem Mittagessen ging es dann weiter mit der Tram Nummer 19 bis zur *Piazza di Porta Maggiore*. Dort mussten sie in die Nummer 3 wechseln und fuhren bis zum *Colosseo*. Dieses gigantische Bauwerk bewunderten die beiden Frauen allerdings nur von außen. Sie hatten keine Lust, sich in die endlosen Schlangen der Touristen zu stellen und fuhren weiter nach *Trastevere*. Als Stella aus dem Fenster sah, deutete sie auf eine außergewöhnliche Pyramide. „Was ist das?", fragte sie erstaunt.

Eva lächelte: „Ach das ist das Grabmal von Caius Cestius! Die ägyptische Kultur wurde durch Kaiser Augustus nach Rom gebracht. Mehrere Römer ließen sich kurz vor Christi Geburt kleine Pyramiden als Grabstätten bauen, davon existiert aber nur noch die Cestius-Pyramide."

Eva und Stella fuhren mit der Trambahn an der Pyramide vorbei und weiter nach *Trastevere*. Dort gingen sie sofort zur *Chiesa Santa Maria di Trastevere*. Eva mochte die Kirche gerne und wollte ein paar Minuten innehalten.

Ein *caffè* und ein *gelato* – wie so häufig in den vergangenen Tagen – in einem der Lokale auf der *piazza* rundeten den Trip mit der Trambahn ab. Als Eva eine junge Mutter mit ihrem Sohn lachend am Brunnen stehend sah, fing sie an zu erzählen.

Roma - Trastevere, 20. August 1988

Eva hielt ihren acht Monate alten Sohn Alessandro in die Höhe und Angelika machte einige Fotos von den beiden.

Außenstehende konnten meinen, sie mache eine Fotosession für eine Elternzeitschrift oder ein Magazin. Sie strahlte übers ganze Gesicht, als sie den schönen Jungen, der laut lachte, über ihr Gesicht in die Luft hielt.

Er war ihr ganzes Glück und die letzten Monate des Kummers waren vergessen. Eva war gemeinsam mit ihrem Sohn auf einer Urlaubsreise quer durch Italien unterwegs.

Zuerst hatte sie ihre Freunde am *Lago Maggiore* besucht. Dort war sie auf der Hochzeit von Mariella und Angelo. Sie durfte deren Trauzeugin sein.

Anschließend fuhren sie mit dem Zug weiter nach Rom zu ihrer Freundin Angelika. Danach sollte es noch weiter zu Laura nach *Priverno* gehen.

Aber erst mal genoss sie sichtlich die Tage in ihrer geliebten Stadt.

Angelika lebte nun schon seit über drei Jahren hier, obwohl sie nach dem Abitur nur ein Jahr Auszeit nehmen wollte. Sie war zuerst ebenfalls ein Au-pair-Mädchen bei Freunden von Evas Familie. So hatten sie sich auch kennengelernt und Eva verstand sich auf Anhieb gut mit der fünf Jahre jüngeren Angelika.

Angelika war damals noch auf der Suche, das merkte man auch an ihrem äußerlichen Auftreten. Sie war groß und hatte braune Naturlocken. Die Haare waren vorne kurz und hinten lang geschnitten. Sie versteckte sich in Jeans und 'Schlabber-T-Shirt'.

Nun, nach einigen Jahren in *Bella Italia*, war eine attraktive Frau aus ihr geworden. Sie trug ihr Haar kurz, aber so, dass man ihre Naturlocken sehen konnte und sie leuchteten nun in einem schönen Kupferton. Ihre schönen Augen und ihre vollen Lippen hatte sie kunstvoll geschminkt, dazu trug sie ein elegantes, enges Kleid. Die Männer drehten sich nach ihr um.

Mittlerweile hatte sie sich auch beruflich verändert. Nachdem sie in zwei Familien gelebt hatte, ging sie nochmals auf eine Dolmetscherschule. Sprachbegabt, wie sie war, kein Problem für sie. Von ihrer polnischen Großmutter hatte sie etwas Polnisch gelernt. Im Gymnasium Englisch und Französisch. In Rom in kürzester Zeit Italienisch und 'Römisch'. Und zu guter Letzt lernte sie noch Russisch.

Nebenbei jobbte sie als Fremdenführerin. Kein Zweifel, sie würde in Rom sesshaft werden. Auch privat hatte sie mittlerweile einen festen Freund.

Eva war ein wenig neidisch. Sie wäre auch so gerne hier in *Roma* geblieben. Aber für sie als ‚*ragazza madre*', als ledige Mutter, gab es keine Möglichkeit, in der Stadt ihrer Träume zu bleiben. So zog sie es vor, nach Deutschland zurückzukehren. Die Sehnsucht nach *Roma* fraß sie an manchen Tagen jedoch innerlich auf. Dann weinte sie heimlich.

Natürlich hatte Eva zuerst gemeint, sie könnte mit dem Kind in *Roma* bleiben. Jedoch an der Reaktion der Italiener merkte sie, dass dies noch nicht ging. Die Italiener waren noch nicht so weit, denn es gab nur zwei Möglichkeiten, wenn man ungewollt ein Kind erwartete: Entweder man heiratete so schnell wie möglich den Kindsvater oder einen 'Ersatz', oder man trieb ab. Was leider in Italien häufig Realität war.

Eva erinnerte sich noch gut an ihre erste Vorsorgeuntersuchung beim Gynäkologen in einem kleinen Dorf nördlich von *Roma*.

Nachdem sie vier endlose Stunden in einem überfüllten Raum gewartet und sich die Zeit damit vertrieben hatte, vor allem junge Mädchen zu beobachten, war sie endlich an der Reihe.

Eine italienische Praxis hat mit einer deutschen rein gar nichts gemeinsam. Außer einer Pritsche und einem Schreibtisch befindet sich nichts im Arztzimmer.

Zuerst benahm sich der Arzt etwas seltsam. Er saß hinter seinem Schreibtisch und schrieb ununterbrochen. Während er ihr Fragen über ihre letzte Menstruation usw. stellte, sah er nicht einmal auf. Dann musste sie sich auf eine Liege legen und er untersuchte sie.

Zurück am Schreibtisch schrieb er weiter. Lakonisch teilte er Eva mit, dass sie schwanger sei und fragte sie, ob sie das Baby behalten wollte.

Vollkommen verdutzt über diese Art der Frage, aber auch über den Zwiespalt ihrer Gefühle, denn bis dahin hatte sie sich überhaupt noch keine Gedanken gemacht, bejahte Eva die Frage. Ja, sie wollte das Kind behalten!

Nicht nur Eva war über sich selbst überrascht, auch der

Gynäkologe.

Er blickte sie das erste Mal an, wurde hektisch und rief. „Ja, dann muss ich sie ja erst mal gründlich untersuchen." Verdattert schaute sie ihn an. 'Was war denn mit dem los?', dachte sie sich erstaunt.

Auf einmal nahm sich der behandelte Arzt viel Zeit für Eva. Er war wie umgewandelt und stellte anschließend mehrere Rezepte aus, die sie sich von der Krankenkasse bestätigen lassen musste. Dann erklärte er ihr, dass sie anschließend Termine für den Ultraschall und die Blutuntersuchungen ausmachen sollte, gab ihr noch ein paar Ratschläge und verabschiedete sich mit einem Lächeln im Gesicht.

Noch verwirrt über das gerade Erlebte ging sie hinaus zur Sprechstundenhilfe und fragte sie, warum der Arzt so komisch auf die Tatsache reagiert hätte, dass sie das Kind behalten wollte.

Da meinte die nette Arzthelferin: „Haben Sie denn nicht all diese jungen Dinger im Wartezimmer gesehen? Keine von diesen armen Mädchen behält ihr Baby." Jetzt erst wurde ihr klar, warum so eine negative Atmosphäre in dem Raum geherrscht hatte.

Eine Nachbarin und Ärztin, der Eva am nächsten Tag alles erzählte, erklärte ihr: „Gehen Sie doch einmal in den frühen Morgenstunden zu einem der vielen Krankenhäuser in *Roma*. Dort können Sie vor dem Eingang die langen Reihen der Mädchen antreffen, die alle nur darauf warten, ihr 'Missgeschick' wieder loszuwerden."

An diese Geschichte musste Eva denken, als sie ihren fröhlichen, lebhaften Jungen im Arm hielt. Um nichts in der Welt würde sie diesen Wonneproben wieder hergeben. Und sie spürte, dass sie damals die richtige Entscheidung getroffen hatte!

Roma, 20. Mai 2034

Eva seufzte tief und dachte an ihren Alessandro, der mittlerweile 47 Jahre alt war.

„*Nonna*, was ist los?", fragte Stella.

„Alles in Ordnung, Stella, mach dir keine Sorgen. Ich habe nur an meine Freundin Angelika gedacht." Sie erzählte ihr von ihren Gedanken.

„Und was ist aus Angelika geworden?"

„Angelika und ich sind noch heute Freundinnen. Zwischendurch haben wir uns zwar mal kurz aus den Augen verloren, aber wie ich immer sage: Man sieht sich immer zweimal im Leben." Das war Evas Lieblingssatz.

„Angelika hat richtig Karriere gemacht. Sie arbeitete als Dolmetscherin und als Synchronsprecherin bei dem Fernsehsender RAI", erzählte Eva ausführlich. Nach einer kleinen Pause redete sie weiter: „Dann habe ich zufällig nach vielen Jahren, in denen wir keinen Kontakt hatten, einmal einen italienischen Film gekauft. Leider konnte man ihn nur mit deutschem Untertitel anschauen. Am Ende des Filmes stand im Abspann zu lesen, dass die Übersetzung vom Italienischen ins Deutsche eine gewisse Angelika gemacht hat. Das war für mich ein Wink des Schicksals. Spontan rief ich sie an. Wir hatten zwischenzeitlich wieder einmal den Kontakt verloren. Sie freute sich sehr über meinen Telefonanruf und ein halbes Jahr später hatten wir uns dann tatsächlich in Rom wieder gesehen."

„Und lebt sie noch immer hier?"

„Nein, leider nicht. Sie hat später als Dolmetscherin für die EU gearbeitet und flog ständig zwischen Rom und Brüssel hin und her. Vor fünf Jahren hat sie sich dann endgültig in Brüssel niedergelassen."

Stella wollte noch mehr wissen: „Habt ihr wenigstens noch Kontakt und hast du sie schon in Brüssel besucht?"

„Ja, stell dir vor, wir schreiben uns regelmäßig Mails und

nächstes Jahr habe ich vor, sie mit Georg zu besuchen. Ich wollte ja schon längst mal nach Brügge fahren. Soll eine sehr schöne Stadt sein. Und dann schauen wir uns natürlich auch Brüssel an und besuchen Angelika."

„Hast du noch mehr Freunde in Rom?" Stella fragte Eva Löcher in den Bauch.

„Ja, Susanne lebt nach wie vor in Rom und sie hat uns schon eingeladen. Übermorgen Abend kocht ihr Mann. Er ist ebenfalls ein begnadeter Koch! Komisch, die meisten Ehemänner meiner Freundinnen kochen gerne und gut. Auf jeden Fall kannst du dich schon mal darauf freuen." Nach einer kleinen Pause fügte sie hinzu: „Stella, ich glaube, wir sollten jetzt zurückfahren."

„Ja, du hast recht, wir wollten doch noch ein wenig vom Vatikan sehen. Ich bin schon sehr gespannt darauf!"

Eva und Stella setzten sich in den kleinen Elektrobus, der sie von *Trastevere* zur *Basilica di San Pietro in Vaticano* bringen sollte. Diese kleinen Busse fuhren durch die ganz Stadt und klapperten die wichtigsten Sehenswürdigkeiten ab.

Auch in *Roma* gab es keinen Autoverkehr mehr. Auf den Straßen fuhren nur noch Busse, Krankenwagen und Lieferfahrzeuge. Das Verkehrsnetz von *Roma* war perfekt ausgebaut: Es gab die Metro, die Trambahnen, die Omnibusse für die längeren Strecken und die kleinen Elektrobusse, die nur in der Altstadt fuhren.

Am *Piazza San Pietro* angekommen schauten sich die beiden zuerst die gewaltige Kirche an. Vor dem Eintreten legten sie sich die mitgeführten Schals um die Schultern. Trotz der Menschenmassen hatte diese Kirche etwas Erhabenes.

Stella wollte noch die Sixtinische Kapelle ansehen, aber leider war diese und andere große Teile des vatikanischen Museums wieder einmal geschlossen. „Ich habe selten Glück", sagte Eva. „Ich war über zwanzig Mal in Rom und nur zweimal konnte ich das Museum besichtigen, weil es sonst immer renoviert wurde. Selbst in den zwei Jahren meines Aufenthaltes war es geschlossen."

Stella war ein wenig traurig darüber. „Zum Trost zeige ich dir etwas ganz Besonderes", tröstet sie Eva und zog sie um den gewaltigen Platz herum zu einem Seiteneingang, der von Gardisten der berühmten Schweizer Garde bewacht wurde. Sie sprach ein paar Worte mit ihnen und wie von Geisterhand durften sie eintreten und erreichten so den deutschen Friedhof.

„Was hast du denn gesagt?", fragte Stella.

„Man sagt einfach, man möchte auf den *Cimitero Teutonico,* den deutschen Friedhof, und dann lassen sie einen problemlos durch."

Eva hatte nicht zu viel versprochen. Der Friedhof hatte etwas Beruhigendes. Die schön gestalteten Gräber, die teilweise schon hunderte Jahre alt waren und die Vielfalt an Pflanzen und Blumen luden sogar zum Verweilen ein.

Auf dem deutschen Friedhof wurden und werden nur Deutsche beerdigt, die in *Roma* verstorben sind.

Eva erzählte Stella eine lustige Geschichte, die sie 2010 mit Clara und Georg erlebt hatte. Sie wollten ebenfalls den deutschen Friedhof besichtigen und fragten nach dem Eingang. Ein sehr unfreundlicher Security-Mitarbeiter erklärte mehr schlecht als recht den Weg.

Auf der beschriebenen Route kamen sie an der vatikanischen Post vorbei und gingen kurz hinein, um ihre Ansichtskarten abgeben zu können. In dem vollen, warmen Raum stand eine Tür zur anderen Seite hin offen. Georg hatte die geniale Idee, sie könnten doch durch diesen Ausgang hinausgehen und sich so den Umweg sparen.

Gesagt, getan. Was sie nicht wussten, das Benutzen der Tür war eigentlich für Unbefugte verboten. Als sie hinaustraten, sahen sie, dass sie bereits hinter der offiziellen

Eingangsschranke waren. Sie hatten also quasi das Territorium des Vatikan unwissentlich aber illegal betreten.

Stella musste laut lachen und eine alte Dame schaute sie böse an. Schnell hielt sie sich die Hand vor den Mund und Eva zog sie hinter sich aus dem Friedhof hinaus.

Sie gingen gemütlich die lange Allee hinunter, bis sie zur *Castello Sant`Angelo* kamen. In dem kleinen Park machten sie erst mal eine Pause und tranken ein Wasser, das sie an einem Kiosk gekauft hatten.

„Hier hatte dein Opa einmal ein lustiges Foto gemacht", erzählte Eva. „Ein Mann lag schlafend auf der Bank. Von der Rückseite aus konnte man nur die Wade eines Beines sehen, welche auf der Rückenlehne lag. Von Weitem sah es tatsächlich so aus, als hätte jemand sein Bein dort liegen gelassen oder vergessen." Die beiden Frauen lachten so laut, dass sich die Umstehenden umdrehten und sie pikiert anstarrten.

Während sie die Burg betrachteten erzählte Eva, wie schön es im November in *Roma* sein kann. „Weißt du, Stella, wenn ein milder Regen die Straßen nass gemacht hatte und du durch die kleinen, dunklen Gassen liefst, roch es nach frischem Regen und ein wenig nach dem Modergeruch der alten Gemäuer. Das hatte etwas eigenartig Schönes. Das kann man nicht so richtig mit Worten beschreiben." Stella war erstaunt, dies aus dem Mund ihrer Oma zu hören. Sie wusste, dass sie den Frühling liebte und den Sommer mochte, aber der Herbst und der Winter waren ihr eigentlich ein Gräuel.

„Und dann waren Susanne und ich eines Abends hier in der Engelsburg bei einem Klavierkonzert. Es wurde kostenlos angeboten. Wer wollte, konnte anschließend etwas spenden. Für mich war es eine der schönsten Musikaufführungen, die ich je in meinem Leben gehört hatte. Wahrscheinlich war es die Atmosphäre und die wunderbare Akustik in den alten Mauern. Ich werde die Musik nie wieder vergessen." Eva seufzte leise und ihr Blick schweifte in die Ferne.

Dann sprang sie auf und rief: „Lass uns schauen, ob wir noch hineingelassen werden."

Sie hatten Glück und konnten noch einen kleinen schönen Rundgang durch die alte Burg machen, bevor sie ihren Heimweg antraten.

Lago Bracciano, 21. Mai 2034

Eva war froh, dass sie den heutigen Tag am See verbringen wollten. Sie spürte jeden einzelnen Knochen. Ihr Rücken schmerzte und selbst die Knie fühlten sich schrecklich an.

Sie lag auf einer Liege im Garten ihrer Ferienwohnung. Die Sonne hatte mittlerweile eine enorme Kraft und sie war zufrieden, dass es hier so viele schöne Bäume gab, die ihr Schatten spendeten.

Stella verwöhnte sie mit *caffè* und kleinen Snacks. Und so verbrachten sie den Tag abwechselnd mit Lesen und guten Gesprächen.

Eva erzählte von ihrer Familie in *Formello*. Sie liebte die kleine Cristina vom ersten Augenblick an. Schon nach kurzer Zeit fühlte sie sich, als wäre sie die Mutter der beiden. Mit Cristinas Bruder Gian Luca kam sie zwar auch gut zurecht, hatte aber nicht dieses innige Gefühl wie zu Cristina.

Fast ein Jahr war sie nun ein Mitglied dieser Familie und fühlte sich pudelwohl. Gemeinsam mit den Eltern machte sie häufig schöne Ausflüge, zum Beispiel in die nahegelegenen Kastanienwälder. Eva war ganz begeistert davon, dass man in Italien so viele 'Lebensmittel' während der Spaziergänge einfach einsammeln konnte. So nahmen sie zum Beispiel *marroni* - Esskastanien mit. Beim nächsten Mal fanden sie wilden grünen Spargel, der auf den Wiesen wuchs. Dann wiederum kannte Michele, der Vater, verlassene Obstwiesen. Dort hatten sie Äpfel aufgelesen oder pflückten die reifen

Feigen vom Baum. Die Mutter, Simona, kannte sich ziemlich gut mit Wildkräutern aus und so zupften sie *rucola* oder auch Bärlauch an den Ackerrändern. Dass in Deutschland wiederum noch nicht einmal mehr Feldblumen wuchsen, machte Eva ganz traurig. Sie waren in den achtziger Jahren fast komplett von den Wiesen und Feldern verschwunden.

Erst viele Jahre später, als nicht mehr soviel Chemikalien verspritzt wurden, kehrten einige Arten wieder langsam zurück. An der Vielfalt der Pflanzen in Italien konnte sich Eva daher nicht satt sehen. Besonders die Mohnblumen hatten es ihr angetan. ‚Hier scheint die Welt noch in Ordnung zu sein', dachte sie glücklich.

Bis zu dem schrecklichen Tag, als sich im Atomkraftwerk von Tschernobyl eine Nuklearkatastrophe ereignete.

Formello, 26. April 1986

Es war einfach unfassbar. Es war das passiert, wovor alle Angst hatten, aber jeder gehofft hatte, dass es niemals passieren würde.

Sie saßen gespannt und ängstlich zugleich vor dem Fernseher und schauten auf die verheerenden Bilder, die sie zu sehen bekamen.

Angst erfasste Eva. Es war immer noch unvorstellbar für sie, auch für ihre Familie und ihre Freunde. Was würde nun passieren?

Von diesem Tag an war nichts mehr wie zuvor. Auch wenn die Nuklearkatastrophe scheinbar weit weg geschehen war, wusste jeder, dass ganz Europa mehr oder weniger von dieser Katastrophe betroffen war, denn der Wind trug das unsichtbare Gift über die Grenzen weiter in den Westen, Norden und Süden.

Zuerst wurde der Ernst der Lage unterschätzt und von falschen Informationen geprägt. Die sowjetische Regierung ging noch am Morgen nach der Explosion nur von einem

Feuer im Atomkraftwerk aus.

Erst als der Zivilschutz in *Prypjat*, der Ort liegt fünf Kilometer vom Reaktor entfernt, am Tag darauf gefährlich hohe Strahlungsbelastungen maß, meldete er dies nach Moskau.

Parteichef Michail Gorbatschow richtete daraufhin einen Krisenstab ein und entsandte Experten zum Unglücksort.

Der Bevölkerung wurde geraten, Jodtabletten einzunehmen sowie Fenster und Türen geschlossen zu halten. Erst dreißig Stunden nach dem Unglück wurde mit der Evakuierung der Stadt *Prypjat* begonnen. Nach weiteren zwei Tagen wurde in Schweden eine erhöhte Radioaktivität gemessen.

Erst jetzt war man sich der großen Gefahr bewusst und nun endlich wurden erste sinnvolle Schritte eingeleitet. Der Radius der Evakuierung wurde auf dreißig Kilometer ausgedehnt und es wurde der Versuch unternommen, den Reaktorblock zu kühlen. Die verängstigte Bevölkerung klärte man trotzdem nicht ausreichend über die gefährliche Lage auf. Aus Angst vor einer drohenden Panik.

Die Wolken mit dem radioaktiven Fallout verteilten sich zunächst über weite Teile Europas und schließlich über die gesamte nördliche Halbkugel. Wechselnde Luftströmungen trieben die tödliche Substanz zunächst in die skandinavischen Länder, dann weiter über Polen, nach Tschechien, Österreich, Süddeutschland und Norditalien. Eine dritte Wolke erreichte den Balkan, Griechenland und die Türkei.

Innerhalb dieser Länder wurde der Boden, je nach regionalen Regenfällen, unterschiedlich hoch belastet und Pilze, Waldbeeren, Wildtiere wurden verseucht. Die gesundheitlichen Folgen für die Menschen waren enorm. Die Krebserkrankungen stiegen selbst in Ländern wie Deutschland stark an.

An den Folgen akuter Strahlenkrankheit starben nach

Aussage der WHO 'nur' knapp fünfzig Personen. Die drei am stärksten betroffenen Länder rechneten aufgrund der stark erhöhten Strahlenexposition mit circa 9.000 tödlichen Krebs- und Leukämieerkrankungen in den nächsten Jahren.

Für Gesamteuropa werde bis 2065 mit etwa 16.000 Krebserkrankungen an der Schilddrüse und 25.000 sonstigen zusätzlichen Tumorerkrankungen gerechnet.

Auch Eva hatte große Furcht, als sie dies alles in den Zeitungen las. Ihre italienische Familie versuchte, sich so gut wie möglich abzusichern und kaufte noch bewusster die Lebensmittel ein, als sie es sowieso schon tat.

Sie erwarben zum Beispiel nur noch haltbare Milch, die vor der Katastrophe abgefüllt wurde.

In Italien war es damals üblich, auf der Unterseite der Verpackung das Abfülldatum zu notieren. Aber schon nach wenigen Wochen war diese Milch ausverkauft und die neu abgefüllte wollte niemand mehr haben.

Als Eva ein Jahr später schwanger wurde, kamen diese schrecklichen Bilder wieder hoch und sie betete zu Gott, dass ihr Kind gesund zur Welt kommen möge.

Lago Bracciano, 21. Mai 2034

Stella hatte den Erzählungen mit wachsender Aufmerksamkeit gelauscht. Sie konnte sich fast gar nicht mehr an Atomkraftwerke erinnern. Die letzten wurden in Europa vor zehn Jahren abgeschaltet.

Nun gab es nur noch alternativen und regenerativen Strom, hergestellt mit Hilfe von Wind, Wasser und der Sonne. Nie hätte Eva sich vorstellen können, dass dies ausreichen würde.

Aber durch die neuen Entwicklungen von sparsameren Geräten und Fahrzeugen, gekoppelt mit einem bewussteren Lebensstil der Menschen, hat es dann tatsächlich geklappt. Deutschland galt lange als Vorreiter, mit der Zeit breitete sich das Umweltbewusstsein immer weiter aus.

Nach dem Mittagessen und einem kleinen Schläfchen machten sich die beiden Frauen doch noch mal zu einem Spaziergang durch *Anguillara Sabazia*, einem netten mittelalterlichen Städtchen, auf. Danach fuhren sie noch zum *Borgo medieovale di Bracciano*. Kaum angekommen erwachten Evas Lebensgeister und sie wurde nicht müde durch die alten Gassen zu laufen. „In dieser Stadt war ich noch nicht, eine Schande!", rief sie empört über sich selbst. Das *Castello Orsini Odescalchi* hatte es ihr angetan. Aber auch Stella war immer wieder überrascht über die vielen schönen Städte, Sehenswürdigkeiten und Monumente, die sie sahen.

Plötzlich jedoch wurde Eva dann doch noch müde und jammerte: „Ach, meine alten Knochen sind auch nicht mehr das, was sie einmal waren. Ich glaube, ich brauche eine Pause. Lass uns in die nette Bar da drüben gehen." Und schon schob sie Stella in die Richtung ihres Wunsches.

„Ich muss immer daran denken, wie es für dich damals war, als du hier alleine warst und du von Francesco erfahren hattest, dass seine Freundin ebenfalls ein Kind erwartete."

„Das war sehr schlimm für mich!", rief Eva mit unglücklichem Gesichtsausdruck. „Ich liebte ihn und dann kam er mit dieser Nachricht. Erst konnte ich es gar nicht glauben. Dann versuchte ich ihn zu überreden, sich für mich zu entscheiden. An manchen Tagen hatte ich auch das Gefühl, ich hätte dabei Erfolg. Aber dann spürte ich, dass seine Familie am längeren Hebel saß. Und letztendlich war ich ja nur die Ausländerin."

Erstaunt schaute sie Stella an: „Ausländerin?"

„Ja, Ausländerin. Auch in Italien gab es viele Vorbehalte gegen Ausländer. Viele glauben, nur Afrikaner oder Sinti zum Beispiel wären nicht gerne gesehen. Aber das ist ein Irrtum."

Stella lauschte erstaunt ihrer Oma: „Meine Freundin

Isabella war mit einem reichen Sizilianer zusammen. Sie sah aus wie eine Italienerin, weil ihr Vater ein Marokkaner war. Das nutzte ihr aber auch nichts. Seine Familie trieb einen Keil zwischen die beiden. Eine Ausländerin? Das ging gar nicht! Und ähnlich war es bei mir. Die blonde Deutsche, die allein in Italien lebte. Das war unmoralisch. Nach ein paar Wochen dann wollte mich Francesco sogar dazu überreden abzutreiben. Da wachte ich aus dieser Hoffnungslosigkeit auf. Ich überlegte nicht lange, verließ Italien und ging zurück nach Deutschland."

Sie stockte kurz. Stella kam ins Grübeln. Wie würde sie in so einer Situation entscheiden? Wie einsam musste sich ihre Oma damals gefühlt haben.

„Hattest du denn keine Freunde?", fragte sie.

„Doch schon. Aber meine italienischen Freundinnen sahen nur die Abtreibung als Lösung. Rückhalt bekam ich eigentlich nur von vier Personen: Da war erst mal Susanne, die du morgen kennenlernen wirst, dann Angelika, die Dolmetscherin, die auch die Taufpatin von Alessandro wurde. Laura, von der ich dir bereits erzählt hatte, du weißt schon, die an der Ebola-Erkrankung gestorben ist. Sie war schon damals eine sehr fortschrittliche Italienerin und dann noch Monica. Monica war außergewöhnlich."

„Außergewöhnlich? Wie meinst du das?"

„Sie war Künstlerin, geschieden und alleinerziehende Mutter eines Sohnes."

„Na das ist doch nichts Außergewöhnliches."

„In den achtziger Jahren und in Italien schon. Scheidung gab es hier damals so gut wie gar nicht. Alleinerziehend? Unmöglich!Und dann noch eine Kunstschaffende!"

Evas Blick ging in die Ferne: „Monica hatte ich in der *Villa Pamphili* kennengelernt. Sie war mit ihrem fünfjährigen Sohn und ich mit den zwei Jungs aus meiner Familie auf dem Spielplatz. Ich dachte, sie wäre auch ein Au-pair-Mädchen und so kamen wir ins Gespräch. Wir waren uns sofort sympathisch und verbrachten viel Zeit miteinander."

Eva überlegte kurz. „Monica war auch etwas verrückt, genauso wie ich und sie fand es gut, dass ich mich für das Kind entschieden hatte. Eines Tages fragte sie mich, ob ich ihr helfen könnte. Ich bejahte und fragte sie, bei was ich ihr denn überhaupt helfen sollte. Und sie erklärte mir, dass sie einen Auftrag hätte und um diesen zeitlich zu schaffen, bräuchte sie Hilfe. Ich sei doch auch künstlerisch begabt." Eva stockte und sah mit stolzem Blick zu Stella. „Ich sollte ihr beim Malen der Schaufensterbilder für ein römisches Geschäft in der *Via Portense* helfen." Stella staunte nicht schlecht. „Heißt das, du hast Bilder gemalt?"

„Die Bilder hat Monica entworfen und vorgezeichnet und ich habe ihr dabei geholfen, die Bilder mit Ölfarben auszumalen. Das war ganz schön viel Arbeit. Insgesamt waren es vier riesige Leinwände und für ein Schaufenster hatte sie sogar menschliche Figuren entworfen. Die Szenen spiegelten die Entstehung der Erde wieder."

„Was du schon alles gemacht hast in deinem Leben!" Stella konnte es nicht fassen. „Warst du nicht auch mal Statist für einen Werbefilm?"

Eva lachte: „Ja, für eine Zigarettenwerbung. Dabei habe ich gar nicht geraucht."

„Und Model warst du auch mal, stimmt's?"

„Ja, ich habe für eine Freundin, die eigene Seidenkleider entwarf, die neuesten Modelle vorgeführt. Das hat viel Spaß gemacht."

„Also langweilig ist dir nie geworden, oder?"

„Nein, ich habe mir die Jobs auch nie gesucht, sie sind mir immer zugeflogen."

Eva bekam wieder einen nachdenklichen Blick. „Was ist aus Monica geworden?" Stella wollte noch mehr wissen.

„Wir haben uns leider aus den Augen verloren." Eva

überlegte kurz, dann fuhr sie fort: „Ich fuhr mit dem Nachtzug zurück nach Deutschland. Auf der Fahrt hatte ich plötzlich Angst, ich könnte mein ungeborenes Kind verlieren. Ich konnte kein Auge zumachen."

„Oh, wie schrecklich. Und stell dir mal vor, du hättest auf Francesco gehört und hättest abgetrieben. Dann wäre ich nicht da!" Erschrocken starrte Stella sie an. Eva nahm sie in den Arm.

„Keinen Moment habe ich an diese Möglichkeit gedacht. Obwohl dein Vater noch nicht geboren war, liebte ich ihn schon mehr als alles andere auf der Welt!"

Eva schaute gedankenverloren in Richtung See. „Und stell du dir mal vor. Wenn ich damals nicht nach Deutschland zurückgekehrt wäre, und das wollte ich ja nicht, hätte ich nicht Georg getroffen und geheiratet und Clara wäre nicht auf die Welt gekommen … Das wäre ganz furchtbar."

„Das war alles Schicksal", sagte Stella und Eva ergänzte:

„Alles hat seinen Sinn. Vieles versteht man aber erst nach Monaten, Jahren oder gar Jahrzehnten."

„Und was ist nun aus Monica geworden?"

„Als ich wieder in Deutschland war, hatten wir uns noch eine Weile geschrieben und hin und wieder miteinander telefoniert. Dann wollte ich sie besuchen. Du weißt, als Alessandro acht Monate alt war. Sie lebte mittlerweile wieder in *Piacenza*, von wo sie ursprünglich herkam." Eva gefiel es eine so gute Zuhörerin in ihrer Enkelin gefunden zu haben.

„Nach reiflicher Überlegung wurde mir das aber zu stressig. Erst an den *Lago Maggiore*, dann nach *Piacenza*, dann nach Rom und zum Schluss nach *Priverno*. Ich sagte ihr, ich käme im nächsten Jahr. Sie hat mir das leider sehr übel genommen und hat sich nicht mehr gemeldet. Auch auf meine Briefe hin bekam ich nie wieder eine Antwort."

„Schade!"

„Ja, schade. Aber dann ist noch mal etwas Merkwürdiges

passiert. Meine Schwester Maria war mit meiner Mutter für zwei Wochen in der Toskana. Bei einem Ausflug, ich glaube es war nach Florenz, haben sie eine Straßenmalerin beobachtet. Und weil meiner Schwester Maria das so entstehende Bild so gut gefiel, hat sie die Malerin und das Bild fotografiert. Und stell dir vor, es war Monica."

„Das glaube ich jetzt nicht!"

„Ich wollte es auch nicht glauben. Aber meine Schwester hat mir dann das Bild geschenkt. Trotzdem habe ich nie wieder von ihr gehört."

„Sag mal, Oma, sollen wir zur Wohnung zurück und etwas Leckeres kochen?"

„Du sprichst mir aus der Seele. An was hast du denn gedacht?"

„Wie wäre es mit *ricotta* gefüllte *zucchini* und dazu *Scaloppine al limone?*"

„Wunderbar, mir läuft schon das Wasser im Mund zusammen."

Roma, 22. Mai 2034

Der gestrige Abend war sehr gemütlich, auch wenn die beiden Frauen von einem Platzregen überrascht worden waren und in der Wohnung essen mussten. Aber davon ließen sie sich die gute Laune nicht verderben und hatten viel gelacht.

Heute Morgen sind sie dann wieder nach *Roma* gefahren. Eva wollte ihrer Enkelin unbedingt ihre tolle Wohnung in *Monte Verde Vecchio* zeigen. „Ich wohnte im zehnten Stock mit Blick über die Dächer von Rom. Einzigartig!", schwärmte sie. „Schade nur, dass ich nur so kurz dort gewohnt habe."

Sie fuhren bis auf den Parkplatz in der Nähe der *Villa Pamphili* und nahmen einen der kleinen Elektrobusse. Mit diesem fuhren sie bis zur *Piazza Rossolino Pilo*.

In der *Via Barilli* sah Eva endlich die Wohnung ihres Romaufenthaltes wieder. Sie konnte es nicht fassen. Tränen stiegen ihr in die Augen. Auch wenn sie nicht in die Wohnung gehen konnten, so klingelte Eva wenigstens an der Hausmeisterwohnung und erklärte ihr Ansinnen. Die ältere Frau hatte Verständnis und ließ sie eintreten.

Nach wie vor wurden die vielen *palazzi*, das sind große Wohnblocks, meist mit schönem Innenhof, von einem Hausmeisterehepaar behütet. An ihnen kam man nicht so ohne Weiteres vorbei. Sie waren aber nicht nur Schutz für das Haus und deren Bewohner, sie hatten auch die klassische Hausmeisterfunktion inne.

Zudem waren sie die guten Seelen und gleichzeitig heimlichen Herrscher. Während der Abwesenheit von Bewohnern, versorgten sie deren Pflanzen, Haustiere und nahmen Post und Pakete entgegen. Eva, Stella und die freundliche Hausmeisterin fuhren mit dem alten, klapprigen Aufzug in den zehnten Stock. Durch ein kleines Fenster im Flur konnte Stella wenigstens erahnen, wie schön der Blick von der Dachterrasse sein musste.

Tausend Mal bedankte sich Eva bei der netten und gesprächigen Dame, bei der sie noch einen *caffè* einnehmen mussten, und versprach wieder zu kommen, wenn sie mal wieder in *Roma* sei.

Von der Wohnung waren es nur ein paar Schritte bis zur *Villa Sciarra*. Ein beeindruckender, kleiner Park, nicht so bekannt wie *Villa Borghese* oder *Villa Pamphili*.

Leider haben viele der Parkanlagen in den letzten Jahrzehnten stark unter den Sparmaßnahmen der Regierung Italiens gelitten.

„Hier war ich oft mit Angelika. Sie machte immer viele Fotos von den vielen schönen Brunnen und dem *Casino Barberini*, ein sehenswertes Gebäude mit einem wunderschönen Aussichtsturm."

Eva lief wie ein Wiesel durch den Park über die verschlungenen Wege. „Und wie in allen italienischen Gärten, gibt es für die Kleinen immer Fahrgeschäfte und Spielplätze."

Von der *Villa Sciarra* aus fuhren Eva und Stella mit dem Elektrobus weiter zum *Gianicolo*, dem bekannten Aussichtspunkt. „Von hier hast du den schönsten Ausblick über Rom!", schwärmte Eva.

Auch Stella war begeistert. Eva hatte nicht zu viel versprochen. Von hier hatte man einen atemberaubenden Blick über die Dächer von *Roma* und man sah nicht nur das Denkmal von *Vittorio Emanuele*, sondern auch die berühmten sieben Hügel von *Roma*.

Nicht weit vom *Gianicolo* entfernt befindet sich *San Pietro in Montorio*, eine in der Renaissance errichtete Kirche. Bekannt ist sie wegen des im benachbarten Klosterhof gelegenen *Tempietto di Bramante*, einem von Bramante ausgeführten kleinen Rundtempel, der als ‚Vollendung der Hochrenaissance' gilt.

Unterhalb der kreisförmigen Aula befindet sich eine schmucklose Krypta, wo ein Gedenkstein auf dem Boden die Mulde schützt, die das Kreuz des heiligen Petrus dort hinterlassen haben soll. An dieser Stelle soll, einer Überlieferung nach, gekreuzigt worden sein.

„Hier war ich 1986 mit Alessandros leiblichem Vater. Seit damals war ich aber nicht mehr hier", erzählte Eva.

„So, genug Kultur. Gehen wir eine Kleinigkeit essen." Und mit diesen Worten zog sie ihre Enkelin weiter nach *Trastevere*, das nur wenige Schritte entfernt lag.

Sie fanden eine nette Pizzeria und aßen dort wie geplant zu Mittag. „So eine gute Pizza habe ich schon lange nicht mehr gegessen", meinte Eva anschließend und fügte dann noch hinzu: „Die erste Pizza, die für uns die wirklich Beste war, hatten wir in der *Toscana* gegessen. Auf der Hochzeitsreise mit deinem Opa und deinem Vater."

Eva holte aus und fing mit Händen und Füßen an über dieses schöne Erlebnis zu erzählen und Stella wunderte sich wieder einmal, wie viel Eva noch aus ihrem abwechslungsreichen Leben wusste. Manchmal zweifelte sie an der Diagnose des Arztes. Sie konnte und wollte sich einfach nicht vorstellen, dass ihre geliebte Oma langsam alles vergessen würde.

„Der Ort hieß *San Quirico d'Orcia*, das weiß ich noch genau. Wir waren für italienische Verhältnisse viel zu früh in dieser Pizzeria, nämlich um 18 Uhr. Daher waren wir zunächst die einzigen Gäste. Wir unterhielten uns mit dem Besitzer, der gleichzeitig auch der Pizzabäcker war und noch ein paar Brocken Deutsch von seinem kurzen Aufenthalt in Deutschland konnte. Als etwas später dann die Pizza aufgetischt wurde, dachten wir erst, es sei eine Familienpizza, so groß aber auch hauchdünn war sie. Und weil sie so gut schmeckte und die Besitzer so nett waren, gingen wir natürlich ein zweites Mal dort hin."

Eva war wieder einmal voll in ihrem Element: „Diesmal kamen wir später in das fast voll besetzte Lokal voller plappernder Italiener. Als uns der Besitzer eintreten sah, kam er sofort auf uns zu und begrüßte uns wie alte Freunde. Etwas später, wir saßen an unserem zugewiesenen Platz, feierte am Nebentisch ein alter Mann im Kreise seiner Familie seinen 90. Geburtstag. Unerwartet bat uns der Wirt zu dieser Geburtstagsgesellschaft hinzu. Verunsichert und etwas zögernd nahmen wir die freundliche Einladung an und wurden herzlich in der illustren Runde aufgenommen. Wir hatten noch viel Spaß an diesem Abend."

Stella schaute ihre *nonna* an, diese war kaum zu bändigen: „Die zweitbeste Pizza habe ich in *Oleggio in Piemonte* gegessen. Sie hieß ‚*Mare e Campagna*', Meer und Land, und war einfach fantastisch. Wir waren mit unseren drei befreundeten Familien, du weißt schon: Angelo und Co., in dieser Pizzeria. Meine Pizza war zur Hälfte mit Meeresfrüchten und die andere Hälfte mit gegrilltem Gemüse belegt. Man sah vor lauter Belag den Boden nicht mehr. Einfach sagenhaft gut."

Stella lief bei dieser Erzählung das Wasser im Mund zusammen, obwohl sie gerade eine Pizza gegessen hatte, die auch sehr gut war.

Nach dem obligatorischen *caffè* nahmen sie wieder einen Bus und fuhren zum *Giardino degli Aranci* auf dem *Aventin*. Hierher verirren sich nur wenige Touristen. Der Orangengarten lädt zum Verweilen ein. Die daneben stehende und sehr sehenswerten Kirche *S. Sabina* mit ihrem hölzernen Eingangsportal aus Zypressenholz und die beeindruckenden Bögen im Innenraum wiederum lädt zu einer Besichtigung ein.

Der kleine Park ist für Besucher frei zugänglich. Mit seinen das ganze Jahr über blühenden Orangenbäumen und den umrahmenden Pinienbäumen ist der Park ein Ort der Entspannung. Von dort hat man einen sehr schönen Ausblick über den Stadtteil *Trastevere*, bis hin zur *Basilica di San Pietro in Vaticano*, dem Petersdom, und weiter zur *Piazza Venezia*.

Auf dem Rückweg vom Garten in die Stadt wartet eine weitere Überraschung auf den Besucher. In der *Via di Santa Sabina* steht der *Palazzo del Ordine di Malta*, der Palast des Malteserordens. Durch das Schlüsselloch des großen, schmiedeeisernen Tores blickt man genau auf die Kuppel des Petersdoms. „Das ist ein tolles Fotomotiv", rief Stella begeistert und zückte sofort ihre Kamera.

„Ja, wir haben wirklich Glück, denn nicht immer ist das Wetter so klar, dass man die Kirche sehen kann", erklärte Eva.

„So, nun ist es aber an der Zeit, zu Susanne und ihrer Familie aufzubrechen. Ich denke einmal, sie werden schon auf uns warten", stellte Eva fest und Stella fragte: „Was hast du denn mit ihnen ausgemacht?"

„Gegen fünf Uhr sollen wir eintrudeln. Das müssten wir hinbekommen, wenn wir den nächsten Bus nehmen. Die Haltestelle ist nicht weit von hier, nur die nächste Straße runter."

Und tatsächlich kurz nach fünf standen die zwei Frauen vor der Eingangstür von Susanne und Gian Luca. Die Begrüßung fiel wieder einmal stürmisch und sehr herzlich aus. Obwohl sie sich relativ häufig sahen, denn Susannes Schwester lebte in der Nähe von Evas Schwestern, so dass sie sich immer wieder mal gegenseitig besuchten.

Eva hatte nicht zu viel versprochen. Gian Luca hatte sich mal wieder selbst übertroffen. Seine Spezialität waren Fischgerichte. Eva liebte Fisch und aß ihn so oft wie möglich und so machte sie Gian Luca ein dickes Kompliment: „Weißt du, es gibt nur drei, die wirklich guten Fisch zubereiten können. Den ersten Koch habe ich in einem Fischrestaurant in Flensburg getroffen. Sein Lokal war weit über die Grenzen hinaus bekannt." Eva machte ein bedeutungsvolle Pause: „Der zweite Koch ist Jonny. Ihm gehörte die schönste und gemütlichste Kneipe in Donauwörth und er bereitete den Fisch so zart zu, dass er einem auf der Zunge zerfloss. Und der dritte bist du!"

„Das stimmt!", ergänzte Stella und rieb sich genüsslich den Bauch. Verlegen schaute Gian Luca in die Runde, er ist ein stiller, zurückhaltender Italiener, dem das Lob etwas peinlich war.

„Jonny ist ein sehr sympathischer Wirt. Ich glaube, die allermeisten kamen hauptsächlich zu ihm wegen seiner freundlichen und offenen Art." Eva ergänzte: „Natürlich auch wegen Sibylle, seiner hübschen, fröhlichen Bedienung. Sie hatte für jeden Gast ein offenes Ohr. Sie setzte sich immer mal dazu und hörte den Geschichten zu. In all den Jahren habe ich sie nie gereizt oder unfreundlich erlebt."

Eva nahm einen Schluck Wein, bevor sie weiter erzählte: „Die Kunden bewegten sich zwischen circa achtzehn bis achtzig Jahren. In der urigen Kneipe, die auch zwei Theken hatte, wurde nicht nur gegessen und getrunken, sondern es gab auch verschiedene Stammtische. Manche kamen zum ‚Karteln' oder zum Fußball schauen", schwärmte Eva von ihrem ehemaligen Stammlokal.

„Georg liebte dieses Lokal, denn es erinnerte ihn ein wenig an seine Heimat im Ruhrgebiet. Dort findet man wesentlich öfter diese Art von Kneipe. Außer einem hervorragendem Fisch bereitete Jonny auch die besten Steaks weit und breit zu. Zur Spargelzeit gab es verschiedene Gerichte, die er auf köstliche Weise zubereitete. Aber auch die einfachen Speisen wie Fleischpflanzerl mit Kartoffelsalat oder Bratkartoffeln hatte er immer für seine Stammgäste parat. Schade, dass es diese Kneipe nicht mehr gibt. Ich hätte sie euch gerne gezeigt."

„Was ist aus Jonny und Sibylle geworden?", fragte Susanne.

„Jonny sieht man noch manchmal in Donauwörth auf seinem roten FC-Bayern-Roller fahren und ein Schwätzchen mit dem einen oder anderen abhalten. Sibylle treffe ich hin und wieder bei einem Kaffee oder einem Spaziergang. Wir sind mittlerweile gute Freundinnen geworden."

Dann unterhielten sie sich über die Kinder und Enkelkinder. Susanne und Gian Luca hatten einen Sohn mit 45 Jahren und eine Tochter mit 42 sowie drei halbwüchsige Enkelkinder, die alle in *Roma* lebten.

„Sag mal, wie geht es eigentlich Angelika?", fragte Susanne und Eva erzählte ihr von deren Leben in Brüssel.

„Ich habe sie seit vielen Jahren nicht mehr gesehen. Schade eigentlich."

„Vielleicht können wir uns mal alle in Starnberg treffen?"

Eva war ganz begeistert von ihrer Idee.

„Warum nicht, das behalten wir mal im Auge", erwiderte Susanne.

Als Eva dann von dem merkwürdigen Treffen mit dem Arzt erzählte, der ihr sagte, dass Laura in Mali während einer Hilfsaktion gestorben sei, war Susanne entsetzt.

Auch sie hatte Laura aus den Augen verloren und seit Jahrzehnten nicht mehr gesehen, geschweige etwas von ihr gehört. Von ihrem Tod hatte sie nichts gewusst und war sichtlich erschüttert.

„Arme Laura. Sie wollte immer nur den anderen helfen!", sinnierte Susanne und blickte dabei sehr betroffen in die ruhige Runde.

Die Gesprächsthemen wechselten und so kamen sie von Ebola zur Gesundheitsreform, die in Deutschland 2023 stattfand und rückblickend eine kleine Katastrophe für die Deutschen war.

Donauwörth 28. Juli 2023

„Ich versteh das gar nicht. Warum wollen die Politiker eines der besten Gesundheitssysteme der Welt so extrem verändern? Wissen die denn gar nicht, was das für Folgen haben wird? Ich hatte gedacht, die sind alle so superschlau und jetzt das. Die denken wirklich nur von der Tapete bis zur Wand!"

Eva war stinksauer, als sie in der Zeitung las, wie die neue Reform aussehen sollte.

Fakt war: Die Kosten für die Gesundheit der Bevölkerung waren in den letzten Jahren förmlich explodiert. Viele Frauen und Männer im mittleren Alter litten unter Burn-out, Krebserkrankungen, Bandscheibenvorfällen, Magen- oder Herzproblemen.

Die Kinder, die ihre gestressten Eltern oft nur noch selten zu sehen bekamen, weil diese aufgrund ihrer Berufstätigkeit kaum noch Zeit hatten, litten ebenfalls schon an den Stresshormonen und waren deshalb oft schon in jungen Jahren in ärztlicher Behandlung.

Es wurde an den falschen Stellen gespart. Vorsorgeuntersuchungen mussten aus der eigenen Tasche bezahlt werden. Hausärzte wurden Mangelware. Auf dem Land gab es keine ausreichende Versorgung mehr.

Da es in Deutschland die private aber natürlich auch die gesetzliche Krankenversicherung gab, wurden erste Stimmen laut, man sollte eine einheitliche Krankenversicherung für alle einführen. Das wäre dann gerechter, denn die Privatversicherten seien ja immer im Vorteil – so die häufige Meinung in der Gesellschaft.

Aber Eva wusste sehr genau durch ihre eigenen Erfahrungen in Italien, was das für Deutschland bedeuten würde. Sie war nicht nur während ihres Romaufenthaltes in ärztlicher Versorgung gewesen, sondern auch in diversen Urlauben und wusste, wie ein Arztbesuch dort verlief.

Das Prinzip in Italien war folgendermaßen aufgebaut: Kein Italiener zahlte in eine Krankenversicherung ein, aber alle hatten das Grundrecht auf kostenlose Arztbesuche.

Finanziert wurde dies mit knapp 40 Prozent aus Staatsmitteln, 40 Prozent von den Arbeitgebern - die für ihre Arbeitnehmer 3 Prozent vom Bruttogehalt bezahlten - und der Rest kam aus privaten Zuzahlungen.

Im Krankheitsfall ging der Erkrankte zu einem Allgemeinarzt. Der kam einmal oder vielleicht auch zweimal die Woche ins Dorf oder in den Stadtbezirk. Die Patienten mussten dann bereits ab 8 Uhr anwesend sein und warten. Es gab in der Regel keine Sprechstundenhilfe. Man betrat einen Wartesaal und wurde der Reihe nach in den Arzt- bzw. Behandlungsraum gerufen. Meistens vergingen so viele Stunden.

Im Arztraum waren außer einer Pritsche und einem Schreibtisch keine weiteren Untersuchungsgeräte. Der Arzt redete mit dem Patienten, schaute in den Hals und hörte vielleicht noch das Herz mit einem Stethoskop ab. Anschließend entschied er dann, wie es weitergehen sollte: War der Patient schwer krank, schickte er ihn sofort ins Krankenhaus, war er nur leicht erkrankt, bekam er kostenlos Medikamente verschrieben. Bei mittelschweren Erkrankungen schrieb er ihm eine Überweisung für ein Labor, welches über ein Ultraschallgerät, ein EKG und ein Blutlabor verfügte. Auf diesen Termin musste der Erkrankte dann weitere sechs bis acht Wochen warten.

Wer diese Strapaze nicht mitmachen wollte, konnte sich privat versichern und traf auf etwa das gleiche Verfahren, wie es die Deutschen hatten, egal ob sie privat- oder pflichtversichert sind.

Jede Arztpraxis in Deutschland war komplett mit allen nötigen Geräten ausgerüstet und jeder Versicherte hatte natürlich den entsprechenden Nutzen davon. Was viele Pflichtversicherte gerne vergaßen oder – teils aus Unwissenheit – unterschlagen hatten, war: Der Arzt konnte die Geräte nur von dem Honorar der Behandlung der privatversicherten Patienten finanzieren.

Kam ein Pflichtversicherter zum zweiten Mal in einem Quartal in eine Hausarztpraxis, bekam der behandelte Arzt nur noch etwa 2 Euro dafür. Egal wie lange er den Patienten behandelte.

‚Hoffentlich wird diese Pflichtversicherung für alle nicht eingeführt', dachte sich Eva.

Donauwörth 15. Oktober 2028

Die Befürchtung wurde zur Realität: Die einheitliche Pflichtversicherung wurde eingeführt und die Folgen waren noch verheerender, als sie Eva hervorgesehen hatte. Das ganze Gesundheitssystem brach zusammen. Noch mehr Arztpraxen schlossen die Türen. Die Ärzte konnten sich keine neuen Untersuchungsgeräte mehr leisten. Für Arztbesuche musste der Patient oft eine Stunde und länger fahren. Krebsvorsorgeuntersuchungen wurden nicht mehr gemacht und die Zahl der Erkrankungen stieg drastisch an. An den Zähnen konnte man mittlerweile erkennen, wer gut verdiente und sich einen Zahnarztbesuch leisten konnte oder wer nicht.

Viele Menschen sparten mittlerweile für den Krankheitsfall. Familien zahlten nach dem Tod ihrer Familienmitglieder noch Jahrzehnte extra aufgenommene Kredite ab, die sie wegen der Erkrankung gemacht hatten. Ganz genauso, wie es in den Vereinigten Staaten schon lange üblich war.

Immer häufiger wurden Stimmen laut, wieder zurückzukehren zu dem System der Privat- und Pflichtversicherten. Aber wie immer, selbst wenn die Politiker sahen, dass etwas schlecht lief, hielten sie an dem gewählten Weg fest. Auch wenn es weiter bergab ging.

Das ging so lange, bis die ganze Situation eines Tages eskalierte. Die Bevölkerung ließ es sich nicht mehr gefallen und ging endlich auf die Straße. Es gab Ausschreitungen und Demonstrationen mit vielen Verletzten.

Ein Einlenken der Politiker gab es trotzdem nicht.

Auslöser für die folgende schreckliche Tat war, dass wieder einmal ein Kind starb, weil es nicht rechtzeitig behandelt wurde. Die verzweifelten Eltern fuhren zum Bundestag und zettelten mit Freunden eine Demonstration an. Es kamen immer mehr Menschen hinzu, so dass im Laufe der nächsten Tage die Anzahl der Menschen in die Zigtausende stieg.

Und dann passierte es: Ein Sprecher des Kanzleramtes wurde von der aufgebrachten Menge tatsächlich getötet!

Roma, 22. Mai 2034

„Ich erinnere mich noch genau, wie ich vor dem Fernseher

saß!", erzählte Eva aufgewühlt.

„Mir tat der Mann leid, aber auch die Eltern, die ihr Kind verloren hatten. Aber endlich bewegte sich etwas in Deutschland. Die Politiker begriffen langsam, dass wir in einer Demokratie lebten und sie nicht immer nur über die Köpfe der Bevölkerung hinweg bestimmen konnten."

„Ja,", erwiderte Susanne, „wir haben das ganz genau mitverfolgt. In Italien wurden in den letzten Jahrzehnten auch immer häufiger Stimmen laut, ein besseres Gesundheitssystem einzuführen. Und als das dann in Deutschland so eskalierte, zogen auch in *Roma* immer mehr Leute auf die Straßen."

„Und wie ging es weiter?", fragte Stella neugierig, die sich nur grob daran erinnerte.

„Kurze Zeit später gingen die Debatten in der EU weiter. Und den Rest weißt du ja", antwortete Eva.

Tatsächlich gab es seit 2029 ein einheitliches Gesundheitssystem für die ganze EU, das dem ehemaligen Gesundheitswesen von Deutschland nachempfunden wurde.

Verbessert wurde aber unter anderem, dass auch das Arzthonorar von den Pflichtversicherten stark erhöht wurde. Arztpraxen in ländlichen Gebieten wurden gefördert und Praxiseröffnungen wurden stark subventioniert, damit die Ärzte ihre Praxen ausreichend ausstatten konnten. Krebsvorsorge war wieder mit im Programm. Auch das Pflegepersonal wurde endlich entsprechend gut entlohnt. Besonders gefördert wurde auch die Zusammenarbeit mit Homöopathen, Heilpraktikern und Osteopathen, also alternativen Behandlungsmethoden.

„Meine Freundin Michaela hat mich ja schon 2009 von der Osteopathie überzeugt. Ich hatte nach einer Lebensmittelvergiftung immer wieder Probleme mit dem Magen und der Galle", schilderte Eva ihre Erlebnisse.

„Eines Tages stellte meine Ärztin fest, dass durch den

Gallenausgang, der sich nicht mehr richtig schloss, die Bauchspeicheldrüse in Mitleidenschaft gezogen wurde. Nun ging ich alle paar Wochen zur Blutabnahme. Zeitgleich fragte ich meine Osteopathin und mittlerweile auch sehr gute Freundin Michaela um Rat. Sie sagte, ich sollte am Besten zu ihr in die Praxis kommen. Sie probierte es mit Osteopathie und stimulierte den Gallenausgang. Und, was soll ich sagen, nach ein paar Wochen war alles wieder gut. Ich hatte ein bestes Blutbild und sogar der sogenannte Gallengries war nicht mehr da."

Eva schaute in die Runde. „Ich sage immer zu Michaela, dass sie heilende Hände hat."

Michaela, Physiotherapeutin und Osteopathin, hatte mit ihrer eigenen Praxis viel Erfolg. Eva mochte Michaela gern, die große, schlanke Frau mit den langen blonden Haaren und sie hatten viele gleiche Interessen und der Gesprächsstoff ging ihnen beiden nie aus.

„Dann habe ich noch eine hervorragende Heilpraktikerin. Andrea ist mittlerweile auch eine gute Freundin von mir. Sie hatte mir ebenfalls sehr geholfen, als ich plötzlich von einem Tag auf den anderen eine Lebensmittelunverträglichkeit bekam. Wie aus heiterem Himmel."

Eva erzählte weiter: „Nach einem Krankenhausaufenthalt vertrug ich plötzlich kein Milcheiweiß mehr."

„Wie hat sich das bemerkbar gemacht?", fragte Susanne.

„Ich hatte einen sehr starken Druck in der Brust und das Gefühl, dass die Luft in meinen Hals stecken bleiben würde. Das Ganze war sehr schmerzhaft und sehr unangenehm."

„Und wie ging es weiter?"

„Andrea fand heraus, dass ich bestimmte Lebensmittel nicht mehr vertrug und behandelte mich daraufhin gezielt. Und das mit Erfolg. Ich kann wieder alles essen und trinken. Heute gehe ich immer noch regelmäßig zu ihr. Denn sie hat mir auch bei anderen Problemchen geholfen. Zum Beispiel, als ich in den Wechsel kam. Nun sind wir auch schon seit fünfundzwanzig Jahren befreundet. Kaum zu glauben."

Eva dachte einen Augenblick intensiv an Andrea. Andrea, eine gute Zuhörerin, hatte als zweiten Beruf Heilpraktikerin gelernt. Sie sah dies als ihre Berufung an. Ihr Mann und ihre beiden Kinder unterstützten sie in diesem Wunsch und so baute sie sich im Laufe der Jahre erfolgreich ihre eigene Praxis auf. Heute war sie weit über die Grenzen hinaus bekannt für ihre Heilerfolge.

‚Das Leben ist schon eigenartig. Es schickt dir zu rechten Zeit die richtigen Leute. Mir hat es so viele tolle Menschen gebracht. Was bin ich nur für ein Glückspilz!', dachte Eva in diesem Augenblick.

Sie hatte immer schon viel Glück mit ihren Freundinnen gehabt. Im Laufe ihres Lebens wurden diese wertvollen Freundschaften immer intensiver und bereichernder.

„Ich lerne tolle Menschen kennen, die mir unheimlich viel geben", sagte sie oft. Und trotzdem hielt sie auch an all den alten Beziehungen fest, die sie bereits seit über fünfzig Jahren hegte und pflegte wie einen Schatz.

Ein gute Freundin sagte einmal zu ihr: ‚Eva, wenn du nicht so viel Zeit und Liebe in die Freundschaften stecken würdest, wären sie schon längst Vergangenheit.' Sie hatte recht.

Als Susanne anfing, aus der gemeinsamen Zeit in *Roma* zu erzählen, kam Gian Luca mit einem selber gemachten *Tiramisu* herein und die Frauen machten sich lachend und schmatzend über diese Köstlichkeit her.

Von diesem Augenblick an unterhielten sie sich nicht mehr über so ernste Themen, sondern über die Familien und den neuesten Klatsch und Tratsch.

„Wie geht es eigentlich deinen zwei Schwestern?", fragte Susanne.

„Ausgezeichnet. Maria lebt nun schon etliche Jahre mit

ihrem Mann in dem alten Bauernhaus unseres Großvaters in Franken. Sie lieben das ländliche Leben. Man muss aber schon sagen, dass Oberfranken sehr reizvoll ist und tatsächlich landschaftlich ein wenig an die Toskana erinnert. Sie haben das schöne, alte Haus wieder mit viel Geduld und Unkosten hergerichtet. In dem herrlichen Obstgarten werden noch regelmäßig Familienfeiern veranstaltet. Außerdem haben sie noch zwei Hunde, die sie auf Trab halten."

„Wie alt ist sie mittlerweile noch mal? Ich denke so 78, oder? Ich kann mich noch an ihre Geburtstagsfeiern erinnern. Mein Gott, wie lange das alles schon her ist!", sagte Susanne schwärmerisch.

„Sie wird jetzt im Juni 78! Nicht zu glauben, oder?", fragte Eva ihre Enkelin.

„Sie ist aber immer noch flink wie ein Wiesel. Von uns Mädels hatte sie immer die robusteste Gesundheit. Lag vielleicht daran, dass sie auf dem Land geboren worden ist", gab Eva lachend von sich.

„Ja und Elisabeth wohnt weiterhin mit ihrem Mann in Planegg. Sie ist ein Stadtmensch und liebt die Nähe zu München. Außerdem wohnen ihre Kinder und Enkelkinder auch alle in München. Sie feiert bald ihren 76. Schrecklich, wenn man so über das Alter spricht. Aber beschweren können wir uns alle nicht. Uns geht es allen gesundheitlich relativ gut." Ihre beginnende Demenz verschwieg Eva.

„Hast du eigentlich mal wieder etwas von Francesco gehört?", fragte Susanne unerwartet. Eva wusste gar nicht, was sie daraufhin sagen sollte, und schaute erst mal starr geradeaus. Dann räusperte sie sich und verneinte. „Wirst du ihn denn auch auf dieser Reise suchen?", fragte Susanne, die von den Erlebnissen von Franco und Marco erfahren hatte.

„Ich weiß es nicht", antwortete Eva leise. Nach einem großen Seufzer sprach sie weiter: „Ich würde schon gerne wissen, was aus ihm geworden ist, aber ich habe ein wenig

Angst."

„Das kann ich gut verstehen", erwiderte Susanne. „Aber wenn ich dir einen Ratschlag geben darf? Du würdest es bereuen, wenn du es nicht versucht hättest. Weißt du denn, wo er sich mittlerweile aufhält?"

„Nein leider nicht. Ich habe mal im Internet recherchiert. Bin aber nicht wirklich weit gekommen."

„Dann hilft es nichts, dann musst du ihn in *Formello* suchen." Susanne legte tröstend den Arm um sie. „Soll ich dir dabei helfen?"

„Das würdest du wirklich für mich tun?"

„Ja sicher, wenn du möchtest, dann gleich morgen."

Das ging Eva dann aber doch etwas zu schnell. „Ich ruf dich morgen an. Lass mich bitte noch eine Nacht darüber schlafen."

„Das kann ich gut verstehen. Mach das ruhig so! Melde dich morgen und dann können wir gemeinsam morgen oder übermorgen dorthin fahren", erwiderte Susanne verständnisvoll.

Mittlerweile war es sehr spät geworden und Stella mahnte zum Aufbruch. Nach einem tränenreichen Abschied fuhren die beiden Frauen schweigend durch die dunklen Straßen zurück zu ihrer Ferienwohnung. Erst kurz vor dem Ziel fragte Eva: „Was würdest du tun?"

Sutri und Roniciglione, 23. Mai 2034

Beim Frühstück redeten die beiden Frauen noch mal über die gestrige Frage von Eva.

„Ich denke auch, dass du deinen Seelenfrieden nur findest, wenn du ihn suchst", sagte Stella mit sanftem Ton.

„Gut, ich werde Susanne anrufen. Dann fahren wir morgen noch mal nach *Formello*." Eva war entschlossen Francesco zu suchen. Und irgendwie freute sie sich jetzt auch darauf. Jetzt wo die Entscheidung gefallen war, ging es ihr sichtlich besser.

Gut gelaunt trank sie ihren *caffè* und rief ihren geliebten Georg an. Sie wollte ihm ihren Entschluss mitteilen. Als auch er diese Entscheidung für richtig hielt, schwebte sie fast ein wenig auf einer imaginären Wolke.

Stella saß noch auf der Terrasse und genoss die wärmenden Sonnenstrahlen. Nebenbei checkte sie ihre vielen Mails. Sie wartete immer noch auf eine Zusage für einen Studiumsplatz. Aber leider war wieder nichts dabei.

Sie seufzte tief. Vielleicht musste sie sich doch noch für einen andern Studienweg entscheiden? So schwer hatte sie es sich nicht vorgestellt.

Ihre Abiturnoten waren ganz passabel gewesen. Aber anscheinend reichten diese nicht für ihr Wunschstudium aus. In den letzten Jahren war der Andrang auf die Universitäten wieder einmal enorm gestiegen.

„Mach dir keinen Kopf. Noch hast du ja ein wenig Zeit. Bis wir wieder in Deutschland sind, etwa in vier Wochen, wird sich gewiss etwas tun", versuchte Eva sie zu trösten. Sie wünschte sich so sehr, dass die Träume ihrer Enkelin Realität wurden.

Stella dachte: ‚Noch vier Wochen!' Sie freute sich darauf, noch den Rest der Reise mit ihrer Oma zu machen und hoffte, dass es auch weiterhin so gut läuft. Aber sie freute sich auch schon sehr auf Donauwörth, ihre Eltern, ihren Bruder, ihre Freunde.

Am heutigen Tag wollte ihr Eva die Gräber der Etrusker zeigen. Das fand sie sehr spannend. Für Stella und ihrem Berufswunsch war Italien sowieso der ideale Ort. Architektonisch gesehen gab es nichts Besseres. In den vergangenen zwei Monaten wurde ihr immer häufiger klar, dass sie mit dem Wunsch ein Architekturstudium zu beginnen, die richtige Wahl getroffen hatte.

Stella hatte schon ein wenig im Internet über die Etrusker

recherchiert. Bereits im 10. Jahrhundert vor Christus sollen die Hügel in den Tuffsteinen besiedelt gewesen sein und zum etruskischen Zwölfstädtebund gehört haben.

Die Römer erlangten nach der Eroberung *Vejis* die Kontrolle über die Stadt. Die römische Bausubstanz von *Sutri*, zum Beispiel das Amphitheater, stammt wahrscheinlich aus dieser Zeit.

Südöstlich der schönen Stadt, an der *Via Cassia,* wurden im 19. Jahrhundert die Reste von beeindruckenden Katakomben ausgegraben.

Im *Parco urbano antichissima Città di Sutri,* der archäologischen Parks, steht ein römisches Amphitheater aus Tuffstein, dass etwa im 2. Jahrhundert vor Christus erbaut wurde.

Neben der Villa liegen die Reste der sogenannten Burg von Karl dem Großen.

„Schau mal Oma, hier steht etwas Interessantes." Eine Attraktion des Parks ist die Kirche *Madonna del Parto*, die wahrscheinlich in der Antike zunächst ein etruskisches Grab und später vermutlich ein Mithras-Heiligtum war. „Sie ist in den Tuffstein gebaut und sieht von außen wirklich wie ein Etruskergrab aus. Lies mal weiter!" In christlicher Zeit wurde die Stätte zu einer Kirche umgewandelt. Im einschiffigen Raum des Kirchengebäudes sind mittelalterliche Freskenreste erhalten. Über dem Eingangsbereich sieht man Pilger auf dem Heiligen Berg *Monte Sant'Angelo di Gargano.* „Dort waren wir doch! Ist das nicht toll?", rief Stella begeistert.

„Ich sag ja immer: Der Kreis schließt sich!", antwortete Eva lächelnd.

In der Wand aus Tuffstein befinden sich 64 Etruskergräber, alle aus dem sechsten und vierten Jahrhundert vor Christus. Die Gräber sind heute leer und wurden über Jahrhunderte hinweg als Ställe benutzt.

„Jetzt müssen wir aber fahren. Ich will das alles jetzt

unbedingt selber ansehen!" Stella war nicht mehr zu bremsen.

Bei ihrem anschließenden Besuch im *Borgo di Sutri*, einer kleinen Stadt mit der Kathedrale *Santa Maria Assunta* auf dem Platz, stärkten sie sich erst mal in einer Bar mit frisch zubereiteten *tramezzini*.

„Mmmh, einfach köstlich", rief Stella, die in ein mit Artischocken gefülltes *tramezzino* biss. „So ein netter Ort und so wenige Touristen", stellte Stella mit vollem Mund fest.

„Ja, die meisten Touristen besuchen nur den Süden von Rom und gehen nach *Tivoli*, *Frascati* und so weiter. Der Norden ist nach wie vor noch weitgehend unbekannt. Umso besser für uns. Ich mag die Ruhe. Komm wir gehen noch durch die kleinen Straßen. Sie sind teilweise noch Überbleibsel aus der Antike."

„Ja, und in die Krypta der romanischen Kathedrale muss ich auch noch."

„Aber sicher doch", versicherte Eva.

Am Nachmittag ging es dann weiter nach *Ronciglione*. Eva liebte diese mittelalterliche Stadt, die eine der schönsten Burgen des Mittelalters hatte und in der es sich so herrlich durch den alten Stadtkern bummeln ließ.

„Weißt du, Stella, das erste Mal bin ich hier her gekommen, weil mein Vater hier in der Nähe im Zweiten Weltkrieg einen Bombenhagel überlebt hat."

„Ist das die Geschichte, die du in deinem ersten Buch beschrieben hast?"

„Ja, genau. Mein Vater hatte sie mir als Kind häufig erzählt. Und noch viele andere Geschichten. Immer wollte ich ein Buch über seine Erlebnisse während des Zweiten Weltkrieges schreiben. Er ist mit sechzehn Jahren in die Ukraine und ein paar Jahre später dann nach Italien gegangen. Nach dem Krieg war er in amerikanischer Gefangenschaft in der Nähe von *Livorno*. Als er nach zehn Jahren nach Hause kam, hatte er die Jahre seiner Jugend hinter sich. Trotzdem erzählte er oft von dieser Zeit ohne Hass oder Selbstmitleid. Von der Gefangenschaft bei den Amerikanern hatte er sogar oft Lustiges erzählt."

Eva stockte: „Nur die traurige Geschichte, die er bei *Ronciglione* erlebt hatte, hatte ihn sehr mitgenommen."

„Kein Wunder, er war doch der einzige Überlebende, oder?"

„Fast, einem jungen Leutnant konnte er noch das Leben retten. Alle seine anderen Kameraden starben bei diesem Fliegerbombenangriff."

Eva überlegte einen Augenblick: „Tja, und dann hatte ich zu lange gewartet mit dem Schreiben. Weißt du, man schiebt alles auf morgen. Erst kommt die Arbeit, dann die Kinder, dann die kranken Eltern oder Verwandten und so weiter. Und als mein Vater dann an Demenz erkrankte, wurde es nichts mehr mit dem Buch über einen Zeitzeugen. Ich schrieb dann noch drei Kurzgeschichten aus dieser Zeit aus meinem Gedächtnis."

„Immerhin, ein schönes Andenken an deinen Vater. Schade, dass ich ihn nicht mehr kennengelernt habe."

„Ja, das ist wirklich schade. Du hättest ihn sicherlich sehr gemocht."

Eva lief an den alten Gemäuern mit den vielen Blumentöpfen vorbei, die auf den Stufen vor den Hauseingängen standen. In den ruhigen Gassen war es angenehm frisch und ruhig. Hin und wieder hörte man einen Vogel zwitschern oder eine Katze schreien.

„In den ersten Wochen in *Formello* war ich hier in *Ronciglione* und hatte zufällig ein nettes Mädchen von etwa zwölf Jahren getroffen. Wir unterhielten uns eine Weile und dann lud sie mich spontan zu sich nach Hause ein. Die sehr gastfreundlichen Eltern, die nur am Wochenende im Elternhaus in *Ronciglione* wohnten, ansonsten in Rom, überredeten mich zum Abendessen zu bleiben. Es entstand eine Freundschaft, die einige Monate hielt. Dann leider, und ich glaube diesmal war es mein Fehler, schlief diese Freundschaft ein. Ich hatte mit Francesco einfach zu viele Probleme am Hals und vergaß darüber meine Freunde."

Mittlerweile waren die beiden Frauen an der Burg mit den abgerundeten Türmen angekommen.

Eva hatte nicht zu viel versprochen und Stella war wieder einmal hellauf begeistert. Sie dachte insgeheim bei sich, wie gut ihre Wahl gewesen war, als sie sich dazu entschlossen hatte, Stella auf die Reise mitzunehmen. Bisher war sie immer am liebsten mit Georg verreist. Georg und sie waren sich so ähnlich, wenn es darum ging, den Urlaub zu genießen. Sie brauchten immer eine Mischung aus Erholung, Städtebesichtigungen, Sehenswürdigkeiten, kulturellen Veranstaltungen, Wanderungen in der Natur, mit den Einheimischen in Kontakt kommen oder einfach nur in einem Café oder in einer *trattoria* das Leben genießen. Eigentlich genau das Gleiche, was sie im Moment mit ihrer Enkelin Stella auch machte.

Nach einer Pause in einer Bar wollte Stella noch einen Blick in die Kirche *Santa Maria della Provvidenza* aus dem 11. Jahrhundert machen, denn im Inneren des Kirchenschiffes waren einige Fresken aus dem 15. Jahrhundert zu bestaunen.

Den Abend ließen sie in einem *Ristorante* ausklingen. Die Wahl fiel auf eines, das genauso hieß wie Stella.

Formello, 24. Mai 2034

Am nächsten Morgen kam Susanne zum Frühstücken in die kleine Ferienwohnung. „Die ist aber gemütlich und eine tolle Terrasse habt ihr. Eine gute Wahl. Die kann ich das nächste Mal meinen Freunden wärmstens empfehlen. Und nach *Roma* ist es auch nicht weit." Susanne war ganz aufgeregt, als sie durch die Zimmer lief.

Beim Frühstücken wurde viel gelacht und gelästert und die

Zeit verging mal wieder viel zu schnell, als Stella zum Aufbruch mahnte.

Zu dritt fuhren sie in Susannes Auto nach *Formello*. Eva wurde zusehends unruhiger. Sie zweifelte immer noch daran, ob es eine gute Idee war, Francesco zu suchen.

Nicht nur, dass sie damit alte Wunden aufriss, sie wusste auch nicht, wie seine familiäre Situation heute aussah. Hatte er damals tatsächlich das Mädchen geheiratet? Wenn ja, hatte die Ehe gehalten? Lebte er im Kreis seiner großen Familie oder hatte er einen ganz anderen Weg eingeschlagen?

Stella bemerkte, wie unruhig ihre Oma wurde und nahm zärtlich ihre Hand. Die beiden Frauen lächelten sich an und verstanden sich auch ohne Worte.

Dann endlich, nach einer gefühlten Ewigkeit, kamen sie in *Formello* an und stiegen an der alten *piazza* aus.

Zielstrebig ging Susanne auf die Bar zu. Stella und Eva folgten ihr. Fröhlich bestellte Susanne für alle. Sie kannte die Frau im Lokal flüchtig, denn hin und wieder kam sie noch immer hierher, um im Park *Sorbo* spazieren zu gehen.

Susanne sagte: „Wenn einer weiß, was aus Francesco geworden ist, dann ist es der *benzinaio* Giuseppe, der Tankwart!" Mit diesen Worten wandte sie sich an die Frau hinter der Theke und fragte nach ihm. „Giuseppe? Giuseppe, der kommt immer um ein Uhr", erwiderte sie.

Und tatsächlich, kurz nach ein Uhr trat Giuseppe ein. Eva erkannte ihn sofort, auch noch nach all den vielen Jahren. Außer dass er älter geworden war, hatte er sich nicht stark verändert. Er litt schon immer unter seiner kleinen, kräftigen Statur und seinem Haarausfall. Aber sein sympathisches Lachen hatte er nicht verloren.

Als Eva auf ihn zuging starrte er sie zuerst an. Er überlegte, dann sah man in seinen Augen, dass er Eva erkannte.

„*Non è possibile!* – Das ist nicht möglich!", rief er und

nahm Eva in seine Arme. Eva stiegen die Tränen in die Augen. Giuseppe lächelte und meinte: „Gut siehst du aus, wenn auch ein paar Jährchen älter. Mein Gott, wie lange ist das her?" Man merkte ihm seine Freude an. „47 Jahre!", erwiderte Eva. „Niemals. Das ist nicht möglich!", entgegnete er und nahm Eva erneut in seine Arme.

Dann rief er der Frau an der Bar mit lauter Stimme zu: *„Silvana, portaci il prosecco, per favore. Sbrigati!* Wir haben was zum Feiern. Das ist unsere kleine Eva!" Beim Genuss des *Prosecco* erzählte er der netten Barfrau dann von den guten alten Zeiten in *Formello*.

Mittlerweile hatte Giuseppe auch Susanne und Stella begrüßt. *„Susanne, sei tu?"*, er konnte es nicht glauben. Auch sie hatte er lange nicht gesehen, wenn auch keine 47 Jahre.

Als er Stella ansah, sagte er mit einem sympathischen Grinsen: „Ein schönes Mädchen, deine Enkelin. Eva, man kann erkennen, wer ihr Opa ist. Unverkennbar unser lieber Francesco!" Eva erstarrte, ihr war gar nicht so bewusst gewesen, wie sehr Stella ihrem Vater und darum auch ihrem Großvater ähnlich sah.

Giuseppe sah Evas entsetzten Blick und beruhigte sie: „Keine Angst, ich sehe diese Ähnlichkeit. Auch, weil ich darüber Bescheid weiß. Die anderen werden es gar nicht sehen oder sehen wollen!"

„Wenn wir schon bei diesem Thema sind, was ist eigentlich aus Francesco geworden?", platzte Susanne in die Unterhaltung.

Giuseppe räusperte sich: „Das ist eine sehr lange Geschichte!"

„Wie wäre es dann, wenn wir vier in eine *trattoria* zum Essen gehen und du erzählst uns alles? Auch, wie es dir all die Jahre ergangen ist." Eva strahlte bei diesen Worten.

Giuseppe zögerte erst und sagte dann: „Warum nicht? Dann schließ ich die Tankstelle eben etwas später auf. Bin ja mein eigener Chef!", grinste er.

Giuseppe kannte eine nette *trattoria* etwas außerhalb von *Formello* und Stella wunderte sich mal wieder, wie gut man fast überall in Italien essen konnte.

Eva war unruhig, sie konnte kaum etwas essen und wartete nur darauf, dass Giuseppe zu erzählen anfing. Um das Ganze zu beschleunigen, fragte sie erst mal nach seinem Leben. „Du arbeitest immer noch?"

„Ja, weißt du, ich bin jetzt einundsiebzig. Einerseits fühl ich mich noch ganz fit. Und das Geld würde nicht reichen, wenn ich nichts mehr tue. Außerdem habe ich so den Kontakt zu den *Formellesi*. Das brauche ich einfach." Giuseppe war schon immer sehr beliebt im Dorf gewesen. Seine freundliche und offene Art kam bei jedermann gut an. „Und, hast du Familie?", bohrte Eva weiter. „Nein, da hatte ich weniger Glück als andere. Nicht wie Francesco, dem liefen die schönen Frauen nur so nach!" Giuseppe grinste. „Nicht falsch verstehen. Er hatte es auch nicht leicht!" Und dann fing er endlich an, über ihn zu erzählen.

Francesco hatte tatsächlich nach der Geburt seiner Tochter seine Freundin geheiratet. Glücklich wurden die beiden aber nicht. Er war viel mit seinen Freunden unterwegs und sie langweilte sich zu Hause mit dem Kind. Ein zweites Kind haben sie nicht bekommen. „Ich hatte ihm schon damals gesagt, er sollte sich für dich entscheiden. Aber ich war der einzige, der zu dir hielt. Die anderen waren alle so mit ihren alten Traditionen verwurzelt und sahen nicht über den Tellerrand hinaus. Ich fand aber damals schon, dass ihr beide besser zusammengepasst hattet. Außerdem hattest du auch einen guten Einfluss auf ihn."

„Und wie ging es weiter?", fragte Eva nervös.

„Tragisch. Elvira wurde immer depressiver und sie klammerte sich sehr an Francesco. Je mehr sie versuchte, ihn bei sich zu Hause zu halten, umso mehr floh er." Eva hörte ihm gespannt zu. „Dann bekam sie Krebs. Francesco bekam Gewissensbisse und kümmerte sich liebevoll um sie. Sie litt Jahre an ihrer Krankheit und kämpfte, aber sie verlor trotzdem den Kampf." Giuseppe machte eine Pause. „Als sie starb, war Lorella, die Tochter, fünfzehn. Francesco gab sich die Schuld an Elviras Tod und vergrub sich im Haus. Wenn Lorella nicht gewesen wäre, wer weiß, was aus ihm geworden wäre?"

Schweigend hörten die drei Frauen der Geschichte zu. Keiner sagte ein Wort, als Eva dann doch mit einer Frage herausplatzte: „Lebt Francesco noch?" Drei Augenpaare starrten sie an.

„Meines Wissens schon!", erwiderte Giuseppe.

„Was heißt das?", fragte Eva erschrocken.

„Er ging mit Lorella zwei Jahre nach dem Tod von Elvira fort. Nach Sardinien. Da wo seine Großeltern ursprünglich herkamen."

Man konnte Evas Enttäuschung förmlich fühlen. Er war gar nicht mehr hier in *Formello*! Lebte er überhaupt noch? Sie starrte vor sich hin und hörte gar nicht mehr richtig zu, als Giuseppe weiter erzählte: „Am Anfang sahen wir uns noch oft, weil Francesco regelmäßig zu seinen Geschwistern nach *Roma* fuhr. Ein paar Mal habe ich ihn dann auch in Sardinien besucht. Aber ihr wisst ja wie das so ist. Im Laufe der Jahre schläft so eine Freundschaft auf Distanz dann doch irgendwann ein."

„Hast du denn noch seine Adresse?" Eva schaltete sich wieder ins Gespräch ein.

„Ja, ich habe halt noch die, wo er damals hingegangen ist. Ob er da heut noch wohnt, weiß ich nicht."

„Und seine Geschwister? Weißt du vielleicht, ob die noch hier leben oder in Rom?"

„Die zwei älteren Schwestern sind schon verstorben. Und der Bruder ist, soviel ich weiß, schon vor langer Zeit nach

Milano oder so verzogen. Genau weiß ich das nicht." Eva schaute bekümmert. Jetzt wo sie sich mit dem Gedanken angefreundet hatte, Francesco vielleicht wieder zu sehen, machte sie diese Nachricht traurig.

„Kommt doch später mit zu mir, dann gebe ich dir die Adresse, die ich noch habe."

„Ja, das machen wir", antwortete Eva. Susanne und Stella nickten.

Giuseppe hatte sein Elternhaus wieder sehr liebevoll hergerichtet. Die drei Frauen waren total begeistert. „Hat viel Schweiß und Zeit gekostet! Aber ich finde, es hat sich gelohnt. Und meine Großnichte Rosalia erbt es einmal, wenn ich nicht mehr lebe."

„Du lebst noch lange. Und eines musst du mir versprechen: Wir bleiben diesmal in Kontakt. Was hältst du davon, uns einmal in Deutschland zu besuchen? Mit dem Zug bist du in acht, neun Stunden da", rief Eva begeistert.

„Mal sehen. Obwohl … nach Deutschland wollte ich schon immer einmal."

„Also, was hält dich dann davon ab? So kannst du auch endlich einmal Alessandro kennenlernen."

„Heißt so euer Sohn?"

„Ja, er ist mittlerweile auch schon 47 Jahre alt."

„Oje, erinnere mich nicht daran. Wie die Zeit vergeht! Schrecklich!"

„Ihr habt euch aber alle gut gehalten", rief Stella in die lebhafte Unterhaltung hinein. „Ihr könnt euch nicht beschweren. Das Leben hat es gut mit euch gemeint."

„Wir beschweren uns auch nicht", erwiderte Susanne, „aber es ist die meiste Zeit schön auf dieser Welt und wir würden das noch gerne länger genießen."

„Tut ihr ja bestimmt!", tröstete Stella die Anwesenden.

Dann hieß es Abschied nehmen und Eva bemerkte, dass sich Giuseppe heimlich ein paar Tränen wegwischte. „Nicht traurig sein, wir sehen uns wieder. Versprochen?"

„Versprochen!"

„Und wir könnten uns doch einmal in *Roma* treffen. Komm doch einfach vorbei. Mein Mann würde sich bestimmt auch freuen", ergänzte Susanne.

„Mach ich!", erwiderte Guiseppe.

Auf der Rückfahrt schwiegen die drei Frauen. Stella fragte in die Stille hinein: „Und was willst du jetzt machen?"

„Ich weiß es noch nicht", antwortete ihre Oma.

„Ich würde eine Nacht darüber schlafen. Morgen sieht die Welt schon wieder anders aus." Susannes Ratschlag klang logisch. „Was machen wir jetzt noch mit dem angefangenen Nachmittag?"

„Schwimmen gehen!", riefen Stella und Eva gleichzeitig.

„Ich habe aber gar nichts dabei."

„Macht nichts. Du kannst einen Badeanzug von mir haben, wenn dich das nicht stört?", bot Eva ihrer Freundin an.

Und so verbrachten die drei Frauen noch einen lustigen Nachmittag am Strand des *Lago Bracciano*.

Roma, 25. Mai 2034

Am Frühstückstisch überraschte Eva ihre Enkelin mit einer neuen Idee. „Was hältst du davon, wenn wir einen Abstecher nach Sardinien machen?"

Stella war sprachlos.

Von Anfang an war klar, dass sie nicht überall hinfahren konnten, wo Eva sich in Italien aufgehalten hatte. Auch wenn Eva darüber traurig war, als sie feststellen musste, dass sie doppelt so viel Zeit und Geld bräuchten, um doch noch einmal alles zu sehen, was Eva in ihrem Leben allein in Italien zu Gesicht bekommen hatte.

„Und wie stellst du dir das vor?"

„Müssten wir halt mal schauen, ob Fliegen günstiger ist … oder doch mit der Autofähre überzusetzen …"

„Wir müssten dann jedoch anschließend Abstriche von der Reiseroute machen …"

„… oder eine Woche länger auf Reise gehen!", ergänzte Eva siegessicher. Sie ahnte, dass es einfach werden würde, ihre reiselustige Enkelin zu überreden.

„Ich schau mal nach!" Mit diesen Worten verschwand Stella in ihrem Zimmer.

Eva tigerte nervös in der Küche herum und machte in der Zwischenzeit einen *caffè*. Dann kam auch schon Stella zurück. „Also, du hast Glück: Es gibt Flüge von *Roma* nach *Olbia*, die brauchen gerade einmal eine Dreiviertelstunde, der Preis hält sich in Grenzen. Eine kleine Pension im Landesinneren, aber dennoch in der Nähe der *Costa Smeralda,* habe ich auch schon gefunden. Fehlt nur noch der Leihwagen."

„Und wann?"

„Ich würde sagen, übermorgen. Wenn wir noch Flüge bekommen."

„Abgemacht, versuchen wir es. Was meinst du: Sollen wir heute oder morgen noch mal nach Rom fahren? Ich wollte mit dir noch unbedingt zum Forum Romanum." Man sah Eva die Erleichterung an. „Dann lass mich noch schnell buchen und dann fahren wir lieber heute noch nach Rom."

Froh gelaunt fuhren die beiden Frauen am späten Vormittag nach *Roma*. Stella fand die Idee mit *Sardegna* abenteuerlich und freute sich aber wie ein kleines Kind darauf. Eva war sich nicht mehr so sicher, ob die Idee so gut war. Aber wer ‚A' sagt, muss auch ‚B' sagen.

Sie fuhren wieder auf den Parkplatz nach *Prima Porta* und von dort mit dem Zug bis zur *Piazza di Popolo*. Anschließend nahmen sie den Shuttlebus bis zur *Piazza Venezia.*

Zuerst gingen sie um das *Monumento di Vittorio Emanuele II* herum zum *Capitol*. Sie stiegen die Stufen hinauf und sahen sich das Reiterdenkmal von Marc Aurel an. Eva lenkte

Stella rechts am Senatorenplatz vorbei. „Die kleine Straße führt zu einem der schönsten Aussichtspunkte von Rom, finde ich", sagte Eva. Und tatsächlich: Nur wenige Schritte hinter dem Palast hatte man einen herrlichen Ausblick auf das *Foro Romano*.

Stella war von dem Anblick überrascht und konnte sich kaum sattsehen. Und Eva hatte wieder einmal Tränen in den Augenwinkeln. „Ich könnte vor lauter Glück zerspringen, wenn ich hier stehe und diese Aussicht genieße."

Dann fügte sie etwas leiser hinzu: „Ob ich wohl das letzte Mal hier hinuntersehe?"

„Sag doch nicht so was!"

Stella war sichtlich genervt. Sie war gerne auch mit älteren Leuten zusammen, aber das ewige Gejammer übers Alter regte sie manchmal auf. Genauso nervte sie die Koketterie ihrer Oma, wenn sie immer betonte, wie alt sie schon sei. Manchmal hatte Stella das Gefühl, ihre Oma wollte nur wieder einmal ein Kompliment für ihr junges Aussehen bekommen.

‚Alte Leute sind manchmal anstrengend', dachte Stella bei sich. ‚Selbst meine geliebte Oma ist manchmal schwer zu ertragen. Hoffentlich werde ich nicht auch einmal so!'

Eva hatte sich schon wieder beruhigt und lief flink die Treppe zum *Foro Romano* hinunter. Daneben ist ein antikes Gefängnis, das *Carcer Tullianus*, aus dem dritten Jahrhundert vor Christus.

Im *Tullianum* erwarteten die Gefangenen ihr schreckliches Schicksal, das oft folgenden Ablauf hatte: Vorführen beim Triumphzug des siegreichen römischen Feldherrn, dann Tod durch Erdrosseln, schließlich Ausstellung des Leichnams auf der Gemonischen Treppe, einem antiken Treppenbau in Rom.

Nach einer christlichen Überlieferung ist der *Carcer Tullianus* der Ort, an dem die Apostel Petrus und Paulus gefangen gehalten wurden. Im 16. Jahrhundert wurde dieser

Kerker dann zu einer Kirche umgestaltet, die *San Giuseppe dei Falegnami* oder auch *San Pietro in Carcere* genannt wird. Zwei übereinander gebaute unterirdische Räume kann der interessierte Besucher hier besichtigen.

Stella wollte dann auch noch durch das *Foro Romano* laufen und da sie an diesem Tag nichts anderes mehr vorhatten, fand auch Eva die Idee schön.

Die Temperaturen waren angenehm mild, aber nicht zu heiß und so gingen die zwei Frauen gemütlich durch das große Areal. Dabei besprachen sie noch ihre Reisepläne für die Zeit in *Sardegna*.

Nach einem kurzen Abstecher zum *Bocca della Verità*, dem Mund der Wahrheit, traten sie den Heimweg an. Natürlich nicht, ohne ihre Hände in den Mund zu stecken und sich gegenseitig zu fotografieren.

Eva schaute noch ein letztes Mal wehmütig zurück und dachte dabei mit einer tiefen Trauer in sich: ‚*Roma, il mio grand'amore, non ti dimenticerò mai!* – Mein geliebtes Rom, ich werde dich nie vergessen!'

Dann summte sie leise das Lied, das sie sich in den achtziger Jahren so gerne angehört hatte: ‚*Roma non fa la stupida sta sera*' - ein altes Lied, komponiert von Armando Trovajoli im Jahr 1962. Übersetzt bedeutet es so viel wie: ‚Rom, mach heute Abend keine Dummheiten'.

Olbia, 27. Mai 2034

Den gestrigen Tag hatten Stella und Eva mit Packen verbracht. Sie wollten nur einen Teil der Kleidung für den fünftägigen Trip mitnehmen. Den Rest wollten sie im Auto verstauen, das sie sicher in einer angemieteten Garage am Flughafen stehen lassen würden.

Dann hatten sie es sich noch bei einem Glas Wein gemütlich gemacht. Später, bevor sie ins Bett gingen, telefonierte Eva noch ewig mit Georg. Sie hatte ein wenig

Bedenken, dass Georg den geänderten Reiseplan nicht gut heißen würde. Aber Georg war wie immer verständnisvoll.

Manchmal dachte Eva bei sich, welch ein Glück sie doch mit diesem unglaublichen Mann gehabt hatte. Einen Besseren hätte sie niemals bekommen können.

Dann gingen ihre Gedanken zurück zu ihren ersten Beziehungen und sie überlegte, welches Leben sie an der Seite der anderen drei Männern gehabt hätte.

Mit Franco, der sich so spät geoutet hatte, wäre sie sehr unglücklich geworden.

Mit Marco, der immer auf der Suche war und seine Unzufriedenheit mit Drogen zudröhnte, wäre sie ebenfalls unglücklich geworden.

Oder mit Francesco. Ob der auch so passend gewesen wäre wie Georg?

‚Nein', dachte Eva und schüttelte dabei heftig ihren Kopf.

Als ich damals in Not geraten bin, hatte Francesco mich im Stich gelassen. Georg dagegen hatte von Anfang an zu mir gestanden und Alessandro wie seinen eigenen Sohn behandelt.

Außerdem bestand er auf eine Adoption. „Ich heirate dich, aber ich möchte Alessandro adoptieren, und zwar so schnell wie möglich. Ich möchte einen richtigen Sohn, mit allen Rechten und Pflichten." Eva war erstaunt und gleichzeitig überglücklich. Der Leiter des Jugendamtes war ebenfalls überrascht und begeistert. Oft erlebte er eine solche Situation nicht.

Doch dann gingen die Probleme erst los. Zuerst musste man ein Jahr verheiratet sein, bevor man den Antrag stellen konnte. Die Ehe könnte wieder geschieden werden, lautete die Begründung vom Amt. Exakt ein Jahr später stand Georg wieder vor dem Mitarbeiter. Der grinste über die Beharrlichkeit Georgs.

Im Laufe des Verfahrens bekamen sie dann Besuch von

einer Mitarbeiterin des Jugendamtes. Sie kontrollierte Alessandros Wohnverhältnisse. ‚Als ob sich etwas verändert hätte!', dachte Eva bei sich. ‚Die kennen doch die Umstände.'

Nachdem die Frau Alessandros Kinderzimmer angesehen hatte, fragte sie ihn: „Und wie nennst du denn eigentlich den Mann dort neben deiner Mutter?" Alessandro sah sie verdutzt an und antwortete völlig selbstverständlich: „Papa!"

Starnberg, 15. Mai 1996

Der Adoptionsantrag lief schon seit Wochen, da teilte der Mitarbeiter des Jugendamtes Eva mit, dass der Richter trotz laufendem Antrag, den leiblichen Vater angeschrieben hätte. Er müsse binnen einer gesetzten Frist die Vaterschaft für Alessandro anerkennen, sonst würde er ohne dessen Einwilligung als Vater bestimmt.

Welch ein Schock für Eva und Georg, so kurz vor der Adoption. Nach den neuen Gesetzen hätte der leibliche Vater dann ein Mitspracherecht. Das heißt, er könnte die Adoption verhindern. Eva weinte.

Der Mitarbeiter des Jugendamts versuchte sie zu trösten: „Ich verstehe auch nicht, warum der Richter diesen Weg so kurz vor der Adoption eingeschlagen hat. Für Alessandro ist die Adoption das Beste, was ihm passieren kann. Ich versuche, den Vorgang noch zu stoppen und melde mich bei Ihnen so schnell wie möglich."

Die folgende Nacht war einfach nur schrecklich für Eva. Was, wenn Francesco aus Trotz und Ärger die Vaterschaft anerkennen würde und somit die Adoption verhindert?

Als sie damals bemerkte, dass sie Alessandro alleine groß ziehen würde, erwachte ihr Stolz. Sie würde es auch alleine schaffen, ohne Vater und ohne staatliche Hilfe. Sie ging sofort nach der Geburt wieder zur Arbeit, arbeitete aber nur so viel, das sie für Alessandro noch genug Zeit hatte. Das

Geld reichte hinten und vorne nicht. Aber sie hatte Eltern, die ihr so viel wie möglich halfen. Sie betreuten Alessandro liebevoll, wenn sie arbeitete und steckten ihr auch hin und wieder einen Zehner zu, wenn der Monat zu lang wurde.

Beruflich arbeitete sie sich langsam hoch, wodurch es ihr mit der Zeit auch finanziell besser ging.

Sie selbst hatte Francesco den Zugang zu Alessandro nicht verwehrt. Er war es, der sich nicht mehr meldete. Kein Anruf, kein Brief, einfach nichts. Trotzdem hatte Eva dem kleinen Alessandro immer von ihm erzählt.

Im Jugendamt gab man ihr den Ratschlag, die Mutterschaft offiziell anzuerkennen. Erst dachte Eva, dass das wohl ein Witz sei. Dann erklärte die Mitarbeiterin aber, dass nach italienischem Recht, die Väter an erster Stelle stehen. Im Falle einer Trennung werden ihm somit die Kinder automatisch zugesprochen. In Evas Fall hätte Francesco irgendwann einmal nach Deutschland kommen können, Alessandro einfach nach Italien mitnehmen können und Eva hätte kein Recht gehabt, ihn zurückzuholen. Nur durch die formale Mutterschaftserklärung könnte dies verhindert werden.

Und nun das. Eva schlief schlecht. Georg versuchte, sie zu trösten: „Wir schaffen das schon!" Aber Eva kannte bereits eine junge Frau, deren neuer Lebenspartner ebenfalls das Kind adoptieren wollte. Der leibliche Vater hatte aber nicht zugestimmt und somit kam es nie zur Adoption.

Am darauf folgenden Tag kam abends dann der erlösende Anruf. „Ich konnte den Brief noch rechtzeitig stoppen. Es ist abgewendet. Jetzt kann nichts mehr passieren." Eva bemerkte die Erleichterung auch in der Stimme des freundlichen Mitarbeiters des Jugendamts. Überglücklich fiel sie ihrem Georg um den Hals und weinte bitterlich vor Freude.

Olbia, Arzachena, 27. Mai 2034

Am Tag bei Gericht gab es dann noch mal einen Schock, als der Richter in seinem Arbeitszimmer Eva und Georg sowie Alessandro mit autoritärer Stimme formal eröffnete: „Ich bin hier der verantwortliche Richter und stimme mit meinem Urteil der Adoption zu oder nicht. Wenn ich zu der Meinung gelange, sie sind nicht geeignet, den Jungen Alessandro zu adoptieren oder es entgegen dem Kindeswohl ist, dann ist das im Endergebnis so. Dagegen können sie keinen Widerspruch einlegen!" Georg und Eva sahen sich erstaunt und geschockt an. Damit hatten sie nun wirklich nicht gerechnet. Sah es doch bisher sehr gut für die junge Familie aus.

Aber dann sahen alle drei das Funkeln in den Augen des Richters. Und als er ihnen dann zur Adoption gratulierte und den Richterspruch formal vorlas, fiel allen ein unsagbar großer Stein vom Herzen.

Eva seufzte laut und Stella sah sie besorgt an. „Mir geht es gut, Stella. Ich habe nur an Georg gedacht."

Der Flug nach *Sardegna* war kurz und entspannend. Auch der Leihwagen stand pünktlich vor dem Flughafen und so konnten die beiden Frauen sofort zur Pension fahren. Diese war einfach und sauber. Die Besitzerin war sehr zurückhaltend, aber freundlich. „Inselbewohner sind häufig nicht so offen wie die Menschen vom Festland. Das habe ich schon oft beobachtet. Auch auf Malta war das so", erzählte Eva.

Sie war ein wenig erschöpft und wollte sich erst mal hinlegen. Das kam Stella ganz recht, denn sie musste ein wenig recherchieren. Noch immer hatte sie nichts von ihrem heiß ersehnten Studienplatz erfahren. Langsam wurde sie nervös. Wenn es nicht mit ihrem Wunschstudium klappen würde, musste sie sich etwas anderes ausdenken. Stella seufzte.

Die Reise mit ihrer Großmutter war zwar sehr schön,

mittlerweile freute sie sich aber auch schon auf die Rückkehr. Stella wollte wieder den Alltag mit all den Pflichten und einer gewissen Routine haben. Und sie wollte endlich wissen, wie es mit ihr beruflich weitergehen soll. Sie merkte, dass man im Leben ein Ziel haben musste. Wieder seufzte sie.

Hoffentlich hatte ihre Oma auf *Sardegna* Erfolg, denn sie spürte, dass ihre *nonna* dies für ihr Seelenheil benötigte. Ihre Gedanken gingen mal wieder zu dem jungen Mann, den sie einfach nicht vergessen konnte. Hatte sie einen Fehler begangen? Warum dachte sie ständig an ihn? Sie kannte ihn doch kaum.

Leise sah Stella nach ihrer Oma, doch die schlief immer noch. Die lange Reise hatte sie sehr erschöpft, auch wenn sie es nicht wahrhaben wollte. Für ihre 74 Jahre war sie sowieso noch erstaunlich fit, fand Stella.

So verging der Tag. Und bevor Stella kurz das Zimmer verließ, schrieb ihrer Großmutter noch eine Notiz: „Bin schnell ein paar Lebensmittel einkaufen. Stella."

Sie wollte ihrer Oma an diesem anstrengenden Tag keinen Restaurantbesuch mehr zumuten und besorgte ein paar Leckereien, die sie im Zimmer verspeisen konnten. Als sie zurückkam strahlte Eva sie an: „Was hast du uns denn Leckeres mitgebracht?"

„Wie wäre es mit Schinken, Oliven, Bauernbrot und Tomaten. Dazu ein Landwein."

„Hervorragend!"

Arzachena, 28. Mai 2034

Am nächsten Morgen fuhren sie als erstes in das Dorf, in dem Francesco zuletzt gelebt haben soll. Nach einer halben Stunde waren sie dort.

Das winzige Dorf war wie ausgestorben. In der einzigen Bar erfuhren sie von der starken Landflucht auf *Sardegna*. Es gab nicht viel Arbeit, besonders für die jungen Leute, die dann an die Küste oder in die Städte zogen. Aber die allermeisten wanderten aufs Festland aus. Viele, so erzählte man ihnen, emigrierten ins Ausland. Italien hatte sich zwar in den letzten zehn Jahren langsam wieder von der wirtschaftlichen Misere erholt. Hier auf *Sardegna* allerdings hatte sich in den letzten Jahrzehnten nichts verändert.

Die Dorfbewohner waren freundlich, aber zurückhaltend. Nur die Tatsache, dass die zwei Frauen fließend Italienisch sprachen, öffnete ihnen ein wenig die Türen.

Nach der Stärkung in der Bar gingen Eva und Stella durch den Ort. Sie fanden das Haus, in dem Francesco gewohnt hatte, aber es war unbewohnt.

Eva traten die Tränen in die Augen. „Jetzt sind wir vollkommen umsonst hierher geflogen."

„Aber nein, vielleicht sind sie ja nur umgezogen. Und außerdem ist es hier wunderschön und ich habe es auf jeden Fall nicht bereut, hergekommen zu sein." Tröstend legte Stella die Arme um ihre Oma. „Wir gehen noch einmal in die Bar und fragen nach ihm!" Zögernd folgte Eva ihr.

Aber in der Bar waren die vorher noch zugänglichen Besitzer merkwürdig verschlossen. Auch die anderen Anwesenden reagierten äußerst zugeknöpft. Und Eva hatte den Verdacht, man traue ihnen nicht. Stella, die die sonst so offene Art der Italiener liebte, konnte mit der sardischen Lebensart nicht so viel anfangen.

Letztendlich zog Stella ihre mutlose Oma aus der Bar und ging zielstrebig zu der kleinen *piazza*. Dort hatte sie vorher eine Gruppe älterer Frauen gesehen. Sie saßen noch immer unter den schattigen Bäumen und so ging Stella auf sie zu und redete sie an.

„*Scusate*, vielleicht könnt ihr uns helfen?" Und sie erzählte von den alten Freunden ihrer lieben Oma. „Meine Oma möchte so gerne noch einmal ihre Freundin Elvira sehen. Seit fast fünfzig Jahren hat sie diese nicht mehr gesehen. Und nun sind wir extra aus Rom hierher geflogen, weil man uns gesagt hatte, sie lebe hier mit ihrem Ehemann", flunkerte Stella gekonnt. Zuerst waren die älteren Frauen misstrauisch, doch langsam überzeugte Stella sie mit ihrer freundlichen Art.

„Francesco, lebte hier einige Jahre mit seiner Tochter, wie hieß die Hübsche noch mal?", fragte eine zahnlose Greisin ihre Begleiterinnen. „Warte mal! Die hieß … hieß sie nicht Graziella?"

„Nein, nein, Graziella nicht. Warte! Lorella! Sie hieß Lorella." Die Frauen riefen alle durcheinander. „Ja, Lorella und ihr Papa. Er war ein guter Vater."

„Aber er war doch gar nicht verheiratet, oder?"

„Nein, er war Witwer!" Und bei diesen Worten bekreuzigte sich die sehr dünne Frau mit den schlohweißen Haaren.

Francesco war also bekannt und so fragte Eva zögerlich: „Und wo wohnen die beiden jetzt? Wissen Sie das zufällig auch?" Die vier Frauen starrten sie an und redeten alle durcheinander: „Moment mal. Sind sie nicht nach *Olbia* gezogen?", meinte eine.

„Nein, nicht nach *Olbia*", entgegnete eine andere.

„Aufs Festland zurück, vielleicht nach *Roma*?", wieder eine andere.

„Nein, ich glaube nicht." Eva schaute traurig die schwatzenden Frauen an. Das wurde nichts, das spürte sie sofort und ihr Herz zog sich zusammen.

„Nein, die sind nach *Milano*, glaube ich", rief nun die Alte mit der Zahnlücke. Auch Stella merkte, dass sie wohl doch nicht weiterkamen, bedankte sich aber dennoch herzlich.

Im Weggehen hörten die beiden die Frauen tuscheln: „Hübsches Mädchen. Die sah aber der Lorella ähnlich. Komisch!"

Auf der Fahrt zurück in die Pension sprachen sie kein

Wort. Stella hatte sich vorgenommen, später ein wenig im Internet zu suchen. Vielleicht hatte sie dort mehr Erfolg als in diesem kleinen Dorf.

Baja Sardinia, 29. Mai 2034

Stella wollte ihre traurige Oma aufmuntern und weckte sie mit den Worten: „Heute ist ein herrlicher Tag. Wie wäre es mit einem Ausflug nach *Baja Sardinia*. Da wo du vor vielen Jahren mit meinem Vater Urlaub gemacht hast?"

Eva war noch nicht ganz wach, aber sie roch den *caffè* durch die Türritze.

„Gute Idee! Lass mich schnell duschen, dann gehen wir frühstücken und dann geht es los!" Sie war begeistert.

Man merkte Eva nicht mehr die Enttäuschung vom gestrigen Tag an. Sie plapperte am laufenden Band. Stella mochte es. Sie wusste aber auch, dass Eva darunter litt, dass manche über ihre Redefreude lästerten. Stella dagegen fand, dass Eva meistens hochinteressante Dinge zu erzählen hatte. Sie regten vielmehr Leute auf, aus denen man jedes Wort einzeln herausziehen musste. Das war auf Dauer so anstrengend.

Als die beiden Frauen die letzte Wegbiegung fuhren, blieb Stella fast das Herz stehen. So einen fantastischen Blick auf das türkisfarbene Meer hatte sie noch nie gesehen. Und dabei hatte sie bisher gedacht, die *Costiera Amalfitana* und das Blau des Meeres bei den *Isole Lipari* wäre schon sensationell gewesen. Aber diese Farbe übertraf dann doch noch alles, was sie je in ihrem Leben gesehen hatte!

Sie parkten das Auto und liefen zum Strand. Stella hüpfte dabei wie ein kleines Kind. „Oma, dafür hat es sich schon gelohnt hier her gekommen zu sein!", rief sie enthusiastisch.

Auch Eva, die seit 1993 nicht mehr hier war, konnte ihre Begeisterung kaum mehr verbergen. Wieder einmal stellte sie fest, wie schön doch die Erde war und sie war glücklich darüber, dass die Menschen es nicht geschafft hatten, durch ihre Habgier diese Welt endgültig zu zerstören.

Wie immer, wenn Eva das Meer sah, war sie nicht mehr zu bremsen und lief lachend ohne Schuhe und mit hochgekrempelter Hose ins Wasser hinein. Stella rief ihr beunruhigt nach: „Langsam, *nonna*, du brichst dir noch die Beine! Und dann muss ich dich im Rollstuhl umher schieben."

Stella legte die Decke und die Tasche ab. Trotz ihres hohen Alters weigerte sich Eva, in einem bequemen Liegestuhl Platz zu nehmen. Obwohl sie wusste, dass ihr am nächsten Tag jeder einzelne Knochen weh tun würde.

„Ich habe nur einmal in meinem Leben in einem Liegestuhl gelegen. Ich finde, im Sand spürst du viel mehr die Nähe zur Natur und das will ich unbedingt."

Stella kümmerte sich liebevoll um ihre Oma. Sie hatte auch an ein Picknick gedacht und sie spürte die neidischen Blicke der anderen Strandbesucher, als die beiden Frauen genüsslich die *panini con prosciutto, pecorino, olive e pomodori* aßen. Sie hätten auch gerne die typisch italienischen Semmeln mit dem duftenden Schinken und Schafskäse sowie Oliven und Tomaten gegessen. Das sah man ihnen an.

„Genau an dieser Stelle saß ich schon mit deinem Vater. Er war so ein schönes Kind. Aber das sagen wohl alle stolzen Mütter. Es war noch Vorsaison und nicht so voll. Manche Restaurants und Geschäfte waren sogar noch geschlossen. Aber es war schon sehr warm. Einmal standen wir sogar extra früh auf, weil ich in einem Prospekt über eine Bootstour gelesen hatte. Alessandro war sofort begeistert und so machten wir diese abenteuerliche Tour ein paar Tage später."

Baja Sardinia, 21. Mai 1993

Früh aufstehen hasste Eva, aber sie hatte vor zwei Tagen

einen Flyer in die Hände bekommen, der ihr Interesse auf sich zog. „Schau mal Alessandro, das könnte dir auch gefallen. Mit einem Boot von Insel zu Insel fahren. Das ist bestimmt sehr aufregend. Und für dich als Pirat sowieso!"

Alessandro, mit seinen fünf Jahren für jedes Abenteuer zu haben, war sofort Feuer und Flamme.

Schon in der Früh brannte die Sonne herunter. Es würde wieder ein sehr heißer Tag werden, der Wind täuschte darüber hinweg.

Hoffentlich fand die Bootsfahrt überhaupt statt, dachte Eva. Sie hatte im Prospekt gelesen, dass die Tour bei starkem Wind nicht durchgeführt werden würde.

Als sie am Steg ankamen, warteten schon zwei weitere Pärchen und ein Mann. Wie sich später herausstellte, waren die wenigen Gäste international: Das eine Pärchen kam aus Neuseeland, eines aus Deutschland, der Mann war ein Italiener aus *Roma*. Die Crew des Bootes bestand aus vier Leuten. Der sympathische Kapitän begrüßte die Gäste mit den Worten: „Auch wenn wir nur eine Handvoll sind und es ausgerechnet heute sehr windig ist, haben meine Crew und ich beschlossen, die Fahrt trotzdem durchzuführen. Seien sie herzlich willkommen auf der *Sabbia bianca!*"

Das Boot „Weißer Sand" machte auf Eva einen sehr gepflegten Eindruck. Alessandro stürzte sofort nach vorne zum Schiffsbug und suchte sich den besten Platz. Das deutsche Pärchen nahm neben ihnen Platz.

Der Kapitän fing sofort an, auf Italienisch zu erzählen. Die Deutschen waren froh, dass Eva ihnen alles übersetzte.

Die Fahrt durch das aufbrausende Meer machte Eva dann doch etwas Angst und sie klammerte Alessandro an sich. Sie befürchtete, dass der kleine Kerl ins Meer gewirbelt werden könnte. Vor lauter Vorsicht konnte sie die Fahrt gar nicht so richtig genießen.

Aber sie hörte den lachenden Kapitän. Er ergötzte sich

scheinbar an dem Bild der sich an die Reling klammernden Touristen, denn er konnte die Gefahr gut abschätzen.

Er erzählte von der Inselgruppe *Arcipelago della Maddalena*, die sich an der nordwestlichen Küste von Sardinien, abseits der *Costa Smeralda*, befindet.

Das Besondere ist das blaue und türkisfarbene Meer, das die sieben großen Inseln, *Maddalena, Caprera, Budelli, Santo Stefano, Santa Maria, Spargi, Razzoli* und weitere kleinere Inseln umschließt.

Als sie an den ersten Strand kamen, war Eva total überwältigt. Auf der Insel *Budelli* befindet sich der legendäre rosafarbene Sand, der durch die Schalen von winzigen Meerestieren und Korallen entstanden ist.

Nach einem kleinen Aufenthalt auf dieser so außergewöhnlichen Insel ging es weiter zur *Isola Spargi*. Dort ist der Sandstrand in der Bucht *Cala Corsara* schneeweiß. Alessandro und Eva hatten ihre Badesachen dabei und genossen das glasklare Wasser des Meeres. Er war von den Fischen und Krebsen so begeistert, dass er am liebsten für immer dort geblieben wäre. Später legten sie sich in den Schatten der Felsformationen, um keinen Sonnenstich oder einen Sonnenbrand zu bekommen.

Der Kapitän unterbrach die Stille mit den Worten: „*È pronto!* Meine Herrschaften kommen sie zum Essen. Es gibt *Spaghetti al pomodoro* und weil wir heute so wenige sind, lade ich sie noch zu einem Glas Wein und einem *caffè* ein."

Lag es an der Meerluft oder an der traumhaften Landschaft? Eva meinte, noch nie so gute Spaghetti in ihrem Leben gegessen zu haben.

Zum Abschluss fuhren sie noch auf die *Isola Maddalena*. Dort hatten sie den längsten Aufenthalt. Eva spazierte mit Alessandro durch die Altstadt und sie gönnten sich ein Eis.

Leider verging dieser herrliche Tag viel zu schnell und am späten Nachmittag saßen die beiden müde aber glücklich im

Boot und fuhren mit den anderen Touristen zurück nach *Baja Sardinia*.

Alessandro war so begeistert, dass er diese Tour noch mal machen wollte, woraufhin Eva einwilligte. Aber als sie in der nächsten Woche an das Boot kamen, waren dort Unmengen von Menschenmassen und so beschlossen sie, diesen einmaligen Ausflug in guter Erinnerung zu behalten und nicht durch diesen von Touristen überfüllten Ausflug zu zerstören.

Baja Sardinia, 29. Mai 2034

„Wir können ja mal schauen, ob es diese Bootstour noch gibt!", rief Stella ganz begeistert. „Ja, gerne, lass uns gleich mal schauen. Die Inselgruppe *Arcipelago della Maddalena* ist übrigens seit 1994 Nationalpark und ist einer der schönsten Orte Sardiniens", ergänzte Eva. „Ja, jetzt wird es sowieso zu heiß. Lass uns zum Hafen hinuntergehen", stellte Stella fest.

Sie wurden am Hafen fündig und buchten die Bootstour gleich für den nächsten Tag.

Danach fuhren sie zurück zu ihrer Pension. Auf dem Weg dorthin hielten sie an einer *Nuraghe* an. *Nuraghe* sind prähistorische und frühgeschichtliche Turmbauten der *Bonnanaro-Kultur*, die etwa 2200–1600 vor Christus auf *Sardegna* erbaut wurden und die wahrscheinlich Kultstätten waren. Eva und Stella bewunderten eine in *Albuccíu* bei *Arzachena*, die mit einer besonderen Gewölbedecke ausgestattet war.

Als Stella um die *Nuraghe* herumging, hörte sie ihre Oma erzählen: „Als ich damals mit Alessandro hier war, hatte ich kein Geld für einen Leihwagen und so klapperten wir die Sehenswürdigkeiten mit den öffentlichen Bussen ab. Ich wollte unbedingt so eine *Nuraghe* sehen und stellte fest, dass hier in der Nähe aber keine Bushaltestelle war. Ein Bus fuhr aber an der *Nuraghe* vorbei."

Sie grinste: „Also fragte ich, bevor wir einstiegen, den

Busfahrer, ob er uns einfach bei einer *Nuraghe* aussteigen lassen könnte. Er war so nett und bejahte nicht nur, sondern fragte auch, ob er uns auf seinem Rückweg wieder auflesen sollte. Ich fand das so toll. Und tatsächlich, als wir beide am Straßenrand warteten, kam der Bus, hielt an und nahm uns wieder mit."

Wieder einmal war Stella über die Freundlichkeit der Italiener erstaunt. Und wieder fragte sie sich, ob es so etwas auch in Deutschland gäbe. Auf jeden Fall macht es das Leben leichter, fand sie.

Stella hörte ihrer Großmutter weiter zu: „Der nette Busfahrer fragte uns, ob uns die *Nuraghe* denn gefallen hätte. Ich glaube, er hatte sich gefreut, dass wir die sardische Kultur so schön und interessant fanden. Am meisten gefiel ihm, dass Alessandro so begeistert von dem Denkmal sprach. Er war so aufgeregt, dass er ein richtiges Kauderwelsch zwischen Italienisch und Deutsch redete."

Eva lachte. „Im Bus hatten wir dann noch ein witziges Erlebnis. Obwohl, so lustig war es eigentlich gar nicht. Ich hörte im Bus, wie sich eine junge Frau mit ihrer Begleitung unterhielt. Sie schwärmte regelrecht von Alessandro. Je mehr sie von seiner Schönheit redete, desto größer wurde ich vor Stolz. Das Lächeln in meinem Gesicht sollte mir aber schnell vergehen, als ich plötzlich hörte: *„Che bellissimo è quel bambino, ma la madre non è tanta bella.* - Wie wunderschön dieses Kind ist, aber die Mutter ist nicht besonders hübsch."Abends schaute ich mich prüfend von jeder Seite im Spiegel an. So hässlich war ich doch gar nicht." Eva grinste, schaute aber zu Stella und hoffte, dass diese ihr ein Kompliment machen würde. „Natürlich nicht! Du bist doch heute noch hübsch", erwiderte Stella. Eva seufzte zufrieden. Genau das wollte sie hören.

Castiglione, Gavorrano, Massa Marittima, 31. Mai 2034

Stella hatte vergeblich im Internet recherchiert und nichts über Francesco erfahren. Sie waren wie vom Erdboden verschwunden. Sie hatte sogar heimlich beim Einwohnermeldeamt angerufen. Aber so einfach kam man auch in der heutigen Zeit nicht an die Informationen. Im Gegenteil, die Dame im Amt reagierte sehr unfreundlich auf die Anfrage von Stella. Entnervt gab sie auf. Es sollte wohl nicht sein.

Und wieder schweiften ihre Gedanken zurück zu dem jungen Mann, der ihr einfach nicht mehr aus dem Kopf ging. Das Schicksal hatte nun mal seine eigenen Pläne. Und da waren anscheinend dieser junge Mann und auch ein Wiedersehen zwischen Francesco und Eva nicht vorgesehen.

‚Wer weiß, für was das gut ist', dachte sich Stella und packte ihre Tasche. Heute ging es zurück nach *Roma* und dann gleich weiter in die *Toscana*.

Gestern die Bootstour war wunderschön gewesen, wenn auch das Boot nicht so leer war, wie bei ihrem Vater und ihrer Oma. Es waren etwa fünfzig Leute an Bord. Dennoch genoss sie die schönen Sandstrände und die herrliche Natur. Das türkisfarbene Wasser beeindruckte sie am meisten. Schöner konnte es nicht einmal in der Karibik sein, vermutete Stella.

Nun aber freute sich Stella schon auf die nächsten Reiseziele, denn in der *Toscana* war sie als Kind mit ihrer Familie häufiger gewesen.

Vom Flughafen aus fuhren Eva und Stella mit dem Auto nach *Porto Ercole,* um dort zu Mittag zu essen und einen kleinen Spaziergang am Hafen zu machen.

Eva erzählte Stella von dem schrecklichen Schiffsunglück, das 2012 in der Nähe passiert war.

Vor der wunderschönen *Isola Giglio* lief ein riesiges Kreuzfahrtschiff auf einen Felsen auf und schlug leck. Vom Wind wurde es dann in Richtung Insel gedrückt, wo es unmittelbar nördlich des kleinen Hafens der Insel auf Grund lief.

Das Schiff havarierte und der Unfall forderte 32 Todesopfer. Nachdem das Wrack über achtzehn Monate lang vor *Giglio* gelegen hatte, wurde es 2013 aufgerichtet und zur Verschrottung 2014 nach *Genova* geschleppt. Der verantwortliche Kapitän wurde in einem Verfahren im Jahre 2015 zu sechzehn Jahren Haft verurteilt, weil er sich unter anderem mehrfach der fahrlässigen Tötung schuldig gemacht hatte.

„Das Gute an dieser tragischen Geschichte ist, dass seit 2017 Kreuzfahrtschiffe in dieser Größenordnung nicht mehr den *Canale della Giudecca* in Venedig passieren dürfen. Die Venezianer hatten über die häufigen Durchfahrten der vielen Kreuzfahrtschiffe wegen des Concordia-Unglücks heiß diskutiert."

„Wurde das denn nicht wieder aufgehoben?", fragte Stella, die sich sehr für Umweltschutz interessiert.

„Ja, es gab ein langes Hick-Hack zwischen den Tourismusverbänden und den Umweltschützern. Aber als sich dann die Unesco einschaltete und mit dem Entzug des Titels „Weltkulturerbe" drohte, wurde die Durchfahrt 2017 endgültig verboten. Gott-sei-Dank!", erklärte Eva ihrer Enkelin.

Im Frühjahr 2014 gab die Nationalparkverwaltung bekannt, dass bei allen Inseln des *Parco Nazionale dell' Arcipelago Toscano*, das sind *Giglio*, *Pianosa* und *Montecristo* Überwachungskameras installiert werden, die den Schiffsverkehr überwachen und zum Beispiel unzulässige Manöver verhindern oder wenigstens aufzeichnen sollen.

Lange hielten sich die beiden Frauen nicht in *Porto Ercole* auf, denn sie hatten noch ein Stück zu fahren. Sie fuhren an der Küste weiter nach *Castiglione della Pescaia*. Direkt an der Küste entlang konnten sie nicht fahren, denn dort liegt der berühmte *Parco Naturale della Maremma*. Leider hatten sie zu wenig Zeit, um diesen beeindruckenden Naturpark anzusehen.

Die *Maremma* ist eine Sumpflandschaft, die den flachen, von den Hügelketten der *Monti dell'Uccellina* unterbrochenen Küstenstreifen zwischen dem Golf von *Follonica*, den Flussläufen der *Bruna* und des *Ombrone* sowie der Lagune von *Orbetello* am *Monte Argentario* umfasst.

In *Castiglione della Pescaia* flanierten Eva und Stella am Hafen entlang und bewunderten den schönen Blick auf die Altstadt und die Burg. Sie ruhten sich bei einem *caffè* aus und nahmen schweren Herzens Abschied.

„Hier war ich 1986 mit der römischen Familie. Sie hatten hier eine Wohnung. Diese Familie, sie war Deutsche und er Römer, war sehr reich und sie hatten mehrere Wohnungen in Rom, also auch meine, die ich dir gezeigt habe. Dann eine hier in *Castiglione* und eine in *Ovindoli* in den Abruzzen. Sie war Stewardess und hatte ihren Mann im Flugzeug kennengelernt. Ich passte auf die zwei Jungs auf, wenn sie arbeitete. Die beiden, Nicolà war fünf und Luca war zwei Jahre alt, wurden zweisprachig erzogen. Das Faszinierende dabei war, dass der Größere akzentfrei Deutsch und Italienisch sprach. Luca fragte einmal die Putzfrau: ‚*Dammi un bicchiere d'aqua per favore*'. Als diese nicht sofort reagierte, drehte er sich zu mir um und wiederholte die Frage in perfektem Deutsch: ‚Kannst du mir ein Glas Wasser geben?' Unglaublich!"

Eva blickte kurz auf das Meer hinaus.

„Und dann war ich noch mal 1990 hier, mit deinem Vater. War ganz schön anstrengend der Aufstieg zur Burg, lohnte sich aber definitiv."

Wieder schwieg Eva. Um all die Schönheiten wirklich anzusehen, bräuchten sie einfach mehr Zeit. Obwohl sie in den letzten zwei Monaten viel gesehen hatte, fand es Eva schade, dass sie viele Ortschaften nicht wieder sehen konnte. Aber sie versuchte, Stella so viel wie möglich von den Städten und Dörfern zu erzählen, die sie leider auf dieser Reise auslassen mussten.

Es ging weiter nach *Bagno Gavorrano*, wo Eva mit Alessandro 1991 eine schöne Zeit verbracht hatte. Damals hatten sie ihren ersten Urlaub nach drei Jahren, in denen sie durchgearbeitet hatte, gemacht.

In den ersten Jahren konnte sie sich freie Tage einfach nicht leisten, weil sie freiberuflich arbeitete. Aber dann hatte sie durch Zufall von einem kleinen, günstigen Haus mitten in den toskanischen Feldern in einer Zeitungsanzeige gelesen und buchte das Feriendomizil kurzentschlossen für vier Wochen.

Zuerst war sie mit Alessandro alleine dort, dann kamen ihre Eltern und ihre Tante. Eine weitere Woche später kamen ihre beiden Schwestern. Es war dann zwar etwas beengt in dem kleinen Landhäuschen, aber bei dem schönen Wetter waren sie sowieso fast nur im Freien.

Sie erlebten eine entspannte Zeit und hatten viel Spaß zusammen. Alessandro, der das erste Mal am Meer war und von den vielen Burgen in der Gegend ganz begeistert war, genoss die vielen Wochen gemeinsam mit seiner Mutter.

Mittlerweile war es Zeit für einen Aperitif und nachdem sie die untere, moderne Stadt durchfahren hatten, fuhren Eva und Stella zu der alten Stadt auf den Berg hinauf.

Stella zog Eva in die erste Bar und bestand auf eine Pause bei einem kleinen Glas Weißwein und ein paar *stuzzichini*. Sie hatten Glück, vor der Bar standen ein paar Tische und so setzten sie sich hin und genossen den Blick auf das Tal.

„So, genug Sightseeing gemacht", beschloss Stella. „Ich freue mich jetzt auf unser Hotel in *Massa Marittima*. Du nicht?", fragte sie ihre Oma. „Doch natürlich, ich spüre meine Füße nicht mehr, obwohl wir gar nicht so viel gelaufen sind. War halt doch anstrengender, als ich dachte!"

Mit diesen Worten verließen sie die gemütliche Bar und nahmen die letzte Etappe des Tages in Angriff. Bis *Massa Marittima* war es nur noch ein Katzensprung und die beiden Frauen wollten nur noch eine gute Pizza essen und dann so schnell wie möglich ins Bett gehen.

Aber Eva konnte nicht sofort einschlafen. Immer wieder kreisten ihre Gedanken um das Erlebte, aber auch um die Enttäuschung, nicht zu wissen, was aus Francesco geworden war. Seufzend drehte sie sich von links nach rechts, bis sie dann doch endlich einschlief.

S. Galgano, Buonconvento, 1. Juni 2034

Am nächsten Morgen verschliefen die beiden Frauen das Frühstück und mussten dies in der Bar um die Ecke nachholen. Danach bummelten sie durch die Straßen der bemerkenswerten mittelalterlichen Stadt mit dem außergewöhnlichen Platz.

„Hier haben wir damals ein Mittelalterfest miterleben dürfen. Das *Balestro del Girifalco*, das Fest der Armbrustschützen. Es findet zweimal im Jahr statt, einmal im Mai und einmal im August. Schade, wir haben es gerade verpasst", erklärte Eva.

„Damals verirrten sich noch wenige Touristen hierher. Wir saßen auf den Stufen vor dem beeindruckenden *Duomo San Cerbone*. Du hast bestimmt einmal die Fotos davon gesehen. Susanne und Gian Luca sind extra aus Rom angereist, um dieses Ereignis mit uns zu teilen. Es war ein erinnerungswürdiger Tag. Alessandro bekam extra eine Kinderarmbrust, sein ganzer Stolz."

Von der Burg hatten die beiden Frauen einen herrlichen Blick über die Landschaft der *Toscana*. Eva genoss es, dass ihr der warme Wind um die Nase wehte. Stella beobachtete sie heimlich. ‚Was mochte in ihrem Kopf vorgehen?', dachte sie und überlegte, wie es wohl war, wenn ein Mensch wie Eva sein Leben noch mal gedanklich durchläuft. War das angenehm oder eher schmerzhaft, zu spüren, dass das alles der Vergangenheit angehörte? Dass es kein Zurück mehr gab, dass man nichts mehr ungeschehen machen konnte?

Als ob Eva Stellas Gedanken lesen konnte, fing sie plötzlich an zu reden: „Ich bereue nichts, was ich in meinem Leben gemacht habe. Ich würde alles noch mal genauso machen. Natürlich gibt es ein paar Menschen, denen ich gerne sagen würde: Es tut mir leid, ich wollte dich nicht verletzen. Aber grundsätzlich war alles gut, so wie es war." Sie schwieg einen Augenblick, dann sprach sie leise weiter: „Ich weiß, dass dies meine letzte große Reise in meine zweite Heimat ist. Ich genieße es sehr, bin aber auch gleichzeitig unendlich traurig darüber."

Wieder schwiegen sie und blickten über das weite Land. Stella konnte die Sehnsucht ihrer Oma spüren. Wie würde es ihr einmal ergehen?

Ihre Gedanken wurden durch Kindergeschrei unterbrochen. Ein kleiner Junge mit Holzschwert kam auf sie zugelaufen und rief auf Deutsch: „Du bist meine Gefangene. Wehre dich nicht!"

Stella musste lachen und erwiderte: „Oh, mein Ritter, habt Gnade mit mir." Hinter dem kleinen Jungen kam seine Mutter und entschuldigte sich, aber Stella lachte nur, strich dem Jungen über den Kopf und sagte: „Das ist schon in Ordnung. Ich habe einen jüngeren Bruder. Mit dem habe ich auch oft gespielt."

Sie unterhielten sich noch eine Weile, dann verabschiedeten sich die beiden Frauen und suchten sich ein kleines Lokal, in dem sie zu Mittag essen konnten.

Den Nachmittag wollten die beiden ausnutzen und zur Klosterruine *San Galgano* fahren. Eva hatte ihrer Enkelin schon oft davon vorgeschwärmt: „Ich war zweimal dort. Das erste Mal mit deinem Vater 1991 und das zweite Mal mit Georg 2028. Das Schöne sind nicht nur diese alten Gemäuer und die herrliche Landschaft, sondern vor allem die Ruhe, die man dort spüren und genießen kann."

Das Kloster wurde im 12. Jahrhundert von *Galgano Guidotti* auf dem Hügel *Montesiepi* gegründet und wurde von Zisterzienser-Mönchen bewohnt. Ursprünglich war dort eine Einsiedelei, die wurde dann aber zu eng. Deshalb baute man die *Abbazia di San Galgano* im nahen Tal.

Die Abtei von *San Galgano* war die erste und einzige Neugründung der Zisterzienser im Gebiet der *Toscana*. Die französische Gotik konnte sich aber hier nicht durchsetzen. Der Sakralbau ist trotz des eingestürzten Daches eine der Hauptsehenswürdigkeiten in der *Toscana* und wird in der Nacht beleuchtet.

Wegen der guten Akustik finden dort häufig Konzerte, Theater- und Tanzaufführungen statt. Die Abtei *San Galgano* wird von vielen als das bedeutendste gotische Bauwerk Italiens angesehen.

Eva genoss die Stille. Als es langsam dämmerte, fuhren sie weiter nach *Buonconvento*, wo Stella ein kleines Hotel gefunden hatte.

„Hier war ich noch nicht!", rief Eva, als sie von weitem die schöne Ortschaft sah. „Ich war zwar öfters in der *Crete Senesi*, aber nie hier. Die Landschaft der *Crete* ist ein Traum. Das wirst du morgen sehen. Ich glaube, hier ist mit der faszinierendste Teil der Toskana. Durch die Verwitterung des Tons, der hier *Mattaione* heißt, entstehen Furchen an den Südhängen, die sogenannten *Calanchi*. Typisch für die *Crete Senesi* sind die *Biancane*, das sind weiße, nur wenige Meter hohe Hügel mit schmalen Furchen und ohne jede Vegetation", erklärte sie ihrer Enkelin.

Stella war schon sehr gespannt auf den morgigen Tag. Wie

viele Menschen war auch sie von der *Toscana* sehr angetan. Obwohl die Landschaften in ganz Italien ihren besonderen Reiz hatten, fand sie die zypressengeschmückten Alleen in der *Toscana* außergewöhnlich schön.

Da sich die beiden Frauen für den morgigen Tag einiges vorgenommen hatten, gingen sie nach einer kleinen Brotzeit sofort ins Bett.

Abbazia di Monte Oliveto Maggiore, 2. Juni 2034

Gleich nach dem Frühstück schlenderten sie durch *Buonconvento*, nahmen einen zweiten *caffè* zu sich und fuhren auf der kurvigen Landstraße zum Kloster *Abbazia di Monte Oliveto Maggiore*.

Auf dem Weg durch eine atemberaubende Landschaft hielten sie einige Mal an, um Fotos zu machen und Eva erzählte von ihrer Hochzeitsreise im März 1996.

Zu dritt sind sie auf diesen Straßen gefahren. Sie hatten vorher alles für ein Picknick eingekauft und eine Decke eingepackt. An der schönsten Stelle mit Aussicht auf die *Crete Senesi* und das Kloster hatten sie dann die Decke ausgebreitet und all die Köstlichkeiten bei angenehmen Frühlingstemperaturen genossen.

„Diesen Augenblick des Glücks werde ich nie mehr vergessen. Ich dachte, mein Herz zerspringt vor Glück. Da saß ich mitten in einer der schönsten Landschaften der Welt, neben mir mein vor zwei Tagen geehelichter Traummann und mein geliebter Sohn, italienische Köstlichkeiten und guter toskanischer Wein. Ich glaube damals dachte ich, wie schön muss es sein, in so einem Moment zu sterben!"

Eva lachte, „Und nun sind 38 Jahre vergangen und ich lebe immer noch und bin immer noch ein glücklicher Mensch!" Stella konnte ihre Großmutter beim Anblick dieser Natur sehr gut verstehen und nickte nur zustimmend.

Als sie am Kloster ankamen erzählte Eva, dass sie Jahre

später noch einmal mit Georg, Alessandro, Clara und ihren Schwiegereltern da war. Damals machten sie alle gemeinsam Urlaub in einer alten Mühle in *Sarteano*.

„Leider war es damals unerträglich heiß und viele Ausflüge machten wir dann erst am späten Nachmittag. Eigentlich sollte man im Sommer nicht in die Toskana fahren. Der Frühling eignet sich besser dafür", ergänzte Eva.

Sie schlenderten durch die Gartenanlage des Klosters eines Benediktinerordens. Berühmt ist die sehenswerte Abtei vor allem aufgrund des beeindruckenden Kreuzganges und der dreistöckigen *Loggia*. Der Kreuzgang wurde mit einem Zyklus aus 36 Fresken von *Luca Signorelli* und *Giovanni Antonio Bazzi*, genannt *Sodoma*, bemalt.

Die Gemälde aus der Renaissance beschreiben das Leben des heiligen Benedikt und zählen zu den schönsten Fresken-Zyklen dieser Zeitepoche. Die Öffnungen in den Arkaden des Kreuzganges zum Innenhof hin wurden zum Schutz der Fresken mit Gitterfenstern verschlossen.

Nach einer kleinen Stärkung im Klostergarten fuhren Stella und Eva weiter nach *Bagno Vignoni*. Hier hatten Georg, Alessandro und Eva auf der unvergesslich schönen Hochzeitsreise vier Nächte in einem traumhaften Hotel verbracht. Zunächst aber fing alles in *Siena* an.

Siena, 12. März 1996

Sie saßen bei den ersten Sonnenstrahlen auf einer kleinen *piazza* in *Siena* und genossen die Ruhe bei einem *cappuccino*. Das emsige Treiben auf der *Piazza del Campo* und in den touristisch häufiger besuchten Ecken hatten sie hinter sich gelassen.

Nach dem langen schneereichen Winter in Oberbayern sehnte sich jede Faser ihrer Körper nach Wärme.

Siena im Frühling! Hier wollten sie ein paar ruhige Tage verbringen. Sie hatten ein nettes Hotel gefunden. Etwas außerhalb der Altstadt und doch war diese gut zu Fuß erreichbar. Obwohl *Siena* im Vergleich zu *Firenze* nicht sehr groß ist, gibt es unheimlich viel zu entdecken. In den Straßen, die kreisförmig um die *Piazza del Campo* führen, konnte man sich leicht verlaufen und doch ist der Reiz, immer etwas Neues zu entdecken, enorm groß.

Um diese Jahreszeit gehörte *Siena* noch den Bewohnern, die großteils aus jungen Leuten bestand, die hier studierten.

Nach einem ersten Erkundungstrip in das *centro storico* von *Siena*, traten sie müde gegen Mitternacht, aber glücklich den Heimweg zum Hotel an. Dabei begegnete ihnen eine johlende Schar junger Menschen und sie rätselten, wohin es diese Gruppe um diese Uhrzeit noch trieb. Sie ahnten nicht, dass sich ihre Wege noch einmal kreuzen würden.

Erschöpft von der langen Anreise und dem ereignisreichen Tag in *Siena*, schliefen sie sofort ein. Durch einen dumpfen Knall, ausgelöst von einer zufallenden Tür, stand Eva plötzlich senkrecht im Bett. Auch ihr Mann blinzelte verwundert: „Was war das denn?", fragte er sie irritiert. Kopfschüttelnd legte sie sich wieder hin und sie versuchten wieder einzuschlafen. Doch dann knallte es wieder. Und was dann kam, war nur der Auftakt zu einer abenteuerlichen Nacht. Lautes Geschrei auf dem Flur ließ sie nicht mehr einschlafen. Im Nebenzimmer hörte man das Rauschen von einlaufendem Badewasser. Dann rief eine laute junge Stimme auf dem Flur: „*Salvatore, dai, vieni da noi!* - Salvatore, mach, komm zu uns!" Wieder Türknallen.

Ein Blick auf die Uhr sagte ihnen, dass es erst zwei Uhr war. Georg und Eva lagen im Bett und hofften, dass es wieder ruhiger würde. Aber dem war nicht so. Mittlerweile rückte der Zeiger auf die drei zu und sie überlegten, was sie tun konnten. Kurzentschlossen hatten sie einen verrückten Einfall: Sie hatten noch einen Rest von dem herrlichen *Prosciutto di Parma* und einen leckeren Rotwein. Und so saßen sie also gemütlich im Bett, aßen und tranken und machten mitten in der Nacht aus der Not eine Tugend.

Leicht bedudelt vom köstlichen Rotwein kam die Müdigkeit zurück. Aber an Schlafen konnten sie immer noch nicht denken. Die ‚Party', verbunden mit entsprechendem Getöse, war immer noch voll im Gange.

Mittlerweile war es vier Uhr und vom Alkohol ein wenig mutiger geworden zog Eva, die im Gegensatz zu Georg fließend Italienisch sprach, sich wieder an und ging nach unten zum Portier an der Rezeption des Hotels.

Dort angekommen standen schon etliche andere mehr oder weniger erboste Gäste und diskutierten mit dem bemitleidenswerten Nachtportier. Dieser versuchte, alle zu beschwichtigen und erklärte, dass es ihm sehr leid täte, dass die anwesenden Hotelgäste in dieser Nacht solche Unannehmlichkeiten hätten.

Auch Eva machte ihrer Wut natürlich Luft und erklärte dem total überforderten Mann, dass sie unter diesen Umständen nicht den geforderten Preis zahlen würde. Das sah er auch ein und versprach einen Sonderrabatt. Auf die Frage, ob dies jetzt jede Nacht so weiter gehe, erwiderte er, dass die laute Schulklasse noch zwei Tage im Hotel bliebe.

Im Zimmer zurück teilte Eva ihrem Mann mit, was sie unten erfahren hatte und sie waren sich sofort einig, dass sie unter diesen Umständen nicht bleiben würden.

Am darauf folgenden Morgen überlegten sie bei strahlendem Sonnenschein und einem leckeren *caffè*, was sie jetzt tun konnten.

Da kam Eva plötzlich eine Idee: Hatte ihr nicht ihre Freundin Marinella von einem schnuckeligen, ruhigen Hotel in einem kleinen Dorf südlich von *Siena* erzählt? Eva rief sofort Marinella an und fragte nach der Telefonnummer.

Das gesuchte Hotel lag wunderschön eingebettet an einer mittelalterlichen, heißen Therme, umgeben von wenigen

Häusern und in einer typischen Landschaft der *Toscana*. Die Ruhe, die sie dort empfing, war genau das, was sie sich erhofft und ersehnt hatten.

Die freundlichen Gastgeber und das gemütliche Hotelzimmer überzeugten sie beide davon, dass die unangenehme Begegnung mit der italienischen Schulklasse im Hotel in *Siena* rückbetrachtet wohl ein Glücksfall gewesen war.

Buonconvento, Bagno Vignoni, Pienza, 2. Juni 2034

Es hatte sich nichts verändert. Als ob die Zeit stehen geblieben wäre. Eva wollte unbedingt in das Hotel, das sie sogar noch einmal Jahre später besucht hatten.

Die neuen Besitzer waren ausgesprochen freundlich und erinnerten sich an das ehemalige Herbergsehepaar. Von ihnen hatten sie das Hotel vor etwa zwanzig Jahren übernommen. Sie unterhielten sich noch kurz mit den netten Italienern und machten eine kleine Runde durch die winzige Ortschaft mit den alten Thermenbecken.

Die Ruhe des Ortes hatte etwas Mystisches. Stella wollte irgendwann wieder hierherkommen. ‚Wer weiß', dachte sie, ‚vielleicht erlebe ich ja auch mal meine Hochzeitsreise hier?' Und ihre Gedanken schweiften zum hundertsten Male ungewollt zu dem schönen Lächeln des unbekannten jungen Cremoneser Mannes.

Es wurde Zeit aufzubrechen, sie wollten noch nach *Pienza* weiterfahren, wo sie eine Nacht in einem *Albergo* gebucht hatten.

Pienza, Montepulciano, Sarteano, 3. Juni 2034

In *Pienza* hatten sie ein kleine *trattoria* ausfindig gemacht und köstlich zu Abend gegessen. Stella konnte nicht genug von den *Bruschette con Fegato,* das ist getoastetes Weißbrot mit einer Pastete aus Wildschweinleber bestrichen, bekommen. Aber auch die hausgemachte *Pasta* nach Art der

Etrusker hatte es ihr angetan. Zum Abschluss aßen sie noch *Pecorino di Pienza*, den berühmten Schafskäse und eine riesige Schüssel aus frischem Obst zubereitete *Macedonia*. Natürlich rundete der obligatorische *caffè* das gelungene Mahl ab.

Satt und zufrieden schliefen sie sofort ein. Eva merkte, dass die letzten Tage sehr anstrengend gewesen waren. Körperlich kam sie an ihre Grenzen. Aber sie wunderte sich, wie gut es ihr geistig ging.

In den letzten Wochen hatte sie nichts mehr vergessen. War diese Reise gut für ihre Gehirnzellen? Hatten sich die Ärzte doch geirrt und sie erkrankte gar nicht an Demenz? Sie wollte nicht darüber nachdenken und war einfach nur froh über ihren momentanen Zustand. Trotzdem musste sie langsam machen. Aber es gab noch so viel zu sehen und so viel zu erzählen. In ihren Augen drängte die Zeit.

Stella hatte sie gestern beim Essen gefragt, wie oft sie schon in Italien war. Eva antwortete sofort und ohne zu überlegen: „Das weiß ich genau, denn ich habe mir alles genau aufgeschrieben. In Rom war ich zum Beispiel zwanzig Mal. Und in Italien bin ich diesmal genau das 75. Mal!"

Als Stella sie erstaunt ansah, ergänzte sie: „In den letzten Jahren hatte ich es immer so hingedreht, dass ich mindestens ein Mal öfter in Italien war, als ich in dem Jahr älter geworden bin. Irgendwann mit fünfzig habe ich zufällig bemerkt, dass ich immer mehr oder weniger genauso alt war, wie ich in meinem Leben nach Italien gereist war und dann kam ich auf diese Idee." Spitzbübisch grinste sie. „Und mittlerweile bin ich so abergläubisch, dass ich glaube, mein Schicksal austricksen zu können. Solange ich öfter nach Italien reise, als mein derzeitiges Alter ist, so lange werde ich weiterleben!"

„Na, dann lass uns nächstes Jahr wieder nach Italien fahren", rief Stella lachend und umarmte ihre Großmutter.

Kurz darauf sind sie Arm in Arm nach oben in ihre

Zimmer gegangen. Eine angenehme Müdigkeit ließ beide sofort einschlafen.

Eva wurde vom Klopfen an ihrer Zimmertür geweckt: „*Nonna, dormi ancora!*", rief Stella. „Nein, nein, ich bin schon wach, aber ich war zu faul aufzustehen. Ich glaube, wir müssen ein wenig langsamer machen."

„Würde ich ja, aber du bist ja nicht zu bremsen", erwiderte Stella leicht vorwurfsvoll.

„Ich weiß, ich vergesse gerne mein Alter."

„Das ist gut so!", rief nun Stella versöhnlich.

Nach dem Frühstück schlenderten sie durch *Pienza*. 1996 erklärte die Unesco das historische Zentrum von *Pienza* zum Weltkulturerbe und 2004 wurde zudem das ganze *Val d'Orcia* in die Liste aufgenommen.

Eigentlich hieß der Ort ursprünglich einmal *Corsignano* und war der Geburtsort von Aeneas Silvius Piccolomini, der spätere Papst Pius II. Er hatte die Vision einer idealen Stadt und nannte den Ort fortan nach seinem Bauherrn *Pienza*. Von allen Seiten führen die Straßen auf die *Piazza Comunale*. *Il Pozzo dei Cani*, der Travertin-Brunnen, verstärkt bewusst die Ungleichmäßigkeit des Platzes vor dem *Palazzo Piccolomini* und wurde in den folgenden Jahrhunderten oft Vorbild vieler anderer toskanischer Brunnen.

„Bemerkenswert ist auch der *duomo*, der vom Papst Pius II. eingeweiht wurde", klärte Eva ihre staunende Enkelin auf. Stella konnte sich gar nicht sattsehen an all den schönen Gebäuden.

Eva liebte diesen Ort. Sie war mit Georg viermal hier gewesen, das erste Mal auf ihrer Hochzeitsreise.

Warum auch immer, sie wurde immer ganz ruhig, wenn sie auf der *Piazza Comunale* saß und den Brunnen betrachtete. Am liebsten wäre sie für immer hier geblieben, genauso wie schon in *Gerace*.

Es gab in Italien genau drei Orte, die ihr dieses Gefühl von

Ruhe und Heimat vermittelten: *Gerace* in *Calabria*, *Pienza* in der *Toscana* und *Santa Maria del Monte* in *Lombardia*.

Stella unterbrach ihre Gedanken: „*Nonna*, ich will nicht drängeln, aber wir müssen weiter. Erst mal habe ich riesigen Hunger und dann ruft schon *Montepulciano* nach uns."

„Du hast ja recht, aber es fällt mir schwer, von diesem Ort fortzugehen."

„Ich habe vorhin ein nettes Lokal an der Stadtmauer von *Pienza* entdeckt. Mit Blick auf das schönste Stück Erde. Probieren wir dort unser Glück!"

Das Restaurant war komplett besetzt, aber als der nette Besitzer die traurigen Augen von Eva und Stella sah, stellte er einfach zwei Stühle an den alten Tisch in einer Ecke der Terrasse. Eigentlich diente er nur zur Ablage. Schnell wurde eine frische Tischdecke geholt und die beiden Frauen konnten Platz nehmen.

Der ‚Katzentisch' entpuppte sich als Glücksfall. Es war ein schattiges Plätzchen, durch die Pflanzen etwas vom Rest der Terrasse verdeckt, und bot einen herrlichen Blick auf die malerischen Hügel der *Toscana*. In bester Laune aßen Stella und Eva mehr, als sie vorhatten.

Die *Antipasti*, die Vorspeisen, bestanden aus verschiedenen toskanischen Spezialitäten. Auf dem Land dominieren häufig Fleisch und Gemüse. Als *primo*, dem ersten Gang, nahmen sie hausgemachte Nudeln mit grünem Spargel und beim *secondo*, dem zweiten Gang, entschieden sie sich beide für *Manzo alla griglia*, gegrilltem Rindfleisch mit Salat.

Beim *caffè* unterhielten sie sich noch mit dem ausgesprochen redefreudigen Besitzer. Er war nicht gerade begeistert, als er erfuhr, dass die beiden Frauen nur auf der Durchreise waren. Hatte er doch gehofft, die Beiden wieder als Gäste begrüßen zu dürfen.

„Wir sind ja schon über zwei Monate unterwegs und

haben noch einiges vor uns", erklärte Stella ihm.

„So eine Reise würde ich auch gerne einmal machen. Aber ich kann ja das Restaurant nicht so lange alleine lassen", antwortete der *Padrone* traurig. „Noch fünf Jahre, dann höre ich auf. Vielleicht mache ich dann auch mal so eine Reise. Ich kenne nicht viel in Italien, leider."

„Dabei ist Italien eines der schönsten Länder Europas", erklärte Eva mit verklärten Augen. „Sie müssen ihre Heimat unbedingt bereisen."

„Ja, mal sehen, ich habe es mir zumindest mal vorgenommen. Meine Frau drängt mich schon lange dazu. Sie war mit ihrer Schwester wenigstens schon ein paar Mal auf *Sicilia*."

„So, nun müssen wir aber leider aufbrechen!", unterbrach Stella das angenehme Gespräch.

„Und wenn sie wieder mal in der Nähe sind, ich habe immer einen Platz für sie", rief der sympathische Wirt ihnen noch winkend nach.

„Ich bin so satt", stöhnte Eva.

„Das laufen wir jetzt gleich alles wieder ab. In die Altstadt von *Montepulciano* kann man nicht fahren und die Parkplätze liegen weiter draußen", erklärte Stella.

„Und es geht steil bergauf, daran kann ich mich noch gut erinnern", stöhnte Eva wieder und blickte aus dem Autofenster hinaus.

Die Fahrt ging weiter durch die grüne, hügelige Landschaft. Viele Straßen waren mit Zypressen gesäumt.

Aber der Aufstieg lohnte sich. Trotz der vielen Touristen, genossen Stella und Eva diese wunderschöne, mittelalterliche Stadt. Am besten gefielen Stella die kleinen, verwinkelten Gassen.

„Wie schrecklich, wenn die Deutschen diese herrliche Stadt zerstört hätten", stellte Eva plötzlich fest.

„Was meinst du damit?"

„Im Zweiten Weltkrieg hatte die deutsche Wehrmacht als Vergeltung von Partisanenangriffen bereits die Zerstörung der historischen Altstadt angeordnet."

„Das wusste ich gar nicht", erwiderte Stella erschrocken.

„Du kannst ja auch nicht alles wissen. Die Geschichtsbücher werden täglich voller."

„Und wer hat es verhindert?", fragte Stella neugierig.

„Der Graf Origo und seine Frau Iris Origo, übrigens auch eine Schriftstellerin, konnten dies in letzter Minute verhindern. Gesprengt wurde nur das Osttor *Porta al Prato*."

Die meisten der Gemäuer in der Altstadt stammen aus der Zeit der Renaissance. Älter sind nur die Burg, der *Palazzo Pubblico* und das Portal der *Chiesa Santa Maria*.

Auf der *Piazza Grande* machten die beiden eine Pause in einer Bar: „Jetzt gibt es erst mal einen *caffè* und später dann *un bicchiere di Vino di Montepulciano*. Und wir müssen noch einen guten Tropfen für Georg kaufen. Schau mal, ob du irgendwo eine *Enoteca* siehst."

Als sie dann später *Sarteano* erreichten, war es schon spät. Viel Hunger hatten sie nicht, aber sie hatten sich eine Flasche Wein in *Montepulciano* gekauft und tranken ihn auf dem Balkon ihres Hotelzimmers.

„Jetzt bin ich gleich bedudelt", rief Stella.

„Dagegen habe ich etwas: *Pecorino* aus *Pienza*, ein *ciabatta* und dazu Oliven."

Und dann erzählte Eva von den zwanzig Reisen, die sie in die *Toscana* gemacht hatte.

Von der ersten im Jahr 1980 mit Marco, von der spontanen Kurzreise im Januar 1982 mit ihrem Vater und ihrer besten Freundin Katharina. Von der Rundreise, die sie alleine gemacht hatte. Von der Hochzeitsreise mit Georg und Alessandro, von der Reise mit Georg und Clara und vielen mehr. Stella war eine geduldige und gute Zuhörerin.

„Als wir im März auf Hochzeitsreise in die Toskana

fuhren, wollte Georg schon wieder die Sommerreifen am Auto montieren, aber ich hinderte ihn daran, weil wir über den Brenner fahren mussten. Doch dann war der Brenner überraschenderweise schneefrei und Georg grinste frech. Nach einem Zwischenstopp und der damit verbundenen Übernachtung in *Verona* ging es über *Bologna* weiter nach *Firenze*. In *Bologna* war noch ein schöner Frühlingstag bei vierzehn Grad. Auf der Autobahn allerdings, leuchteten die Hinweisschilder auf und ich las: ‚*Le catene da neve sono obbligatori*', was ja so viel heißt wie ‚Schneekettenpflicht'. Ich dachte mir noch: ‚Die spinnen doch, die Italiener'. Wir setzten unsere Fahrt fröhlich lachend fort, als es plötzlich dicke Flocken schneite und in kürzester Zeit alles weiß war. Das Schneetreiben wurde immer heftiger. Mir wurde Angst und Bange. Besorgt schaute ich zu Georg und fragte ihn, ob es nicht besser wäre, die nächste Abfahrt zu nehmen. Aber welche Alternative hätten wir denn gehabt? Mittlerweile waren wir auf dem *Apennin* und jede Ausfahrt führte uns hinab in irgendein Tal. Wenn die Autobahn schon vollkommen verschneit war, wie sahen dann erst die Nebenstraßen aus. Also beschlossen wir, durchzuhalten und weiterzufahren. Im Schneckentempo ging es weiter, als wir endlich zwei Schneeräumfahrzeuge vor uns auf der Autobahn fuhren sahen und sehr langsam hinter ihnen her fuhren. Das ging so lange, bis es langsam wieder bergab ging und die Räumfahrzeuge die Autobahn verließen. Die Schilder über der Autobahn zeigten dann: ‚*Firenze 14 gradi*.' Wir kamen aus dem Staunen nicht mehr heraus und mussten erneut lachen. So etwas konnte es doch gar nicht geben. Das war ein Erlebnis, ich kann es dir sagen."

„Was du immer so erlebst."

„Ich denke, ich erlebe auch nicht mehr als andere, aber ich kann mich an alles erinnern." Und plötzlich fiel ihr wieder ein, warum sie diese Reise auch machte und fing an zu weinen. Sie wollte das alles nicht vergessen. Stella nahm sie in den Arm. „Ist ja schon gut, *nonna!*" Mehr Trost fand sie nicht, denn auch sie war sehr traurig über die Prognose zum Krankheitsverlauf ihrer geliebten Oma.

Sarteano, Castiglione del Lago, Perugia, 4. Juni 2034

Eva war schon früh wach. Ungewöhnlich für sie. Aber vielleicht setzte nun doch der Erholungseffekt ein. Trotz der körperlichen Strapazen fand Eva, dass sie sich sehr gut erholt hatte.

Heute wollten sie sich erst mal ein wenig Zeit lassen. In den letzten Tagen hatten sie einiges besichtigt, so dass sie nach dem Frühstück erst einmal einen Spaziergang zu einer alten Mühle machten. Dort hatte Eva zweimal Urlaub gemacht. Die alte Mühle wurde in den letzten Jahren liebevoll renoviert. Leider war niemand da und sie konnten das Anwesen nur vom Gartenzaun aus betrachten. Aber der schöne Weg, der dorthin führte, war es wert gewesen, ihn gegangen zu sein. Anschließend schlenderten sie noch durch die kleine Stadt, die nicht so touristisch wie *Montepulciano* ist. Das empfanden die Frauen als ausgesprochen angenehm. Zufällig war an diesem Tag Markt und so kauften sie gleich ein wenig Obst ein und stärkten sich mit Spezialitäten aus der *Toscana*.

Dann brachen sie nach *Castiglione del Lago* auf. Es war nicht sehr weit zu fahren und so kamen sie schon in aller Gemütlichkeit am frühen Nachmittag an. *Castiglione* liegt direkt am *Lago Trasimeno* und gehört schon zu *Umbria*, einer Nachbarprovinz der *Toscana*.

Castiglione ist eine Kleinstadt, die schon von den Byzantinern als Festung genutzt wurde. Die Burg wurde im Krieg zwischen *Perugia* und *Arezzo* völlig zerstört. Friedrich II. ließ die Burg dann zur *Rocca del Leone*, der Löwenburg, ausbauen, was später zum heutigen Namen *Castiglione* führte. „Der Federico begegnet uns aber auch ständig", sagte Stella mit gespieltem Ernst und fügte grinsend hinzu: „Ob das ein interessanter und attraktiver Mann war?"

Nach einem kleinen Spaziergang fuhren sie weiter nach *Perugia*. Dort hatten sie für ein paar Tage eine Ferienwohnung gemietet und Eva war froh, dass sie nicht ins Hotel gingen. So bequem ein Hotel zwar war, schöner fand sie aber immer schon eine Ferienwohnung. Das war dann ein wenig wie zu Hause nur in einem fremden Land.

In der Wohnung konnte sie zum Beispiel im Schlafanzug an den Frühstückstisch gehen. Das störte niemanden. Keine unangenehmen Gäste nervten sie, wie zum Beispiel auf *Malta*, wenn sie um sechs in der Früh von randalierenden Gästen geweckt wurde. Oder wie in Österreich, wo sie den Anblick eines im Unterhemd frühstückenden Gastes ertragen musste.

Auf *Perugia* freute sie sich schon sehr. Sie war schon lange nicht mehr dort gewesen und rechnete nach ... War es schon dreißig Jahre her?

Das erste Mal besuchte sie die Universitätsstadt auf ihrer Rundreise durch Italien. Sie kam mit dem Bus an, weil die Zugstrecke zu dieser Zeit renoviert wurde. Rückblickend war das ihr großes Glück. Denn der Busbahnhof war auf halber Strecke, da *Perugia* auf einem Berg liegt. Unter der heutigen Stadt wurde eine alte Etruskerstadt gefunden. Ganz unten, am Fuße des Berges, ist der neue Teil mit dem Bahnhof.

Auf halber Höhe befindet sich also der Busbahnhof, von wo aus man mit einer Rolltreppe in die Oberstadt fahren kann.

Perugia, 20. April 1985

Eva fuhr die Rolltreppe hinauf in das *centro storico* von *Perugia*. Das umständliche Fahren mit dem Zug von *Siena* bis *Chiusi* und dann von *Chiusi* mit dem Bus nach *Perugia*, hatte sie müde gemacht.

Aber als sie die Rolltreppe nach oben in die Altstadt fuhr, blieb ihr Mund vor Staunen offen. So etwas Schönes hatte sie schon lange nicht mehr gesehen. Die Rolltreppe wurde in die alten Felsen hineingebaut und während man mit ihr nach oben fuhr, konnte man die alten Höhlen, ausgestattet mit antiken Vasen und Schalen hinter Glas, bewundern. Was Eva nicht wusste, dass es sich um Etruskerstätten handelte.

Als sie oben ankam, befand sie sich plötzlich in einer mittelalterlichen Stadt. Aber um sie herum pulsierte das Leben. Da *Perugia* eine Universitätsstadt ist und hier über zehn Prozent Ausländer leben, meist Studenten, ist die Stadt trotz ihrer alten Gebäude sehr lebhaft und lebendig.

Das gefiel Eva sofort. Erst mal stärkte sie sich in einer der netten Bars an der *Piazza IV Novembre* mit dem *Palazzo dei Priori* und der *Fontana Maggiore*.

Dann machte sie sich auf zu der Jugendherberge. Sie wollte ein paar Tage in dieser Stadt bleiben. Das *ostello* war nur eine Straße weiter und sie hatte Glück und bekam ein Zimmer.

Weil sie ein wenig erschöpft war, ging sie in den nahe gelegenen Park und legte sich auf die Wiese, zog ihr Tagebuch heraus und fing an zu schreiben.

„Entschuldige, kannst du mir mal einen Stift leihen?", fragte sie plötzlich ein Mädchen. Erstaunt sah Eva sie an.

„Woher weißt du denn, dass ich eine Deutsche bin?", fragte sie. Das Mädchen lachte: „Ich habe dich vorhin beobachtet, als du in deinem Reiseführer gelesen hast. Und das ist ein deutschsprachiger."

„Ach so", lachte jetzt Eva ebenfalls. Die beiden kamen schnell in ein anregendes Gespräch. Sie gingen zusammen einen *caffè* trinken und erzählten aus ihrem Leben.

Bettina, so hieß das nette Mädchen, war aus der Nähe von Freiburg und studierte für ein Jahr in *Perugia*. Das fand Eva total spannend und mutig. Bettina dagegen fand es wiederum couragiert, dass Eva ganz alleine durch Italien reiste.

„Hast du denn keine Angst?", fragte Bettina neugierig.

„Nein, Angst habe ich nicht und oft habe ich ja auch bei lieben Freunden übernachtet. Aber in den letzten Tagen fehlt mir ein wenig die Konversation. Mein Italienisch ist noch sehr dürftig."

„Na, dann ist es ja gut, dass wir uns kennengelernt haben, oder?"

„Ja, das ist toll", erwiderte Eva.

„Und wo wohnst du?", fragte Bettina.

Eva erzählte von der Jugendherberge, als Bettina meinte: „Warum ziehst du nicht zu mir? Meine Freundin ist gerade in Deutschland und sie hat bestimmt nichts dagegen, wenn du in ihrem Zimmer schläfst. So könnten wir ein paar nette Tage miteinander verbringen."

„Meinst du wirklich?" Eva zweifelte noch ein wenig, ließ sich aber dennoch schnell zum Umzug überreden.

Sarteano, Castiglione del Lago, Perugia, 4. Juni 2034

„Wir hatten dann fünf schöne Tage zusammen und sie zeigte mir viel von *Perugia*. Ich begleitete sie auch zur Uni wohin man über ein altes Aquädukt laufen musste. Und mit ihr entdeckte ich auch die unterirdische Stadt. Die musst du dir auch ansehen. Zwei Tage lang machte ich aber dann einen Ausflug nach *Assisi* und nach *Gubbio*. Leider konnte Bettina nicht mitkommen."

„Habt ihr noch Kontakt?"

„Leider nein, ich weiß auch nicht warum, der ist sehr schnell abgebrochen. Schade eigentlich. Würde mich interessieren, was aus ihr geworden ist."

„So, wir sind da! Das da vorne muss die Wohnung sein", unterbrach Stella sie und tatsächlich: Am Ende der Straße war ein nettes Landhäuschen zu sehen.

Perugia, 5. Juni 2034

Die Wohnung entsprach wieder einmal dem, was die Anbieter im Internet versprochen hatten.

Eva und Stella gönnten sich ein ausgiebiges Frühstück und gammelten erst mal den ganzen Vormittag herum. Nach den letzten zwei Wochen, die sehr anstrengend gewesen waren, hatten sie das dringend nötig.

Am späten Nachmittag machten sie sich dann auf, um die Altstadt zu entdecken.

Zuerst wollte Eva ihrer Enkelin den unterirdischen Stadtteil unter der *Rocca Paolina* zeigen.

Nach der Unterwerfung von *Perugia* durch den Papst im Jahre 1540 wurde eine alte Festungsanlage auf den Überresten des Stadtviertels an der Straße ‚*Baglioni*' errichtet.

1860 wurde der oberirdische Teil der Burg dann abgerissen und die *Piazza Italia* angelegt. Geblieben sind nur die unterirdischen Kammern und Gewölbe der *Rocca*, heute als ‚Stadt unter der Stadt' bezeichnet. Sie werden für Ausstellungen und Messen benützt.

Anschließend sahen sie sich den *Tempio di San Michele Arcangelo,* eine Rundkirche aus dem 5. bis 6. Jahrhundert und den *Arco Etrusco*, ein Tor aus der Zeit der Etrusker an. *Perugia* war eine der mächtigsten Etruskerstädte des sogenannten Zwölfstädtebundes. Das konnte man auf Schritt und Tritt sehen.

Sie liefen durch die mittelalterliche Straße, die *Via Maestà delle Volte* und die Einkaufsstraße *Corso Vanucci*. Dort fanden sie auch zwei ausgefallene Sommerkleider und schicke Schuhe. Eva entdeckte zudem noch ein Poloshirt für Georg. Damit konnte er auf dem Golfplatz glänzen.

Im berühmten *Café Sandri*, dem ältesten Kaffeehaus in *Perugia*, stärkten sie sich zwischendurch, bevor sie an der zum Teil etruskischen und zum Teil mittelalterlichen Stadtmauer einen ausgedehnten Spaziergang machten und die untergehende Sonne genossen.

„Unglaublich diese Stadt. Vielleicht sollte ich hier studieren", sagte Stella plötzlich.

„Warum nicht. Italienisch sprichst du ja perfekt", antwortete Eva.

„Italien ist das Land der Kunst und der Architektur. Ich glaube, der Gedanke ist gar nicht mal so schlecht. Warum bin ich nicht eher darauf gekommen? Ich muss mich gleich mal schlau machen!", rief Stella euphorisch.

Stella trank einen Schluck und fuhr fort: „Ach, hier lässt es sich wirklich gut aushalten. Das ist meine Stadt."

„Das wirst du sicherlich auch von *Siena* sagen. Die ist auch so jung, ist ebenfalls eine Studentenstadt. Obwohl, leider sehr touristisch. Hier nach *Perugia* verirren sich nicht ganz so viele Touristen", resümierte Eva.

„So, nun wird es aber Zeit, dass wir uns um unser Abendessen kümmern. Ich dachte mir, wir holen uns beim Metzger ein *Carpaccio*. Heute Morgen habe ich schon *pepperonata* und eingelegte *zucchini* vorbereitet. Und dann mach ich uns noch *Spaghetti Carbonara*."

„Oma, das klingt wieder traumhaft lecker. Mir läuft schon das Wasser im Mund zusammen", erwiderte Stella, hakte sich bei ihrer Großmutter unter und zog sie Richtung Haltestelle der Minimetro.

Im Februar 2008 wurde die 3,2 km lange Strecke mit sieben Stationen eingeweiht. Sie sollte den Stadtverkehr entlasten.

Das Experiment gelang, die Stadt wurde wieder etwas mehr vom Verkehr entlastet und die ganze Altstadt war mittlerweile wieder autofrei. Das machte das Bummeln in den Städten einfach angenehmer. Die Anwohner begrüßten dies ebenso, weil die Luftverschmutzung und der Straßenlärm das Leben sehr beeinträchtigt hatten.

Assisi, 6. Juni 2034

Am diesem Tag stand *Assisi* auf dem Reiseplan der beiden Frauen. Und da Eva die Idee hatte, auch einen Spaziergang zum *Carceri*, dem Eremitenhaus vom heiligen Franziskus zu machen, zogen sie sich passende Wanderschuhe an und fuhren etwas früher als gewöhnlich los.

Als sie auf halber Strecke waren, fing es an zu regnen. Ein Sommerregen, wie ihn Eva mochte: Kurz und heftig.

Danach schien wieder die Sonne und es roch undefinierbar, ein wenig nach Frische, ein wenig modrig. Eva schnupperte: ‚Manche Dinge würden sich nie ändern‘, dachte sie zufrieden.

Als sie nach kurzer Fahrt in *Assisi* ankamen, die Straßen waren noch nass, roch es noch stärker nach dieser frischen Luft, die ein jeder kannte. Da es noch relativ früh war, hielten sich die Touristenströme in Grenzen und so entschlossen sich die beiden Frauen, erst in die gewaltige *Basilica San Francesco* zu gehen. Kaum zu glauben, dass damals bei dem schweren Erdbeben im Jahr 1997 fast die ganze Kirche zerstört worden war.

Ende des 20. Jahrhunderts und Anfang des 21. Jahrhunderts wurde Italien schwer gebeutelt. Die Erdbeben forderten nicht nur viele Menschenleben, sondern zerstörten auch viel Kulturgut und viele Gebäude.

„Da Italien an der Schnittstelle zweier tektonischer Platten liegt, wird es immer wieder Erdbeben geben. Eines der schlimmsten Erdbeben war jedoch Anfang des 20. Jahrhunderts in Sizilien mit ungefähr 80.000 Toten. Manche sagen auch, es wären über 100.000 gewesen. Jedenfalls war es eine unvorstellbare Anzahl an Opfern. Ein paar Jahre später mussten 30.000 Menschen in den Abruzzen ihr Leben lassen und 1980 waren es immer noch etwa 5.000 in

Campania, Basilicata und *Puglia*", erzählte Eva. „Trotzdem komme ich weiterhin in dieses Land, das hält mich nicht davon ab, denn ich liebe es so!"

„Kein Wunder, es ist ja auch wunderschön!", ergänzte Stella.

Die *basilica* wurde am westlichen Ende von *Assisi* gebaut, direkt am Hang des *Monte Subasio*. Er war früher der Ort, wo Hinrichtungen stattgefunden haben und wurde auch *Colle d'inferno*, Höllenhügel, genannt.

Es war Franziskus Wunsch, an dieser Stelle begraben zu werden. In Erinnerung an Jesus, der an einer Hinrichtungsstätte außerhalb der Stadtmauern den Tod fand.

Im Jahr 1228, der Heiligsprechung durch Papst Gregor IX., wurde mit dem Bau der *Basilica* angefangen.

Beeindruckend sind im Hauptschiff die farbenfrohen Fresken sowie das Grab vom Heiligen Franziskus in der Krypta.

Stella und Eva schlenderten über den schönen Marktplatz hin zur *Basilica Santa Chiara*. In der Krypta, die zwischen 1850 und 1872 gebaut wurde, ist der Körper der heiligen Klara beigesetzt, welcher 1850 entdeckt wurde. „Als deine Tante noch klein war, waren wir hier. Sie stand ganz ehrfürchtig vor ihrer Namenspatronin", erzählte Eva.

Bevor sie sich auf den vier Kilometer langen Weg auf den *Monte Suasio* zum *Eremo delle Carceri* aufmachten, stärkten sie sich in einer kleinen Bar im Zentrum von *Assisi*.

Dabei fiel Eva wieder die lustige Geschichte ein, die sie damals mit ihren Schwiegereltern hier erlebt hatte: „Georg, Alessandro, Clara, Georgs Eltern und ich gingen am Nachmittag in eine Bar. Ich bestellte viermal *caffè*, woraufhin die zwei jungen Kerle hinter der Bar etwas irritiert schauten. Ich fragte, ob etwas nicht stimme? Der eine *barista* antwortete: ‚*Siete tedeschi?*' Als ich das bejahte, antwortete er: „Aber die Deutschen trinken doch keinen Espresso, die trinken doch immer nur *cappuccino*!" Wir mussten sehr darüber lachen und konnten ihm nur zustimmen.

Der Einsiedlerhof *Carceri* ist ein kleiner Klosterbau in einer steilen, dicht bewachsenen Waldschlucht auf etwa achthundert Metern Höhe. Die Bögen und Treppen des Klosters überspannen eine Grotte, das sogenannte Teufelsloch. Daneben steht eine kleine Kapelle.

Franziskus von *Assisi* zog sich, wie auch andere Einsiedler, häufig dorthin zum Gebet zurück. An der steinernen Brücke steht die berühmte Eiche, in der die Vögel saßen, zu denen Franziskus gepredigt haben soll.

Die kleine Kapelle wurde um 1400 von Bernhardin von *Siena* zu einer kleinen Kirche namens *Santa Maria delle Carceri* erweitert.

Auf einer kleinen Bank, mit herrlichem Ausblick auf die umbrische Landschaft, stärkten sich die beiden Frauen mit den mitgebrachten *panini*.

Eva erzählte wieder einmal von ihrer Reise durch Italien im Jahr 1985: „Hier habe ich damals eine nette Clique kennengelernt. Sie kamen von irgendwoher aus Norditalien und verbrachten ebenfalls ein paar Tage in dieser Region. Wir machten spontan gemeinsam Picknick und teilten uns die Brotzeit. Anschließend wurden Spaßfotos gemacht. Heute würde man sicher ‚Selfies' dazu sagen."

Bevor sie sich wieder auf den Rückweg machten, genossen die beiden die herrliche Stille.

„Das hat jetzt sehr gut getan, diesen kleinen Spaziergang hierher zu machen. Die frische Luft und der Regen von vorhin. Einfach herrlich", schwärmte Stella.

Gubbio, 7. Juni 2034

Auf dem Weg nach *Gubbio* erzählte Eva von dieser kleinen mittelalterlichen Stadt, obwohl sie nur einmal in ihrem Leben dort war.

Als Eva 1985 hier war, begeisterte sie vor allem der *Palazzo dei Consoli* an *der Piazza Grande*. Was man von Weitem nicht erkennen konnte, war die außergewöhnliche Hanglage. Der Palast wurde im 14. Jahrhundert erbaut und gilt als eines der kühnsten städtebaulichen Bauwerke des Mittelalters.

Einmal im Jahr, stets im Mai, findet das große Fest, *Corsa dei Ceri* zu Ehren des Sant` Ubaldo von *Gubbio* statt. Drei Mannschaften, in historischen Gewändern gekleidet, tragen jeweils eine fünf Meter hohe und 400 Kilogramm schwere Statue.

„Eine Figur davon ist dem heiligen Georg geweiht!", grinste Eva. „Die Männer tragen die Statuen auf den *Monte Ingino* zur *basilica* des Heiligen Ubald. Und das möglichst schnell. Wobei der Gewinner aber schon vorher feststeht: Die Mannschaft, die die Statue des *Sant'Ubaldo* trägt, muss gewinnen, weil dieser der Schutzpatron der Stadt ist", erklärte sie ihrer Enkelin.

Eva und Stella ließen sich genug Zeit, durch die kleinen Gassen und die steilen Treppen zu laufen. Sie hatten keinen Zeitdruck und so saßen sie am Nachmittag bei schönstem Wetter auf einer Terrasse mit herrlicher Aussicht und Eva erzählte eine weitere Episode aus ihrem ereignisreichen Leben.

Wie sie auf dieses Thema kamen, wussten sie anschließend auch nicht mehr. Eva erzählte von den vielen Freunden, die sie auf der ganzen Welt hatte.

„Weißt du, Stella, es mag dumme Staatsoberhäupter geben und für mich unverständliche Kriege auf der Welt, aber die Menschen sind dann doch alle gleich. Es gibt sympathische und weniger sympathische Personen, großzügige und egoistische, und zwar in jedem Land der Erde. Ich habe in fast jedem europäischen Land nette Leute kennengelernt und mit vielen von ihnen eine jahrelange Freundschaft gepflegt.

Und auch wenn ich manche Staaten weniger mochte, so mochte ich doch deren Bewohner."

Wie immer, wenn Eva sich ärgerte, wurde ihre Stimme lauter: „Und ausgerechnet zu mir sagte mal eine Frau, ich sei ein Rassist."

„Du? Das gibt es doch nicht!"

„Doch. Stell dir mal vor. Ich fuhr damals mit deinem Vater und deiner Tante im Zug von München nach Oberhausen zu deinen Urgroßeltern."

Eva lehnte sich zurück: „Georg war im Auslandseinsatz und wir wollten die Weihnachtsfeiertage erst bei meinen Eltern in Starnberg und dann eben bei Georgs Eltern verbringen. Ich hatte schon Monate vorher ein Kinderabteil im Zug reserviert und extra dafür bezahlt."

München, 30. Dezember 2000

Als sie in München-Pasing in den total überfüllten Zug einstiegen, war das reservierte Abteil von einer dreiköpfigen Familie mitsamt Koffern und Kinderwagen komplett belegt.

Auf die Aussage von Eva, sie hätte drei Plätze reserviert, wurde der Mann sofort unfreundlich und wollte die Reservierungen schriftlich sehen.

„Zeigen Sie mir doch ihre!", antwortete Eva. Daraufhin machten sie ein wenig Platz, aber es war hoffnungslos. Zwischen den Beinen klemmten Taschen und Tüten. Und als Eva noch überlegte, wie sie die 700 Kilometer so überstehen sollten, kam eine junge Frau herein und meinte: „Entschuldigung, ich habe hier drei Plätze reserviert."

Eva staunte nicht schlecht und als ein Schaffner am Abteil vorbeilief, hielt sie ihn mit freundlichen Worten auf: „Entschuldigung, könnten Sie uns mal bitte helfen." Sie erklärte die Situation, aber der Schaffner winkte einfach entnervt ab und antwortete: „Macht das unter euch aus!"

„Na, hören sie mal. Ich habe vor Monaten reserviert und

extra dafür bezahlt und nun sollen meine einjährige Tochter, mein Sohn und ich so eingequetscht 700 Kilometer fahren? Und die junge Dame soll stehen?" Eva wurde wütend. Da erwiderte der Familienvater mit ausländischem Akzent: „Mein Kind ist krank, es hat sich übergeben und nun soll ich das Abteil verlassen?" Er hatte keine Reservierung, das hatte Eva schon vorher vermutet.

„Na, bravo!", rief Eva nun zornig. „Jetzt werden meine Kinder womöglich auch noch krank und ich kann nicht mehr nach Hause fahren. Zum Schluss muss ich noch neue Tickets kaufen. Und den Schaffner interessiert das alles nicht die Bohne!"

In diesem Moment mischte sich eine Frau, die auf dem Gang stand, ins Gespräch ein und beschimpfte Eva als Rassistin! Eva konnte es nicht fassen. Sie, die einen Sohn hatte, der ein halber Italiener war und die Freunde auf der ganzen Welt besaß, wurde von einer fremden Frau als Rassistin beschimpft. Das konnte sie nicht glauben.

Am liebsten hätte sie der Frau ihre Meinung gegeigt. Aber die sympathische Frau, die ebenfalls drei Plätze reserviert hatte und zufällig Iranerin war, beruhigte sie.

Der Schaffner sagte kein Wort und verschwand einfach. Nach etwa fünfzehn Minuten kam er wieder und nahm die irakische Familie ohne Reservierungen mit.

Aber nicht ohne sich noch einmal nach Eva umzudrehen und süffisant zu lächeln: „Ich wünsche Ihnen noch ein schönes Silvester!" Eva wurde nun wirklich wütend über diesen unmöglichen Zugbegleiter. Aber sie verkniff sich eine entsprechende Antwort.

Nachdem sich die Situation dann letztendlich irgendwie geklärt hatte, war es dann doch noch eine angenehme Fahrt, auf der sich Eva mit der jungen Iranerin sogar noch anfreundete und noch Jahre später mit ihr in Kontakt stand.

Perugia, 7. Juni 2034

Langsam schlenderten die beiden Frauen zurück zu ihrem Auto und fuhren nach *Perugia*, um dort in einer kleinen *trattoria* zu Abend zu essen. Sie hatten dieses Lokal vor zwei Tagen zufällig entdeckt und es machte einen sehr gemütlichen Eindruck auf sie.

Es war nett, aber leider nicht ganz so vielversprechend wie es zunächst ausgesehen hatte. „Man kann nicht immer nur Glück haben!", sagte Eva. Sie machten das Beste daraus, tranken guten Wein und besprachen die nächsten Reisetage.

Morgen sollte es weiter nach *San Donato in Poggio* gehen. Dort hatten sie wieder ein kleines Ferienhäuschen gemietet. Eva war schon ganz gespannt. 2014 hatte sie dort mit Georg und Clara Urlaub gemacht.

Das winzige, rote Haus gehörte einem Weinbauern, der zwei Häuser vermietete. Das Urige war die Lage des Hauses. Es war mitten in den Olivenhainen und Weinbergen gelegen. Außer Wald und *macchia*, das Geschrei der Stachelschweine und der kleinen Steinböcke gab es damals nichts anderes zu sehen oder zu hören. Um zu den Häusern zu kommen, musste man auf einer schlecht ausgebauten Schotterstraße ganze zwei Kilometer fahren.

In zwanzig Jahren passiert viel, das war Eva schon klar, aber insgeheim hoffte sie, dass alles noch so war wie damals. Zumindest wusste sie, dass der Besitzer noch der gleiche war: Ein freundlicher, aber zurückhaltender Italiener.

San Donato in Poggio, 8. Juni 2034

Auf der Fahrt zum roten Häuschen waren Stella und Eva so gut gelaunt, dass sie bei der italienischen Musik, die aus dem Radio kam, mitsangen.

„Oh, die Straße zum Haus ist geteert!", rief Eva überrascht.

„Warum, war sie das damals nicht?", fragte Stella. „Nein,

die fast zwei Kilometer Zufahrt zum Haus war nicht geteert und stellenweise ausgewaschen. Als ich sie das erste Mal sah, habe ich zu Georg gesagt, dass er selbst immer zum Haus fahren müsse. Denn ich wollte unser neues Auto nicht beschädigen."

An der Ferienwohnung angekommen, bemerkte Eva sofort, dass sich nicht viel verändert hatte. Welch ein Glück. Der Besitzer begrüßte sie mit der gleichen zurückhaltenden Art wie schon vor zwanzig Jahren. Eva glaubte, dass er sie nicht erkannte. Kein Wunder, jünger waren beide nicht geworden und er hatte in all den Jahren sicher genügend Gäste begrüßt.

Stella gefiel das kleine Häuschen sehr gut und Eva bemerkte mit Genugtuung, dass es innen schön renoviert worden war.

Nachdem sie sich häuslich eingerichtet und sich kurz auf der Terrasse bei einer Tasse *caffè* ausgeruht hatten, sprang Stella auf und rief begeistert: „Nun werde ich den Swimmingpool testen. Kommst du mit?"

„Na, das lass ich mir nicht zweimal sagen."

Am Pool merkten die beiden Frauen, dass dies die beste Idee seit Langem war. Die letzten Wochen waren anstrengend gewesen und nun hatten sie endlich wieder Gelegenheit zum Faulenzen. So verbrachten sie den ganzen Tag mit Schwimmen und Lesen. Eva döste immer wieder auf dem Liegestuhl ein und Stella betrachtete sie manchmal dabei. Wie zufrieden ihre Großmutter wirkte.

Doch plötzlich wachte Eva wie von der Tarantel gestochen auf und sagte: „Stella, mein Schatz, was hältst du davon, wenn wir morgen nach Florenz fahren?"

Firenze, 9. Juni 2034

Das Wetter war für eine ausgiebige Sightseeingtour in *Firenze* optimal. Über Nacht hatte es sich ein wenig abgekühlt und es hatte mit 26 Grad einfach eine ideale Temperatur für einen Stadtbummel. Direkt nach dem Frühstück fuhren die beiden Frauen bis auf einen Parkplatz außerhalb der Innenstadt und anschließend mit dem Zug ins Zentrum.

Stella war erst im letzten Jahr mit ihrem Freund hier gewesen. Sie wollte ihm die Stadt ihrer Träume zeigen.

Die drei Tage wurden aber zum Desaster. Dennis konnte nichts mit *Firenze* und seiner großartigen Kultur anfangen. Enttäuscht reisten beide schweigend zurück nach Deutschland.

War dies das erste Mal, dass sie bemerkte, dass sie nicht wirklich zusammenpassten? Kurze Zeit später kam es dann auch zum Bruch zwischen den beiden. Stella überlegte, ob sie ihn noch vermisste. Nein, sie konnte sich gar nicht mehr vorstellen, wie sie es so lange mit ihm ausgehalten hatte. Dafür gingen ihre Gedanken zum hundertsten Mal zu dem jungen Mann aus *Cremona*. Sie hatten nur wenige gemeinsame Stunden und trotzdem konnte sie ihn einfach nicht mehr vergessen. Mittlerweile bereute sie ihr Handeln. Aber nun war es zu spät. Stella seufzte.

Eva missverstand Stellas Seufzer und erwiderte: „Ja, ich bin auch immer wieder glücklich, wenn ich hier sein darf. Florenz hat was. Obwohl hier schon sehr viele Touristen sind, hat diese Stadt ihren Charme behalten."

Da beide Frauen schon oft in *Firenze* waren, ließen sie sich zuerst einfach treiben, ohne ein bestimmtes Ziel vor Augen zu haben. Dadurch sahen sie Ecken, die sie bisher noch nicht kannten und die auch weniger überlaufen waren.

„Aber wir müssen unbedingt drei Dinge tun: Davide und seinen Kumpanen besuchen, zur *Ponte Vecchio* und in den Boboligarten."

„Fünf Dinge!", widersprach Stella. „In die *Santa Maria Novella* und zur *Piazzale Michelangelo* müssen wir auch."

„Einverstanden!"

Und so fingen sie mit der Aussichtsplattform auf der *Piazzale Michelangelo* an, die sie bequem mit dem Shuttlebus erreichten. Von ganz oben hatten Eva und Stella eine herrliche Aussicht über *Firenze* bis nach *Fiesole*. Noch ganz entzückt gingen sie gemächlich den Weg zurück zu der Innenstadt.

Auf dem Weg zu den *Giardini di Boboli* stärkten sie sich in einer kleinen Bar. Dort gab es frisch zubereitete *tramezzini*. Eva konnte gar nicht genug davon haben.

Erfrischt und gestärkt ging es in den herrlichen Garten. Die Anlage, die hinter dem *Palazzo Pitti* liegt, war der Hauptsitz der *Medici* und ist einer der bekanntesten italienischen Gärten des 16. Jahrhunderts. Um diesen prachtvollen Garten zu bewundern, muss man Eintritt bezahlen. Dafür wurde man jedoch mit einer außergewöhnlichen Gartenanlage belohnt.

Nachdem Eva und Stella das Amphitheater am Hang hinter dem Palast angesehen hatten, gönnten sie sich einen Blick in die kleine Madama-Grotte. Dort suchten sie sich zum Entspannen einen schattigen Platz. Stella bemerkte, dass Eva kurz einnickte. Sie bewunderte diese Gabe. Sie selbst könnte nie im Sitzen einschlafen.

Genug ausgeruht, stärkten sie sich bei einem *caffè* und gingen über die *Ponte Vecchio* zu Davide. „Davide und seinen Kumpel muss ich immer besuchen. Man glaubt ja immer, dass der berühmte Davide viel größer ist. Tatsächlich ist er aber viel kleiner als erwartet."

„Warum nennst du die andere Statue auf dem Platz seinen Kumpel?", fragte Stella.

„Du weißt ja, mit Namen haben ich es nicht so", lachte Eva. „Ich weiß nur, dass die Florentiner ihn *il Biancone* nennen. Aber warte mal ... er heißt Neptun und ist Teil der *Fontana del Nettuno*, dem Neptunbrunnen auf der *Piazza della Signoria* von Bartolomeo di Antonio Ammanati", las Eva ihr aus dem Touristenführer vor. „Georg hat ihn damals ganz toll fotografiert."

„Ich weiß! Ist er nicht in dem schönen Bildband, den Opa herausgebracht hat?"

„Genau, eines meiner Lieblingsbilder von Opa!", ergänzte Eva.

„So und zum Abschluss gehen wir noch zur *Santa Maria Novella*", rief Stella. „Hierhin muss ich immer. Ich kann dir gar nicht erklären warum, aber diese Klosteranlage zieht mich jedes Mal magisch an."

Die Kirche hat zwei Kreuzgänge und diverse Klostergebäude. Einer der schönsten Räume ist die Spanische Kapelle, die zwischen der Kirche und dem äußeren Kreuzgang liegt. Sie beherbergt die Fresken des wenig bekannten Malers Andrea da Firenze.

Der Tag war für Eva doch anstrengender, als sie geglaubt hatte und so fragte sie ihre Enkelin: „Stella, was hältst du davon, wenn wir uns im Dorf eine Pizza holen und sie auf der Terrasse bei einem guten Glas Wein verspeisen? Mir ist heute weder nach Kochen, noch nach einem Restaurantbesuch zumute?"

„Sehr gute Idee. So machen wir es."

San Gimignano, 10. Juni 2034

Nach dem Frühstück ‚skypte' Eva stundenlang mit Georg und als sie zu Stella ans Schwimmbecken kam, strahlte sie über das ganze Gesicht.

„Stella, stell dir vor, Georg kommt."

Stella schaute sie irritiert an: „Wohin? Hierher?"

„Nein, nein, nicht hierher. Wenn wir in *Suno* bei Marina sind."

Marina ist die Besitzerin der *scuderia*, dem Reiterhof und dem *Agriturismo* in *Suno*, das zwischen dem *Lago Maggiore* und *Milano* gelegen ist.

Eva kannte Marina seit 2005. Damals wollten Georg, Clara und Eva eigentlich in den Pfingstferien nach Griechenland reisen. Sie mussten aber die gebuchte Reise kurzfristig stornieren.

Im Sommer wollten sie als Ersatz für den verpatzten Urlaub zwei Wochen in Italien verbringen und hatten über das Internet den Reiterhof gefunden. Für Clara das Paradies auf Erden.

Georg, Clara und Eva erhielten mit Marina, einer halb Italienerin, halb Deutschen, eine liebe, neue Freundin. Weil der sehr gepflegte und gemütliche Bauernhof mit Pferden, einem Esel, Hunden, Hühnern, Katzen und einem Schaf so ungemein schön war, verbrachten die drei von nun an sechs mal hintereinander ihren Urlaub dort. Und das war sehr ungewöhnlich für sie. Nie fuhren sie an einen Ort öfters. Nach ein paar Jahren Pause fuhren sie dann wieder mal dort hin. Insgesamt waren sie über zehn Mal bei Marina.

Auch für die ‚Reise ihres Lebens' hatte sich Eva als letztes Ziel *Suno* ausgesucht. Und nun kam Eva mit der Neuigkeit, dass auch Georg dazukommen wollte. Stella freute sich. Ganz besonders natürlich für ihre Oma, da sie länger schon bemerkte, wie sehr sie ihren Mann vermisste.

„Wann kommt er denn?"

„Er möchte am 18. Juni anreisen. Sind wir denn dann schon in *Suno*?", fragte Eva mit sorgenvoller Miene. „Wir sollten sowieso mal die nächsten Tage planen und die Unterkünfte buchen. Mittlerweile wird es immer schwieriger, ein passendes Domizil zu finden, weil die Hochsaison begonnen hat", antwortete Stella.

„Gut, dann machen wir das am besten sofort bei einem *cappuccino*", erwiderte Eva und verschwand in die kleine Küche.

Nachdem die weitere Reise geplant war, gingen die beiden

Frauen noch eine Runde schwimmen. Danach zogen sie sich um und fuhren ins nahe gelegene *San Gimignano*.

Die mittelalterliche Stadt wurde ursprünglich von den Etruskern erbaut. Sie ist schon von Weitem wegen der sogenannten ‚Geschlechtertürme' zu sehen.

Der ‚Geschlechterturm' ist eine ursprünglich in Italien als Verteidigungswerk einflussreicher städtischer Familien entstandene Bauweise. Je höher der Turm einer Familie gebaut wurde, desto höher war das Ansehen dieses Geschlechts. Von den einst 72 ‚Geschlechtertürmen' gibt es in *San Gimignano* noch fünfzehn, weshalb dort oft mittelalterliche Filme gedreht wurden. Seit 1990 gehört *San Gimignano* zum Weltkulturerbe der Unesco.

Zuerst gingen Eva und Stella zur *Piazza della Cisterna* mit dem mittelalterlichen Brunnen im Zentrum.

„Im Mittelalter erlebte diese Stadt ihren Wohlstand durch den Anbau und Handel von Safran", erklärte Eva ihrer Enkelin.

Als Eva und Stella bei der *Rocca di Montestaffoli* angekommen waren und den herrlichen Ausblick über die traumhaft schöne toskanische Landschaft und die Türme von *San Gimignano* genossen, erklärte sie ihrer Enkelin: „Man nennt *San Gimignano* wegen seiner Türme übrigens auch mittelalterliches Manhattan."

Ergänzend fügte sie hinzu: „In Manhattan war ich 1984 mit Marco. Ich habe dir doch schon gesagt, dass ich sechs Wochen mit ihm eine Rundreise durch die USA gemacht hatte. Erst waren wir bei meiner Tante in Pennsylvania. Anschließend haben wir uns den Südwesten angesehen: Kalifornien, Nevada, Arizona, New Mexico, Utah, Texas und Colorado. Zum Abschluss waren wir noch in Miami, Chicago und natürlich in New York."

Stella wusste, dass ihre reisesüchtige Oma in jungen Jahren viel gesehen hatte, hörte aber gespannt zu, als diese ihr von New York erzählte.

„In Kalifornien hatten wir ein nettes Pärchen aus Australien kennengelernt. Sie gaben uns die Adresse von Tony aus New York, einem Exilkubaner. ‚Der freut sich über jeden, der bei ihm übernachtet, weil er dann auch wieder einen Anlaufpunkt bei seinen Reisen hat', sagten sie zu uns. Da unser Geld nach der sechswöchigen Rundreise tatsächlich langsam knapp wurde, riefen wir Tony in New York an und wurden nicht nur fünf Tage verköstigt, sondern bekamen außerdem die schönsten Ecken von ‚Big Apple' präsentiert. Tony kam dann tatsächlich ein Jahr später mit seiner Tochter nach Deutschland. Meine Eltern waren ganz begeistert von den beiden und wir zeigten ihnen natürlich die Schönheiten Bayerns."

Eva lachte: „Einmal gab es ein kostenloses Konzert in Brooklyn. Sie spielten klassische Musik von Puccini, Verdi usw. In der Pause war man dazu aufgefordert, seine Meinung auf einen Fragebogen mitzuteilen. Gleichzeitig diente er als Los für eine Tombola. Als der erste Gewinner gezogen wurde, dachte ich noch, wie schön es wäre, wenn ich auch etwas gewinnen würde, als ich dann auch schon den Moderator sagen hörte: 'And the second winner is Miss Eva from Germany!'. Ich war total aufgeregt, als ich nach vorne zur Bühne ging, um meinen Preis abzuholen. Viele Amerikaner klopften mir auf dem Weg dorthin auf die Schulter oder schüttelten mir die Hand und riefen mir zu: `My Grandfather is from Germany, too!`."

Eva lachte lauthals und die umstehenden Leute schauten sie irritiert an.

„Aber stell dir vor, was ich gewann? Eine Flasche italienischen Rotwein. Ich schenkte ihn Tony."

Als die beiden Frauen durch den *Parco della Rocca* bummelten erzählte Eva weiter: „Eines Morgens schlug uns Tony vor, das World Trade Center anzusehen und bis zur

Aussichtsplattform hochzufahren. Das war total beeindruckend. Ich werde es nie wieder vergessen."

Evas Gesichtsausdruck wurde traurig, als sie fortfuhr: „Jahre später saß ich dann - wie wahrscheinlich die halbe Welt - vor dem Fernseher und konnte nichts anderes tun, als nur noch zu weinen."

Donauwörth, 11. September 2001

Fassungslos saß Eva vor dem Fernseher. Die Tränen liefen ihr die Wange hinunter. Diese schrecklichen Bilder von den brennenden und einstürzenden Türmen des World Trade Centers und den Menschen, die sich aus den Fenster in den Tod stürzten. Diese Bilder würde sie nie wieder in ihrem Leben vergessen können. Eva konnte nicht begreifen, was sie da sah. Wer war zu so etwas nur fähig?

3.000 Menschen hatten an diesem Tag ihr Leben lassen müssen. Vier große Passagierflugzeuge waren in den USA entführt worden. Zwei davon steuerten die Entführer in je einen der Türme des World Trade Centers.

Das Stahlkorsett der Konstruktion wurde durch die Hitze des brennenden Gebäudes so stark geschwächt, dass der gesamte Wolkenkratzer unter der eigenen Last einstürzte.

Der Südturm, der zuerst zusammenfiel, knickte an den beschädigten Stellen ein und stürzte nach unten. Beim Nordturm gab das Gefüge an den zuerst brennenden Stockwerken nach und drückte die darunter liegenden Stockwerke zusammen.

Die meisten der rund 18.000 Menschen, die sich zu diesem Zeitpunkt im World Trade Center befanden, konnten das Gebäude tatsächlich noch rechtzeitig verlassen.

Seit der Zerstörung der Zwillingstürme wird das Gebiet auch Ground Zero genannt.

An der Stelle, an der das World Trade Center stand, fand am 4. Juli 2004 die Grundsteinlegung für den Wolkenkratzer

‚One World Trade Center' statt.

Über die Schuldigen wurde noch jahrelang diskutiert. Viele Spekulationen und auch Verschwörungstheorien gab es zu diesem schrecklichen Anschlag.

Die neunzehn Flugzeugentführer gehörten zur islamistischen Terrororganisation ‚al-Qaida'. Die Vereinigten Staaten von Amerika reagierten unter anderem mit einem Krieg in Afghanistan darauf, um die Organisation ‚al-Qaida' zu zerschlagen. Deren Anführer Osama Bin Laden sollte gefangen oder getötet und das mit ihm verbündete Regime der Taliban entmachtet werden. Viele Jahre gelang dies den Amerikanern und seinen Verbündeten nicht. Doch dann in der Nacht zum 2. Mai 2011 erschossen US-Soldaten Bin Laden bei der von US-Präsident Barack Obama befohlenen Erstürmung seines Aufenthaltsortes in Pakistan.

Die Anschläge und die Kriege in Nahost und Nordafrika gingen viele Jahrzehnte weiter und die großen Flüchtlingsströme zum Beispiel aus Syrien und Afghanistan überrollten Europa.

San Gimignano, 10. Juni 2034

Stella kannte die furchtbaren Bilder dieses Anschlages und zweifelte oft an den Menschen und ihrer Grausamkeit. Als junger Mensch machte sie sich oft Gedanken über Ungerechtigkeiten, Macht- und Geldgier und die sogenannten Glaubenskriege. Für sie, die nicht einmal einer Fliege etwas zuleide tun konnte, war es einfach unvorstellbar, dass ein Mensch so grausam sein konnte.

Eva, die das betrübte Gesicht von Stella sah, bereute, dass sie ihr diese Geschichte erzählt hatte und rief: „Komm, Stella, wir gehen jetzt zur angeblich besten Eisdiele dieser Gegend."

Mit der kühlen Köstlichkeit in der Hand gingen sie noch zur *Piazza del Duomo,* setzten sich auf die Stufen und genossen das Leben und das Eis.

Dabei beobachteten sie die vorbei flanierenden Menschen und lästerten auch schon mal über den einen oder anderen. „Schau, mal, *nonna*, die kräftige Frau mit der Radlerhose und dem ärmellosen Top. Die hat auch vergessen, wie alt sie ist."

Eva verteidigte die Frau, obwohl sie die Kleidung auch nicht sehr passend fand: „Vielleicht sind sie mit dem Rad unterwegs."

„Das glaube ich nicht, denn dazu passen die hohen Stöckelschuhe nicht."

„Du hast recht, na dann hat sie halt keinen Spiegel zu Hause." Beide lachten und die entsetzlichen Bilder, die ihnen noch vor wenigen Minuten im Kopf herumgeschwirrt waren, wurden dadurch für einen Augenblick verbannt. Doch Eva hatte immer noch die schrecklichen Bilder vor ihren Augen und dachte: ‚Das Leben konnte so schön sein! Warum nur mussten es einige wenige so hässlich machen?'

Auf dem Weg zu der *trattoria*, die Susanne ihnen empfohlen hatte, kamen sie noch an vielen kleinen Geschäften vorbei und fanden noch ein paar Mitbringsel für Freunde und Familie.

Die urige *trattoria* an der Stadtmauer erwies sich wieder einmal als Glücksgriff. Gut gelaunt verließen sie dieses Lokal und bummelten noch kurz durch die Straßen von *San Gimignano* auf dem Weg zurück zu ihrem Auto. Wegen der lauen Sommernacht waren noch viele Leute unterwegs.

Das liebte Eva besonders. Am liebsten wäre sie noch stundenlang so weitergelaufen. Aber ihre Beine schmerzten und die nächsten Tage würde sie noch genug laufen.

Castellina in Chianti, 11. Juni 2034

Den Morgen hatten Stella und Eva mal wieder faulenzend am Pool verbracht.

Später, als es zu heiß wurde, gingen sie zu ihrem Haus zurück und machten den Grill an, denn sie wollten sich frisches Fleisch und verschiedenes Gemüse grillen.

Am Nachmittag fuhren sie nach *Castellina in Chianti*, welchen Eva von ihrem ersten Besuch mit Georg und Clara bereits kannte. Wie so oft, hatten die drei Glück, denn wegen der Pfingstfeiertage war in *Castellina* ein großes Fest. Überall standen Buden und Tische mit Keramiken oder anderem handwerklich hergestellten ‚Dies und Das'. Weitere Stände boten diverse Getränke und toskanische Spezialitäten an. Auf der *piazza* spielten verschiedene Musikvereine aus *Castellina* und den Partnerstädten.

„Der kleine Ort gefiel uns so gut, dass wir noch ein zweites mal dorthin fuhren", erzählte Eva während der Fahrt.

Schon die Anfahrt war eine Freude. Die Straße schlängelte sich durch die toskanische Landschaft. Abwechselnd sah man die mit Zypressen gesäumten Serpentinen zwischen den grünen Hügeln, dann wieder fuhren sie durch den Wald mit der *macchia* und dem gelben Ginster. Punktuell konnten sie einsame Gutshöfe und kleine Ortschaften erkennen. Teilweise fuhren sie auf den typischen Hügeln und konnten so weit ins atemberaubende Tal hinabsehen.

Stella fand sofort Gefallen an dem kleinen Ort, besonders die *Via delle Volte,* das ist ein Tunnelgang entlang der alten Stadtmauer, beeindruckte sie.

An der *Rocca di Castellina*, dem heutigen Rathaus, gab es noch immer das nette Restaurant, in dem Eva mit Georg und Clara schon damals gespeist hatten. Spontan reservierten die beiden Frauen für den Abend einen Tisch. Aber zuerst wollten sie sich die etruskischen Grabstätten, die *Tumulo di Montecalvario,* die etwas außerhalb von *Castellina* liegen, ansehen.

Siena, 12. Juni 2034

„Bin ich müde", stöhnte Eva am Morgen.

„Sollen wir dann heute lieber hier bleiben?"

„Nein, nein, zwei Tassen starker Espresso und schon bin ich wieder fit", rief Eva lachend. Sie freute sich schon sehr auf den Ausflug nach *Siena*.

Heute, an einem Montag, hoffte sie, dass es nicht ganz so voll werden würde.

Gleich nach dem Frühstück fuhren sie los. Es sollte wetterbedingt ein durchwachsener Tag werden, also nahmen sie vorsichtshalber ihre Regenjacken und Schirme mit.

Sie hatten sich wieder die schöne Straße über *Castellina* ausgesucht. Mit dem wolkenverhangenen Himmel sah diese Strecke ganz anders aus.

Eva schaute aus dem Autofenster und sagte: „Selbst heute besticht diese Landschaft mit ihrer Schönheit. Kein Wunder, dass die Toskana das Traumziel vieler Touristen ist."

Kaum in *Siena* angekommen, sie hatten sich für das Parkhaus nicht weit von der *Piazza del Campo* entschieden, steuerten sie erst mal eine Bar an.

Sie überquerten die *piazza* und blieben dann am Rand stehen. Stella blickte über diesen sensationellen Platz und seufzte tief: „Du hattest wieder einmal recht. Hier könnte ich es auch aushalten!"

„Etwa die Hälfte der Bewohner von *Siena* sind Studenten. Das macht die Stadt so lebendig. Und groß ist sie auch nicht, sie müsste so etwa 50.000 Einwohner haben."

„Hier also wird jedes Mal das große Spektakel mit den Pferden abgehalten?", fragte Stella.

„Ja, das *Palio* findet immer zweimal im Jahr statt und das schon seit dem Mittelalter. Zehn von siebzehn *contrade* von *Siena* treten gegeneinander an. Ich habe dieses Schauspiel noch nie gesehen. Ist bestimmt sehr interessant. Ich glaube aber, mir wäre es einfach zu voll. Solche Menschenansammlungen sind noch nie mein Ding gewesen", erklärte Eva und mit diesen Worten zog sie Stella in eine winzige und unscheinbare Seitengasse. Nach wenigen Minuten kamen sie zum berühmten Dom.

Il Duomo, aus schwarzem und weißem Marmor, entstand ab dem 14. Jahrhundert und ist eine dreischiffige, romanische Basilika.

„Besonders beeindruckt mich die Bauweise dieses imposanten Bauwerkes: Der abwechselnd in schwarzen und weißen horizontalen Reihen aus Marmor aufgebaute Dom, gibt ihm diese Einzigartigkeit eines Streifenmusters. Es sieht ganz so aus, als ob er aus zweierlei unterschiedlich farbigen Schichten aufgestapelt ist." Eva deutete auf die Wände.

Vor dem Dom saßen einige Touristen auf den Stufen. „Als wir mit Georgs Eltern hier waren, aß Clara, die damals drei Jahre alt war, ein Schokoladeneis. Ihr gelbes Kleid war anschließend von oben bis unten mit Schokolade verschmiert", erzählte Eva lachend. „Ganz abgesehen vom Gesicht."

„So, nun habe ich aber Heißhunger auf etwas Süßes. Deine Schuld", rief Stella.

„Und ich habe das Passende für dich", antwortete Eva. „Komm!"

Sie eilten wie Wiesel durch die kleinen Gassen, bis sie vor einer *pasticceria* standen. „Tata! Hier ist es. Schön, dass es diese *pasticceria* noch immer gibt."

Stella fragte: „Was ist denn so Besonderes an dieser Konditorei?"

„Diese *pasticceria* gehörte ursprünglich den Eltern der bekannten italienischen Rocksängerin Gianni Nannini. Die kennst du wahrscheinlich nicht."

„Doch, die kenne ich! Du weißt ja, dass mir Georg mal einige alte CD's vermacht hatte und eine davon war von dieser italienischen Rockröhre."

„So, und nun gehen wir erst mal hinein und stärken uns", bestimmte Eva und schob Stella sanft in den Laden hinein. Eva aß ein Stück von der *Torta della Ricotta.* „Den Kuchen habe ich schon 1985 hier gegessen."

Zufrieden gingen Eva und Stella weiter zur *Basilica di San Domenico*. „Diese Kirche gefällt mir auch sehr gut", erzählte Eva. „Besonders die Krypta. Aber auch die sechs Kapellen des Querschiffs und der Kreuzgang sind sehenswert."

Zum Abschluss gingen die zwei Frauen zurück zur *Piazza del Campo*. Auf dem Weg dorthin blieb Eva plötzlich stehen.

„Das gibt es doch nicht", rief sie erstaunt aus. „Das ist das kleine Hotel, in dem ich ein paar Nächte übernachtet hatte, als ich damals alleine durch Italien gereist bin. Ich wusste gar nicht mehr, wo es sich befindet und nun laufen wir fast daran vorbei", Eva strahlte.

„Du kannst dir gar nicht vorstellen, wie schön die Tage hier waren. Ich ließ mich einfach nur so dahintreiben und bummelte durch die kleinen Gassen." Eva kam wieder einmal ins Schwärmen.

„Einmal hatte ich dabei einen jungen Mann kennengelernt. Er war sehr sympathisch und lud mich am Abend zu einem Glas Wein ein. Wir verbrachten einen netten Abend zusammen und das Tolle war, es war eine rein freundschaftliche Beziehung. Wir haben uns nie wieder gesehen, aber diesen Abend habe ich nie vergessen."

Sie schlenderten über die *piazza* und bogen in die linke Seitenstraße vom *Palazzo Pubblico* ein.

„In dieser Seitengasse gab es ein kleines, nettes Lokal, in dem wir immer gegessen hatten, wenn wir in *Siena* waren. Obwohl die Besitzer in all den Jahren häufig gewechselt hatten, blieb das Ambiente stets das Gleiche", erklärte Eva. Die kleine *trattoria* gab es tatsächlich immer noch und die Küche bot eine einfache, aber gute Speisekarte an.

Greve und Montefioralle, 13. Juni 2034

Den letzten Tag ihres Aufenthaltes in der *Toscana* begannen Eva und Stella am Pool. Nach dem Mittagessen, es gab *Spaghetti Amatriciana* mit Biersoße und einem Salat, fuhren sie nach *Greve* und *Montefioralle*.

Auf der Fahrt nach *Greve* erzählte Eva wieder einmal von ihrer sechswöchigen Rundreise durch Italien im Jahr 1985:

„Ich habe bei einem netten Deutschen in der Nähe von *Impruneta* übernachtet", begann sie. „Er war der Freund eines Freundes, der mich bei sich wohnen ließ. Stefan war Lehrer und unterrichtete in Florenz. Er hatte sich ein wunderschönes Landhaus gekauft und lebte mitten in der hügeligen Landschaft. Die Allee war gesäumt mit Zypressen und der herrliche Blick über die Wiesen und Felder nahm mich gefangen." Eva lächelte geheimnisvoll.

„Dies wäre fast ein Grund für mich gewesen, meine Reise abzubrechen und für immer hier zu bleiben", schwärmte sie mit verträumtem Blick.

Dann fuhr sie fort: „Mein freundlicher Gastgeber war zwar sehr sympathisch, aber leider hatte ich mich nicht in ihn verliebt und so zog es mich nach einer Woche weiter nach *Siena*." Eva seufzte tief. „Wer weiß, wie ansonsten mein Leben verlaufen wäre?"

„Besser nicht, sonst wäre ich vielleicht gar nicht da", rief Stella entsetzt. Lachend nahm Eva sie in den Arm.

„Um Gottes willen! Nein, nicht auszudenken, wenn es dich und Georg und all die anderen nicht gäbe."

Die *Strada Regionale 222 Chiantigiana* nach *Grete in Chianti* ist berauschend schön. Eva und Stella machten spontan Halt am *Monte Bernardi* und dem *Casa con Torre*.

Stella war von der Landschaft so entzückt, dass sie für einen längeren Zeitraum umherlief und fotografierte. Währenddessen saß Eva einfach nur da und genoss diese atemberaubende Schönheit. Immer wieder fragte sie sich, was Gott dabei empfunden haben musste, als er diesen Landstrich erschaffen hatte.

Als Stella sich neben ihre Oma setzte, fragte Eva ihre

Enkelin vollkommen überraschend: „Sag mal, du hast doch im Augenblick keinen Freund."

„Wieso fragst du das?"

„Ich meine nur. Hast du nicht manchmal wieder Sehnsucht nach einer Beziehung?"

Immer noch verwirrt antwortete Stella ihr: „So genau weiß ich das im Augenblick selber nicht. Ich weiß ja auch gar nicht, wie es weitergeht. Wo werde ich studieren und vor allem was?"

In diesem Augenblick sprudelte es dann aber aus Stella nur so heraus. Es schien, als ob sie nur darauf gewartet hatte, sich jemandem anvertrauen zu können. Und so kam es auch, dass sie ihrer Großmutter von dem jungen Mann aus *Cremona* erzählte, der ihr einfach nicht mehr aus dem Kopf ging.

„Schon komisch. Es sieht so aus, dass wir wieder zurück nach Deutschland fahren werden und jede von uns behält eine ungelöste Geschichte in sich", meinte Eva nachdenklich. „Aber ich habe wenigstens viele alte Freunde wieder gesehen und die Schicksale von zwei meiner ersten Liebesbeziehungen aufklären können. Aber du wirst nie wissen, ob dieser junge Mann und du, ob ihr gemeinsam eine Zukunft gehabt hättet."

Stella erwiderte: „Wer weiß, für was das gut ist. Das sagst du doch immer!"

„Ja, stimmt. Das sage ich immer." Und mit diesen Worten beendeten sie das Gespräch.

Als sie dann weiterfuhren, hatte Stella nicht nur schöne Erinnerungsfotos von der lieblichen toskanischen Natur gemacht, sondern die beiden Frauen hatten sich auch bei einem Weingut mit mehreren Flaschen *Chianti* eingedeckt.

In *Greve* angekommen, tranken sie erst einmal einen *caffè* in einer Bar auf der *piazza*. Nach einem kurzen Rundgang durch die kleine Stadt wollte Eva unbedingt noch nach

Montifioralle. Dort war sie seit ihrer Reise 1985 nicht mehr gewesen, hatte aber eine sehr intensive Erinnerung daran. Sie wurde nicht enttäuscht, es war immer noch dieser kleine, verschlafene, mittelalterliche Ort auf einer kleinen Anhöhe. *Montifioralle* wurde als eines der schönsten Dörfer Italiens ausgezeichnet.

Im Inneren der ehemaligen Festung gibt es nur eine einzige Gasse, die als Rundweg um die romanische *Chiesa Santo Stefano* herumführt.

Und obwohl es nicht viel zu besichtigen gab, fühlten sich die beiden Frauen sehr wohl. Die Ruhe, die dieser Ort ausstrahlte und der Blick in die Landschaft ließen sie die Zeit vergessen.

Trotzdem mussten sie sich irgendwann von diesem Wohlgefühl losreißen, denn die Koffer, die noch gepackt werden mussten, warteten bereits auf sie. Zum Abschluss ihres Toskana-Aufenthaltes wollten Eva und Stella noch in *San Donato in Poggio* zu Abend essen.

Pisa und Cinque Terre, 14. Juni 2034

Die Reise sollte heute weiter über *Pisa* zu den *Cinque Terre*, was übersetzt fünf Länder oder auch fünf Ortschaften heißt und in *Liguria* ist. Dort hatte Stella ein Zimmer in einem netten Hotel gefunden.

Auf der Fahrt erzählte Eva immer wieder, wie sehr sie sich auf Georg freute und Stella überlegte, ob diese ständigen Wiederholungen mit der beginnenden Demenz zu tun hatten oder ob Eva es einfach nicht mehr ohne ihre große Liebe aushielt.

Sie entschied sich für Letzteres. Wenn sie so darüber nachdachte, wie viel Leid ihre Großmutter in Liebesangelegenheiten erleiden musste, bis sie dann den Richtigen gefunden hatte, dann war Stella froh, dass Eva mit Georg so viele glückliche Jahre verbringen durfte.

Stella hoffte inständig, dass die beiden noch viele gemeinsame und glückliche Jahre miteinander haben würden. Auch sie freute sich schon sehr auf ihren Opa. Als kleines Kind hatte sie immer viel Spaß mit ihm gehabt. Von ihm hatte sie gelernt, mit Hammer und Nagel umzugehen. Wenn sie wieder einmal gemeinsam die Wände eines Zimmers neu anstrichen, malten sie sich mit Absicht Farbkleckse auf die Hände und ins Gesicht.

„Geschafft, hier müssen wir parken und den Rest zu Fuß gehen", sagte Stella mit einem Seufzer. Langsam merkte sie, dass ihr das Autofahren mit der Zeit lästig wurde. Kein Wunder, war sie mittlerweile schon mehr als sechstausend Kilometer gefahren. Und etwa zweitausend wird sie noch zu fahren haben. Kurze Strecken ist zwar auch mal ihre Großmutter gefahren und Autofahren machte Stella grundsätzlich viel Spaß, doch nun freute sie sich auf die Zeit in Deutschland, wo sie auch mal mit ihrem Rad oder den öffentlichen Verkehrsmitteln fahren konnte.

Auf dem Weg zum schiefen Turm stärkten sich die beiden Frauen in einer kleinen Bar. „Das erste Mal war ich mit meinem Bruder Thomas, seinem besten Freund und späteren Ehemann meiner Freundin Katharina und dessen damaliger Freundin hier."

„Langsam, das ist mir zu kompliziert", antwortete Stella.

„Ganz einfach: Wir waren vier junge Leute im Alter von fast zwanzig Jahren, nutzten die Feiertage aus und verlängerten diese freien Tage um ein paar mehr. Herbstferien gab es damals noch nicht." Eva grinste: „Wir waren auch keine Engel. Dann fuhren wir für eine Woche mit dem alten VW-Käfer von Max, dem Freund meines Bruders, auf die Insel Elba. Die vierte im Bunde war die damalige Freundin von Max, sie hieß Sabrina. Auf dem Weg nach Elba machten wir einen Halt in Pisa."

„Ach so, jetzt verstehe ich dich: Der Max hat später deine

Freundin Katharina geheiratet."

„Richtig!", bestätigte Eva.

„Auf jeden Fall haben wir eine sehr lustige Woche auf *Elba* verbracht. Wir haben in der Nähe von *Capoliveri* wild gezeltet. Eine schöne Wiese an den Klippen mit Blick aufs Meer. Ende Oktober, Anfang November war es auch dort nicht mehr allzu warm. Das hielt uns aber nicht von einem erfrischenden Bad in den Fluten ab."

Stella konnte sich das gut vorstellen. „Außerdem war es ja die einzige Möglichkeit, sich frisch zu machen. Einmal hatten wir ‚Besuch' von der Dorfpolizei, die sich das Geschehen dort einmal ansehen wollte. Die befand es jedoch auch nicht für nötig, uns aus unserem Paradies zu vertreiben. Um diese Jahreszeit gab es kaum noch Tourismus und damals, Ende der siebziger Jahre, war die Insel sowieso nicht so überlaufen. Man freute sich also noch auf Fremde", erzählte Eva, deren Wangen glühten.

Stella konnte spüren, wie es Eva erging, wenn sie in der Vergangenheit schwelgte. Sie überlegte, wie es ihr selbst einmal in fünfzig Jahren ergehen würde.

Was würde sie ihren Nachkommen, wenn sie welche hätte, aus ihrem Leben erzählen? Zumindest hatte sie schon einmal ein großes Abenteuer erlebt, was es wert war, dass sie jemandem davon vorschwärmte. Es war Stella schon klar, welches große Glück sie hatte, mit ihrer Oma diese schöne Reise zu machen. Andere brauchten ein ganzes Leben dafür, um das alles zu sehen und zu erleben, was sie in den letzten drei Monaten erfahren und genießen durfte.

Stella war froh, dass sie in den letzten Monaten Tagebuch geführt hatte. Sie befürchtete, dass sie sich gar nicht alles hätte merken können. Vor zwei Tagen hat sie ein wenig in ihren Aufzeichnungen gestöbert und da wurde ihr erst bewusst, wie viele großartige Menschen sie getroffen hatte, aber auch von welch großer Zahl an Lebensgeschichten sie gehört hatte. Manches kannte sie bisher nur aus den Medien. Und nun traf sie Personen, die tatsächlich selbst solche schweren Schicksalsschläge erleiden mussten.

„So nun möchte ich aber zum *Torre pendente di Pisa*. Wir haben uns lange genug ausgeruht", unterbrach Eva das Schweigen.

Die zwei Frauen schlenderten zum Turm, machten die obligatorischen Fotos und liefen um den beeindruckenden *Duomo*.

Dann setzten sie ihre Fahrt zu den *Cinque Terre* fort. Ein Geheimtipp ist diese Region nicht mehr. Sie wurde wie viele andere Orte in Italien in das Unesco-Weltkulturerbe aufgenommen, was dazu führte, dass viele Touristen, vor allem Tagestouristen, hierher kommen.

Mit der Bahn kann man von einer Ortschaft zur anderen fahren, was sehr reizvoll ist, weil die eindrucksvolle Tunnelstrecke häufig Ausblicke aufs Meer zulässt und der Zug in allen fünf Dörfern hält.

Neben den Dörfern selbst ist der Wanderweg *Via dell'Amore*, der die Dörfer *Riomaggiore* und *Manarola* entlang der Küste in einer angenehmen Höhe verbindet, die größte Attraktion. Dieser Pfad ist auch für Anfänger gut geeignet.

Landschaftlich reizvoller ist der anschließende Wandersteig von *Manarola* über *Corniglia* und *Vernazza* nach *Monterosso*. Durch die schmalen Pfade an den Wein- und Olivenhängen vorbei, sollte man aber schon ein geübter Wanderer sein und unbedingt gutes Schuhwerk tragen.

Stella und Eva fuhren bis *Riomaggiore*, stellten ihr Fahrzeug ab und steuerten die erste Bar an. Nach einem *caffè* im Stehen machten sie sich auf den relativ einfachen Wanderweg nach *Manarola* auf.

Der Blick übers Meer und der Geruch der Wildkräuter ließen Erinnerungen in Eva wach werden: „Hier sind

Marinella, ihr späterer Mann Angelo, Elena und ihr späterer Gatte Piero und ich auch schon entlang gelaufen. Lass mich überlegen, das war 1985."

Riomaggiore, 9. April 1985

Die junge Clique aus *Varese* in Norditalien zeigte ihrem deutschen Besuch voller Stolz die Schönheiten Italiens. Angelo hatte die Idee, einen Tagesausflug nach *Liguria* ans Meer zu machen. Nach langem Hin und Her entschieden sie sich für die *Cinque Terre*. Eva war alles recht. Ihr gefiel es überall in Italien.

Bei diesem Ausflug hatten sie dann aber weniger Glück als bei ihren vorherigen Reisezielen. Sie parkten, wie viele Einheimische auch, an der Strandpromenade. Am Straßenrand befand sich ein mit Stoff zugehängtes Parkverbotsschild.

Da es augenscheinlich für den Moment nicht galt, machten sich die gut gelaunten, jungen Leute auch keine weiteren Gedanken und verbrachten einen lustigen Frühlingstag an den *Cinque Terre*.

Sie wanderten auf dem *Via dell'amore*, fuhren mit dem Zug ein paar Stationen, schauten sich die netten Dörfer an und tranken abwechselnd *caffè* oder genossen ein herrliches *gelato*. Zum Abschluss aßen sie noch in einem netten Restaurant am Meer.

Eva war glücklich und schaute ihre Freunde an: „*Sono felicissimo che vi ho conosciuto!* – Ich bin sehr glücklich, euch kennengelernt zu haben!", rief sie spontan in die Runde.

Aber welchen Schreck bekam die Gruppe, als sie danach das Fahrzeug nicht mehr vorfanden.

Bei der Polizeistation, bei der sie eine Anzeige wegen Diebstahl aufgeben wollten, erfuhren sie, dass das Auto nicht gestohlen, sondern abgeschleppt worden war.

Auf ihre Beschwerde hin behauptete der Polizist, dass das Parkverbotsschild nie verhüllt gewesen sei. Ihre Proteste nutzten wenig, denn Beweise hatten sie keine.

Sie konnten noch von Glück reden, dass der Polizeibeamte nach mehreren Telefonaten noch jemanden fand, der bereit war, das Depot noch mal für die jungen Leute aufzusperren. Ansonsten hätten sie sich ein Hotelzimmer suchen müssen.

Außer den hohen Abschleppkosten mussten sie auch noch kilometerweit zur Lagerhalle laufen, wo ihr Auto deponiert war. Am Ende wussten sie nicht, was besser gewesen wäre, der Diebstahl des Fahrzeuges oder doch nur die hohen Unkosten.

Cinque Terre, 14. Juni 2034

Schneller als sie dachten, waren Stella und Eva in *Manarola* angekommen. Vor lauter Reden hatten sie gar nicht gemerkt, wie sie den schönen Wanderweg hinter sich gebracht hatten. Eva war fast ein wenig enttäuscht darüber. Als sie an der Haltestelle ankamen, fuhr gerade ein Zug ein. So begaben sie sich in ein Abteil der Eisenbahn, die sie nach *Vernazza* bringen sollte.

Sie hatten sich direkt ans Fenster gesetzt und genossen den Blick auf das Meer, die vorbeiziehenden Dörfer und die felsige Landschaft. Eva war froh, dass sie sich ausruhen und trotzdem viel sehen konnte. Die beiden Frauen schwiegen und deuteten nur manchmal auf irgendetwas, was sie während der Fahrt beeindruckte.

Obwohl die Ankunft in *Vernazza* recht früh war, beschlossen sie, nach einem Rundgang durch das hübsche Dorf, ein Restaurant mit Blick aufs Meer aufzusuchen. Der Geruch von Meer inspirierte sie zu einem Abendessen mit viel Fisch. Das gewählte Lokal entsprach ihren Erwartungen und so stellten sie fest, dass es trotz des Tourismus anscheinend noch genügend Menschen gab, die auf Qualität Wert legten.

Eva erzählte ihrer Enkelin, dass Georg, Clara und sie

einmal einen Urlaub in *Imperia* an der ligurischen Küste gemacht hatten. „Das muss 2007 gewesen sein."

Wieder einmal wunderte sich Stella über das sagenhafte Gedächtnis ihrer Oma und zweifelte einmal mehr die Diagnose an. Hatte sich Eva die ganze Geschichte eventuell nur ausgedacht, um mit ihrer Enkelin diese Reise machen zu können? Nein, so ausgefuchst war ihre Großmutter nicht. Vielleicht tat ihr einfach nur diese Reise gut, da ihre Gehirnzellen mehr gefordert wurden. Und was sollte es auch, Stella war einfach nur froh darüber, dass es ihrer Oma gut ging und sie genoss diese Tage der Zweisamkeit.

„Unser Ferienhaus war mitten in den Bergen, etwa eine halbe Stunde vom Meer entfernt. Über eine Serpentinenstraße kamen wir dorthin. Erst sahen wir das Haus gar nicht und dachten, wir hätten uns vertan oder schlichtweg verirrt. Dann erst bemerkten wir, dass das Landhaus in den Hügel hineingebaut worden war, aber von der Straße aus nicht einsehbar war. Daher konnten wir es zunächst auch nicht sehen. Ursprünglich handelte es sich um eine einfache Hütte in dem Olivenhain. Später hatten es Deutsche gekauft und umgebaut. Die Lage war landschaftlich traumhaft schön, jedoch sehr einsam."

Eva war damals hin und her gerissen zwischen dem Charme der wilden Natur und der Ruhe und dem langen Anfahrtsweg bis zur nächsten Ortschaft.

Aber am meisten hatte sie Angst vor den Schlangen, die es hier geben sollte. Vor diesen Tieren hatte sie sich schon immer gefürchtet und bei dem bloßen Gedanken daran bekam sie eine Gänsehaut. Der Hinweis der Vermieter, dass sich das nächste auf Schlangen spezialisierte Krankenhaus in der Nähe befand, beruhigte sie eher nicht.

„Weißt du, Stella, ich habe immer viele Schlangen in Italien gesehen, aber es hat mir nicht die Furcht davor genommen." Stella wusste von der Angst ihrer Großmutter vor Schlangen. Ihr kleiner Bruder fand Schlangen sogar interessant, mochte dafür aber keine Spinnen.

„Als ich bei der Familie in *Formello* lebte, deren Haus oben auf einem Hügel stand, wurden im Tal darunter, du weißt schon in dem Naturpark *Sorbo*, in dem wir waren, jedes Jahr Vipern abgeworfen. Angeblich um ein natürliches Gleichgewicht in der Anlage herzustellen. Die Schlangen blieben natürlich nicht nur an diesem Platz, sondern breiteten sich aus."

Eva machte eine kleine Pause, bevor sie seufzend fortfuhr: „Als ich davon erfuhr, durchsuchte ich jede Nacht mein gesamtes Schlafzimmer, das sich in den Kellerräumen befand, nach Schlangen. Bei gekipptem Fenster schlief ich die ersten Wochen gar nicht mehr. Und wenn ich mit den Kindern auf den Wiesen spazieren ging, hatte ich die Anweisung bekommen, vorneweg zu gehen und zu trampeln, damit die Schlangen flüchteten. Das konnte man sogar hören."

Bei diesen Worten schüttelte es Eva. „Wenige Jahre später, als wir in der Toskana ein Landhäuschen für vier Wochen gemietet hatten, erzählte mir der nette Verwalter am letzten Tag, dass sich unter dem Haus ein Schlangennest befände. Tatsächlich war das Haus auf der einen Seite vollkommen zu gewuchert und man konnte nur sehen, dass sich dort eine Öffnung befand. Ich war froh, dass er mir das nicht früher erzählt hatte. Ich glaube, ich wäre nicht geblieben." Wieder schüttelte sie sich.

Stella hatte zwar keine Probleme mit Schlangen, aber sie war trotzdem ganz froh, nicht deren Bekanntschaft gemacht zu haben. Sie liebte alle Tiere und hatte schon als Kind jedes Tier gerettet, auch Spinnen und Regenwürmer.

Das Gespräch wechselte dann auch auf andere, schönere Themen. Satt und zufrieden fuhren sie mit dem Zug zurück nach *Riomaggiore*. Eva nickte immer wieder ein, schreckte hoch und man sah, dass es ihr peinlich war. Stella entlockte dies ein kleines Lächeln.

Die beiden Frauen übernachteten in einem Hotel in der Nähe von *Riomaggiore*, bevor sie am nächsten Morgen die Reise bis zum nahe gelegenen *Camogli* fortsetzten.

Camogli, 15. Juni 2034

Gleich nach dem ausgiebigen Frühstück setzten Eva und Stella ihre Fahrt nach *Camogli* fort.

Eva war an diesem Morgen nur schwer aus dem Bett gekommen, nörgelte herum und war absolut kein angenehmer Zeitgenosse. Stella zog es darum vor, während der kurzen Fahrt zu schweigen.

Nach einer gefühlten Ewigkeit kamen sie endlich auf dem Parkplatz außerhalb des Hafenstädtchens an und mussten die vielen Treppen zum Meer hinuntersteigen. Dadurch wurde die Stimmung der schlecht gelaunten Eva auch nicht besser. Erst als sie das geliebte Meer sah, besserte sich ihre Laune schlagartig.

„Entschuldige bitte, Stella, ich war wohl kein angenehmer Beifahrer."

„Passt scho'!", antwortete Stella lachend. Sie konnte ihrer Großmutter einfach nicht böse sein, wenn sie so zerknirscht dreinschaute.

„Zur Versöhnung spendierst du mir einen guten *cappuccino* in der erstbesten Bar", rief Stella.

So geschehen, schlenderten die beiden anschließend lachend an der Promenade entlang bis zum Hafen. Die bunt bemalten mehrstöckigen Häuser, die an den Felsen klebten, zogen Stellas neugierigen Blick auf sich.

Eva erklärte: „Das Tolle an den Häusern ist: Unten gehst du ganz normal ins Treppenhaus hinein und im dritten Stock verlässt du das Gebäude zur anderen Seite hinaus und stehst wieder auf einer vorbeilaufenden Straße, da es am Hang gebaut ist." Das Sonnenlicht ließ die Farben der Häuser noch mehr erstrahlen.

„Hier war ich mit Georg und Clara auf der Fahrt von der *Toscana* nach *Piemonte*. Georg wollte unbedingt an den Ort seiner Kindheit. Er war mit seinen Eltern und seinem jüngeren Bruder Anfang der achtziger Jahre hier. Dann sind dreißig Jahre vergangen, bis er wieder hierher gekommen war", erklärte Eva. „Natürlich haben wir uns auch den malerischen kleinen Hafen angeschaut. Das Wetter war hervorragend, heiße 34 Grad und blitzeblauer Himmel."

Camogli, 14. Juni 2014

Das Unwetter kam vollkommen unerwartet. Innerhalb von wenigen Minuten verfinsterte sich der Himmel tiefschwarz.

Georg, Eva und Clara standen noch am Pier, als Georg plötzlich rief: „Schnell lasst uns zur nächsten Bar gehen. Hier braut sich was zusammen."

Sie rannten so schnell wie möglich und kamen sprichwörtlich in letzter Sekunde unter die schützenden Arkaden eines Hauses. Von dort beobachteten sie wie sich in wenigen Augenblicken der Himmel schwarz verfärbte. Ein starker Sturm mit schweren Regengüssen prasselte hinunter.

Und dann fing es auch noch an zu hageln. Hagelkörner so groß wie Tischtennisbälle fielen vom Himmel. Wer jetzt noch ohne Schutz im Freien stand, machte sich schnell auf, um jetzt noch ein vor allem sicheres Plätzchen zu finden. In diesem Moment machte sich Eva plötzlich Sorgen um das nigelnagelneue Auto.

„Oh, nein, unser schönes Auto", rief sie. „Jetzt haben wir uns das erste Mal in unserem Leben einen Neuwagen gekauft und nun das." Auch Clara war beunruhigt. Sie hatte mit ihren vierzehn Jahren noch nie so einen schweren Hagel miterlebt.

Die Italiener standen an den Türen und Fenstern und schauten hinaus. In der Bar, in die sich die drei geflüchtet hatten, erzählte man ihnen, so etwas hätte es noch nie gegeben. Aber das Wetter hätte sich in den letzten Jahren stark verändert. Und wieder einmal ging die Diskussion um Klimaveränderung und Umweltverschmutzung los.

In kürzester Zeit wurde es kühl. Die nassen Füße und die feuchte Kleidung taten ihr Übriges.

Die Kunden bestellten sich einen heißen Tee oder eine warme Milch und standen nah gedrängt an den Türen.

Nach einiger Zeit, der starke Regen hatte nachgelassen und vor allem der Hagel, wagten sich die ersten wieder ins Freie. Irgendwann entschieden sich auch Georg und Eva, zum Parkplatz zurückzugehen. Nur Clara wollte nicht. Sie fürchtete sich vor dem Gewitter.

Die drei liefen bis zur nächsten Ecke, dann fing es wieder stärker an zu regnen. Sie warteten erneut, als ein Mann auf sie zukam, der einfache Regenschirme verkaufte. Eva wollte mit ihm über den Preis reden, da die Schirme offensichtlich eine schlechte Qualität hatten. Aber er ließ nicht mit sich handeln, bestand auf seinen Preis und versuchte offensichtlich die Situation aller ohne Regenschirm für sich auszunutzen.

Dann aber riss plötzlich der Himmel auf, der Straßenverkäufer registrierte dies aus dem Augenwinkel heraus und rief: *„Va bene, per 12 Euro, può averli."*

„No, grazie, ora non ne ho più bisogno", antwortete Eva lächelnd.

„Für 10 Euro!", meinte nun der Regenschirmverkäufer.

„Nein danke, es regnet ja nicht mehr. Was soll ich da mit einem Regenschirm? Zu spät!"

Und mit diesen Worten gingen Georg, Clara und Eva weiter und ließen den verdutzten Verkäufer zurück. Die umstehenden Touristen grinsten.

Camogli und Torino, 15. Juni 2034

Stella lachte schallend. Die umherstehenden Leute starrten sie überrascht und neugierig an, sie ließ sich aber nicht davon ablenken und steuerte eine nette Bar an, deren Stühle unter den Arkaden direkt am Hafen standen.

„Das ist ja die Bar von damals", rief Eva erstaunt. „Hier saßen wir. Es hat sich ja gar nichts verändert." Sie schaute in die Bar hinein und ergänzte beim Anblick des Mobiliars: „Oh doch, alles ist neu und modern und nur noch junge Leute sind hier." Ihre Stimme klang ein wenig enttäuscht.

Da sprach sie auch schon der Kellner auf Englisch an: *„Do you want something to drink?"* Eva zuckte die Schultern und antwortete in fließendem Italienisch: *„Non parlo l 'inglese."* Das machte sie immer so. Natürlich sprach sie Englisch, aber sie weigerte sich, in Italien Englisch oder Deutsch zu reden. Die Italiener reagierten zwar immer erstaunt, über kurz oder lang wechselten die meisten jedoch dann ins Italienische.

Nur ein paar Hartnäckige redeten auf Englisch oder manchmal auch auf Deutsch weiter. `Da haben sie aber nicht mit meiner Großmutter gerechnet`, dachte sich Stella. ‚Die gibt nicht so schnell auf!'

Manchmal verlief dann das ganze Gespräch in zwei verschiedenen Sprachen. Oder Eva dachte sich haarsträubende Geschichten aus, warum sie weder Deutsch noch Englisch konnte. Des Öfteren ärgerte sie sich aber auch über das Verhalten ihrer Gesprächspartner.

Schon nach kurzer Zeit ihres längeren Aufenthaltes in Rom glaubten viele Italiener, dass Eva, trotz ihrer blonden Haare und ihrem französischen „*r*" eine Italienerin sei. Das machte sie stolz, weil es ihr zeigte, dass ihre italienische Aussprache recht gut war.

Auch heute schien die Geschichte mit der Bedienung keinen guten Verlauf zu nehmen. Als der junge Kerl aber

Stella erblickte, änderte er seine Taktik. *„Siete italiani?"*

„Certo!", antwortete Stella mit einem charmanten Lächeln.

Von diesem Augenblick an schwänzelte der junge Mann ständig um die beiden herum. Langsam wurde es Stella aber dann doch lästig: „*Nonna*, komm lass uns gehen."

Die Enttäuschung stand dem jungen Mann ins Gesicht geschrieben. Als Stella ihm weder ein Date versprach, noch ihre Telefonnummer hergab, wurde er sogar unfreundlich.

Langsam gingen Eva und Stella zum Parkplatz zurück. Eva war schon nach kurzer Zeit vollkommen aus der Puste und musste sich erst mal auf eine Bank setzen und kurz erholen, als sie ein älterer Herr galant fragte: *„Signora, posso aiutarLa?"*

„Nein, danke, ich brauche keine Hilfe, ich muss mich nur ein wenig ausruhen", erklärte sie ihm auf Italienisch. Erleichtert, aber auch ein wenig enttäuscht, dass er ihr nicht helfen konnte, ging er weiter.

Stella und Eva setzten ihre Fahrt nach Turin fort. Sie mussten etwa zwei Stunden fahren, hielten einmal kurz an und aßen auf dem Rastplatz ihre mitgebrachten *panini*.

Am Nachmittag kamen sie in *Torino* an. Als sie gerade einen Parkplatz vor dem Hotel gefunden hatten, klingelte plötzlich das Telefon von Stella.

Sie war überrascht, denn es war ihr Ex-Freund, von dem sie sich vor etlichen Monaten getrennt hatte.

Er fragte, ob sie sich mal wieder treffen könnten? Stella blieb die Spucke weg und erwiderte etwas irritiert: „Das ist jetzt eher schlecht, denn ich bin gerade in Italien." Erstaunt hörte er ihr zu, als sie ihm erklärte, dass sie sich seit drei Monaten auf dieser Rundreise befand. Dann sagte er aber etwas, was es ihr leichter machte, ihm endgültig einen Korb zu geben: „Ist das nicht stupide, mit einer alten Frau langweilige Gemäuer anzuschauen?" Wie hatte sie es nur so lange mit diesem Idioten ausgehalten?

Stella ärgerte sich mehr, als sie zugeben wollte und war froh, als sie endlich im Zimmer des Hotels angekommen waren. Eva ging gleich zum Fenster, öffnete es und schaute auf die kleine belebte Straße hinaus. Ein Leuchten fiel in ihr Gesicht.

Seit sie das erste Mal 2006 in *Torino* war, liebte sie diese Stadt. Die alten Gemäuer, auch das quirlige Treiben, jedoch nicht so hektisch wie in *Milano*, gefiel ihr sehr.

„Weißt du Stella, die *Torinesi* sind als Fußgänger sehr gemächlich und relaxt, wenn sie aber ins Auto steigen, werden sie zu Michael Schuhmacher."

„Michael Schuhmacher?", fragte Stella.

„Ach ja, den kennst du wahrscheinlich nicht mehr. Das war ein sehr berühmter deutscher Rennfahrer, Anfang dieses Jahrtausends. Er war mehrfach in Folge Weltmeister. Dann hatte er einen schweren Unfall, aber nicht im Auto, sondern auf der Skipiste. Er lag viele Jahre im Koma, wachte wieder auf, aber erholte sich von den Folgen des Skiunfalls nie mehr so richtig."

Eva machte eine Pause, dann lachte sie laut. Stella schaute irritiert zu ihr, aber sie klärte ihre Enkelin schnell auf: „Dein Opa hatte einmal, als wir wieder einmal in Turin waren, die Turiner Autofahrer veräppelt."

Wieder lachte sie: „Er stand an einer roten Ampel, als ihn zwei Autos und ein Roller überholten und sich vor ihn in den Kreuzungsbereich stellten. Dadurch konnten sie allerdings nicht mehr die Ampelanlage sehen und mussten sich somit am Verhalten der Autofahrer hinter ihnen orientieren. Also vor allem daran, wann Georg bei grüner Ampel losfuhr. Der machte sich aber einen Spaß daraus und fuhr nicht los, obwohl die Ampel bereits auf grün umgeschaltet hatte. Irgendwann wurden die drei vor uns im Kreuzungsbereich dann aber unruhig und blickten ständig zurück zu uns. Wir standen nach wie vor an der Haltelinie der Ampel." Eva lachte wieder. „Mittlerweile war es sogar wieder rot geworden. Langsam kam den Schlaumeiern, dass sie veräppelt wurden. Wir lachten uns natürlich kaputt."

Stella lachte und sprang aufs Bett. Alle Viere streckte sie von sich. „Weißt du was, Oma, ich glaube, ich mache erst einmal ein kleines Nickerchen und dann fangen wir mit dem Sightseeing durch Turin an. Was hältst du davon?"

„Ausgezeichnete Idee! Ich zieh mir nur die Klamotten aus und dann lege ich mich ebenfalls kurz hin."

Eine Stunde später bummelten die beiden Arm in Arm durch die schmucken Straßen mit den vielen Arkaden. Zwischendurch gingen sie in eine der vielen Bars. Abwechselnd tranken sie *caffè*, aßen *gelato* oder naschten von der herrlichen Schokolade. Kaum einer weiß, das *Torino* berühmt für seine gute Schokolade und seinen köstlichen Nougat ist. *Gianduiotti* sind in Turin erfundene Nougatstückchen, hergestellt aus Haselnusscrème.

„Wenn wir länger da wären, könnten wir uns einen Schokoladenpass kaufen."

„Was ist das denn?", fragte Stella neugierig.

„Du kaufst dir im Tourismusbüro diesen Schokoladenpass, der etwa fünf bis zehn Euro kostet und der dich zum Genuss von zehn Süßigkeiten innerhalb von 24 Stunden in 25 Konditoreien berechtigt."

„Das ist ja wie im Paradies!", rief das Leckermäulchen Stella begeistert.

Als Erstes gingen die beiden Frauen in das berühmte *Caffè Confetteria Al Bicerin* mit den Holzbänken und den runden Marmortischen. *Bicerin* bedeutet im Turiner Dialekt ‚Glas'. Einer der berühmtesten Besucher des 1763 eröffneten Kaffeehauses war Giacomo Puccini. Diese Bar ist bekannt für seine Spezialität, einer Mischung aus Espresso und flüssiger Schokolade: die *cioccolota in tazza*.

Während der zweiten Belagerung durch die Franzosen, erfanden die pfiffigen *torinesi* die Nougat-Schokolade, weil die Schokoladenvorräte, sehr zum Kummer der Einwohner, zur Neige gingen. Milch lieferten die Kühe der umliegenden Berge genug und Haselnüsse gab es auch noch reichlich. So begannen die Pralinenhersteller, die gemahlenen Nüsse unter die Schokolade zu mischen und erfanden so die Nougatschokolade.

„Solche Traditionscafés gibt es natürlich immer noch. Ich glaube, die wird es auch noch in hundert Jahren geben. Es sind die Orte, die man in jungen Jahren, aber auch im Alter besucht, und die sich in all dieser Zeit kein bisschen verändern", schwadronierte Eva.

„Schade, dass wir nur so kurz hier sind. Es gibt so viel anzusehen. Auf die *Mole*, das Wahrzeichen von *Torino* müssen wir dennoch. Von dort haben wir einen herrlichen Ausblick auf die Stadt."

Und ehe sich Stella versah, standen sie tatsächlich oben auf der *Mole Antonelliana*.

Eva erklärte beim Anblick der unter ihnen in der Sonne rötlich scheinenden Häuser: „Der pavillonartige Bau wurde Ende des 19. Jahrhunderts vom Turiner Architekten Alessandro Antonelli entworfen und sollte ursprünglich eine Synagoge werden."

Stella hörte gespannt zu. „Die Kosten explodierten wegen dem übersteigerten Ehrgeiz des Architekten und der jüdischen Gemeinde fehlte das nötige Geld und so wurde das Objekt – dank einer Bürgerinitiative – von der Stadt übernommen. Mit einer Höhe von 167,50 Metern war die *Mole Antonelliana* bei ihrer Fertigstellung das zweithöchste begehbare Gebäude der Welt. Sie übertraf den nur wenige Jahre zuvor vollendeten Kölner Dom um ein paar Meter. Bis 1953 war die *Mole Antonelliana* sogar das höchste in Ziegelmauertechnik ausgeführte Bauwerk der Welt."

„Woher weißt du das alles?", fragte Stella erstaunt.

„Ich war erst vor zwei Jahren mit Georg hier. Und manche Dinge kann ich mir einfach gut merken."

Am liebsten wäre Eva mit Stella noch ins *Museo Egizio* gegangen. Dort befindet sich eine der wichtigsten Sammlungen altägyptischer Artefakte und ist nach Kairo das zweitgrößte Museum der Welt mit ägyptischer Kunst.

Aber auch die Schlösser und Residenzen der Herzöge von Savoyen sind überaus sehenswert und zählen zum Weltkulturerbe. Im Zentrum von *Torino* steht der *Palazzo Reale*, der Königspalast der Könige von *Sardegna-Piemonte* und spätere Sitz des Königreichs Italien.

„Durch die Vereinigung Italiens im 19. Jahrhundert wurde *Torino* Hauptstadt. Schon vier Jahre später musste jedoch dieser Status an Florenz abgegeben werden. Den Verlust machte *Torino* mit einer raschen Industrialisierung wett. Vor allem mit seiner Automobilindustrie", erklärte Eva in der kleinen Pizzeria, in der sie den Tag ausklingen ließen.

Torino, Sacra di San Michele, Suno, 16. Juni 2034

Am nächsten Morgen bummelten Eva und Stella nach dem Frühstück noch einmal ein wenig durch die kleinen Gassen von *Torino*, bevor sie weiter zu einem der Lieblingsorte von Eva fuhren.

Dafür mussten sie etwa vierzig Kilometer Richtung Frankreich fahren. Auf dem Weg dorthin sahen sie schon aus einiger Entfernung *Sacra di San Michele* auf dem Berg thronen. Eva war wie immer gerührt bei diesem sensationellen Anblick und wischte verstohlen eine Träne von ihrer Wange. Die ehemalige Abtei des Benediktinerordens befindet sich im *Val di Susa* und liegt auf dem *Monte Pirchiriano* zwischen den Ortschaften *Sant'Ambrogio di Torino* und *Chiusa di San Michele*.

„Durch die Lage und burgartige Bauweise erinnert das

Kloster *Sacra di San Michele* an andere mittelalterliche Michaelskirchen und -klöster, etwa an *Mont-Saint-Michel* in der Normandie oder *St. Michael's Mount* in Cornwall, bei dem Georg, Chiara und ich 2011 waren. Das Schöne an *St. Michael's Mount* in Cornwall ist, dass es auf einer Insel liegt und man bei Ebbe gemütlich auf einem gepflasterten Weg zu Fuß hinübergehen kann. Das sieht sehr beeindruckend aus, wenn aus dem Meer unerwartet diese Straße auftaucht. Verpasst man diese relativ kurze Zeitspanne, kann man mit Booten übersetzen", erklärte Eva.

„Das klingt ja toll!", rief Stella begeistert.

„Ja, das würde dir auch gut gefallen", meinte Eva und ergänzte lachend: „Bei unserer nächsten Reise!"

„Heute ist die *Sacra di San Michele* ein Symbol der Region Piemont und wird vom Orden der Rosminianer bewohnt und bewirtschaftet. Ist das nicht toll? Erinnert mich irgendwie an Rosmarin und du weißt ja, wie sehr ich Rosmarin liebe", Eva lächelte.

„Aber Rosminianer kommt natürlich nicht von dem würzigen Gewächs, sondern sie sind eine römisch-katholische Ordensgemeinschaft von Priestern. Im 19. Jahrhundert gründete Graf Antonio Rosmini-Serbati auf dem *Monte Calvario* bei *Domodossola* diesen Orden. Und weißt du was? Ich habe noch vor, mit dir nach *Domodossola* zu fahren. Das ist ein sehr hübsches Städtchen im Norden. Du wirst dann auch den Kalvarienberg sehen."

Eva war mal wieder in ihrem Element und in Stella hatte sie eine dankbare Zuhörerin. „Du wirst staunen", erzählte sie bei dem mühseligen Aufstieg über 237 Stufen. „Du kennst doch das Buch ‚Der Name der Rose' von Umberto Eco, oder?"

„Natürlich kenne ich es! Das ist so ein schönes Buch und auch der Film ist klasse", rief Stella begeistert.

Eva erklärte: „Mit seinen mittelalterlichen Mauern diente

es als Vorlage für den Roman. Eco hatte ja in Turin gelebt. Wir machen am besten eine Führung mit. Die wenigen dort lebenden Mönche führen uns dann durch die Abtei, die Klosterbibliothek und den Kreuzgang. Dieses Kloster, das um 980 erbaut wurde, war eine wichtige Etappe für die Pilger, die auf der *Via Francigena*, dem Frankenweg, vom Nordwesten Europas über die Alpen gen Rom und weiter ins heilige Jerusalem zogen."

Eva musste erst mal etwas verschnaufen, bevor sie die Stufen weiter erklimmen konnte.

„Besonders bemerkenswert fand ich damals die *Scalone dei Morti*, die ‚Treppe der Toten'. Dieses Treppenhaus diente als Begräbnisstätte für Äbte und gläubige Adelige. Sie wurde aus dem Granitfels herausgeschlagen, wurde teilweise aber auch aus dem Stein erbaut. Die darüberliegende Kirche dient als Dach. Die *Scalone* endet unter dem romanischen *Portale dello Zodiaco*. Der Meister *Nicoló* hat drin die Tierkreiszeichen eingemeißelt."

„Das kannst du dir doch nicht alles merken!" Stella schaute ihre Oma zweifelnd an.

Diese antwortete lachend: „Ertappt! Ich habe es gestern noch mal im Reiseführer nachgelesen. Aber das mit der Treppe wusste ich noch, ich war damals so fasziniert davon. Ich kann es nicht mehr vergessen."

Und bei diesen Worten waren sie endlich oben angekommen. Eva hatte nicht zu viel versprochen. Und als Stella dieses Monument sah, verstärkte sich der Wunsch in ihr, doch das Architekturstudium zu machen und wenn möglich, eine gewisse Zeit davon in Italien zu studieren.

Nach dem Abstieg machten sie eine kleine Pause in einer gemütlichen Bar. Eva erzählte immer noch von der *Sacra di San Michele*: „Es gibt ja angeblich eine mystische Verbindung von *St. Michael's Mount* in Cornwall über *Mont-Saint-Michel* in der Normandie nach *Sacra di San Michele*, weiter bis nach *Monte Sant'Angelo* am *Gargano*, wo wir ja bereits waren. Ob das so ist, weiß ich nicht, aber vorstellen kann ich es mir." Eva schlürfte den letzten Rest des Aperitifs *Bitterino* leer.

„Übrigens ist *Mont-Saint-Michel* das Einzige der vier Klöster, das ich noch nicht kenne. Und genau dieses Kloster hat es in sich. Wenn es wieder einmal eine Sonnenfinsternis gibt, führt die besondere Sonne-Mond-Konstellation dazu, dass es einen starken Anstieg des Wasserstands zur Folge hat. Am *Mont-Saint-Michel* ist dieses Naturschauspiel besonders eindrucksvoll zu sehen. Die Brücke, die das Unesco-Weltkulturerbe mit dem Festland verbindet, wird dann komplett bedeckt. Die letzte Flut war im März 2033, aber mit schrecklichen Folgen", schilderte Eva der lauschenden Stella. An dieses Ereignis konnte auch sie sich gut erinnern.

Mont-Saint-Michel, 18. März 2033

Die vielen Menschen warteten gespannt auf das groß angekündigte Ereignis. Ein Reporter erklärte, dass der erwartete Effekt deshalb am *Mont-Saint-Michel* so eindrucksvoll zu beobachten sei, weil die Halbinsel *Cotentin* am höchsten Punkt der Normandie sei.

Außerdem wirkt die bretonische Küste wie ein Sog für das Meerwasser. Selbst zu normalen Zeiten ist der Tidenhub an dieser Stelle der Atlantikküste wesentlich höher als an anderen Plätzen.

Auch diesmal umspülte das Wasser die Weltkulturerbe-Stätte in der Bretagne vollkommen. Der Wasserspiegel stieg auf über 14 Meter an.

Zehntausende Schaulustige standen am Ufer um die Jahrhundertflut zu bewundern. Ein seltenes Naturereignis direkt nach der Sonnenfinsternis in Teilen von Europa.

Dass dies alles nicht ungefährlich ist, wissen die meisten. Immer wieder hatten die Behörden vor der Gefahr gewarnt.

Polizisten drängten die vielen Besucher am Klosterberg von den steigenden Wassermassen zurück. Dennoch spazierten unvorsichtige Zuschauer bei Ebbe in dem nassen Schlick um den *Mont-Saint-Michel* herum. Auch dieses Mal war es wieder so.

Als das Wasser dann rasend schnell kam, passierte es: Die Flut riss über vierzig Menschen in den Tod und Hunderte Verletzte wurden in die umliegenden Krankenhäuser gebracht.

Torino, Sacra di San Michele, Suno, 16. Juni 2034

Stella blickte ihre Großmutter entsetzt an. Natürlich hatte sie von dem Unglück im letzten Jahr gelesen. Aber wenn Eva es so bildhaft erzählte, wurde es so real und sie sah die schrecklichen Bilder wieder vor sich.

Die beiden Frauen schwiegen eine Weile, bevor sie zum Auto zurückgingen.

Dann fuhren sie schweren Herzens weiter nach *Suno*. Eva freute sich zwar sehr auf ihre Freunde, aber sie wäre gern noch länger an diesem magischen Ort geblieben. Sie tröstete sich damit, so bald wie möglich wieder mit Georg dort hin zurückzukommen.

Eva war müde und schlief sofort im Auto ein. Das war Stella ganz recht. Sie hatte momentan keine Lust, sich zu unterhalten und wollte einfach nur ihre Gedanken schweifen lassen. Immer wieder drehten sich diese um ihre Zukunft. Je länger sie an dem Leben ihrer Großmutter teilhaben durfte, desto unsicherer wurde sie über ihr eigenes. Konnte sie überhaupt etwas entscheiden oder war alles Vorherbestimmung? Würde sie auch ein so aufregendes Leben führen dürfen wir ihre *nonna* oder würde es in dem Einheitsbrei des Alltags untergehen?

Sie dachte auch über das Altern nach. Oft wurden Menschen mit über fünfzig Jahren bereits auf eine

Abstellgleis abgeschoben. Das ärgerte sie. Sie konnte Eva verstehen, die sagte, dass sie Angebote mit der Bezeichnung ‚50 plus' nicht mochte.

Eva sagte dann immer: „Ist man denn mit 50 nicht mehr fähig mit einem Computer umzugehen und kann man sich dann nicht mehr so gut bewegen, dass man in einer Extra-Gymnastikrunde sein muss?" Stella fand auch, dass man das nicht pauschal auf ein bestimmtes Alter schieben konnte. Sie kannte ältere Leute, die geistig und körperlich noch topfit waren und andere, die schon mit fünfzig Greise waren. Aber das hatte ihrer Meinung nach auch etwas mit der Lebenseinstellung zu tun. Natürlich gab es Personen, die mit keiner guten körperlichen Verfassung oder mit Krankheiten zu kämpfen hatten. Einige waren aber auch nur träge geworden.

Stella seufzte. Sie hoffte, dass sie die guten Gene ihrer Vorfahren geerbt hatte und dass sie auch immer den inneren Schweinehund überwinden könnte, damit sie körperlich und geistig lange fit bleiben würde.

„Schlafmütze, aufwachen! Wir sind da!", rief Stella und schüttelte Eva sanft.

„Was? Das ging aber schnell", erwiderte diese.

„Na ja, schnell ist etwas anderes. Drei Stunden sind wir gefahren. Es war viel Verkehr."

„Huch, habe ich lang geschlafen." Erschrocken sah Eva ihre Enkelin an.

„Aber das macht doch nichts."

Und ehe sie sich versahen, stand Marina vor ihnen. Sie hob Eva einfach hoch und drückte sie so fest an sich, dass ihr fast der Atem ausging.

„Und das ist also die berühmte Stella", rief Marina.

Stella antwortete verlegen: „Ich hoffe, meine Oma hat nur Gutes über mich erzählt."

„Nur das Beste!", ergänzte Eva.

Marina küsste Stella auf beide Wangen und sagte: „Und wie ich sehe, hat sie nicht übertrieben. *Benvenuti!*"

„Ich habe euch die beiden nebeneinanderliegenden Apartments hergerichtet", fuhr sie fort und ergänzte, „So könnt ihr zwar zusammensitzen, habt aber eure Intimsphäre. Besonders nachts", und dabei zwinkerte sie Eva zu.

„Wann hast du gesagt, kommt Georg?", fragte Marina weiter.

„Übermorgen", entgegnete Eva.

„Oh lala, dann ist es wohl besser, wenn Stella und ich uns etwas Schönes für den Abend vornehmen."

Dabei lachte Marina schallend und zwinkerte Stella zu. Eva errötete, aber Stella fand ihre Oma dabei wunderschön.

Stella fand Marina sofort sehr sympathisch und ließ sich den Hof mit den vielen Tieren und dem schönen Swimmingpool zeigen, während Eva einfach hinterherlief und es nur genoss, nach so vielen Jahren wieder einmal hier zu sein. Wie oft waren sie hier gewesen? Zehn Mal oder öfter? Viel hatte sich nicht verändert. Die Anlage war noch immer sehr gepflegt. Eva sagte immer über Marina: ‚Bei Marina haben sich die deutschen und italienischen Gene gut gemischt. Sie hat die Gründlichkeit und Ordentlichkeit der Deutschen geerbt, aber das lockere Lebensgefühl der Italiener ist dabei nicht verloren gegangen.'

„So, nun packt ihr mal in Ruhe aus und geht, wenn ihr wollt, eine Runde schwimmen. Für acht Uhr habe ich uns etwas Leckeres zum Essen vorbereitet. Ich muss mich vorher aber noch um die Tiere kümmern." Und mit diesen Worten verschwand sie auch schon im Pferdestall.

Stella genoss den Abend mit ihrer *nonna* und den neu kennengelernten Leuten. Außer Marina war noch ihr Mann Sergio da. Und dann noch ein Freund und Mitarbeiter namens Davide in der *scuderia* mit seiner *ragazza*. Die feste Freundin von Davide hieß Nora. Sie hatten an diesem Abend viel gelacht und Eva genoss es, im Kreis der alten Freunde zu sein. Nur einmal zog sie sich kurz zurück, um mit Georg zu ‚skypen'. Wieder zurück sagte sie: „Ich soll euch alle herzlichst grüßen. Er freut sich schon so sehr auf euch!"

Suno und Oleggio, 17. Juni 2034

Die beiden Frauen wollten diesen Tag ruhig angehen lassen. Zu viel war in den letzten Monaten auf sie eingeprasselt. Außerdem wollte Eva noch einkaufen gehen. Sie wollte Georg mit einem besonderen Essen überraschen. Eva war fast unerträglich fröhlich. Sie grinste den ganzen Tag.

„Du bist ja wie ein Teenie", stellte Stella fest. Eva lächelte nur. Sie ließ sich durch nichts von der Vorfreude auf Georg abbringen.

Gemeinsam fuhren sie zuerst nach *Oleggio*, tranken in ‚ihrer' gemütlichen Stamm-Bar an der *piazza* einen *caffè* und gingen dann in das große *Centro Commerciale,* um ihre Einkäufe zu tätigen. Stella war vollkommen überrascht darüber, dass es hier keinen einzigen Touristen gab. Hier waren wirklich nur Italiener und anscheinend sesshaft gewordene Ausländer aus aller Herren Ländern.

Durch die große Flüchtlingswelle vor zwanzig Jahren hatte sich das Bild in den europäischen Ländern stark verändert. Es hatte lange gedauert, bis sich die einzelnen Völker mit ihren verschieden Lebenseinstellungen und Glaubensformen annäherten. Doch langsam fügte sich alles zu einer Einheit zusammen. Man hatte sich an die verschiedenen Hautfarben und Kulturen gewöhnt.

„Was kochst du denn morgen Gutes?", fragte Stella neugierig. „Als *antipasto* habe ich *zucchini ripieni con ricotta* geplant. Dann als *primo* Spaghetti Carbonara, das ist Georgs Lieblingsgericht. Und als *secondo* das klassische *Saltimbocca!"*

„Mmh, das klingt sehr lecker und nach sehr viel!"

„Das ist auch lecker!" lachte Eva.

„Na, dabei lass ich euch zwei Turteltauben aber mal alleine", erwiderte Stella. Aber Eva konterte sofort: „Das kommt gar nicht in Frage. Zum Essen bist du gefälligst dabei. Georg will dich schließlich auch sehen!"

„Schau mal das traumhafte Kleid dort. Komm, *nonna*, das musst du unbedingt anprobieren. Das wäre doch das Richtige für morgen."

„Meinst du wirklich?", fragte Eva.

„Aber ja doch!", antwortete Stella sicher.

Eva sah tatsächlich fantastisch in diesem Kleid aus und Stella musste wieder einmal feststellen, dass die letzten drei Monate für ihre Großmutter der reinste Jungbrunnen gewesen waren. Sie war gespannt, wie Georg auf diese Veränderung reagieren würde.

Suno, 18. Juni 2034

Eva wachte bereits um fünf Uhr in der Früh' auf. Vor Aufregung konnte sie nicht mehr einschlafen. ‚Oje', dachte sie. ‚Dann werde ich nachher total fertig aussehen!' Sie beschloss, einfach liegen zu bleiben und malte sich Georgs Eintreffen in den schönsten Farben aus. Gut, dass sie noch so viel vorzubereiten hatte. Dann verging wenigstens die Zeit viel schneller.

Als sie dann immer noch nicht einschlafen konnte, stand sie auf, trank einen starken *caffè* und las ein wenig. Danach ging sie an den Pool und schwamm eine Runde. Als sie zurückkam, wartete Stella schon mit dem Frühstück. Sie half anschließend ihrer Großmutter bei den umfangreichen Vorbereitungen.

Georg hatte ihnen mitgeteilt, dass er voraussichtlich am Nachmittag ankäme und dass er sich von unterwegs noch einmal melden würde. Also legte sie sich noch einmal hin und holte den verpassten Schlaf nach.

Später rief er vom *Lago di Lugano* aus an. Er stand in einem Stau und Eva wurde immer unruhiger. Die Vorfreude aber stieg ins Unermessliche. Sie schalt sich in Gedanken: ‚Du dummes Huhn. Wie alt bist du eigentlich? Benimmst dich wirklich wie ein Teenager!' Aber das nützte auch nichts. Als sie seinen Wagen dann endlich auf den Hof einfahren sah, hielt sie es nicht mehr aus. Sie rannte auf das Auto zu und Georg musste stark bremsen, um sie nicht zu überfahren. Er hatte kaum Gelegenheit, aus dem Auto aus zu steigen.

Eva hing an ihm und seufzte: „Georg, ach Georg, endlich. Ich werde mich nie wieder so lange von dir trennen. Das geht einfach nicht!" Georg nahm sie wortlos in den Arm und drückte ihr sanft Küsse auf den Kopf. Dann sah er in ihr Gesicht, wischte ihre Tränen weg und sagte: „Jetzt bin ich doch da, meine Kleine."

Ein Räuspern ließ sie auseinander fahren. Stella stand mit Marina ein paar Meter entfernt und wartete, dass sie auch endlich ihren Opa begrüßen konnte.

Nach dem Abendessen, an dem auch Marina und Sergio teilgenommen hatten, verzogen sich Eva und Georg in ihr Apartment. Sie hatten so viel zu erzählen und nachzuholen.

Gallarate, 19. Juni 2034

Sie wollten den ersten gemeinsamen Tag langsam angehen lassen und fuhren erst am Nachmittag nach *Gallarate*. Stella wollte nicht stören und behauptete, sie fühle sich heute nicht so wohl und wolle deshalb lieber im Apartment und am Pool bleiben.

Nach einem kurzen Spaziergang durch *Gallarate*, tranken Eva und Georg in einer Bar einen Aperitif. „Weißt du noch, wie wir hier mit Irena und ihrer Familie waren?", fragte Eva.

„Natürlich weiß ich das noch. Wir waren bei Irena und Giuliano zum Abendessen eingeladen und vorher sind wir noch in eine Bar gegangen. Das finde ich in Italien sehr schön und auch sehr praktisch. Du lädst deine Freunde zum Essen ein, aber vorher besuchst du mit ihnen eine Bar und trinkst dort einen Aperitif und isst ein *stuzzicchino* dazu."

„Aber erzähl doch weiter. Was habt ihr alles so erlebt in den letzten Wochen? Sicherlich hast du wieder einiges für deine nächsten Geschichten notiert", er lachte. „Wenn die Menschen, auf die du triffst, wüssten, dass du sie für deine Bücher ‚benutzt‘."

„Ach komm, du weißt doch selber, dass die besten Geschichten das Leben schreibt", verteidigte sich Eva. „Ich höre nun mal leidenschaftlich gerne den Lebensgeschichten anderer zu. Ich finde sie spannend und oft sind sie es auch wert, aufgeschrieben zu werden!"

„Du hast ja Recht! Du hast mir aber noch nicht erzählt, ob du nun doch noch Erfolg bei deiner Suche nach Francesco hattest."

Eva seufzte. „Nein, keine Ahnung, ob er noch lebt und wenn ja, wo? Er ist wie vom Erdboden verschwunden. Vielleicht ist es besser so", erklärte Eva.

„Ich weiß nicht, ob es besser ist. Du wolltest ja auch diese Reise machen, um dein Seelenheil zu finden."

„Stimmt! Zwei ‚Verflossene‘ habe ich ja gefunden und weißt du, was das Beste dabei ist?"

„Nein, aber du wirst es mir sicherlich gleich sagen", grinste Georg, denn er ahnte schon, was nun kommen würde und er freute sich darauf.

„Ich wusste es ja schon vorher, aber nun bin ich noch einmal darin bestärkt worden: Ich weiß jetzt ganz sicher, dass du der Beste bist und dass ich so ein wahnsinniges Glück hatte." Dabei schlang sie die Arme um ihn, küsste ihn auf den Mund und flüsterte: „Ich liebe dich unendlich!"

Georg grinste und sagte trocken: „Ja, ich weiß, die Mädchen standen damals Schlange bei mir … Vielleicht hätte ich doch lieber die Alexandra nehmen sollen."

„Du Schuft", erwiderte Eva und boxte ihm lachend in die Hüfte.

„Du rabiates Mädchen", lachte Georg. „Vielleicht sollte ich es mir doch noch mal überlegen, ob ich nicht meine nette Sekretärin zum Essen einladen sollte."

„Wage es!" Und dabei schlang sie erneut die Arme um ihn. Erst jetzt bemerkte sie die irritierten Blicke einer älteren Dame.

Lago Maggiore, 20. Juni 2034

Stella wollte unbedingt mit dem Schiff auf dem *Lago Maggiore* fahren.

Also ließen sich Eva und Georg dazu überreden, fuhren mit einem der Boote und besuchten die berühmten, aber auch sehr beliebten Inseln *Isola Bella, Isola Pescatore* und *Isola Maggiore*, heute bekannt als *Isola Madre*.

Sie hatten Glück, denn unter der Woche waren noch nicht so viele Touristen unterwegs und die meisten blieben sowieso auf der Fischerinsel *Isola Pescatore* hängen. So konnten sie erst einmal gemütlich durch die schönen Parkanlagen der schönen *Isola Madre* flanieren.

Im Schatten der vielen Pflanzen war es ausgesprochen angenehm spazieren zu gehen. Während Stella mit Begeisterung die Vielfalt der Flora und Fauna fotografierte, unterhielten sich Eva und Georg ununterbrochen.

„Weißt du noch, wie wir mit Elena und Marinella und deren Familien das erste Mal hier waren?", fragte Georg Eva.

„Ja, natürlich erinnere ich mich noch daran. Für mich war es aber schon das zweite Mal. Das erste Mal war ich zehn Jahre vorher mit den beiden dort. Kannst du dich noch daran erinnern, wie wir Elena und Marinella gefragt hatten, wie sie erkennen könnten, dass ihnen gegenüber deutsche Touristen seien?"

„Nein, erzähl doch mal."

„Als wir wieder einmal über die merkwürdige Bekleidung mancher deutscher Touristen lästerten, meinte Elena, dass wir zwei nicht wie typische Urlauber aussähen. Kein Wunder also, dass uns selbst die Einheimischen oft auf Italienisch ansprachen, trotz unserer hellen Haut und den blonden und roten Haaren. Aber du hast ja selbst im Sommer lange Hosen und ein Hemd getragen. Und dann fragtest du Elena, woran sie denn nun deutsche Touristen erkennen könnte und da deutete sie auf deutsche Sandalenträger in kurzen Hosen mit weißen Socken und einem Hut auf dem Kopf und erklärte stolz: ‚Das sind deutsche Urlauber!' Wir mussten schallend lachen. Verwundert fragte uns Elena nach dem Grund und ich erklärte, dass uns gegenüber Engländer säßen."

„Ja, jetzt erinnere ich mich wieder. War schon komisch, dass wir meistens auf Italienisch angesprochen wurden. Und wenn wir uns dann als Deutsche *outeten*, kam als Nächstes die Frage, ob wir denn in Italien leben würden."

Als Eva an einem Pfau in der Parkanlage vorbei lief, rief sie: „Damals hast du die ganze Insel fotografiert, weißt du noch?"

„Natürlich erinnere ich mich daran, vor allem an die modernen Skulpturen, die im ganzen Park verstreut aufgestellt waren." Georg lachte. „Und an die drei Frauen, die dort drüben auf der Bank saßen und ratschten und sich dabei die Fingernägel lackierten."

Stella kam aufgeregt angerannt. „Ihr glaubt nicht, was ich gerade beobachtet habe?"

„Du wirst es uns sicherlich gleich erzählen", erwiderte Georg schmunzelnd.

„Auf der Wiese hinter der Baumgruppe sind junge Leute in merkwürdiger Verkleidung, die für ein Theaterstück proben. Ich war neugierig und fragte sie aus."

Stella machte bewusst eine Pause, um die Spannung zu erhöhen: „Da erzählten sie, dass sie sich spontan eingefunden hätten und die Geschichte einer Freundin nachspielen würden."

Vor lauter Aufregung bekam Stella rote Wangen. „Die Mutter ihrer Freundin wäre vor vielen Jahren als Kind aus Syrien geflohen. Nach einigen Jahren in Italien hatte sie sich eingelebt und mit viel Fleiß neben der Arbeit ihr Abitur nachgeholt, um Medizin zu studieren. Auf der Universität lernte sie einen Studienkollegen näher kennen und die beiden verliebten sich ineinander. Aber seine Familie war gegen die Verbindung und versuchte mit allen Mitteln und fiesen Intrigen, die beiden auseinander zu bekommen. Genau wie bei ‚Romeo und Julia' eskalierte die ganze Romanze in einer Katastrophe. Das Mädchen wurde wegen der Intrigen der Familie nach Syrien abgeschoben. Er folgte ihr und versuchte, sie wiederzufinden. Allerdings ohne Erfolg", vor lauter Aufregung wechselte Stella die ganze Zeit zwischen Italienisch und Deutsch, ohne es zu bemerken. Eva lächelte darüber und Georg grinste. Sein Stolz über seine Enkelin war kaum zu übersehen.

Stella redete weiter ohne die Blicke ihrer Großeltern zu deuten: „Dann verfiel er in eine Depression und konnte sein Leben nur noch im Tabletten- und Drogenrausch ertragen. Die Eltern sahen ein, dass sie das Leben ihres einzigen Sohnes zerstört hatten und wollten ihn aus dieser Situation retten. Sie ließen nichts unversucht, das syrische Mädchen wieder zu finden. Als sie es nach langer Zeit endlich schafften, baten sie die schwer Gekränkte um Verzeihung und erzählten vom Schicksal des Geliebten. Aus Liebe zu ihm folgte sie seinen Eltern nach Italien. Das Glück der beiden war unvorstellbar und langsam erholte sich der junge Mann und kam von seiner Sucht los. Einige Jahre später wurde ihre Tochter geboren."

Stella hatte glänzende Augen. „Und das Beste kommt noch: Sie spielen es in zwei Tagen vor Publikum und der

Erlös soll an die Flüchtlingskinder in *Varese* gehen. Da müssen wir unbedingt hin!", beendete Stella ihre aufregende Erzählung.

Auch Eva und Georg waren total begeistert von dieser Idee. „Vielleicht können wir auch Elena, Marinella und all die anderen dazu überreden, mitzukommen. Das wird ein toller Abend!" Eva hatte sich sofort von der Begeisterung ihrer Enkelin anstecken lassen.

Nachdem sie sich einig waren, fuhren sie noch zu den zwei anderen Inseln, bummelten durch die kleinen Gassen auf der Fischerinsel und fuhren anschließend zurück zu den Ferienapartments von Marinella.

Eva telefonierte noch mit einigen Freundinnen und dann stand der Plan fest. Sie wollten sich bei Elena bereits mittags treffen, gemeinsam essen und von dort weiter zur Theateraufführung auf der *Isola Madre* fahren.

Ihr Mann würde Fisch, Fleisch und Gemüse grillen und die anderen würden *antipasti* und *dolci* mitbringen. Eva versprach, den guten Wein von Alfredo zu besorgen.

Eva war sehr zufrieden mit dieser Aussicht auf einen schönen Samstag und freute sich sehr.

S. Maria del Monte, S. Caterina Sasso, 21. Juni 2034

Für den heutigen Tag hatte Eva einen Ausflug zu dem dritten mystischen Ort in Italien geplant. *Gerace* in *Calabria* und *Pienza* in der *Toscana* hatte Eva ihrer Enkelin schon gezeigt. Und nun wollte sie Stella an den Platz bringen, der für Eva ebenfalls eine unglaublich intensive Anziehungskraft hatte. Sie wollte unbedingt wieder nach *Santa Maria del Monte*. Das hübsche Bergdorf lag bei *Varese*.

Schon beim Frühstück war sie nervös. Georg kannte sie gut genug und wusste, wie er sie am besten beruhigen konnte.

Er hatte die Fotos, die er beim letzten Besuch in *Santa Maria del Monte* gemacht hatte, zu einem kleinen Fotobuch drucken lassen und überreichte es der sichtlich überraschten Eva.

Ungläubig starrte sie auf das Geschenk und fiel ihrem Georg um den Hals. Heimlich wischte sie sich eine Träne von der Wange und blätterte aufgeregt im Fotobuch herum. „Oh, wie schön das Buch ist. Du hast dich wieder einmal selbst übertroffen", schwärmte sie und reichte das Present an Stella weiter, die gerade an den Frühstückstisch gekommen war.

„Schau mal, Stella, ist das nicht toll? Du wirst begeistert sein, wenn du diesen Ort nachher *live* sehen wirst."

„Und wir sollten langsam aufbrechen, wenn wir heute noch etwas erleben wollen", mahnte Georg lieb. Sie deckten schnell den Tisch ab und fuhren los.

Um dorthin zu kommen, mussten sie von *Varese* aus eine kleine Serpentinenstraße benutzen. Der Ausblick von oben über die Landschaft um *Varese* und die Seen war berauschend schön. Wie zu erwarten, gefiel auch Stella *Santa Maria del Monte* sehr gut.

„Diese Ruhe hier oben", schwärmte sie. „Und diese angenehme Frische. Ich glaube, ich könnte es hier länger aushalten."

„Das glaube ich nicht, denn auf Dauer würdest du dich wahrscheinlich langweilen", antwortete Georg. „Aber du hast Recht, ein paar Tage würde es mir hier auch gefallen."

„Leider gibt es hier kein Hotel, nicht einmal mehr ein Restaurant oder eine Bar", seufzte Eva. „Als ich das erste Mal mit Marinella und Elena hier war, in den achtziger Jahren, da gab es noch ein süßes Lokal. Gleich da vorne. Innen, an den Fensterplätzen, hatte man eine herrliche Aussicht. Als die Besitzer starben hat es niemand übernommen. Mittlerweile leben hier nur noch alte Leute und ganz wenige junge Individualisten."

Eva setzte sich auf die Bank und schaute ins Tal. Stella setzte sich neben sie und sagte: „Du hast mir neulich erzählt, dass es drei Orte in Italien gibt, die dich magisch anziehen und zudem glücklich machen."

„Ja, das stimmt. Und du hast alle drei gesehen. Kannst du mich nun verstehen?"

„Natürlich, die Orte waren sehr schön. Aber es gab so viele schöne Ortschaften, die wir besucht haben."

„Ja, das stimmt auch."

Eva dachte nach und dann sagte sie: „Vielleicht ist es Spinnerei. Aber manchmal glaube ich, dass ich in diesen Orten schon mal war. Das klingt jetzt total irrational, ich weiß …"

„Nein, finde ich nicht. Niemand weiß, wie es nach unserem Tod weitergeht und die Meinungen gehen darüber weit auseinander."

Georg, der sich neben die beiden Frauen gesetzt hatte, mischte sich nun auch in das Gespräch ein: „Ich glaube ja nicht an das ganze Hokuspokus-Zeug. Aber im Laufe meines Lebens musste ich doch lernen, dass es Dinge zwischen Himmel und Erde gibt, die man mit Logik und Verstand alleine nicht erklären kann." Er machte eine Pause. „Ich habe oft über das seltsame Zusammentreffen und Zueinanderfinden von Eva und mir nachgedacht und ich denke mittlerweile, dass dies unser Schicksal war." Er lächelte: „Und auch, wenn ich manchmal über Evas seltsame Theorien schmunzeln muss, manches glaube ich ihr mittlerweile doch."

Wieder stockte er. „Da gab es zum Beispiel die merkwürdige Geschichte in *Biella*." Stella schaute ihn erstaunt an. Georg fuhr fort: „Eva wollte unbedingt zum *Sacro Monte di Oropa* mit der Wallfahrtskirche *Santuario di Oropa* in *Biella*. Elena hatte uns so viel davon vorgeschwärmt."

Er schaute Eva zärtlich an: „Zuerst haben wir uns das nette Städtchen *Biella* und die Oberstadt von *Biella*, die man mit der Seilbahn erreichen kann, angesehen. Dann fuhren wir mit dem Auto den Berg hinauf, um die Wallfahrtskirche zu besichtigen. Je höher wir fuhren, umso nebliger und trüber wurde es an diesem Tag. Oben angekommen parkten wir das Auto, gingen in den Innenhof und zuerst zu der kleinen Kirche. Erst bemerkte ich gar nicht, dass Eva immer ruhiger wurde."

„Ich weiß auch nicht, was mit mir geschah, ich fühlte mich auf einmal so unwohl. Als wir in der Kirche waren, setzte ich mich sofort in eine Bank. Ich bekam plötzlich Angst, unerklärliche Angst. Es wurde immer schlimmer und ich fing an zu beten. Die Furcht steigerte sich immer mehr und mein Herz fing an zu rasen", erzählte Eva.

Georg erzählte weiter: „Erst dachte ich mir nichts dabei, dass Eva sich in eine Bank setzte und betete, das machte sie öfters, wenn wir Kirchen besichtigten. Aber dann sah ich, wie blass sie war und als sie ihre Augen öffnete, sah ich die Angst darin. Erschrocken fragte ich sie, was mit ihr los sei und sie flüsterte nur: Bring mich hier weg! Ganz schnell! Ich packte sie und wir liefen so schnell sie es konnte zum Auto."

„Ich kann es heute noch nicht erklären. Diese Todesangst hatte ich noch niemals zuvor in meinem Leben. Auf der ganzen Fahrt zurück ging es mir nicht gut und ich legte mich bei der Ankunft in der Wohnung sofort ins Bett. Marina holte sofort ihr Blutdruckmessgerät und wir maßen meinen Blutdruck. Aber es war alles in Ordnung. Natürlich sagen jetzt ‚*Realos*', ich hätte Herzbeschwerden oder ähnliches gehabt. Das käme schon mal vor. Ich bin mir da aber wirklich nicht so sicher."

„Gruselig! Warst du denn noch mal an diesem Ort?", fragte Stella. Eva erwiderte: „Nein, ich habe mich nicht mehr getraut. Es war so schrecklich und immer wenn ich Fotos von *Oropa* sehe, bekomme ich sofort eine Gänsehaut."

„Ich bin mir da ja auch nicht so sicher", zögerte Georg. „Gibt es so etwas wie Wiedergeburt oder nicht? Mein Kopf sagt: ‚Alles Quatsch', aber verunsichert bin ich nach solchen Geschichten – und insbesondere nach diesem Erlebnis – dann doch immer wieder. Zumindest bringen sie mich zum Nachdenken."

Und um dann wieder ein bisschen abzulenken, erklärte Eva den Sinn von Wallfahrtsorten: „Ab dem 4. Jahrhundert pilgerten die Gläubigen ins Heilige Land nach Jerusalem, nach *Santiago de Compostela* oder nach Rom. Im Mittelalter war das Pilgern für die Christen ein Ausdruck besonderer Frömmigkeit. Es war aber gefährlich und kostspielig. Einige Brüder des Franziskanerordens wollten nach ihrer Rückkehr aus Jerusalem die Heiligen Stätten Palästinas nachbauen."

Eva war in ihrem Redefluss nicht zu stoppen: „In *Varallo Sesia* in *Piemonte* entstand so der erste *Sacro Monte*. Später entstanden dann weitere Andachtswege in den Alpen und Voralpen, die sogenannten heiligen Berge. Zum Beispiel in *Crea, Orta, Oropa, Ossuccio, Domodossola, Ghiffa* und *Belmonte*. Diese Stätten wurden gewählt, weil sie schon immer Orte der Andacht waren. Einige haben Georg und ich schon gesehen. Wir waren in *Varallo, Orta, Domodossola* und eben in *Biella*."

„Und in *Sacro Monte di Varese*", ergänzte Stella.

„Richtig!"

„Und wir werden dir noch andere zeigen", ergänzte Georg

„Aber bitte nicht *Oropa*", stöhnte Eva.

Mit diesen Worten sprang sie auf und rief: „Nun müssen wir aber aufbrechen. *Santa Catarina* wartet auf uns." Verstohlen wischte sie sich eine Träne aus dem Augenwinkel, während sie sich ein letztes Mal umdrehte und einen letzten Blick auf die kleine *piazza* warf.

Sie fuhren wieder die kleinen Straßen hinab, um zum *Lago Maggiore* zu gelangen. Eva wollte Stella unbedingt das alte Kloster *Santa Caterina del Sasso* zeigen. Sie war schon ein paar Mal dort gewesen, war aber bei jedem Besuch aufs Neue fasziniert.

„Um nach *Santa Caterina del Sasso* zu gelangen, hat man drei Möglichkeiten", klärte sie ihrer Enkelin auf: „Du fährst mit dem Schiff hin, das habe ich bei der ersten Tour so gemacht. Oder du läufst den Weg durch den Wald hinunter, das werden wir heute so machen. Und alternativ hast du die Möglichkeit, den Aufzug, der vor etlichen Jahren vorrangig für Rollstuhlfahrer und gehbehinderte Menschen gebaut wurde, zu benutzen."

Während die drei langsam den kleinen Weg zum Eremitenkloster hinabstiegen, erzählte Eva, was sie noch so alles aus dem Gedächtnis wusste: „*Santa Caterina del Sasso* ist im Unesco-Weltkulturerbe aufgenommen worden und ist ein Highlight am *Lago Maggiore*. Das Besondere an diesem ab dem 14. Jahrhundert erbauten Eremitenkloster ist, dass es an eine Felswand am Ufer des *Lago Maggiore* errichtet wurde und der aus vier Spitzbögen geformte Laubengang aus der Zeit der Renaissance stammt. Die gesamte Anlage ist das Ergebnis der Zusammenlegung dreier Kapellen, die zu verschiedenen Zeiten und unabhängig voneinander erbaut worden waren und die sich wunderschön in die Landschaft einfügen." Stolz blickte sie um sich. Von wegen sie erkranke an Alzheimer. Warum wusste sie dann alles noch so detailgenau? Sie musste unbedingt noch einmal mit ihrem Arzt reden. Vielleicht wurden ja die Ergebnisse vertauscht. Ein Hoffnungsschimmer erschien an Evas Horizont.

Beim Betreten der Einsiedelei betritt man zunächst den südlichen Konvent. Am Ende befindet sich die Kirche mit der *Capella Santa Caterina*.

Stella wollte wissen, wer dieses Kloster gebaut hatte und Georg erzählte: „Eine Geschichte besagt, dass der Kaufmann Alberto Besozzi das Kloster gestiftet haben soll, nachdem er einen Schiffbruch überlebt hatte. In der Kirche steht nun der Sarkophag dieses Eremiten Alberto."

Der Glockenturm, der im 14. Jahrhundert errichtet wurde, war ursprünglich der Glockenturm der Kirche von *San Nicolao*, deren eigener Eingang heute zugemauert ist. Später wurde der Eingang wieder geöffnet und man kann ihn nun durch den Renaissancebogen kommend betreten.

„So nun brauch ich aber erst mal einen *caffè*", schloss Eva die Besichtigungstour ab.

Obwohl es in der kleinen Bar so gemütlich war und Eva einfach nur froh war, ihre Beine ausgestreckt auf den kleinen Stein neben ihrem Stuhl legen zu können, forderte Georg nach einer Weile zum baldigen Aufbruch. Sie wollten noch in die Altstadt von *Varese* fahren.

„*Varese* ist immer noch so eine chaotische Stadt. Die Stadtväter sind immer noch nicht viel klüger geworden", schimpfte Georg und Eva erwiderte: „Naja, immerhin haben sie die Innenstadt nun auch komplett gesperrt."

„Ändert aber nichts an dem Verkehrschaos rund um die Stadt", kommentierte Georg diese Aussage, nachdem er genervt war.

Er ließ sich aber schnell trösten, indem sie die erste gemütliche Bar am Altstadtrand ansteuerten, um einen Aperitif zu trinken.

Unerwartet fing Georg an, von dem Ausflug an den *Lago Varese* zu erzählen. Stella hörte gespannt zu. Schon als kleines Mädchen saß sie gerne auf seinem Schoß und lauschte seinen Geschichten.

„In unseren Urlauben machten wir auch immer kleine Wanderungen in der näheren Umgebung. Ich hatte von diesem See gelesen und dachte, das wäre einmal etwas anderes. Immer nur in den Bergen zu wandern ist ja langweilig. Warum nicht einmal gemütlich am Seeufer entlang? Außerdem dachte ich mir, dass dort wenige Touristen sind. Und so war es dann auch."

Lago Varese, 26. August 2009

Georg hatte die Idee, den kleinen *Lago Varese* zu Fuß zu umrunden und einen gemütlichen Spaziergang daraus zu machen. Der See war wunderschön zwischen dem großen *Lago Maggiore* und der Stadt *Varese* gelegen. Wie bei vielen anderen Seen in Italien auch, war das Schwimmen in diesem See wegen gesundheitsbedenklicher Verschmutzung verboten.

Schon nach dem Frühstück packten die drei ihren Rucksack und zogen ihre Wanderschuhe an. Dann fuhren sie nach *Gavirate*. Ganz umrunden, wie es Georg erst gerne gemacht hätte, ging dann doch nicht. Es war einfach noch zu warm dazu. Ziel des Spazierganges war die kleine Insel *Isolino Virginia* am Ufer des Sees gelegen.

Dort angekommen wartete schon eine Frau an dem Steg, beladen mit vielen Tüten voll Lebensmitteln und einem Stapel Handtüchern. Auch sie wollte mit dem Boot übersetzen. Als keines kam um am Steg anzulegen, rief Georg die Telefonnummer an, die auf einem Plakat an der Anlegestelle befestigt war. Und tatsächlich kurze Zeit später kam ein älterer Mann in einem etwas betagten Gefährt und setzte sie für einen kleinen Obolus auf die Insel über.

Dort gab es ein kleines archäologisches Museum. Doch das Schönste entdeckten sie beim Rundgang. Zwischen der Insel und dem Festland lagen nur wenige Meter. Und genau an dieser Stelle, blühte auf dem Wasser eine wunderschöne dunkelrosafarbene Blumenpracht.

So etwas hatte Eva noch nie in ihrem Leben gesehen. Vom Ufer der Insel bis zum Festland hatte sich ein Teppich aus Lotosblumen gebildet. Sie war so begeistert von dem Anblick, dass der Verwalter der Insel ihr zwei abgebrochene Blüten schenkte. Voller Stolz und sehr behutsam brachte sie diese später mit ins Apartment nach *Suno*.

Als sie am Ufer saßen und diese Naturschönheit

betrachteten, kam eine ältere Frau mit ihrem winzigen Hund vorbei. Als der Hund vor allem Georg ankläffte, sagte er, dass er zwar Hunde über alles liebe, aber bevor er sich so einen kleinen Kläffer zulegen würde, hielte er sich dann doch lieber wieder ein Meerschweinchen.

Kaum hatte er dies ausgesprochen, geschah das Unfassbare. Der kleine Hund hatte sich zu nah ans Ufer gewagt und war abgerutscht. Mit einem lauten Plumps fiel er ins Wasser und kam nicht mehr ans rettende Ufer.

Die Besitzerin schrie verzweifelt um Hilfe, als sie sah, dass ihr kleiner Liebling immer weiter vom rettenden Ufer abtrieb und sich in den Wasserpflanzen verfing.

Und da kam Georg ins Spiel: Er zog sich die Schuhe aus, krempelte sich die Hose hoch und watete vorsichtig ins Wasser. Kurze Zeit später kam er mit dem hysterisch kläffenden Hund auf dem Arm zurück ans Ufer.

Die Frau weinte vor Glück und überschüttete Georg mit Dankeshymnen. Erst als Georg sich von ihr zu einer kleinen Einladung ins Lokal überreden ließ, beruhigte sie sich.

So freundete sich Georg am Ende doch noch mit dem kleinen Hund an, der ihm dankbar die Füße ableckte.

Santa Maria del Monte, Varese, 21. Juni 2034

Stella war von der Geschichte total begeistert. Auch sie war sehr tierlieb, wie der ganze Rest der Familie. Ihre Eltern hatten ebenfalls einen Hund und sie selbst hatte zwei Rennmäuse.

Nachdem sich Eva, Stella und Georg in der Bar etwas ausgeruht hatten, bummelten sie noch durch die kleinen Straßen. Stella gefiel diese quirlige Stadt mit den Arkaden gut. Sie fand auch gleich noch ein paar schöne Geschenke für ihre Freundinnen in Deutschland.

Sie schlenderten durch die Altstadt, legten einen kurzen Halt in einem Feinkostladen ein und schnabulierten etwas von den italienischen Köstlichkeiten. Eva erzählte, dass sie in dieses Geschäft jedes Mal gingen, weil es dort die ausgefallensten Spezialitäten gab, wie zum Beispiel *crespelle*, eine Art salzig gefüllter Pfannkuchen, oder *arancini*, verschieden gefüllte Reisbällchen.

Trotzdem ließ Eva ihr Ziel nicht aus den Augen: der *Palazzo Estense*. Hinter dem Palast befand sich der großzügig angelegte Park, welcher der Parkanlage in Schönbrunn bei Wien nachempfunden wurde. Am Ende des Parks gelangte man über schön eingewachsene Wege zur *Villa Mirabello*. Von dort hatte man eine herrliche Aussicht über die Altstadt von *Varese* und die Umgebung. „Schau", rief Eva enthusiastisch. „Kannst du *Santa Maria del Monte* sehen?"

„Ja, das ist ja cool", erwiderte Stella.

„Und ein krönender Abschied aus Varese", ergänzte Georg.

Vergiate, Isola Madre, 22. Juni 2034

Am Vormittag fuhren sie nach *Vergiate* zu Elena und Piero. Eva war schon sehr aufgeregt. Schon wieder waren mehrere Jahre ins Land gezogen, ohne das man sich gesehen hatte.

Sie dachte nach. Das letzte Treffen hatte doch tatsächlich in Donauwörth stattgefunden. Es war an ihrem siebzigsten Geburtstag. Sie hatte sich sehr darüber gefreut, dass ihre italienischen Freunde den weiten Weg bis in Evas Heimat gefunden hatten. Es war schon immer so gewesen, dass Eva und Georg öfter nach Italien gefahren waren als Elena und Co. nach Deutschland.

Aber zur großen Feier kamen sie alle. Eva hatte gar nicht damit gerechnet, dass fast alle Gäste zugesagt hatten. Es war ein sehr schönes Fest mit vielen Gästen aus der ganzen Welt.

Eva zählte in Gedanken die verschiedenen Länder zusammen: Aus Italien, aus England, aus Spanien, aus

Österreich und sogar aus den Vereinigten Staaten waren Freunde und Verwandte angereist. Dann waren noch Freunde mit ausländischen Wurzeln dabei: aus Bulgarien, aus der Türkei, aus der Ukraine, aus Dänemark.

Sie liebte es, wenn sich viele verschiedene Menschen aller Altersgruppen und Nationalitäten mit verschiedenen Berufen und Interessen trafen. Dann fühlte sie sich pudelwohl. Und so ein Fest wurde es dann auch. Es waren fast hundert Gäste, das jüngste Mädchen war gerade mal drei Jahre alt und die Älteste Siebenundachtzig.

Sie feierten im Lokal des Hotels von Graziella und Enrico. Matteo spielte seine Lieder und es wurde bis tief in die Nacht getanzt. Sie hatte sich so jung gefühlt. Am nächsten Tag musste sie es aber leider bitterlich büßen. Dennoch fühlte es sich irgendwie gut an.

Eva seufzte bei dem Gedanken daran und Georg schaute sie erschrocken an: „Geht es dir nicht gut?"

„Nein, nein, alles in bester Ordnung. Ich habe nur gerade an meine große Geburtstagsfeier gedacht."

Georg lachte und gab Eva einen Kuss: „Die Party! Mein Gott, das war toll und du einfach sagenhaft. Wie du die Gäste unterhalten hast. Das macht dir so schnell keiner nach."

„Wir sind da!", rief Eva und winkte Elena zu, die bereits das Gartentor öffnete. Wieder war die Begrüßung herzlich und wieder flossen Tränen. Hinter ihnen hupte ein Auto. Es waren Irena und Giuliano mit ihrem Sohn Leonardo, seiner Frau Emma und der Tochter Alessia. Zuletzt kam auch Pietro noch dazu. Zwischen Begrüßung, Küsschen geben und gegenseitigem Vorstellen wurden die Lebensmittel aus den Fahrzeugen in die Küche gebracht.

Stella schüttelte den Kopf und sagte zu Georg, der etwas abseits stand: „Geht das immer so turbulent zu?"

„Warte erst mal ab, bis Angelo kommt!"

„Ach, der berühmtberüchtigte Angelo", kicherte Stella.

Die Geschichten über Angelo waren auch ihr bekannt. „Aber das wird noch dauern, oder?", grinste Stella. Ein Blick auf die Uhr und Georg nickte: „Ich schätze noch etwa dreißig Minuten."

Angelo, dessen Großeltern aus *Napoli* stammten, ist ein liebenswerter Chaot. Mit ihm hatten sie viele abenteuerliche Geschichten erlebt. Angelo hatte immer geniale Ideen für die gemeinsame Freizeitgestaltung. Manchmal war das auch sehr anstrengend, aber rückblickend immer sehr lustig und unterhaltsam. Über diese gemeinsamen Erlebnisse wurde noch Jahre später geredet.

Lago di Lugano, 5. Juni 2006

Angelo erzählte mit Stolz in der Stimme, dass er sich ein Motorboot gekauft habe und dieses am *Lago di Lugano* läge. Und natürlich mussten es unbedingt seine deutschen Freunde bewundern und eine Fahrt mit ihm auf seinem Boot machen.

Georg war nach dem letzten Abenteuer mit Angelo ein wenig skeptisch, aber eines Nachmittages um fünfzehn Uhr entkamen sie Angelos Einladung dann nicht mehr.

Sie verabredeten sich kurzerhand in einem kleinen Ort, in *Porto Ceresia*, am *Lago di Lugano*. Also machten sie sich auf den Weg und entschieden sich, den Weg durch *Varese* zu wählen. Dass dort um diese Zeit die Hölle los war, konnten sie nicht ahnen und fuhren als Ortsunkundige mitten durch das hoffnungslos verstopfte Stadtzentrum. Dadurch verspäteten sie sich natürlich und kamen erst um siebzehn Uhr am vereinbarten Treffpunkt an. Angelo war ‚natürlich' weit und breit nicht zu sehen und so hatte Eva die Idee, an den Hafen zu fahren, um ihn eventuell dort zu finden. Und tatsächlich trafen sie dort Angelo in bester Laune an. Er war in aller Ruhe damit beschäftigt, sein Boot über die Slipanlage ins Wasser zu lassen.

Kurze Zeit später fuhren alle mit dem Motorboot über den

See an das gegenüberliegende Ufer zu einem netten Strandcafé um noch gemütlich einen *Espresso* zu genießen. Die Zeit verflog wie im Nu und es war mittlerweile neunzehn Uhr, als Eva die Männer daran erinnerte, dass sie für den heutigen Abend noch eine Verabredung mit Marinella und den anderen zwei Familien in einer Pizzeria hätten. Die Pizzeria lag etwa eine Stunde vom Hafen entfernt und das Treffen war für 20 Uhr vereinbart. Es war also höchste Zeit, sich auf den Weg zu machen! Aber Angelo winkte ganz entspannt ab und meinte beiläufig: „Das schaffen wir locker."

Endlich zurück am Anleger, bemerkte Eva, dass der bereits zu dieser vorgerückten Stunde mit einem riesigen Eisentor verschlossen war. Das störte Angelo nicht. Sein Kommentar lautete nur: „Die schließen immer um neunzehn Uhr ab." Auf die Frage, wie sie denn nun ans Ufer kämen, half er seiner Tochter über das etwa 2,50 Meter hohe Tor zu klettern, so dass sie auf der anderen Seite hinunterspringen konnte. Dann kletterte er selbst darüber und forderte lachend Georg von der anderen Seite auf, es ihm gleich zu tun.

Georg sah die verschreckten Augen seiner Frau und erklärte: „Ich glaube nicht, dass das eine gute Idee ist!"

Eva ergänzte: „Und wie sollen wir jetzt ans Ufer kommen? Und wie willst du denn jetzt dein Boot aus dem Wasser ziehen?" Darin erkannte Angelo überhaupt kein Problem und schlug vor, dass Georg ja schließlich das Boot ans Ufer fahren könnte. Dann könnten Clara und Eva auch ganz leicht an Land gehen.

Nachdem alle wieder festen Boden unter den Füßen hatten, versuchte Angelo nun sein Auto inklusive Anhänger mit Boot von der steilen Slipanlage auf die Straße zu fahren. Damit hatte er jedoch gewaltige Probleme, obwohl er ein ausgesprochen großes und leistungsstarken Wagen fuhr.

Als er das gesamte Gespann nach einer gefühlten Ewigkeit immer noch nicht von der Anlage bekam und die Luft schon stark nach Kupplung und Bremsen stank, forderte er Georg zur Mithilfe auf. Er hatte den genialen Vorschlag, dass Georg vom Beifahrersitz aus mit den Händen das Gaspedal bedienen sollte, während er vom Fahrersitz aus versuchte, die Handbremse zu bedienen um so den Hang hinauf zu kommen. Georg glaubte nicht was er da hörte und was der Plan von Angelo war. Dennoch machte er das Spielchen mit.

Erwartungsgemäß führte dies wieder zum Misserfolg. Angelo versuchte es noch einmal selbst; auch dieses Mal wieder ohne Erfolg. Es roch immer stärker nach verbranntem Kupplungsbelag und Georg wusste nicht, wo überhaupt das Problem lag. Letztendlich schlug er Angelo vor, dass er es mal probieren könnte. Georg setzte sich ans Lenkrad, startete den Motor und fuhr unverzüglich auf die Straße. Später dachte er darüber nach woran es gelegen haben könnte. Aber es gab keine stichhaltige Begründung. So war es nun mal, damit musste man jederzeit rechnen, wenn man mit Angelo unterwegs war.

Sie waren auf dem Rückweg, als es auch noch anfing zu regnen. Mittlerweile war es bereits zwanzig Uhr dreißig und sie hatten noch eine längere Strecke vor sich.

Das alles wäre nicht weiter schlimm, schließlich kannten alle Angelo und seinen obligatorischen Hang zur Unpünktlichkeit. Aber der Treffpunkt war auf einem Supermarktparkplatz, da irgendjemand geglaubt hatte, Eva und Georg würden die Pizzeria, in der sie gemeinsam essen und einen schönen Abend verbringen wollten, nicht finden.

Als sie endlich um zweiundzwanzig Uhr mit zwei Stunden Verspätung auf diesem Parkplatz eintrafen, regnete es in Strömen. Eva rechnete nicht mehr damit, die anderen an diesem seltsamen Treffpunkt anzutreffen. Aber als sie auf dem leeren Platz ankamen, standen dort tatsächlich noch zwei Autos. Und unter der aufgeklappten Hecktür und zwei aufgespannten Regen-schirmen standen dicht gedrängt die

Freunde, während die Kinder sich die Zeit mit Spielen im Auto vertrieben.

Aber anstatt verärgert zu sein, meinte Piero nur: „Jetzt wird es aber Zeit, ich habe einen Bärenhunger."

Erstaunt hakte Georg noch einmal nach und im Chor riefen alle: „Aber wir kennen doch unseren Angelo!"

Vergiate, Isola Madre, 22. Juni 2034

Stella und ihr Opa folgten den anderen in die Küche, in der die Frauen die mitgebrachten *antipasti* auf Servierplatten anrichteten. Elena erklärte, dass ihr Sohn Simone mit seiner Familie Urlaub in Norwegen mache. „Die jungen Leute zieht es mittlerweile immer in den kalten Norden!" Bei dem Gedanken daran schüttelte sie sich.

Eva fragte Irene, wo ihre Tochter Aurora sei. „Habe ich dir das noch gar nicht gesagt? Aurora hat ein tolles berufliches Angebot in Belgien erhalten und lebt seit einem halben Jahr in Brüssel."

„Echt! Das ist ja toll. Und was arbeitet sie dort?", fragte Eva.

„Sie ist Fremdsprachensekretärin", erklärte Irena, während sie sich eine Olive stibitzte und in den Mund schob.

„Vermisst du sie denn nicht?"

„Doch schon, aber für sie ist das ein toller Karrieresprung und mit dem Flieger ist sie schnell da. Mailand – Brüssel, das ist okay."

Die Männer waren bereits mit dem Grill beschäftigt, da trudelte Marinella mit Angelo ein. Im Schlepptau die Tochter Giulia mit Gatten Filippo und den Zwillingen Gaia und Alice. Georg schaute unauffällig auf die Uhr, zwinkerte Stella zu und hielt den Daumen nach oben. Stella musste lachen und Eva schaute irritiert.

Marinella schnappte sich Eva, küsste sie ab und ließ ihren Tränen freien Lauf. „*Che bella la tua Stella. Anzi bellissima.*

Wie schön deine Stella ist, wunderschön", wiederholte sie ständig.

„Weißt du eigentlich, dass du immer mit anderen kommst?" Eva stutzte. „Erst warst du alleine bei uns, dann mit Alessandro, dann mit Alessandro und Georg, dann mit Alessandro, Georg und Clara usw."

„Und jetzt mit Stella und Georg", bestätigte Georg, der sich zwischen die beiden Frauen drängte. „Ich will ja nicht stören, aber Elena braucht euch in der Küche."

„Woher kennt ihr euch noch mal?", fragte Stella die vier Frauen, die in der Küche herumwuselten.

„Das ist eine lange Geschichte", begann Elena und Marinella ergänzte: „Elena, eine andere Freundin und ich, wir hatten zwei Wochen Urlaub auf *Santorin* in Griechenland gemacht und auf dem Rückweg auf dem Schiff von *Patras* nach *Ancona* trafen wir deine Oma mit ihrer Freundin Katharina."

„Ja, Katharina und ich, wir hatten doch diese zweiwöchige Reise nach *Ancona*, *Athen* und *Patmos* gemacht. Ich habe dir doch schon davon erzählt."

Stella fragte: „War das die Reise, wo ihr mit Interrail, ich glaube, das hieß so, einfach auf gut Glück bis nach *Patmos* gefahren seid?"

„Ja, genau, wir hatten gerade etwas Probleme mit unseren damaligen Beziehungen und hatten spontan bei unseren Arbeitgebern Urlaub eingereicht. Dann sind wir aufs Geratewohl, nur mit einem winzigen Rucksack und einem Schlafsack bepackt, in den Süden gefahren. Bis *Ancona* mit dem Zug, dort mussten wir ein paar Tage warten, bis wir mit dem Schiff nach *Patras* übersetzen konnten. 36 Stunden dauerte die Fahrt! Von da ab ging es zehn Stunden mit dem Bus bis Athen. Nach einigen anfänglichen Schwierigkeiten fanden wir meine griechische Freundin und blieben zwei Tage bei ihr. Anschließend sind wir an den Hafen gegangen und haben uns mehr oder weniger willkürlich ein Schiff herausgesucht. Das fuhr zufällig nach *Patmos*", während Eva von ihrer Jugendzeit erzählte, fingen ihre Augen an zu leuchten. Das stand ihr gut, fand Stella.

„Als bereits eine Woche vergangen war, sind wir endlich angekommen, mussten aber nach fünf Tagen schon wieder die Heimreise antreten. Aber es war superschön", schwärmte Eva.

„Und genau auf dem Schiff auf der Heimfahrt haben wir uns kennengelernt", ergänzte Elena.

„Genau, ich feierte meinen Geburtstag in der Disco und du, Eva, konntest ein wenig Italienisch und hast uns angequatscht", erzählte Marinella.

„Wie lange ist das nun her?", fragte Stella.

„Einundfünfzig Jahre!", kam es wie aus der Pistole geschossen aus den Mündern von Elena, Marinella und Eva.

„So lange", sinnierte Stella. „Einfach unglaublich."

„Eva hatte schon damals immer gesagt: ‚Ich freu mich schon darauf, wenn wir alt und grau sind und immer noch gemeinsam feiern oder auf der Bank sitzen und ratschen.' Und dann kam ja auch noch Irena dazu, unsere Arbeitskollegin", sagte Elena.

Eva nahm Irena in den Arm und erzählte: „Als ich Irena das erste Mal traf, mochte ich sie sofort. Von da an waren wir immer zu viert und gemeinsam mit unseren Familien unterwegs."

„Und das ist auch schon wieder 29 Jahre her!", rief Irena.

„Was für eine schöne Geschichte", schwärmte Stella.

„Ich sag doch immer: ‚Die schönsten Geschichten schreibt das Leben selbst.' Nicht wahr?", rief Eva. Die anderen nickten zustimmend.

„Darf ich die Damen beim Gespräch stören?" Piero blickte zur Tür herein. „Wir sind fast so weit und könnten mit dem Verzehr der *antipasti* beginnen." Das ließ sich keiner zweimal sagen.

Nach den leckeren *antipasti* tischten die Männer die Grillspezialitäten auf: *salsiccia*, das sind italienische Würste, die aufgeschnitten gegrillt werden, *manzo*, dünnes Rindfleisch, *melanzane* und *zucchini* lagen verführerisch auf den Tellern.

Die Zeit verging viel zu schnell mit all den leckeren Köstlichkeiten und nach den *pasticcini* und dem Obst wurde es Zeit für den Aufbruch an den *Lago Maggiore*.

Die Premiere des Theaterstückes war sensationell schön und anschließend wurde noch bei einem Absacker in einer netten Bar heiß diskutiert. Selbst die Männer waren von der Lovestory berührt.

Es wurde wieder einmal spät und Piero mahnte zum Aufbruch.

„Aber bevor ihr nach Donauwörth heim fahrt, sehen wir uns doch noch einmal, oder?", fragte Irena.

„Ja, unbedingt, wir können ja einfach noch einmal gemeinsam eine Pizza essen gehen. Was haltet ihr davon?", fragte Eva.

Bergamo, 24. Juni 2034

Nachdem sie den Sonntag nur faul am Pool gelegen hatten, wollten Georg, Eva und Stella den heutigen Tag nach *Bergamo* fahren. Eva schwärmte von dieser Stadt, die in eine Oberstadt und Unterstadt geteilt war.

Zuerst fuhren sie mit der Standseilbahn in die Oberstadt. Ende des 19. Jahrhunderts suchte die Stadt Bergamo nach einer Lösung die beiden Stadtteile miteinander zu verbinden, um die hoch gelegene Oberstadt aus ihrer Isolation zu befreien, die durch die moderne Entwicklung der Unterstadt und des Umzugs der Stadtverwaltung eingetreten war. Heute fährt die Standseilbahn von der *Viale Vittorio Emanuele* in der Unterstadt zur *Piazza Mercato delle Scarpe* in der

Oberstadt und ist eine Touristenattraktion.

Eine weitere fährt innerhalb der nordwestlichen Oberstadt zum Hügel *San Vigilio*. Sie überwindet einen Höhenunterschied von 90 m. Die Seilbahn wurde von 1987 bis 1991 erneuert und befördert heute vor allem die Touristen zur Burg.

Von dort oben hat man einen überwältigenden Blick auf die Altstadt, die Unterstadt und die Umgebung.

Während Stella mit offenem Mund die Sehenswürdigkeiten betrachtete, las Eva aus dem Flyer vor: „*La Città Alta* ist komplett von einer fünf Kilometer langen Stadtmauer umgeben und steht unter Denkmalschutz. Das Zentrum der historischen Oberstadt ist die *Piazza Vecchia*, an der das mittelalterliche Rathaus *Palazzo Vecchio della Ragione* mit dem Stadtturm steht."

Georg umarmte seine Stadtführerin und sagte: „Nun lass Stella doch einfach nur mal schauen."

Aber Stella erwiderte: „Nein, ich finde es gut, wenn Oma mir ein wenig von der Stadt vorliest. Ein paar Informationen sind immer ganz nützlich."

Eva fuhr fort: „Auf der *Piazza del Duomo* steht die *Cattedrale di Sant'Alessandro Martire* mit Kuppel und klassizistischer Fassade. In der Krypta unter dem Chor ruhen bischöfliche Sarkophage von 84 Bischöfen, die in *Bergamo* lebten und wirkten. Vom Stadtturm hat man einen herrlichen Blick auf den Domplatz. In der Mitte steht die *Cappella Colleoni*, links daneben ist das Nordportal der Kirche *Santa Maria Maggiore*, rechts daneben ist die Treppe und das Portal der Bischofskapelle."

Georg unterbrach wieder: „Lasst uns doch einen *caffè* trinken gehen, dort ist eine nette Bar." Die beiden stimmten freudig zu und unterbrachen ihren Rundgang mit einem köstlichen *caffè*.

Anschließend bummelten sie durch den kleinen

botanischen Garten, den *Orto Botanico* auf dem *Colle Aperto* mit vielen heimischen und exotischen Pflanzen.

Dann ging es wieder hinunter in die nicht minder schöne Unterstadt.

Stella genoss den Bummel durch diesen Teil der Stadt, der *Città Bassa*. Nach einem gemütlichen Mittagessen ging es weiter in die *Accademia Carrara*, einer Gemäldesammlung mit Werken von Raffael, Botticelli, Rubens, Pisanello und vielen anderen.

Anschließend bewunderten sie die sogenannte *Fiera*. In einem großen Steingebäude mit über 500 Buden und einem großen Saal, wird jedes Jahr die berühmte Bartholomäusmesse abgehalten.

In der *Via Pignolo* stehen beeindruckende *Palazzi* aus der Zeit der Renaissance. Dort befindet sich auch die Kirche *Sant'Alessandro in Colonna*. Nicht weit entfernt ist der Neptunbrunnen.

„Bin ich geschafft, von dem ganzen Sightseeing. Außerdem ist es Zeit für den obligatorischen Aperitif, findet ihr nicht?", stöhnte Stella.

Georg erwiderte lachend: „Liebe Stella, du hast dir in den letzten Monaten aber schnell den italienischen Lebensstil angewöhnt."

„Warum nicht? Ich sag ja immer, man muss sich von allen Völkern die positiven Eigenschaften und Lebensarten ansehen und wenn möglich aneignen!"

Sie steuerten ein nettes Lokal in der Fußgängerzone an und machten es sich bequem.

„Ich muss mal eben wohin'", sagte Eva nach einer Weile und bahnte sich den Weg Richtung Toilette. Dabei kam ihr ein Mann entgegen. Eva stutzte. Woher kannte sie das Gesicht? Es fiel ihr nicht ein.

Als sie sich die Hände wusch und angestrengt über diese kurze Begegnung nachdachte, fiel es ihr wie Schuppen von den Augen. ‚Nein, das konnte einfach nicht möglich sein!', dachte sie. Dieser Mann musste nur eine enorme Ähnlichkeit mit ihm haben. Schnell trocknete sie sich die Hände ab. Sie musste diesen Mann unbedingt finden und feststellen, ob sie sich geirrt hatte.

Aber draußen angekommen, war der Gesuchte nicht mehr zu sehen. Enttäuscht setzte sie sich zu den anderen an den Tisch. Georg fragte: „Was ist los, du siehst aus, als ob du ein Gespenst gesehen hättest."

„Ich bin mir nicht sicher ... aber ... ich glaube, ich habe gerade Francesco gesehen. Aber das kann nicht sein. Was soll er hier auch machen?", Eva stammelte vor sich hin.

„Nein, das kann ich mir auch nicht vorstellen", erwiderte Georg. „Das wäre wirklich ein wahnsinnig großer Zufall."

„Wahrscheinlich sah er ihm nur ähnlich. Bedenke, du hast ihn über fünfzig Jahre nicht gesehen", versuchte Stella sie zu trösten.

Eva nickte und starrte auf den Platz. Da sah sie ihn plötzlich in einer Menschentraube wieder. Sie sprang auf und lief in seine Richtung. Als sie ihn erreichte, fragte sie leise und ein wenig unsicher: „Francesco?" Und tatsächlich. Er antwortete: „Sì?!"

Er drehte sich zu ihr um, sah ihr in die Augen und rief mit erstauntem und zweifelndem Blick: „Eva?!"

Dann ging alles sehr schnell, die beiden lagen sich in den Armen und Eva kullerten die Tränen über die Backe. Dann drehte sie sich um und winkte den anderen zu. Georg und Stella kamen zögernd näher und Eva stellte sie dem überraschten Francesco vor. Sie merkte vor Freude gar nicht, wie die Männer sich ein wenig verstohlen betrachteten. Es war eine merkwürdige Situation für die beiden.

Eva redete und redete, ohne eine Pause zu machen. Immer wenn sie nervös war, erging es ihr so. Man hatte den Eindruck, sie hole keine Luft.

Sie konnte es noch immer nicht fassen, dass das Schicksal es so gut mit ihr meinte. Sie hatte nicht mehr daran geglaubt, den leiblichen Vater ihres Sohnes wieder zu sehen. Nicht nach der erfolglosen Suche auf *Sardegna*.

Georg spürte unerwartet einen Hauch von Eifersucht in sich aufsteigen. ‚Es redet sich immer so leicht', dachte er. ‚Wenn man dann aber den Menschen sieht, welcher der geliebten Frau einmal so nahe stand, dann kochen die Gefühle doch hoch.'

Endlich nahm auch Eva die Spannungen zwischen den beiden Männern wahr und versuchte fieberhaft, diese unangenehme Situation zu entschärfen. Angestrengt dachte sie nach. Ihr fiel nichts ein.

Erst einmal legte sie ihren Arm um Georgs Hüfte, dann zog sie Stella zu sich heran und sagte zu Francesco: „Dies ist mein geliebter Ehemann, der mit mir die Hürden des Lebens in den letzten vierzig Jahren genommen hat. Und das ist Stella, unsere Enkeltochter."

Francesco gab Georg die Hand und antwortete: „*Piacere* – Sehr erfreut!" Als er sich Stella zuwandte, stockte er. „*Non è possibile!* Das ist nicht möglich", rief er und nahm Stellas Hand. „Sie sehen aus wie meine Tochter!"

Eva unterbrach das sich ausbreitende, unangenehme Schweigen: „Mhhhm, ist ja eigentlich auch logisch. Sie ist ja die Tochter von Alessandro und somit auch deine Enkelin ... also ... also nicht nur Georgs Enkelin. Oje, ist das kompliziert." Eigentlich wollte Eva die Situation entschärfen, nun wurde es jedoch noch schwieriger.

Ihr standen die Tränen in den Augen und sie hoffte, der Boden würde sich unter ihren Füßen öffnen, so dass sie einfach verschwunden wäre. So hatte sie sich das Treffen mit Francesco nicht vorgestellt.

Sie schaute verzweifelt zu Georg, den sie so liebte und nicht verlieren wollte. Sie freute sich aber auch, den leiblichen Vater von Alessandro wiederzusehen. ‚Ach, warum war im Leben nur immer alles so verzwickt?', dachte sie.

Dann schaute Georg sie liebevoll an, nahm ihre Hand und sagte: „Wir haben alle eine Vergangenheit und deshalb brauchen wir sie nicht zu verleugnen und müssen uns auch nicht schämen. Aber lasst uns doch gemeinsam in ein Restaurant gehen und über alles reden." Eva weinte vor Glück und küsste ihren Mann auf den Mund. Francesco sagte sofort zu und sie gingen in ein kleines Lokal, dass er gut kannte.

Sie waren immer noch sehr aufgeregt und redeten durcheinander. Francesco erzählte, dass er nach dem Tod von Elvira mit seiner Tochter nach *Sardegna* gezogen war. Er war sehr erstaunt, als ihm Eva daraufhin erklärte, dass sie das bereits wüsste. „*Incredibile,* unglaublich!", rief er, als er von der Suche der beiden Frauen in *Formello* und auf *Sardegna* erfuhr.

Dann setzte er seine Erzählung fort. Er habe auf *Sardegna* seine jetzige Frau kennengelernt. Und da sie aus *Bergamo* stammte, sind sie, unter anderem auch wegen der besseren Lebensbedingungen, hierher gezogen. Mit Marietta sei er mittlerweile auch schon fast dreißig Jahre verheiratet. „*E siamo molto felice insieme. Lei è meravigliosa!* – Wir sind sehr glücklich zusammen. Sie ist ganz wunderbar!", erzählte er mit strahlendem Lächeln.

Erleichtert bemerkte Eva den entspannten Blick von Georg. Er war sichtlich froh, von dieser Liebesgeschichte zu hören. Hatte er doch immer noch Angst, er könnte seine Frau an einen ‚Rivalen' verlieren. Eva schmunzelte und freute sich ein wenig über diese Reaktion.

Das Essen war schon längst vorüber und sie redeten noch immer über die letzten Jahrzehnte, da fragte Eva plötzlich: „Warum hast du dich nie bei uns gemeldet?"

Francesco wurde bleich, zögerte und fing dann, nach einer

gefühlten Ewigkeit, an zu erzählen.

Formello, 8. Mai 198

Francesco ging es nicht gut. Die letzten Wochen und Monate waren schrecklich für ihn. In was für eine ausweglose Situation war er da nur hineingeraten. Er liebte zwei Frauen gleichzeitig und wusste, dass das nicht sein durfte. Und als wäre das nicht schon schlimm genug, erwarteten nun beide auch noch ein Kind von ihm.

Elvira kannte und liebte er seit sieben Jahren. Eva seit einem Jahr. Er wusste, dass er den Mädchen gegenüber nicht fair war.

Elvira, seine Kindheitsliebe, war ein fester Bestandteil in seinem Leben. Die anstehende Hochzeit zwischen den befreundeten Familien war beschlossene Sache.

Er überlegte, ob er Elvira wirklich liebte, oder ob es nur noch Gewohnheit, Freundschaft und auch ein gewisser Druck der verbundenen Familien war, was sie zusammenhielt.

Als Eva in sein Leben trat, erlebte er eine Leidenschaft, die er so nicht gekannt hatte. Mit ihr war alles so anders und leicht. Sie verstanden sich gut, in jeder Beziehung und hatten stets viel zu erzählen. Sie hatten dieselben Träume und selbst beim Sex spürte er dieses Begehren, das er bei Elvira leider nie verspürt hatte. Elvira war mehr wie eine Schwester für ihn. Aber reichte das für ein ganzes Leben aus?

Francesco verzweifelte jeden Tag ein wenig mehr. Er schob die Entscheidung immer weiter von sich weg. Und so verging ein Tag nach dem anderen. Letztendlich war er zu feige, sich für eine Frau zu entscheiden.

Aufgrund der Schwangerschaften beider Mädchen durch ihn, wurde der Druck seiner Familie immens groß. Sie drängten zu einer vorgezogenen Hochzeit mit Elvira.

‚Wie konnte das auch geschehen?', schalt er sich. Aber nun war es zu spät.

Er musste eine Entscheidung fällen. Er würde Eva um ein Gespräch bitten. Sie musste das Kind abtreiben. Es gab keine andere Möglichkeit. Und dann, wie sollte es dann weitergehen? Er war nicht stark genug, sich gegen die Familie zu stemmen.

So schwer es ihm fiel, entschloss er sich weinend, dass er sich von Eva trennen musste.

Bergamo, 24. Juni 2034

„Warum hast du nicht um uns gekämpft?", fragte Eva.

„Weil ich zu feige war. Weil ich Angst hatte, meine Familie und mein Dorf zu verlieren", erwiderte Francesco.

Georg schaute Eva irritiert an. Ihre Frage kam gequält herüber, sie erschrak und sagte schnell: „Georg, das hat nichts mit uns zu tun. Ich will nur verstehen, was damals passiert ist. Kannst du dir vorstellen, wie ich mich gefühlt habe? Der Mann, den ich liebte, ließ mich einfach im Stich. Nein, er ließ uns im Stich!"

Georg beruhigte sich und meinte: „Du hast ja recht. Es war nicht einfach. Um so stolzer bin ich auf dich. Du hast es lange alleine geschafft. Hast einen wundervollen Sohn auf die Welt gebracht und dich liebevoll um ihn gekümmert. Das habe ich immer an dir bewundert."

Nun mischte sich auch Francesco wieder ins Gespräch ein: „Ich bin froh, dass du einen so sympathischen und verantwortungsvollen Mann gefunden hast, nachdem ich so versagt hatte. Wie geht es Alessandro? Ihr wisst ja gar nicht, wie sehr ich mir all die Jahre gewünscht habe, ihn einmal zu sehen."

„Warum hast du dich dann nicht gemeldet, all die Jahre?", erwiderte Eva etwas erbost.

„Habe ich doch! Zwar nicht sofort, dazu fehlte mir der Mut. Aber nach unserer furchtbaren Trennung dachte ich, du willst nie wieder etwas mit mir zu tun haben. Und außerdem hatte ich mich sehr geschämt. Nach unserem letzten Gespräch, bei dem ich versucht hatte, dich zu überreden das Kind abzutreiben, hatte ich Angst, dich wieder zu treffen. Ich fühlte mich als Versager. Und später war ich froh, dass du meiner blöden Idee nicht gefolgt bist. Jahre später noch dachte ich an euch und war einfach nur froh über deine kluge und mutige Entscheidung. Dafür habe ich dich sehr bewundert."

Francesco stockte einen Augenblick. „Später hatte ich dann doch öfters bei der Nummer angerufen, die ich noch von dir hatte. Aber ich hatte immer nur einen Mann oder eine Frau am Telefon, die mich nicht verstanden und die ich nicht verstand."

„Das waren wahrscheinlich meine Eltern und die können nur ein wenig Italienisch. Alessandro und ich hatten ja nur die ersten zwei Jahre bei ihnen gewohnt. Dann hatten wir für uns eine eigene kleine Wohnung."

Francesco erzählte weiter: „Später hatte ich es übers Internet probiert. Ich wusste ja nicht, dass du geheiratet hast und mittlerweile einen anderen Namen hast."

„Und außerdem bin ich von Starnberg weggezogen", resümierte Eva.

„Das Schicksal geht schon seltsame Wege. Erst hören und sehen wir uns fast fünfzig Jahre nicht mehr und dann treffen wir uns einfach so in einer Bar!", erklärte Francesco. Eva ergänzte: „Und dann ausgerechnet in einer Toilette!" Alle lachten.

Die Stimmung lockerte sich langsam auf und Francesco erzählte von seinem Leben und von seiner Tochter Lorella, die ihn über die schlimmsten Jahre seines Lebens hinweg getröstet hatte.

„Sie wird euch gefallen. Eine tolle Frau, die es nicht immer leicht in ihrem Leben hatte, es aber immer mit viel Humor genommen hat", schwärmte er von ihr vor.

Und plötzlich schlug er vor, sich doch gemeinsam zu treffen. „Wann fahrt ihr nach Deutschland zurück?"

„Geplant ist der kommende Sonntag", erwiderte Eva.

„Na, dann kommt doch am Freitag Abend zu mir nach Hause. Dann könnt ihr Lorella kennenlernen!"

Er war ganz begeistert von seiner Idee. „Marietta wird sich auch freuen", grinste er. „Und sie ist eine ganz hervorragende Köchin!" Dabei strich er sich über seinen ansehnlichen Bauch.

Eva sah ratsuchend zu Georg. Sie war sich nicht sicher, was er von dem Vorschlag hielt, aber da antwortete er schon: „Ich finde, dass das eine gute Idee ist. Für gutes Essen bin ich außerdem immer zu haben."

Georg hielt viel von einer geschmackvollen Küche und Eva schaute ihn an. Trotz allem hatte er seine schlanke Figur behalten. Das lag aber auch daran, dass er immer viel Sport trieb.

Eva, die außer tanzen und spazieren gehen, dem Sport nicht so angetan war, büßte ihre Leidenschaft fürs Kochen und Essen mit einigen Rundungen, vor allem um Bauch und Hüfte herum.

Nachdem sich alle einig und die Adressen ausgetauscht waren, fuhren Eva, Stella und Georg nach *Suno* zurück. Der Ausgang des Abends war sehr überraschend aber schön und es war schon sehr spät geworden, so dass Eva an der Schulter von Georg eingeschlafen war.

Kurz vorher galt ihr letzter Gedanke den seltsamen Wegen, die das Leben manchmal so ging.

Lago d'Orta, 25. Juni 2034

Eva hatte lange geschlafen. In der Nacht war sie öfter aufgewacht und musste an den gestrigen Abend denken. Das hätte sie sich nicht träumen lassen. Ihre Gefühlswelt war komplett aus den Fugen geraten. Georg, der durch ihren unruhigen Schlaf auch öfters wach wurde, streichelte sie sanft, wenn sie stöhnte oder einmal sogar im Schlaf weinte.

Beim späten Frühstück war Eva ungewöhnlich schweigsam. Georg hatte die Idee, man könnte am Nachmittag an den *Lago d'Orta* fahren. Dieser Vorschlag wurde einstimmig angenommen und Eva war froh, ein wenig abgelenkt zu werden.

Am See angekommen, gingen sie erst einmal den *Sacro Monte d'Orta* hinauf. Es kam ihnen sehr gelegen, dass es an diesem Tag nicht so heiß war und unter den schattigen Bäumen war der Aufstieg sehr angenehm. Über der Ortschaft *Orta San Giulio* liegt der „Heilige Berg" *Sacro Monte d'Orta.* Die Stationen wurden von dem Mönch *Cleto von Castelletto Ticino* am Ende des sechzehnten Jahrhunderts entworfen und erbaut.

Eva erklärte während des Aufstiegs: „Das Schöne an den Kapellen ist, dass man von jeder einzelnen einen herrlichen Blick auf den See hat. Und das Besondere an diesem *Sacro Monte* ist, dass er nicht dem Leben Christi oder der heiligen Maria gewidmet ist, wie es sonst so üblich ist, sondern dem heiligen Franziskus."

Wieder zurück am See, der eingebettet zwischen den Bergen liegt, erreichten sie das letzte Boot zur *Isola San Giulio.*

„Eine Sage erzählt, dass der Name auf den wundertätigen Griechen Julius zurückgeht. Er soll die Insel im 4. Jahrhundert von Schlangen und Drachen befreit und dort die hundertste Kirche in dieser Gegend errichtet haben", wusste Eva.

„Auf der kleinen Insel befindet sich die mächtige Abtei *Mater Ecclesiae* und die *Basilica di San Giulio",* erzählte Eva weiter während sie zu der Insel übersetzten.

Erstaunt schaute Stella sie an: „Was du immer so weißt! Immer wieder stelle ich das fest und immer wieder bin ich begeistert." Eva lächelte stolz.

Sie schlenderten um die kleine Insel und schauten sich die *basilica* an. Dann fuhren sie zurück zum kleinen Ort *San Giulio*. Dort nutzten sie die Gelegenheit und aßen in einem kleinen Restaurant direkt am See Fisch und frisches Gemüse. Georg lobte die gute Küche: „Das war ja mal wieder der Hauptgewinn!"

„Ja, so guten Fisch habe ich auch schon lange nicht mehr gegessen. Mal überlegen ... in Sardinien war der Fisch auch sehr gut", lobte Stella.

Sie genossen bei einem Glas Wein, wie die Sonne unterging und ein wenig unerwartet kam das Gespräch dann irgendwie auf den gestrigen, ereignisreichen Tag.

„Wie fühlst du dich, Oma, dass du Francesco nun doch noch gefunden hast?"

„Ehrlich gesagt: Ich weiß es nicht. Ich stecke gerade in einem Wechselbad der Gefühle", erwiderte Eva nachdenklich.

Stella war erstaunt: „Aber eigentlich hast du doch jetzt das erreicht, nach dem du dich all die vielen Jahre gesehnt hattest. Du kennst nun die verschiedenen Gründe fürs Scheitern deiner Beziehungen."

„Stimmt! Und ich bin froh, wieder einmal mehr bestätigt bekommen zu haben, dass ich mit dir, Georg, den besten aller Männer bekommen habe."

Sie lächelte ihrem Mann zu. „Und trotzdem bleibt dieses komische Gefühl, dass es vielleicht egoistisch von mir war, euch dies alles zuzumuten."

„Wie kommst du denn darauf?" Georg mischte sich nun auch ins Gespräch ein. „Wir hatten doch all die Jahre darüber gesprochen. Und als du die Reise geplant hattest, war ja sogar mir klar, dass du versuchen würdest, diese Männer, die einmal eine große Rolle in deinem Leben gespielt hatten, ausfindig zu machen. Ich finde es auf jeden Fall gut, dass du es geschafft hast. So hast du dein Seelenheil doch noch gefunden."

Eva lächelte ihren Mann glücklich an. ‚Was für ein Goldschatz!' dachte sie im Geheimen.

Stella grübelte und sagte plötzlich: „Ich bin auf jeden Fall wahnsinnig neugierig auf Lorella. Ob sie mir wirklich so ähnlich sieht?"

„Und ich bin neugierig auf Mariettas Kochkünste!", rief Georg aus.

„Und ich freu mich ganz einfach nur auf einen schönen Abend", ergänzte Eva.

Milano, 26. Juni 2034

Obwohl sie alle müde waren, fuhren die drei an diesem schönen Vormittag nach *Milano*. Wie immer wenn sie dort hin fuhren, stellten sie ihr Auto an der Metrostation ab und nutzten die Bahn weiter bis in die Innenstadt.

„Mailand ist ‚die' Modestadt schlechthin, aber auch eine Industriestadt. Darum ist auch wirklich nur das Zentrum interessant. Als ich jung war, in den achtziger Jahren, wohnte ich einmal bei Freunden von Marco in einem der vielen Außenbezirke. Und was soll ich sagen? Es war dort sehr trist und grau. Damals war ich geschockt, weil Italien für mich immer Schönheit bedeutete", erzählte Eva. „Später als ich dann mit Georg herkam, bemerkte ich, dass Mailand durchaus seine Reize hatte. Man musste nur die richtigen Ecken finden."

Sie begannen ihre Sightseeingtour am *duomo*, der drittgrößten Kirche der Welt! Natürlich wollte Stella auch auf das begehbare Dach. Und so ließ sie es sich nicht nehmen und ging die Stufen hinauf. Ihre Großeltern bevorzugten den Aufzug. „Der Aufstieg lohnt sich", hatte Eva vorher erklärt. „Man kann hier besonders die Details der Steinmetzkunst bewundern und hat das Panorama der gesamten Stadt unter sich. An klaren Tagen hat man eine Sicht bis zu den Alpen."

Als sie das Innere des Domes betraten, war Stella besonders von der Form begeistert. Sie ähnelt einem lateinischen Kreuz mit fünf Schiffen. Die Fenster sind aus bunten Glastafeln hergestellt und der Boden besteht aus Marmor und Stein.

Sie hatten Glück und wirklich eine klare Sicht bis zu den Alpen. Stella konnte ihren Blick nicht mehr abwenden. Doch langsam stellte sich auch der Hunger ein und so verließen sie den Dom und suchten sich in der Nähe der Kirche *Sant Ambrosius* eine kleine, nette *trattoria*.

Nachdem sie gut gegessen hatten und satt waren, besichtigten Eva, Georg und Stella die *chiesa,* die im vierten Jahrhundert vom Mailänder Bischof Ambrosius erbaut wurde.

Von dieser Kirche stehen leider nur noch Reste. Später wurde an die Kirche eine Benediktinerabtei angegliedert. Der Chorraum und die Krypta kamen im achten Jahrhundert dazu.

An den Wänden des Atriums kann man einige wenige, zum Teil aus dem Mittelalter stammende Fresken bewundern.

Besonders schön ist die Kanzel, die über einem frühchristlichen, mit Skulpturen reich geschmückten, Sarkophag aus dem vierten Jahrhundert erbaut wurde.

In der Kirche befinden sich die sterblichen Überreste des Kaisers Ludwig II, der im neunten Jahrhundert der König der Langobarden war.

„Bevor wir das nächste Highlight sehen, würde ich gerne einen *caffè* trinken gehen", meinte Georg.

„Prima Idee", antworteten die beiden Frauen unisono. Um 16.30 Uhr hatten sie nämlich schon einen wichtigen Termin:

Die Besichtigung des Wandgemäldes „Das letzte Abendmahl" des berühmten Malers Leonardo da Vinci im Dominikanerkloster *Santa Maria delle Grazie.*

Das Bild, das als Meilenstein der Renaissance gilt, zeigt Jesus mit den zwölf Aposteln in dem Augenblick, als er ihnen mitteilte: ‚Einer von euch wird mich verraten.'

Eva hatte die Eintrittskarten schon vor Wochen über das Internet bestellen müssen, da es immer schwieriger wurde, dieses einmalige Gemälde bewundern zu können.

Aus konservatorischen Gründen ist die Besichtigung nur noch nach vorheriger Reservierung möglich. In kleinen Gruppen kann man dann für jeweils fünfzehn Minuten das Kunstwerk bewundern.

„Ich habe das *l'ultima Cena* das erste Mal 1982 gesehen. Damals konnte man noch einfach so in das Kloster gehen und sich das Bild ansehen. Später waren wir, Georg und ich, mit Clara hier. Da brauchte man schon eine Reservierung", erzählte sie. Stella war schon ganz aufgeregt und als sie an der *Santa Maria delle Grazie* ankamen, standen bereits wartende Menschenmengen davor. Es gab viele, die darauf spekulierten, dass die reservierten Karten nicht abgeholt werden würden und somit eventuell in den Genuss kamen, eine dieser Karten ergattern zu können.

Die fünfzehn Minuten der Besichtigung vergingen viel zu schnell und noch ganz benommen von den überwältigenden Eindrücken torkelten die drei wieder ins Freie.

„Ganz schön beeindruckend!", war das das Einzige was Stella von sich gab, dann schwieg sie, bis sie zurück im Zentrum waren.

Ihr letzter Halt am heutigen Tag sollte die lebhafte *Galleria Vittorio Emanuele II* sein. Die überdachte mit Stuck, Fresken und Marmor dekorierte Einkaufsgalerie aus dem 19. Jahrhundert liegt direkt neben dem Dom an der *Piazza del Duomo*.

Auf der Rückseite befindet sich die *Piazza della Scala* mit dem bekannten *Teatro alla scala*.

Die Passage, die von einem tonnenförmigen Glasdach überspannt ist, besteht aus zwei sich überkreuzenden Durchgängen.

In vier großen Mosaiken im Fußboden kann man die Wappen der vier italienischen Städte *Roma*, *Firenze*, *Torino* und *Milano* bestaunen.

Der Besucher kann nicht nur sehr elegante und teure Geschäfte von Armani, Prada, Louis Vuitton, Versace, Gucci und viele andere bestaunen, sondern auch kostspielige, berühmte Restaurants und Cafés besuchen.

Aber Eva hatte eine bessere Idee: Im siebten Obergeschoss befand sich eine Bar mit Terrasse. Dort wird man mit Blick auf den Dom und einem herrlichen Panorama über *Milano* belohnt.

Als sie schweigend bei einem Aperitif diese Aussicht genossen, schwärmte Stella: „Weißt du, Oma, die letzten Monate mit dir und auch mit dir, Opa, waren mit die schönsten in meinem Leben. Ich habe so viel gesehen und so tolle Menschen kennengelernt. Manchmal glaube ich, ich müsste platzen vor lauter Glück. Danke!" Eva lächelte. Dann fuhr Stella fort: „Und nun weiß ich auch, dass Architektur tatsächlich das richtige Studium für mich ist! Danke für alles!"

Eva nahm Stella in den Arm und flüsterte: „Nein, ich habe dir zu danken!"

Vigevano, Suno 27. Juni 2034

Am nächsten Morgen waren sie sehr müde. Der gestrige Tag war sehr anstrengend gewesen. Eva wollte trotzdem am Nachmittag nach *Vigevano* fahren. „Ausruhen kann ich mich in Deutschland", begründete sie ihren Entschluss.

Da sie am Abend bei Marina zum Essen eingeladen waren, fuhren sie gleich nach einem gemütlichen Brunch los.

„*Vigevano* liegt südwestlich von Mailand nahe dem Fluss *Ticino* und war im Mittelalter die Hauptstadt der Lombardei", erklärte Georg während der Fahrt. Er freute sich, dass er vor Eva etwas sagen konnte.

„Besonders sehenswert ist die rechteckige *Piazza Ducale* mit den schönen Renaissancebauten. Als Georg, Clara und ich das erste Mal 2005 hier waren, habe ich mich in diese kleine Stadt verliebt. Sie hat etwa 60.000 Einwohner. Und das Beste: Nur wenige Touristen verirren sich hierher und das, obwohl die *piazza* zu den schönsten von Italien zählt", schwärmte Eva.

Stella war verzaubert und versuchte die Schönheit des Platzes mit der Kamera festzuhalten. Vom Platz aus ging eine Treppe zwischen den Häusern hinauf zum *Castello degli Visconti e Sforza.*

„Und hier begegnet uns wieder Leonardo da Vinci."

„Wie das?", fragte Stella.

„Als einflussreicher Baumeister war er über zwanzig Jahre lang für Ludovico Sforza, auch *Il Moro* genannt tätig."

Während Georg, Stella und Eva die Treppen hinaufstiegen, erklärte Georg: „Die ersten Hinweise auf ein "Castrum" in *Vigevano* gehen auf die Zeit der Langobarden zurück. Anfang des 14. Jahrhunderts begann man mit dem Umbau zum Palast. Viele Fresken sind in den geräumigen Sälen zu sehen."

„So und nun kommen wir mit zu dem Außergewöhnlichsten, was ich in meinem Leben gesehen habe", schwärmte Eva und verschwand in einem Gang.

Die überdachte Straße oder *Strada Coperta* stellt ein einzigartiges Bauwerk dar. Ihr Bau begann im 14. Jahrhundert im Auftrag von Luchino Visconti. Der Zweck dieser überdachten Straße war es, den Herrscher von Mailand auf dem Fluchtweg zu schützen oder auch nur, um ihn vor den neugierigen Blicken der Dorfbewohner zu bewahren.

Außerdem wurden das Schloss und die *Rocca Vecchia* durch diesen sicheren Weg miteinander verbunden. Unter der Straße gibt es eine weitere Straße, die früher auch als Stallung genutzt wurde.

Als die drei die obere 167 Meter lange Straße entlang liefen, konnten sie durch die offenen Fenster auf die niedriger liegende *piazza* und die Altstadt schauen. Am Ende angekommen schlenderten sie die untere, dunkle Straße zurück.

„Hier gibt es auch ein Schuhmuseum", erzählte Eva beim Rückweg. „*Vigevano* verfügt über eine mit der Mode verbundene Tradition, denn hier wurde der Pfennigabsatz erfunden. Hier werden noch heute qualitativ hochwertige Schuhe angefertigt. Aber leider haben wir zu wenig Zeit fürs Museum."

„Und wie schaut es mit einem Schuhkauf aus?", fragte Stella lachend.

„Mal sehen", antwortete Georg und blickte auf seine Uhr. „Ich glaube, das müssen wir auf's nächste Mal verschieben. Na, dann haben wir wenigstens einen Grund wiederzukommen."

Wieder auf der *piazza* angekommen, warfen sie noch einen Blick in den beeindruckenden *Duomo di Vigevano*, der dem Heiligen Ambrosius von Mailand geweiht wurde.

Zum Abschluss schlenderten sie für einen kurzen Aperitif in eine Bar und dann hieß es auch schon, sich wieder auf den Rückweg zu machen. Sie wollten sich nicht zu Marinas Einladung verspäten.

Als sie in die Einfahrt hineinfuhren, hätten sie fast einen alten, gebeugten Mann übersehen, der ihnen beinahe vors Auto gelaufen wäre. Eva glaubte ihren Augen nicht zu trauen, schnallte sich schnell ab und sprang aus dem Auto.

„Alfredo, Alfredo!", rief sie und umarmte den winzigen Mann. Tränen liefen ihr übers Gesicht. „Dass ich dich wieder sehe. Ich kann es nicht fassen!", rief Eva, als Marina bereits angeschlendert kam und erklärte: „Meine Überraschung für euch! Ich habe erfahren, dass Alfredo gestern aus der Kur entlassen wurde und habe ihn spontan zu uns eingeladen."

Eva konnte es kaum glauben. Sie war so traurig gewesen, als sie erfahren hatte, dass Alfredo auf einer mehrwöchigen Kur in Südtirol war. Sie wollte ihn doch unbedingt wiedersehen. Und nun diese Überraschung.

„Danke, Marina", flüsterte sie und wischte sich die Tränen weg. Mittlerweile hatten sich auch Georg und Alfredo begrüßt und Stella hatte sich vorgestellt. Alfredo rief bei ihrem Anblick: *„Caspita, che bella fica!"* Alle lachten, denn diese Redensart benutzten eigentlich nur junge Männer, wenn sie eine tolle Frau sahen.

„So und nun kommt erst mal mit auf die Terrasse. Oder habt ihr keinen Hunger?" Verstohlen betrachtete Eva Alfredo, als sie alle an der langen Tafel saßen. Dort warteten schon Sergio und Alfredos Frau auf die Gäste. Alfredo, der zehn Jahre älter als Eva war, sah sehr zerbrechlich aus. Aber seine Lebensfreude blitzte noch immer in den freundlichen, hellen Augen. Eva dachte an die erste Begegnung mit ihm zurück.

Suno, 18. Juni 2014

Beim letzten Urlaub hatte Marina ihnen die Adresse von Alfredo gegeben, weil sie guten Wein kaufen wollten und Alfredo in kleinen Mengen Weißwein produzierte.

Sie wurden herzlichst empfangen, mussten eine Weinprobe mit seinem besten Weißwein, Salami und Oliven mitmachen. Das war ihnen sehr peinlich, denn mehr als zwei Kartons Wein konnten sie nicht im Auto verstauen.

Aber Alfredo ließ es sich nicht nehmen und verwöhnte sie mehrere Stunden. Es wurde viel erzählt und gelacht. Alfredo war ein ungewöhnlicher Kerl, dem man seinen bisherigen Lebensweg nicht ansah.

Der schlanke, kleine Mann mit den halb langen Haaren wirkte nicht wie ein ehemaliger Manager in führender Position einer großen Firma. Vor einigen Jahren war er aus dem stressigen Managerleben ausgestiegen und hatte sich seinen Traum vom eigenen kleinen Weingut erfüllt.

In jungen Jahren war er ein Globetrotter und hatte die halbe Welt bereist. Außerdem arbeitete er hinter den Kulissen mit einigen der größten Musiker zusammen. Daher hatte er auch die vielen Schallplatten, Poster und andere Andenken aus dieser Zeit, die den ganzen Raum schmückten. Stolz zeigte er die Cover mit den Unterschriften der größten und bekanntesten Rockmusiker der siebziger Jahre.

Heute wollten sie ihn nach all den Jahren wieder besuchen und bei der Gelegenheit auch wieder ein paar Flaschen von dem guten Wein kaufen.

Sie fuhren auf den Hof und trafen auf eine Frau, die ihnen sagte, Alfredo sei in den Weinhängen. Als sie in diese Richtung gingen um ihn zu suchen, kam ihnen in etwa hundert Metern Entfernung ein Mann entgegen.

Als er sie sah, rief er laut: „*Eva, Eva, che gioia!*– Welche Freude!", und lief auf sie zu. Ehe sie sich versah, wurde sie von einem verschwitzten Mann umarmt und geküsst, dann folgten Georg und Clara. Seine ehrliche Freude über dieses Wiedersehen war im deutlich anzumerken.

Die anschließende Weinprobe, bei der auch seine Frau anwesend war, dehnte sich über den gesamten Nachmittag aus und endete mit dem Plan, dass sie beim nächsten Urlaub eine gemeinsame Wanderung ins nahe gelegene *Val Grande* machen könnten.

Vigevano, Suno, 27. Juni 2034

„Weißt du noch, als wir gemeinsam im *Val Grande* waren?", fragte Alfredo plötzlich in Evas Tagtraum hinein. Konnte Alfredo denn Gedanken lesen? Verwundert schaute Eva ihn an.

„Aber sicher erinnere ich mich daran. Das war ein wunderschöner Tag."

„Finde ich auch", mischte sich nun Georg ein.

„Ich wollte ja damals auch mit", rief nun Marina dazwischen. „Aber leider musste ich kurzfristig zu meiner Mutter nach *Liguria* fahren. Es ging ihr nicht gut, wie ihr sicher noch wisst."

„Schade, es hätte dir bestimmt auch sehr gut gefallen", meinte Alfredo.

„Können wir ja noch mal machen", lachte er. „Am besten mit Rollator." Er wedelte mit seinen Händen und alle lachten.

Vogogna, Genestredo, Domodossola, 10. Juni 2018

Es war der erste Urlaub ohne Clara. Eva empfand das als merkwürdig. Sie war bisher von Clara nur wenige Male getrennt gewesen.

Und es fiel ihr schwer, ohne ihre Tochter zu verreisen. Georg, der ständig getrennt von seiner Familie war, konnte das nicht so recht verstehen. „Sei doch froh, dass wir nicht mehr in den Schulferien fahren müssen. Ist wesentlich günstiger und auch nicht so überlaufen."

„Bin ich ja, aber es fällt mir nicht leicht", jammerte Eva.

Ihre wehmütige Stimmung hielt allerdings nicht sehr lange an, denn sie bemerkte schon die Vorfreude auf das Wiedersehen mit Alfredo und seiner Frau Melissa. Heute wollten sie endlich die geplante Wandertour in den Nationalpark *Val Grande* machen. Auch Marinas Mann Sergio hatte sich ihnen angeschlossen.

Sie trafen sich in der Bar in *Suno*, um gemeinsam ein italienisches Frühstück einzunehmen. Für den Ausflug hatten sie eine Brotzeit in ihre Rucksäcke gepackt. „Hoffentlich ist es nicht zu viel", meinte Melissa.

„Aber nein", erwiderte Sergio. „Beim Wandern kommt der Appetit von ganz alleine."

„Habt ihr auch die Badesachen eingepackt? Wir wollen doch zum Abschluss noch ein erfrischendes Bad im *Lago Mergozzo* nehmen", fragte Eva.

„Wohl eher ein kaltes", antwortete Alfredo lachend.

Sie fuhren erst mal bis nach *Vogogna*, einer kleinen mittelalterlichen Stadt mit schöner Burg und historischem Zentrum am Rande des Nationalparks. Von da aus gingen sie auf *la mulattiera*, dem sogenannten Maultierpfad, vorbei an kleinen Kapellen bis zum Dorf *Genestredo*, das aus runden Steinen gebaut worden ist. Weiter dem Weg folgend vorbei an alten Kastanienbäumen, wurde dieser immer verwachsener, bis die Gruppe schließlich die alte Burgruine erreichte. Dort hatte man einen wunderschönen Ausblick auf das *Val Grande*. Die grün bewachsenen und ‚runden' Berggipfel luden zum Träumen und Verweilen ein.

Eva und ihre Freunde packten die Rucksäcke aus, setzten sich auf die Steine und Mauerreste und machten erst mal ein italienisches Picknick mit *salame, prosciutto, pane, pomodori, olive e frutta*.

Nachdem sie die Aussicht genossen und sich ein wenig ausgeruht hatten, gingen sie zurück in das kleine Dorf *Genestredo*, um in der Bar einen *caffè* einzunehmen.

Zurück beim Auto fuhren sie weiter bis nach *Domodossola*. Dort wanderten sie zuerst auf dem Weg am Stadtrand auf den Berg, um den *Sacro Monte di Domodossola* zu besichtigen.

Georg, Eva und Clara waren schon beim letzten Mal im Jahre 2014 hier und waren sehr begeistert gewesen. Der *Sacro Monte di Domodossola* ist einer der *Sacri Monti* in *Piemonte* und der *Lombardia*. Weitere *Sacri Monti* sind zum Beispiel die in *Crea, Orta, Oropa, Ossuccio, Ghiffa, Varallo, Varese* und *Belmonte*.

Auch von hier oben hatten sie einen beeindruckenden Ausblick über das Tal.

Nach dem Abstieg bummelten sie durch das verzauberte kleine Städtchen *Domodossola*, welches den typischen Baustil der Walser-Architektur der Ossola Täler hat.

Der Marktplatz bewahrt noch immer sein mittelalterliches Flair, die alten Paläste und Häuser stammen aus dem 15. Jahrhundert und wurden im Renaissance-Stil erbaut. Die alten Balkone und Arkaden haben Säulen aus Granit-Stein. Im Viertel *La Motta* entdeckt man alte Häuser mit Balkonen aus Lärchen-holz und die Dächer sind ganz typisch mit Steinen bedeckt.

„Wenn wir noch schwimmen gehen wollen, müssen wir aufbrechen", erinnerte Alfredo.

„Schade", erwiderte Melissa. „Hier ist es so schön!"

„Ja, und so angenehm ruhig", ergänzte Eva.

„Was wir als angenehm ruhig beschreiben, ist für die Menschen hier eine kleine Katastrophe. Seit Jahren schon ziehen die jungen Leute weg. Viele ins Ausland, vor allem in die nahe Schweiz. Hier gibt es einfach zu wenig Arbeit und von dem bisschen Tourismus können gerade mal die paar Leute leben, die sich hier noch aufhalten. Echt schade um diese schöne Gegend", erklärte Sergio.

„Kann man denn da gar nichts machen?", fragte Eva traurig.

„Die letzten Jahre wurde viel dagegen unternommen. Aber du weißt ja, dass Italien im Augenblick sowieso am Rande seiner finanziellen Kräfte steht. Die falsche Politik der letzten Jahrzehnte kommt jetzt zum Tragen. Vor allem die gut ausgebildeten jungen Laute verlassen in Massen das Land. Kein Wunder. Ein Ingenieur verdient locker das Dreifache in Deutschland." Sergio redete sich in Stimmung.

„Kann man denn da gar nicht gegensteuern?", fragte Eva, die traurig darüber wurde, wenn sie mitbekam, wie es ihrem geliebten Land immer schlechter ging.

„Seit Jahren schon werden spezielle Projekte gefördert. Aber die Mühlen mahlen langsam und es kann dauern, bis es mit Italien wieder aufwärts geht", seufzte Sergio.

„So ein schönes Land", stellte Eva fest und Melissa

klatschte in die Hand und sagte: „Wir unterstützen jetzt die italienische Wirtschaft, indem wir eine Runde im *Lago Mergozzo* schwimmen und anschließend eine Pizza essen gehen. Was haltet ihr davon?" Große Zustimmung.

Eva freute sich schon auf den kleinen See. Einmal nur war sie dort. Sie erinnerte sich an das glasklare, aber kalte Bergseewasser. Während sie damals ewig gebraucht hatte, um in die Fluten zu springen, waren Clara und Georg sofort im kühlen Nass und hatten ihren Spaß.

Eva hatte die Bergkulisse noch vor den Augen. Sie seufzte erneut.

Wenn sie einer fragte, wo es ihr am Besten in Italien gefiel, konnte sie nicht eindeutig darauf antworten. Dann überlegte sie und sagte immer das Gleiche: „Italien ist überall schön! Egal ob auf Sizilien, in der Toskana oder in den Bergen!"

Vigevano, Suno, 27. Juni 2034

Marina hatte sich mal wieder selbst übertroffen. Nach den *crespelle*, die verschieden gefüllt waren, gab es gegrillte Riesengarnelen und *seppie*. Dazu einen gemischten Salat. Zum Abschluss bot sie ein Limonensorbet an.

„Bin ich satt!", stöhnte Eva. „Aber lecker!" Sie bohrte ihren Zeigefinger andeutungsweise in die Backe und alle lachten. „Du musst wissen, ich liebe *crespelle*", erklärte Eva.

„Mir haben sie auch sehr gut geschmeckt", ergänzte Alfredo und Melissa fragte: „Du hast die einen mit Spinat und die anderen mit Pilzen gefüllt, nicht wahr?"

„Ja! Und die dritten mit Lachs und Shrimps!"

Den ganzen Abend saßen sie bei Kerzenschein auf der Terrasse und Eva und Stella mussten von ihrer Reise durch Italien erzählen. Sie hatten interessierte Zuhörer um sich versammelt. Und es machte den beiden Frauen sichtlich Spaß, zu erzählen. Mit Händen und Füßen schmückten sie die

Erzählungen aus und so manche Träne lief den Zuhörern über die Wangen. Hin und wieder lachten sie sich auch kaputt, wenn eine besonders lustige Szene beschrieben wurde.

Als Eva merkte, dass immer nur sie und Stella redeten, wollte Eva von sich ablenken und mehr über die anderen erfahren. Doch das gelang ihr einfach nicht. Geschickt führten sie das Gespräch immer wieder zurück auf Evas und Stellas Erlebnisse. Zu spannend fanden sie vor allem die Geschichten von den Lieben ihres Lebens.

„Und Franco war tatsächlich homosexuell. Hast du das denn nicht gemerkt?", fragte Sergio

„Wie denn, wenn noch nicht einmal er selbst es wahrhaben wollte?"

„Traurig finde ich die Geschichte mit Marco. Da hat er endlich seinen Weg gefunden, hatte eine kleine Familie gegründet und dann so ein schreckliches Ende." Melissa war sichtlich betroffen. Zustimmendes Nicken allerseits.

„Aber am beeindruckendsten finde ich die Geschichte mit Francesco!", meinte Alfredo. „Da sucht ihr ihn überall ohne Erfolg, seid sogar nach *Sardegna* geflogen und dann triffst du ihn ausgerechnet auf einer Toilette in einer Bar in *Bergamo*!" Anhaltendes Gelächter.

„Mich hat die Geschichte mit dir, Georg, am meisten berührt. Sie zeigt doch, dass es wahre Liebe gibt", seufzte Marina.

„Ist ja wieder typisch Frau", mischte sich Sergio ein. „Es muss immer romantisch sein! Nur dann seid ihr zufrieden!"

„Wie sollte man sonst das ganze Elend dieser Welt ertragen, wenn es nicht diese Romanzen gäbe?", fragte Marina. Die Frauen stimmten zu.

„Aber wenn man von solchen Geschichten hört, kann man kaum glauben, dass es sie wirklich gibt", sinnierte Stella.

„Genau, was ist mit dir und der Liebe? Du bist doch eine schöne, junge Frau", stellte Marina fest.

Stella errötete und stammelte: „Ach, im Augenblick lieber nicht. Ich hatte eine unglückliche Beziehung. Das reicht mir erst mal. Und außerdem muss ich mich jetzt auf mein Studium konzentrieren." Und damit waren sie beiläufig beim Thema Arbeit gelandet.

Eva war erstaunt, dass keiner müde wurde. Mittlerweile war es zwei Uhr Nachts und ihre Augen fielen fast zu. Um so erleichterter war sie dann, als Alfredo meinte, seine alten Glieder müssten nun ins Bett. Mit dem Versprechen sich wieder zu sehen und mit vielen Tränen in den Augen verabschiedeten sie sich voneinander.

Bergamo, 28. Juni 2034

Stella wachte auf und dachte an ihn. Seit Wochen hatte sie keine Gedanken mehr an den jungen Mann aus *Cremona*. Und heute plötzlich war er wieder in ihrem Sinn. ‚Komisch!', dachte sie.

Evas Rufe verscheuchten sein imaginäres Gesicht jäh. „Ich bin gleich fertig!", antwortete sie. Stella sah in dem dunkelgrünen Sommerkleid heute besonders hübsch aus. Die gebräunte Haut unterstrich sie mit einer goldenen Kette, an der ein grüner, leuchtender Smaragd hing.

Georg pfiff anerkennend, als er sie sah. Er war sehr stolz auf seine schöne Enkelin. Er war auf alle vier sehr stolz: Auf seinen Sohn Alessandro, seine Tochter Clara und seine Enkel Stella und Davide. ‚Was für ein Glück ich doch mit meiner Familie habe', dachte er bei sich und küsste spontan die vorbeilaufende Eva herzhaft auf den Mund.

„Was habe ich dir denn getan?", fragte diese erstaunt und lachte herzlich dabei.

„Nur so!", erwiderte Georg mit einem Grinsen im Gesicht.

Eva tat es gut, wenn ihr Georg so spontan seine Liebe zeigte. Besonders heute, wo sie vor Aufregung schlecht geschlafen hatte. Georg, der das bemerkt hatte, ließ sie lange schlafen. Mittags kroch Eva dann aus dem Bett und der Blick in den Spiegel ließ sie erschauern. Es war für sie gestern doch ein wenig zu spät geworden.

Sie beschloss, nach dem Frühstück eine ausgiebige Pflegestunde im Bad zu verbringen, um zu retten, was noch zu retten war. Wie jedes weibliche Wesen wollte sie hübsch aussehen. Besonders heute, wenn sie die Frau von Francesco kennenlernen würde.

Am frühen Abend hatte sie das Beste aus sich gemacht und Georg nahm sie mit den Worten in den Arm: „Meine Schöne, wie machst du das nur immer? Heute Morgen noch zerknittert wie ein ungebügelter Rock und nun um Jahrzehnte verjüngt." Sie boxte ihm sanft in die Rippen und wiederholte: „Ungebügelter Rock!"

Auf dem Weg nach *Bergamo* wurde Eva immer ruhiger. Dafür plapperte Stella ununterbrochen: „Also gestern Abend, das war so lustig. Eure Freunde sind echt klasse. Und für ihr Alter richtig gut drauf. Vorbildlich! So möchte ich auch mal werden."

„Bis dahin hast du ja noch genug Zeit, nicht wahr?", erwiderte Georg.

„Ja, sicher. Aber man macht sich ja so seine Gedanken. Und ich finde es faszinierend, wie der Alfredo trotz seines hohen Alters noch so agil und quirlig ist."

„Und das, obwohl es ihm gesundheitlich schon lange nicht mehr so gut geht, wie er gestern kurz erzählt hat." Georg mochte Alfredo auch sehr gern.

„Und Marina … unglaublich, wie sie das alles stemmt: Der Reiterhof, die Ferienwohnungen und dann noch ihr Engagement mit den jungen Leuten."

„Habe ich das gestern richtig verstanden, sie leitet die Theatergruppe von *Suno*?", fragte Georg Eva.

„Wie? Ich habe gerade nicht zugehört", stammelte Eva verlegen, die gedanklich schon in *Bergamo* war. Georg wiederholte seine Frage und ergänzte: „Geht es dir nicht gut Eva?"

„Doch, doch, ich war nur in Gedanken. Ja, die Marina hatte schon immer die verrücktesten Ideen. Weißt du noch, Georg, als sie plötzlich mit Mitte vierzig noch einmal auf die Uni ging und ein zweites Studium begann? Ich glaube Philosophie war es, oder?"

„Ja, ich glaube schon. Das erste Studium hatte doch etwas mit Werbung zu tun, nicht wahr?"

„Genau, sie hatte in der Werbung gearbeitet, bevor sie eines Tages alles hingeschmissen und den Reiterhof aufgemacht hatte. Und jetzt diese Theatergruppe. So ist sie, die Marina", lächelte Eva.

Mittlerweile waren sie an Francescos Domizil angekommen. Er und seine Frau Marietta erwarteten sie bereits an der Eingangstür und führten sie sofort hinter das Haus in den Garten. In dem kleinen, verwachsenen Paradies stand unter den Obstbäumen eine lange Tafel, die liebevoll mit einer weißen Tischdecke und buntem Geschirr gedeckt war. „So stellt man sich immer eine italienische Einladung vor", schwärmte Stella.

Marietta, eine kleine, rundliche Frau mit sehr sympathischer Ausstrahlung, der man ansah, dass sie früher einmal sehr hübsch gewesen war, nahm die drei Ankömmlinge sofort in ihre Arme. Ihre Freude über die Gäste war echt und nicht gespielt, was die nervöse Eva sichtlich beruhigte.

„Francesco, du hast recht: Stella sieht aus wie deine Tochter. Nur jünger, aber genauso schön!", rief Marietta. Stella errötete.

„Aber setzt euch doch. Wer möchte einen Aperitif?", fragte Francesco. „Ja, gerne. Hier sind so viele Stühle. Wer kommt denn noch alles?", fragte Eva neugierig und Francesco antwortete: „Es kommt noch Lorella mit ihren

Söhnen Mattia und Tommaso. Sie sind siebzehn und fünfzehn Jahre alt."

Marietta ergänzte: „Und dann haben wir noch spontan meinen Neffen Federico eingeladen, ein netter junger Mann."

In diesem Moment kam Francescos Tochter mit ihren Söhnen zu der fröhlichen Gruppe. Lorella schaute erst vorsichtig und zögernd die Gäste an. Besonders Eva gegenüber war sie sehr zurückhaltend und reserviert.

Als sie aber Stella erblickte, taute sie auf und rief begeistert: „Nein, diese Ähnlichkeit mit mir. Unglaublich. Lass dich drücken, *nipote mia*, meine Nichte."

Eva war erleichtert. Es lief alles besser als gedacht. Mattia und Tommaso umringten ihre ‚neue' Cousine neugierig und quetschten sie wie eine Zitrone aus.

Sie waren so vertieft in ihr Gespräch, dass sie nicht die Ankunft von Federico bemerkten. Erst als Marietta Stella auf die Schultern tippte und sagte: „Darf ich dir meinen Neffen Federico vorstellen?", drehte sich Stella um und blieb wie zur Salzsäule erstarrt stehen. Vor ihr stand der Mann ihrer Träume, den sie nicht vergessen konnte: Der junge Verehrer aus *Cremona*! Auch Federico brachte kein einziges Wort hervor, blickte mit irritiertem Blick auf Stella und flüsterte dann: „Das gibt es doch nicht. Du hier?"

Die Umstehenden konnten sich keinen Reim auf diese Reaktion machen, als Francesco fragte: „Ihr kennt euch?"

Und da erst begriffen Stella und Federico die ganze absurde Situation. Stella wusste nicht, ob sie lachen oder weinen sollte und schmiss sich einfach in seine Arme. Der verdutzte Federico grinste verschmitzt und flüsterte ihr zu: „Ich habe dich einfach nicht mehr vergessen können. Kein Tag, an dem ich nicht an dich gedacht habe."

„Mir ging es genauso", hauchte Stella, die Mühe hatte, nicht laut los zu weinen.

„Könnte uns mal einer aufklären?", beschwerte sich Eva.

Da wischte sich Stella eine Träne weg und fing an, von ihrer Begegnung mit Federico in *Cremona* zu erzählen.

Erst jetzt fiel Federico auf, dass Stella die ganze Zeit Italienisch sprach und fragte: „Du sprichst fließend Italienisch?"

„Ja", erwiderte Stella und grinste schuldbewusst. „Also hast du mich die ganz Zeit veralbert!"

„Nein, so kannst du das nicht sehen. Ich wollte halt einfach Englisch reden. Und du sprichst ja sehr gut Englisch." Federico lachte herzlich und sah dabei ungemein sympathisch aus.

Eva konnte es noch immer nicht fassen. Sie wusste, dass die besten Geschichten das Leben schrieb. Aber zwei solche Zufälle in einer Woche. Das war auch für sie zu viel. Erst das unerwartete Wiedersehen mit Francesco in *Bergamo*. Und nun das.

„Ich will ja eure Wiedersehensfreude nicht stören, aber wir sollten mit dem Essen anfangen, sonst kann ich es den wildernden Katzen geben", rief Marietta ungeduldig.

Francesco hatte nicht zu viel versprochen und den hungrigen Gästen schmeckte es vorzüglich. Es wurde geredet und gelacht und Eva dachte: ‚Genauso liebe ich es! Gutes Essen und Trinken, spannende Gespräche und viel Fröhlichkeit. Und hinterher sieht die Tafel wie ein Schlachtfeld aus!'

Keinem fiel auf, dass Stella und Federico wenig aßen und nur Augen füreinander hatten.

„Wo ist Stella eigentlich?", fragte Georg und sah sich um.

„Ich denke mal, sie will mit Federico alleine sein. Sie haben sich viel zu erzählen", schmunzelte Eva. Sie freute sich sehr für Stella. Federico schien ein wirklich netter Kerl zu sein.

Georg seufzte: „Nun haben wir aber ein Problem. Sie wird nicht begeistert sein, wenn wir übermorgen abreisen werden."

Suno, Oleggio, 29. Juni 2034

Am nächsten Morgen saßen zwei übermüdete Gestalten am Frühstückstisch. Als Stella strahlend dazu kam, meinte Eva: „Das ist der Bonus der Jugend. Immer fit und gut drauf."

„Nein, das machen die Glückshormone. Sie ist verliebt!"

„Stimmt!" Stella strahlte.

„Ein wenig beleidigt bin ich schon", murrte Eva. „Du hast mir in der ganzen langen Zeit kein einziges Sterbenswörtchen über ihn erzählt."

„Ich dachte, dass ich ihn nie wieder in meinem Leben sehen werde. Zuerst war es nur ein kleiner Flirt", verteidigte sich Stella. „Dass ich ihn dann nicht mehr vergessen konnte, war so nicht geplant. Und dass das Schicksal es gut mit uns meinte ..."

„Und wie soll es nun weitergehen?" fragte Georg.

„Ich weiß es nicht. Wir wollen uns heute treffen. Wenn ihr mir nicht böse seid, dass ich zum Pizzaessen mit euren Freunden nicht mitkomme."

Sie schaute ihre Großeltern mit einem Dackelblick an, den sie wunderbar beherrschte. „Schon gut. Das verstehen wir schon. Aber wie soll es anschließend weitergehen? Morgen wollten wir doch nach Hause fahren", erwiderte Eva und drückte Stellas Hand.

Stella blickte verzweifelt ihre Großeltern an: „Ich weiß es doch auch nicht. Am liebsten würde ich noch eine Woche bleiben."

„Wir müssen leider zurück. Georg muss wieder arbeiten."

„Die letzten Wochen vor der Pensionierung", ergänzte er. „Aber ich hätte eine Idee, wenn ihr einverstanden seid?" platzte Georg heraus. „Ich fahre mit Eva zusammen nach Hause und du bleibst noch eine Woche und kommst dann anschließend zurück. Was haltet ihr davon?"

Stella umarmte ihren Opa und rief: „Du bist der Größte!"

„Weiß ich doch!", kicherte er.

Stella traf sich mit Federico am *Lago d'Orta* und Eva packte stöhnend ihre Koffer. „Wie soll das alles nur ins Auto passen? Ich verstehe das gar nicht. Soviel habe ich doch gar nicht gekauft."

„Anscheinend schon!", erwiderte Georg schmunzelnd und brachte ihr einen *caffè*.

Dann war es Zeit fürs Treffen in *Oleggio*. Und diesmal waren Eva und Georg die letzten. „Eva wurde einfach nicht fertig mit dem Packen", entschuldigte Georg die beiden. Die lachenden Freunde hatten Verständnis. Diesen Abend waren sie nur zu acht: Elena mit Piero, Marinella mit Angelo und Irena mit Giuliano. Es gab wieder viel zu erzählen, Eva kam kaum zum Essen. Die Überraschung des Abends war natürlich die Liebesgeschichte von Stella mit Federico. Irena hatte Tränen der Rührung in den Augen: „Das ist unglaublich schön!", schluchzte sie.

„Vielleicht gibt es bald sogar eine Hochzeit. Eine italienisch-deutsche Hochzeit. Das wäre einfach fantastisch!", rief Marinella begeistert.

„Weißt du noch, Eva, wie du bei unserer Hochzeit Trauzeugin warst."

„*Come, no*! Natürlich! Das war so schön!", schwärmte Eva und erzählte: „Alessandro war erst acht Monate alt und ein wahrer Wonneproppen!"

„*Bellissimo. Era bellissimo*! Er war wunderschön!", rief Elena. „Ja und als ich vorne bei Angelo und dir am Altar stand, wurde mein Süßer ungeduldig. Aber ich brauchte mir keine Sorgen um ihn zu machen. Irgendjemand kümmerte sich immerzu um ihn", erzählte Eva. „Und das viele Essen danach. Ich wäre fast geplatzt. Damals machte ich noch den Fehler und aß brav die köstlichen Speisen aller Gänge auf."

Alle lachten. „Und dann bist du mit Alessandro noch nach Rom gefahren", erinnerte sich Elena.

„Ja, ich war eine Woche bei dir zu Hause, Marinella, und dann fuhr ich zu meinen Freundinnen Angelika nach Rom und anschließend zu Laura nach *Priverno*. Alles mit dem Zug und dem kleinen Alessandro."

„Ganz schön mutig von dir", rief Marinella.

„Finde ich gar nicht", antwortete Eva verlegen. „Das war alles ganz einfach."

Der Abend verging wieder viel zu schnell und es hieß Abschied nehmen.

„Wir haben eine Überraschung für dich", sagte Elena. „Wir haben für nächstes Frühjahr eine Reise nach Donauwörth gebucht. Wir sechs werden euch besuchen!"

Eva konnte es nicht glauben und fing wieder einmal an zu weinen. „Dann fällt mir der Abschied von euch nicht so schwer", flüsterte sie leise.

Suno, 30. Juni 2034

Am nächsten Vormittag saßen Stella und Federico am Frühstückstisch von Eva und Georg. Die beiden konnten ihre Augen nicht voneinander lassen.

Eva betrachtete Stella. So glücklich hatte sie ihre Enkelin noch nie gesehen. Sie hoffte insgeheim sehr, dass Stella mit Federico den Richtigen gefunden hatte. ‚Es muss ja nicht jeder diesen langen Irrweg gehen, wie ich ihn gegangen bin'.

‚Vier Lieben', dachte sie schwermütig. ‚Und erst der vierte Mann hat mir mein Glück gebracht.' Sie seufzte. Alles hat seinen Sinn im Leben. Man erfährt dies aber oft viel später, häufig sogar erst am Ende des Lebens.

Und sie musste an einen Satz denken, den vor vielen Jahren die bekannte Schauspielerin Marianne Sägebrecht einmal gesagt hatte: `Das Leben wird vorwärts gelebt und rückwärts verstanden'. Ursprünglich war dies eine Aussage von Soren Kierkegaard, aber im Laufe der Jahre wurde er als Leitsatz weitergegeben.

Eva die nach einer Veranstaltung in Donauwörth einen Zeitungsartikel über Marianne Sägebrecht geschrieben hat, verehrte die Künstlerin sehr und musste ihr zustimmen. Da gab es keine Zweifel.

Georg beobachtete die Szene zwischen Stella und Federico mit einem Lächeln im Gesicht. ‚Alles wiederholt sich im Leben', dachte er dabei. ‚Nun sind wir die Alten und die jungen Leute gehen ihren Weg: Liebe, Heirat, Kinder großziehen.'

Stella schaute ihre Großeltern voller Dankbarkeit an: „Wisst ihr eigentlich, wie lieb ich euch habe?", sagte sie spontan in die Stille hinein. „*Nonna*, danke für alles!" Sie küsste ihr die Wange. „*Nonno*, pass gut auf sie auf! Wir brauchen sie noch."

„Wir sehen uns dann in Donauwörth! Genieß die Zeit mit ihm! Er ist ein netter und sehr sympathischer Mann", flüsterte Eva ihrer Enkelin zu. Anschließend wandte sie sich an Federico: „Ich freue mich auf ein baldiges Wiedersehen! Du bist herzlich willkommen bei uns!"

Auf der Heimfahrt schwiegen Georg und Eva eine ganze Weile. Jeder hing seinen Gedanken nach, als Eva plötzlich sagte: „Ich glaube nicht, dass ich alles vergessen werde! Mir ging es schon lange nicht mehr so gut und ich kann mich im Augenblick an alles erinnern. Was meinst du?"

„Egal, was passiert, mach dir keine Sorgen. Ich bin immer bei dir!"

„Danke!", flüsterte Eva und drückte zärtlich seinen Arm.

Rezepte zum Nachkochen

(Für jeweils **vier** Personen)

aufgeschrieben von
Chiara Hülsermann

− Antipasti −

Melanzane grigliata con spinaci

Zubereitungszeit: 1 Stunde

Zutaten
- ☐ eine große Aubergine
- ☐ frischer oder gefrorener Blattspinat
- ☐ Olivenöl
- ☐ eine kleine Zwiebel
- ☐ Salz und Pfeffer

Zubereitung
Was gibt es Besseres als Gemüse? Zumindest für uns Frauen. Zu allererst werden die Auberginen in dünne Scheiben geschnitten und gesalzen. Damit dann die Bitterstoffe herausfließen können, werden die Scheiben schräg gestellt und anschließend mit Krepppapier abgetupft. Während in einer Pfanne die Auberginen angebraten werden, wäscht man den Spinat und dünstet Zwiebelscheiben in einer separaten Pfanne mit Olivenöl an. Zu den fertigen Zwiebeln wird dann der Spinat hinzugegeben und nach Bedarf mit Salz und Pfeffer gewürzt. Zum Schluss müssen nur noch die schon fertigen Auberginenscheiben mit dem Spinat und den Zwiebeln bedeckt und schließlich eingerollt werden. Diese Vorspeise kann dann nach Belieben sowohl kalt als auch warm serviert werden.

Carpaccio di manzo

Zubereitungszeit: ¼ Stunde

Zutaten
- ☐ hauchdünn geschnittenes Rindfleisch (am besten beim Metzger fertig geschnitten kaufen!)
- ☐ gehobelter *parmigiano*
- ☐ *rucola*
- ☐ Olivenöl
- ☐ Zitrone
- ☐ Salz und Pfeffer

Zubereitung

Zur Zubereitung dieses Klassikers legt man vorsichtig das vom Metzger schon hauchdünn vorgeschnittene Rindfleisch auf einen Teller und belegt es mit etwas gewaschenem *rucola*. Zudem kommen entweder gehobelter oder in kleine Scheiben geschnittener *parmigiano* dazu. Schließlich noch mit Salz würzen, etwas Zitronensaft und einen Hauch Olivenöl darüber. Nach Belieben kann noch mit Pfeffer gewürzt werden. Und fertig ist dieser leckere Klassiker der italienischen Küche, der auf keiner Speisekarte fehlen darf.

Pepperonata

Zubereitungszeit: ½ Stunde

Zutaten
- Paprikaschoten
- Tomaten
- Knoblauch
- Salz und Pfeffer
- Olivenöl

Zubereitung

Eine ziemlich bekannte Vorspeise ist ‚*pepperonata*', die jeden Gaumen erfreut. Zu Beginn das Gemüse waschen, anschließend wird die Paprika in kleine Stücke geschnitten. Diese wird nun gemeinsam mit einer Knoblauchzehe in Olivenöl angebraten. Nach circa zehn Minuten werden die schon vorher gewürfelten Tomaten dazugegeben. Deckel darauf und bei kleiner Flamme weiter köcheln lassen, bis die Paprika nicht mehr knackig, sondern weich ist. Nach Geschmack mit Salz und Pfeffer würzen.

Zucchini alla Ricotta

Zubereitungszeit: ¾ Stunde

Zutaten
- 4 mittelgroße *zucchini*
- 200 g *ricotta*
- 300 ml Tomatensoße
- 2 Esslöffel Paniermehl
- 2 Esslöffel Olivenöl
- 1 Knoblauchzehe
- frisches Basilikum
- Salz und Pfeffer

Zubereitung

Für Zucchiniliebhaber ist hier ein schönes Rezept. Am Anfang wird die *zucchini* längs halbiert und das Fruchtfleisch mit Hilfe eines Teelöffels heraus geschabt. In einer Pfanne wird nun das Olivenöl erhitzt, in welche eine klein gehackte Knoblauchzehe und das Fruchtfleisch der *zucchini* kommt. Alles wird darin für circa fünf Minuten geschmort, bis eine leichte Braunfärbung der Masse erreicht wird. Daraufhin lässt man den Brei abkühlen. *ricotta* und frischen Basilikum dazugeben, mit Salz und Pfeffer würzen und gut verrühren. Diesen füllt man nun in die leeren Zucchinihälften. Die Hälften werden danach nebeneinander in eine mit etwas Tomatensoße gefüllte, flache und feuerfeste Form gelegt. Zum Schluss nur noch mit Paniermehl bestreuen und bei 200° C für circa 20 Minuten im Ofen backen lassen.

Eingelegte Auberginen oder Zucchini

Zubereitungszeit: ½ Stunde

Zutaten
- 1 mittelgroße Aubergine (oder *zucchini*)
- *Aceto di Balsamico*
- Olivenöl
- einige Pfefferminzblättchen
- 2 Knoblauchzehen
- Salz

Zubereitung
Was wahrscheinlich jeder aus Italien kennt, ist eingelegtes Gemüse. Ähnlich wie bei der *melanzane grigliata con spinaci* werden auch hier zu allererst die Auberginen (*zucchini*) in dünne Scheiben geschnitten und gesalzen. Damit die Bitterstoffe herausfließen können, werden die Scheiben schräg gestellt und anschließend mit Krepppapier abgetupft. (Bei der *zucchini* ist dies nicht nötig.)
Nun gehts ans Anbraten in Olivenöl. Wenn die Auberginen/zucchini eine leichte Braunfärbung erreicht haben, sind diese fertig und bereit, um in einer flachen Schale mit Pfefferminzblättchen garniert zu werden. GehackternKnoblauch, Salz und *Aceto di Balsamico* zum Schluss noch vermischen und über die Scheiben geben. Fertig!

– Primo Piatto –

Pasta al salmone affumicato, gamberetti e rucola

Zubereitungszeit: ½ Stunde

Zutaten
- ☐ 500 g *spaghetti*
- ☐ 1 Paket geräucherter Lachs
- ☐ 200 g Shrimps
- ☐ 1 Bund *rucola*
- ☐ Olivenöl
- ☐ Salz und Pfeffer

Zubereitung

Wer sich mal nicht zwischen Nudeln oder Fisch entscheiden kann, entscheidet sich einfach für dieses Rezept und mischt beides zusammen. Zu Beginn kocht man schon mal in einem Topf die *spaghetti*. In der Zwischenzeit wird der Lachs klein geschnitten, der *rucola* gewaschen und zerkleinert. Die Shrimps abtropfen und gemeinsam mit dem Lachs, *rucola*, Olivenöl, Salz und Pfeffer in einer Schüssel vermengen. Wenn die *spaghetti* ‚al dente' sind kommen diese sofort mit den anderen Zutaten in die Schüssel und sollten sofort serviert werden.

Spaghetti all´asparagi

Zubereitungszeit: ½ Stunde

Zutaten
- 500 g *spaghetti*
- 500 g grüner Spargel
- 200 g geräucherter Speck oder Schinkenspeck
- 2 Tomaten
- *Aceto di Balsamico*
- Olivenöl
- Salz und Pfeffer

Zubereitung
Einmal im Jahr kommt die heiß ersehnte Saisonzeit des Spargels. Man will jedoch Spargel nicht immer nur mit Schinken und Sauce Hollandaise essen, sondern neue Varianten ausprobieren, aber auf eine italienische Weise. Anfangs wird das ganze Gemüse gewaschen und der Spargel in zwei Zentimeter lange Stücke geschnitten. Während man die *spaghetti* kocht, brät man den Schinkenspeck und den Spargel in einer Pfanne mit etwas Olivenöl an. Nach circa fünf Minuten kommen auch noch die kleingewürfelten Tomaten hinzu. Gewürzt wird dann mit zwei Esslöffeln *Aceto di Balsamico*, etwas Salz und Pfeffer. Die ‚al dente' gekochten *spaghetti* mit in die Pfanne geben, verrühren und sofort vernaschen.

Pasta fagioli con frutti di mare

Zubereitungszeit: ½ Stunde

Zutaten

- 500 g *orecchiette* (besonders gut sind die frischen Nudeln)
- ein Glas oder eine große Dose weiße Bohnen (oder über Nacht eingeweichte Bohnenkerne)
- *frutti di mare* (gefroren)
- ein Glas Fischsud
- ein bis zwei Tomaten
- Olivenöl
- *Aceto di Balsamico*
- Salz und Pfeffer
- Petersilie

Zubereitung

Für die Bohnenliebhaber ist diese Rezept genau das richtige. In einem Topf bringt man erstmal die weißen Bohnen, die kleingewürfelten Tomaten und den Fischsud zum Kochen. Wenn die Bohnen dann weich sind, fügt man die gefrorenen ‚*frutti di mare*' hinzu. Anschließend fügt man die Nudeln hinzu, die darin gekocht werden. Mit Salz, Pfeffer und *Aceto di Balsamico* abschmecken. Zum krönenden Schluss einen Esslöffel Olivenöl und die kleingerupfte Petersilie hinzugeben.

Pasta al ferro con sugo di pomodoro e carne di maiale

Zubereitungszeit: 2 ½ Stunden

Zutaten
- 500 g Hartweizengrieß
- 250 ml warmes Wasser
- 1 Esslöffel Olivenöl
- zwei große Tomatendosen
- ein Glas Rotwein
- 500 g Rindfleisch gewürfelt
- Olivenöl
- Oregano
- Salz und Pfeffer
- Knoblauch
- *parmigiano* oder *pecorino*

Zubereitung
Wieso mal die Nudeln nicht selber machen und dazu eine selber gemachte Soße und nicht immer nur etwas Fertiges aus dem Glas. Dafür wird einfach auf der Arbeitsfläche der Hartweizengrieß aufgehäuft und in die Mitte ein Mulde gedrückt, in die ein Esslöffel Olivenöl und 250 ml warmes Wasser kommen. Das alles wird gemeinsam zu einer breiigen Masse verknetet, wobei der Teig nicht kleben darf. Zum Ruhen in Frischhaltefolie wickeln und für 30 Minuten liegen lassen.
Nach dieser Zeit rollt man jeweils Stücke vom Teig mit bemehlten Händen zu einer langen Schlange. Ein *ferri* (ein Eisenspieß) der Länge nach hineindrücken und mit der flachen Hand vor und zurück rollen. So wird der Teig zu *maccaroni* geformt. Auf die bemehlte Arbeitsfläche werden die vom Spieß abgerollten *maccaroni* ausgebreitet und

erstmal verweilen diese dort, bis die Soße fast fertig ist. Die Nudeln dann in reichlich Salzwasser für circa 3-4 Minuten kochen.

Das Rindfleisch in Olivenöl anbraten, mit dem Rotwein ablöschen, zwei Knoblauchzehen und die Tomaten aus der Dose hinzufügen. Nach etwa zwei Stunden, wenn das Fleisch weich ist, die Knoblauchzehen wieder entfernen und mit Oregano, Salz und Pfeffer abschmecken (Beachte: Frischer Oregano erst am Ende der Kochzeit hinzugeben, getrockneten schon etwa 20 Minuten vor dem Ende der Kochzeit).

Guten Appetit!

Spaghetti Carbonara

Zubereitungszeit: ½ Stunde

Zutaten
- 500 g *spaghetti*
- 4-6 frische Eier
- 200 g *pancetta* (alternativ geräucherter Speck oder Schinkenspeck)
- geriebener *parmigiano* oder *pecorino*
- Olivenöl
- Salz und Pfeffer

Zubereitung
Um die typisch italienische Variante ohne Sahne (!!!) vorzubereiten, muss man folgende Schritte durchführen: Während man die Nudeln kocht, brät man in einer Pfanne mit Olivenöl den *pancetta* (eventuell Schinkenspeck) an. Das Ei verquirlen und mit Salz, Pfeffer, gehobelten *parmigiano* vermengen. Die Nudeln aus dem Wasser nehmen und zu der Pfanne mit dem *pancetta* geben, gut verrühren. Anschließend die Pfanne vom Herd ziehen und das verquirlte Eiergemisch darüber geben. Wichtig: Das Ei darf nicht ‚stocken'. Eventuell nach Belieben mit Salz und Pfeffer würzen. Schon ist das Gericht verzehrbereit!

Spaghetti amatriciana con la birra

Zubereitungszeit: 2 Stunden

Zutaten
- 500 g *penne*
- eine große Dose Tomaten
- 200 g geräucherter Speck oder Schinkenspeck
- Petersilie
- eine kleine Flasche Bier nach Geschmack
- Olivenöl
- Salz und Pfeffer

Zubereitung

Dieses Gericht braucht zwar etwas Zeit zum Köcheln, lohnt sich aber von Anfang an. Zu Beginn brät man den Speck in einer Pfanne mit Olivenöl an, wer will auch mit ein paar Zwiebeln. Das alles löscht man dann mit Bier ab und fügt geschälte Tomaten aus der Dose hinzu. Nach zwei Stunden langsamen Köchelns, kommt nur noch die klein geschnittene Petersilie hinzu und es wird mit Salz und Pfeffer abgeschmeckt. Die Soße wird dann über die fertigen Nudeln gegeben. *Buon appetito!*

Pasta con la salsa etrusca

Zubereitungszeit: ½ Stunden

Zutaten
- ☐ 500 g *spaghetti*
- ☐ 30 g entkernte Oliven
- ☐ 60 g getrocknete Tomaten
- ☐ ein kleines Glas Sardellenfilets (80 g)
- ☐ Olivenöl
- ☐ Petersilie
- ☐ Salz und Pfeffer
- ☐ Pinienkerne

Zubereitung
Für die Nudeln mit der Soße nach etruskischer Art, püriert man Oliven ohne Kerne, kleingeschnittene Tomaten, Sardellenfilets und die Petersilie, eventuell etwas Olivenöl mit dem Stabmixer zu einer sämigen Crème. Nach Belieben mit Salz und Pfeffer würzen und mit den gekochten Nudeln gut vermengen.

Das ‚i-Tüpfelchen' sind dann noch die Pinienkerne, welche darüber gegeben werden.

Die Crème eignet sich aber nicht nur als Soße zu Nudeln, sondern auch als *antipasti*: Dafür einfach auf kleine getoastete Weißbrotscheiben schmieren.

Crespelle

Zubereitungszeit: 2 Stunden

Zutaten
für den Teig:
- ☐ Mehl
- ☐ Eier
- ☐ Milch
- ☐ Salz & Pfeffer

für die Béchamelsoße:
- ☐ Butter
- ☐ Salz & Pfeffer
- ☐ Milch

für die Füllung:
- ☐ Spinat
- ☐ *parmigiano* oder *pecorino*
- ☐ Pinienkerne

oder:
- ☐ Lachs
- ☐ Shrimps
- ☐ *rucola*

oder:
- ☐ Champions
- ☐ Petersilie

oder:
- ☐ Tomaten
- ☐ ein *mozzarella*
- ☐ ein Bündchen Basilikum

Zubereitung
Wie wärs mal mit Pfannkuchen, aber auf die italienische Weise?

crespelle (Pfannkuchen): Aus dem Mehl, den Eiern und der Milch einen dünnflüssigen Teig anrühren und mit Salz abschmecken. Danach hauchdünn in der Pfanne backen. Diese können auch schon ein paar Tage vorher zubereitet und dann eingefroren werden.

Spinatfüllung: In einer Pfanne Olivenöl erwärmen, darin den Spinat anbraten. Diesen dann mit Salz, Pfeffer, Pinienkernen und geriebenen *parmigiano* vermengen.

Lachs-Shrimps-Füllung: Geräucherten Lachs und abgetropfte Shrimps mit Salz und Pfeffer abschmecken.

Pilzfüllung: Geputzte Pilze in Olivenöl anbraten. Mit Salz, Pfeffer und Petersilie abschmecken.

Tomaten-*mozzarella*-Basilikum-Füllung:
Tomaten und *mozzarella* in kleine Würfel schneiden und mit Salz und Pfeffer abschmecken. Gezupften Basilikum untermengen.

Béchamelsoße: Die Butter in einem Topf schmelzen. Unter kleiner Hitze das Mehl in die geschmolzene Butter rühren und mit warmer Milch verquirlen. Wichtig: Die Soße darf nicht verklumpen. Mit Salz und Pfeffer abschmecken.

In die fertigen *crespelle* die gewünschte Füllungen geben und einrollen oder zuklappen. Danach in eine Auflaufform legen, mit Béchamelsoße übergießen und den *parmigiano* darüber reiben. Keinen *parmigiano* bei der Fischfüllung! Zum Schluss im vorgeheizten Backofen bei etwa 170 Grad (Ober/Unterhitze) 15 Minuten überbacken.

– Secondo Piatto –

Saltimbocca

Zubereitungszeit: ¾ Stunde

Zutaten
- 4 mittelgroße, dünne Kalbsschnitzel
- mehrere frische Salbeiblätter
- roher Schinken (*Prosciutto di Parma*)
- 2 Esslöffel Olivenöl
- 1 Glas Weißwein
- Salz und Pfeffer

Zubereitung
‚Spring in den Mund' heißt übersetzt *saltimbocca*. Der Titel macht das Gericht schon sehr sympathisch für Gourmets. Dafür werden auf die Kalbsschnitzel Salbeiblätter und der Schinken gelegt. Diese klappt man zusammen und steckt sie mit Zahnstochern fest.
In einer Pfanne mit Olivenöl werden diese Stücke dann beidseitig angebraten. Wenn sie fertig sind, löscht man diese mit Wein ab und lässt das Fleisch noch für circa zehn Minuten mit geschlossenem Deckel durchziehen. Nach Belieben wieder mit Salz und Pfeffer würzen.
Als Beilage eignet sich perfekt ein gemischter Salat und italienisches Brot. Möglich wären auch Rosmarinkartoffeln oder eines der *contorni* (siehe nachfolgende Seiten).

Seppiolini ripieni

Zubereitungszeit: ¾ Stunde

Zutaten
- ☐ *seppie* - Tintenfisch (möglichst groß)
- ☐ ein Glas Wein
- ☐ Semmelbrösel
- ☐ eine Tomate
- ☐ Petersilie
- ☐ Salz und Pfeffer
- ☐ Olivenöl

Zubereitung

Etwas Außergewöhnliches, aber dennoch sehr Leckeres ist dies hier: Schon ein paar Stunden vorher müssen die *seppie* aufgetaut werden, wenn diese nicht frisch sind. Wichtig: Vor dem Zubereiten von dem Tintenfisch muss dieser abgewaschen werden. Schließlich kann mit dem richtigen Kochen angefangen werden. Dafür einfach die Beinchen kleinschneiden, in Olivenöl anbraten und anschließend mit Wein ablöschen. Für die Füllung werden die Beinchen mit Semmelbröseln, kleingehackter Petersilie, Salz und Pfeffer vermengt. Dieser Brei wird in die *seppie* gefüllt, welche wiederum mit Zahnstochern verschlossen werden. Schließlich in Olivenöl kurz anbraten, eine kleingehackte Tomate zugeben und mit Wein ablöschen. Achtung: Nur kurz anbraten, weil der Tintenfisch sonst zu zäh wird.
Als Beilage eignet sich auch hierfür perfekt ein gemischter Salat und italienisches Brot.

Scaloppine al limone

Zubereitungszeit: ½ Stunde

Zutaten
- 4 mittelgroße, <u>dünne</u> Schweineschnitzel
- eine Zitrone
- Mehl
- 2 Esslöffel Olivenöl
- Salz und Pfeffer

Zubereitung
Ein einfaches, aber dennoch nicht sehr bekanntes Gericht sind die *scaloppine al limone*. Für dieses wendet man mittelgroße, dünne Schweineschnitzel in Mehl und würzt nach Belieben mit Salz und Pfeffer. Danach einfach in einer Pfanne mit Olivenöl anbräunen. Etwas Zitronensaft darauf träufeln, Deckel auf die Pfanne und für ein paar Minuten durchziehen lassen. Und schon sind die *scaloppine al limone* fertig.
Als Beilage eignet sich perfekt ein gemischter Salat und italienisches Brot. Möglich wären auch Rosmarinkartoffeln oder eines der *contorni* (siehe nachfolgende Seiten).

Gegrilltes Rindfleisch und Gemüse mit Rosmarinkartoffeln

Zubereitungszeit: 1 Stunde

Zutaten

- 4 Scheiben sehr dünn geschnittenes Rindfleisch
- Olivenöl
- eine Zitrone
- festkochende Kartoffeln
- Rosmarin
- Salz & Pfeffer
- eine kleine Aubergine
- eine *zucchini*
- eine rote Paprika
- zwei Karotten

Zubereitung

Ein Klassiker ist und bleibt gegrilltes Rindfleisch mit Rosmarinkartoffeln und Gemüse. Für die Beilage zu dem Fleisch werden zuerst die Kartoffeln geschält, in Würfel geschnitten und mit Olivenöl und Salz in eine Auflaufform gegeben. In eine weitere, separate Form, auch mit Olivenöl und Salz, werden die gewaschenen und in breite Streifen geschnittenen Auberginen, *zucchini*, Paprika und Karotten gegeben. Beide Formen kommen bei 220 Grad Celsius für etwa 30 Minuten in den Backofen. Zwischendurch muss das Gemüse darin auch gewendet werden. Circa zehn Minuten bevor die Kartoffeln fertig gegart sind, streut man über diese klein gehackten Rosmarin und vermengt alles nochmal miteinander.

Das Fleisch ist sehr schnell fertig. Dafür erhitzt man in einer Pfanne etwas Olivenöl und brät das dünn geschnittene Rindfleisch von jeder Seite für circa 30 Sekunden scharf an.

Tonno mit Sesamkruste

Zubereitungszeit: ½ Stunde

Zutaten
- ☐ vier Scheiben frischer oder gefrorener Thunfisch
- ☐ Sesam

Zubereitung
Fisch ist ja nicht jedermanns Sache, aber das haut selbst den letzten noch vom Stuhl. Hierfür verwendet man entweder einen frischen oder einen eingefrorenen Thunfisch, den man ein paar Stunden vorher schon auftauen und danach abtrocknen sollte. Egal was für einen Weg man gewählt hat, würzt man ihn mit Salz und Pfeffer, um ihn dann danach in Sesambröseln zu wenden. Auch hier wird der Fisch in einer Pfanne mit Olivenöl von jeder Seite für circa eine Minute angebraten. Wichtig: Der Fisch sollte in der Mitte noch roh bleiben.
Als Beilage eignet sich perfekt ein gemischter Salat und italienisches Brot. Möglich wären auch Rosmarinkartoffeln oder eines der *contorni* (siehe nachfolgende Seiten).

– *Contorno* –

Ceci

Zubereitungszeit: ½ Stunde

Zutaten
- ☐ eine Dose Kichererbsen
- ☐ eine große oder zwei kleine Tomaten
- ☐ Salz & Pfeffer
- ☐ ein Esslöffel Olivenöl
- ☐ Rosmarinzweig
- ☐ ein Esslöffel *Aceto di Balsamico*

Zubereitung

Eine der Beilagen sind die *ceci* (Kichererbsen). In der Hoffnung, dass niemand von Ihnen in einen regelrechten Kicheranfall vom Stuhl fällt, lege ich Ihnen diese Beilage ans Herz.

Als erstes wäscht und schneidet man eine Tomate in Stücke. Diese kommt dann in einen Topf, genauso wie die Kichererbsen und ein ganzer Zweig Rosmarin. Das alles lässt man eine viertel Stunde köcheln, bis die Kichererbsen nicht mehr hart, sondern weich geworden sind. Um Blähungen zu vermeiden einfach einen Esslöffel *Aceto di Balsamico* hinzugeben. Mit Salz und Pfeffer nach Geschmack würzen und mit einem Esslöffel Olivenöl alles nochmals verfeinern.

Erbsen mit Speck

Zubereitungszeit: ½ Stunde

Zutaten
- frische oder gefrorene Erbsen
- kleine Zwiebel
- Schinkenspeck
- Salz & Pfeffer
- Olivenöl

Zubereitung
Dieses Rezept bringt einen erstmal zum Weinen, denn es geht daran Zwiebeln in Stücke zu schneiden. Auch hier schmort man diese in einer Pfanne mit Olivenöl an bis ein leicht süßlicher Geschmack erreicht wird. Dann fügt man den Schinkenspeck und die frischen oder gefrorenen Erbsen hinzu. Wenn Letztere weich geworden sind, ist alles fertig und es wird nur noch nach Geschmack mit Salz und Pfeffer abgeschmeckt.

Hauptfiguren im Roman

Eva	die Hauptperson des Buches
Georg	ihr geliebter Ehemann
Stella	ihre pfiffige Enkelin
Alessandro	ihr besonderer Sohn
Clara	ihre außergewöhnliche Tochter
Daniela	die Frau von Alessandro
Davide	der Bruder von Stella
Tommi	der Mann von Clara
Franco	Evas erster Liebhaber
Marco	Evas erster Freund
Francesco	der leibliche Vater von Alessandro
Johannes	Evas Vater
Barbara	Evas Mutter
Maria	die älteste Schwester
Elisabeth	die zweitälteste Schwester
Thomas	der Bruder
Marianne	Evas Tante
Martin	Evas Onkel

Die wichtigsten Freundinnen von Eva

Gabriella .... aus Venedig
Francesca .... aus Udine
Katharina .... aus Starnberg
Antonella .... aus Galatina
Adriana, Stefanie, Michaela, Julia, Nicole und *Andrea*
.... aus Donauwörth
Bettina .... aus Sizilien
Graziella .... aus Teggiano
Laura .... aus Priverno
Susanne, Angelika und *Monica* .... aus Rom
Marina .... aus Suno
Mariella .... aus Varese
Elena .... aus Vergiate
Irena .... aus Samarate

Reiseroute in Italien

Veneto
- Malcesine
- Verona
- Sirmione
- Borghetto di Valeggio sul Mincio
- Venezia
- Padua

Friuli - Venezia Giulia
- Udine
- Gorizia
- Trieste

Lombardia
- Cremona

Emilia Romagna
- Bologna
- San Leo

San Marino
- Zwergstaat in Europa

Marche
- Urbino
- Gradara
- Gabicce Monte
- Ancona

Puglia

- Peschici
- Monte SantAngelo
- Vieste
- Alberobello
- Ostuni
- Galatina
- Gallipoli
- Santa Maria di Leuca
- Lecce

Calabria

- Tropea
- Locri
- Gerace
- Pizzo
- Capo Vaticano
- Reggio Calabria

Sicilia

- Messina
- Taormina
- Isola Vulcano
- Isola Lipari
- Palermo

Campania

- Teggiano
- Amalfi
- Pompeji

Lazio

- Roma
- Bracciano
- Formello
- Borgo Isola Farnese
- Sacrofano
- Sutri
- Ronciglione

Vaticano

- Zwergstaat in Europa

Sardegna

- Olbia
- Arzachena
- Baja Sardinia

Toscana

- Porto Ercola
- Castiglione della Pescaia
- Gavorrano
- Massa Marittima
- San Galgano
- Buonconvento
- Abbazia di Monte Oliveto Maggiore
- Bagno Vignoni
- Pienza
- Montepulciano
- Sarteano

Umbria

- Castiglione del Lago
- Perugia
- Assisi
- Gubbio

Toscana

- San Donato in Poggio
- Firenze
- San Gimignano
- Castellina in Chianti
- Siena

Liguria

- Cinque Terre
- Riomaggiore
- Manarola
- Vernazza
- Camogli

Piemonte

- Torino
- Sacra di San Michele
- Suno
- Oleggio
- Lago Maggiore
- Isola Madre
- Isola Pescatore
- Isola Bella

Lombardia

- Gallarate
- Varese
- Santa Maria del Monte
- Lago Maggiore
- Santa Catarina del sasso
- Lago Varese
- Vergiate
- Bergamo

Piemonte

- Lago d'Orta

Lombardia

- Milano
- Vigevano

Piemonte

- Suno

Lombardia

- Bergamo

Piemonte

- Suno
- Oleggio

Bisher erschienen
„Sehnsucht nach Rom und Heimweh nach Bayern"
(Kurzgeschichten)

ISBN: 978-3-741-25624-0

Ich erzähle in „Sehnsucht nach Rom und Heimweh nach Bayern" von den Erlebnissen in zwei verschiedenen Welten, die gar nicht so verschieden sind. Sehnsüchte, Ängste, Liebe, Lustiges und Trauriges findet man auf beiden Seiten der Grenze.

In einem italienischen Satz wird deutlich:
„*I tedeschi amano gli italiani, ma non li stimano - gli italiani stimano i tedeschi, ma non li amano.*" „Die Deutschen lieben die Italiener, aber sie schätzen sie nicht - die Italiener schätzen die Deutschen, aber sie lieben sie nicht."